只手摘星斗 2

扫3帝 著

ZHI SHOU
ZHAI XINGDOU

百花洲文艺出版社

第85章　外来挑衅者

史蒂夫并没有把张邕要离职的消息告诉保罗，或者他很快就忘了此事。对他来说，一个中国区员工实在太微不足道，不值得他操心。他之所以找张邕交流，与对张邕的评价无关，只是想从一个大家都不注意的角度去证实一下自己的判断。很难说，下次见面的时候，他是否还记得张邕的名字。

总之这次与张邕的酒吧之约，没有改变任何事情，包括与霍顿的合作。所有的事情都在按部就班地进行，大概唯一变化的就是张邕的心态。他稍稍有一点后悔，觉得不该这么早向总裁袒露心声。他没觉得史蒂夫会挽留他，但看到史蒂夫完全没有表示还是稍稍有些失落。不过也好，这更坚定了他要离开的决心。

本来稍稍有点担心约翰的反应，却发现约翰也没任何变化，他放松了下来。

保罗和约翰当然知道史蒂夫那一晚约了张邕单独会谈，他们谨慎地关注着史蒂夫的变化，却发现一切都是老样子，甚至在第一场发布会上，史蒂夫还特别感谢了霍顿公司的合作与贡献。

除此之外，他们也没发现张邕的异常。张邕依然认真地做着每一项工作，他和李察、钟小飞博士以及Skydon技术副总裁比尔全力准备着参考站论坛。几人一起将比尔准备的PPT修改了几稿，张邕又仔细地和比尔交换了翻译的一些细节。

最终保罗和约翰确认，史蒂夫和张邕只是一次老板心血来潮的临时对话，也没有发生任何他们预料之外的事情。

史蒂夫自认为有理由感谢霍顿，毫无疑问这是一次极为成功的盛会，在业内的影响力也是巨大的。所有人都值得嘉奖，相比之下，中国区员工的努力并没有得到特别的重视。

张邕举办的CORS网络论坛，比尔正在台上做着激情四射的演讲，张邕在翻译中完全保留了比尔的精彩之处，偶尔还会加一点自己的幽默。严谨不浮夸、有足够的技术含量又不失趣味的报告吸引了会场的所有人。

讲到了中国特区的网络，比尔激动地邀请朱院士上台，在众人的热烈掌声中，一人缓缓上台。张邕忽然忍不住笑场，朱院士大概不喜欢在这种场合露面，所以悄悄离场了。如今上场的是一个怒发冲冠的学者。

"大家好，朱院士有更重要的事情去处理，他让我替他问候大家，当然，也问候和感谢Skydon的专家们。关于特区网络，是我们与Skydon合作的第一个网络，也是中国第一个基于实时高精度网络定位技术的网络。这个网络的建成，将改变参考站只能提供高精度静态观测值的局面，能够为更多的行业提供更多的实时定位服务。其实关于这套网络，不用我介绍，Skydon有人和我一样熟悉。"

说到这里，本来很严肃的怒发狂人忽然露出一副与其身份不符的促狭笑容："土豆，土豆，你在哪里？"

本来希望这次活动上如非必要尽量隐身的张邕，没料到怒发狂人还安排了这样一出戏，只好跟着出镜："地瓜，地瓜，我在你左侧12米左右的位置，我现在会通过CORS网导航去与你汇合。"

二人笑着一同站在了讲台中央，台下响起了热烈的掌声。

那一瞬间，张邕心中又一次生起了一丝不舍：我真的要离开吗？

互动环节，现场问题不断，热闹非凡。张邕暂时下台，把位置让给了钟小飞博士，和怒发狂人坐在了一起。两人都来了上海一段时间了，但一直没腾出时间好好交流。

"今天没有晚宴了吧？人太多，不自在，又不能不参加。"

"今天晚上有个自愿参加的酒会，我们逃课吧，去新世界喝一杯。"

"好，叫上赵爷一起。"

会场中间坐着一个文质彬彬的中年男子，穿一身裁剪精良的合体西装，他认真地听着报告，但目光一直有意无意地打量着张邕。

和西装男子坐在一起的是一个年轻人，看起来与张邕年纪相仿，此时他正举起了提问的手。

"感谢各位的精彩介绍,受益匪浅,谢谢。我有一个相关的问题,我们知道Eka刚刚收购了Geoid公司,也在做同样的研究。从用户的角度,我想问一下:这两套系统有什么区别吗?如何评价Eka的这套系统?"

钟小飞博士稍稍想了一下,觉得这更接近于一个商务问题,他和比尔交换了一下意见,对着话筒讲道:"张邕,上来吧,你来回答这个问题吧。"

西装男立刻认真了起来,一脸专注地看着再次上台的张邕。

"好问题。不过这是Skydon的会议,我无法回答您关于Eka参考站网络的技术问题。作为产品来说,我想这是两个同一类的产品。就像我们的其他卫星导航产品,无论是测量、授时,还是导航产品,从来不是只有Skydon一家,有Eka,也有其他品牌,未来可能还会出现更多的国产品牌。而网络参考站也是一样,未来除了Skydon和Eka,可能还会有更多家的产品。技术上,我们是一个伪基站的概念,刚才已经讲得很清楚了。Eka的概念,您可能要去问Eka。只是我们走得快一些,我们的参考站已经在运行,其他家还没有动静。所以目前我们也无从比较效果,如果有一天Eka的网络开始运行,那么比较两个网络哪个效果更好的工作,依然不是我们,而是您。毕竟,一切都是市场说了算,用户说了算。我这个回答您满意吗?"

西装男低头,手挡在嘴上,轻轻咳了一声。

年轻人立刻得到了某种暗示,没有停止,反而进一步问道:"谢谢,但您的回答太官方了,我们今天是技术论坛,我还是希望您从技术角度评估一下两套系统。我相信作为顶尖的同行和业内对手,你们不可能不了解对方的技术。还是说,你们觉得Eka的技术更领先,所以不太好当众比较。"

全场都安静下来,每个人都知道了,这是来砸场子的,这不是提问,而是赤裸裸的挑衅。

比尔和李察在听了钟小飞的翻译之后,脸上都现出了愤怒之色。

李察一旁道："邕。没必要回答他的问题，让保安赶他出去吧。"

张邕点点头道："你应该听到了，我的同事让保安带你出去。我们欢迎每一位真诚来交流的用户，但我们拒绝前来捣乱的人。就是有点可惜，赶你出去之前，我想请问你今年多大？"

年轻人满不在乎，他本来就做好了被赶出会场的准备。

"既然你要赶我出去，还要问我的年纪干吗？放心，我成年了，不会引起法律问题。"

"不，我的意思是，你很年轻，和我差不多一样年轻。年轻人有一个特点，就是不爱服输。所以明明很简单的问题，比如说，直接赶你出去，我却为了证明一些东西，而采取复杂的方式。我为自己的年轻而抱歉，但我也为自己是个年轻人而高兴。我给你看一些东西。"

张邕走到了播放PPT的电脑前，这台电脑本来就是他的。他熟练地敲击几下键盘，然后一幅图表伴着文字出现在大屏幕上。

"我刚才说了，我没有权力解释Eka的技术。但这些内容来自Geoid创始人约瑟夫博士公开的论文，但这是别人的成果，我只能学习，没权力解读。我认为这张图可以解释很多问题，但我不知道你读懂了多少，如果你理解的很少，我只能建议你和Geoid联系。至于谁优谁劣的问题，你知道全世界的卫星定位原理都是一样的，但每家的GNSS接收机质量上是有很大不同的。而Skydon，目前是全球市场占有率最高的企业。好了，我不需要您的回答和下一步的提问。保安，带他出去吧。"

场上开始有稀稀落落的掌声，但逐渐增强，很快响彻一片。

听了钟小飞翻译的比尔和李察，露出了笑容。其实已经无须翻译，当张邕把那幅图表投影到屏幕上的时候，他们就看懂了一切。

怒发狂人则在台下，竖起大拇指，给了张邕一个大大的赞。

年轻人被带离了会场，他并没有露出不悦之色，反而向台上的张邕微微躬身示意："谢谢，非常好，我明白了。"

而西装男依然看着张邕，若有所思。

午餐安排在酒店的自助餐厅，刚刚开餐的时间，里面人满为患。张邕不愿排队，准备先回房间休息一下。

在他经过大堂吧的时候，看见了一个女孩坐在中央的一张桌子上，品尝着咖啡，也吸引着周边人的目光。

张邕心中一动，好熟悉的画面，他先是想起了一个女人，随即又想到了一个男人。不久前他还志得意满，坐镇在中国区，如今却已经不知去向。而自己呢，这一次盛会之后，他会在哪里呢。

女孩忽然向张邕挥了挥手，他愣了愣，第一感觉是自己看错了。心道这要是被Madam知道，少不了拳脚相向。但他确定是女孩在招手的时候，他环视下四周，心想她应该是和这个方向的其他人打招呼。

他没看到身边有人，但可以肯定，女孩招呼的不是自己。张邕对Madam有一种特别的感情，甚至依恋，他常有一种感觉，世界上不可能再有这样一个女孩，可以第一眼就看中他。所以他没有自恋到认为自己的艳遇来了。

张邕向女孩点了点头，没有改变方向，继续向前走。但心中有一点自责，明明别人不是对他打招呼，怎么还回应别人了。只是因为对方很漂亮吗？他觉得自己对不住Madam。

手机响了，他接起，一个熟悉的声音。

"张先生，你怎么这么奇怪。明明看到我了，怎么还往前走。您过来，我请您喝一杯。"

张邕终于明白对方是谁了，她的确是对着自己打招呼。

"莉莉，你怎么在这里？"

"我们公司本来就在上海呀，你们这场活动声名远播，我怎会不知道。以前和您在电话里没有和您谈过太多，这一次，我过来，就是想和您当面谈谈。"

"你选择了一个其实非常不好的时间，这里到处都是Skydon的人，甚至我老板，我老板的老板，以及我老板的老板的老板，都在这里，我猜我们几乎无法深谈。还有，你很像我的一个朋友，你太过招摇。周围很多人都是我的熟人，你已经引起了很多人的注意。"

莉莉笑了，笑容中，张邕解读到她不是高琳。她并没有刻意招摇，甚至没有意识到。只是当张邕说她引起了别人注意的时候，小姑娘有一点骄傲，还有一点羞涩。

"其实还好。张先生，你和一个女士一起喝咖啡，大家最多怀疑你的人品吧，不会想太多，但如果你和一个陌生男人交头接耳，你的老板才会怀疑你。"

"我们重新约个时间？"

"上次我说过您可以和Eka的高层谈一谈，也没什么损失。您上次说，可以考虑，现在考虑得如何了，有相关想法了吗？"

"有想法也不会是现在。我要去吃午餐了，你有Skydon餐券吗？我给你一张。"

"为什么不能是现在？我其实不是自己来的，我还带了个朋友一起。他就在那边。"

莉莉身后一指，张邕看过去，在一个屏风围起的隔间之后，一个人远远地向他挥手，正是在会场和提问的年轻人一起的西装男。

张邕有些不相信地瞪大了眼睛说道："我早该想到那个提问者应该来自Eka，但我怎么也不会想到，Eka的高层会出现这里。他是谁？"

莉莉道："你不如过去，自己问他。放心吧，你没有我这样引人注目，不会有人在乎你是否吃午饭的。您去吧，我在这里等您消息。"

莉莉并没有完全说对，有人会关心张邕的午餐。怒放狂人多拿了一个盘子，也多占了一个座位，但一直等到自助餐结束，也没见到张邕。

"张邕，你好。我叫埃里克·林，是Eka中国区的副总裁。我刚上任几个月，还没公开露面过，这里认识我的人应该没有。"

埃里克是香港人，操着一口晦涩的广东普通话。

"我知道莉莉和您沟通过很多次了，你始终没有答应她。而我们也面试了很多人，其中不乏佼佼者。但是你的背景实在太好了，我宁愿多费些周折，也要先和你取得对话，然后再做决定。我刚才参加了你的论坛，你干得非常漂亮。我没想到，你连Eka的东西也一样了解。"

"林总，您能出现在这里，我很感动，谢谢您。那我们开始吧，我想听一听Eka对参考站这一块业务的预期。"

第86章　错误决定？

灯红酒绿的上海夜晚，张邕、怒发狂人、赵爷终于又一次坐在了一起。

"我要去Eka了。"这是张邕说的第一句话。

其余二人则投来了不可思议的目光。

"为什么是现在？一个月前似乎你就该去的。为什么你留了下来，一个月之后又要离开。你做的事总是这么匪夷所思。我不关心你去哪，Eka挺好，但你说说原因，这几天又经历了什么？"

"霍顿公司是个骗局，不仅我知道，整个Skydon上上下下都知道。他们以为史蒂夫不知道，其实史蒂夫也知道，但大家谁也不说破。北京代表处尽力让这次活动成功举办，对得住史蒂夫的来访。这大家也都知道，但没人提起，整个活动中，中国区员工似乎成了最不重要的部分，可明明一切事情都是我们做的。我不喜欢这种文化，虽然我什么都不能改变，但离开至少是表明一下态度。"

"就这？"怒发狂人拍了拍张邕的头，"兄弟，你太自以为是了，没人会在乎一个中国员工的离职。"

"是的，"赵爷道，"从企业管理的角度，史蒂夫并没有做错什么，我觉得你的格局是不是有点小了。"

"你们说得都对，他们都没做错。但我不喜欢所有人一起用一个正确的结果，维持一个错误的开始。还有，我们中国区员工没有得到应有的尊重。上次我说过，我留下来是舍不得推翻自己做的事。如果就按你们所说，一个中国员工做的事也没那么重要的话，那我就离开吧。"

"行吧，你去哪我们都支持你，我发现一件事，我们三个如果做决定的话，谁都说服不了谁。来，举杯，祝你在Eka一切顺利。"

赵爷从包里拿出几张图纸，说道："本来我想给你们一个惊喜。没想到又被张邕抢了头筹，给你们看看我的成果。"

二人立刻被吸引，良久后，怒发狂人微微摇头道："还不够好，问题很多。"

赵爷一脸无奈道："这并不是我们自己的问题了，是整个中国制造业工艺的问题，设计并不能决定一切，很多事情我们无能为力。但是这个成本也就是Skydon的三分之一左右，我们可以拓展市场用。很多根本不可能用得起RTK的用户，先成为国产品用户。"

张邕忧心忡忡地说："你要小心，Skydon绝对不允许自己的代理商介入其他品牌，哪怕你想发展个人的品牌也不行。"

"我们会单独成立一个新公司，来做国产品。如今这一块不挣钱，都是靠Skydon的利润来投资国产品的研发。我想Skydon暂时不会注意的，未来……"一瞬间，赵爷脸上的表情像极了张邕的天真，"未来，我希望这才是我的产业，天上的是我们的北斗卫星，地面的是我们中国人自己的终端……就像你们感觉的，Skydon太骄傲了，入门几年了，我们也的确挣了不少钱。但沟通上始终有问题，他们对中国人的问题不在乎，不认真，总是用一种调侃的方式来回答。我以为有些事情会逐渐改变，现在看到，一切很难。Skydon只是把代理商看作是端Skydon饭碗的人。"

三人又碰了一杯。

"祝赵总的国产化事业今日筑基，明日大展宏图。"

"张邕，在Eka做什么？和Skydon这边有区别吗？"

"还是有一些的。Eka不像Skydon，后者专门以卫星导航产品为主。而Eka作为百年品牌，他的其他系列产品，特别光学仪器，才是真正的王牌。我这次过去后，会带一个团队，不仅仅是参考站业务，而是整个中国市场的卫星导航业务。可以这样理解，我一个人的工作范围，就是Skydon代表处的所有工作内容。"

怒发狂人立刻露出一副恶俗的表情，说道："重要的事情没说，薪水呢？是不是加薪了？"

张邕有点不好意思地说："加了，而且还不少。"

"嗯，这样的话，我就觉得你跳槽是对的。"

赵爷给了张邕一个提醒："从企业角度来说，Eka是一个更大型更综合、历史也更悠久的百年企业，他的底蕴可能不是Skydon能够比拟的。但这种大型企业，内部也有很多问题，你如果连霍顿这点事都不能忍受的话，你在Eka很难站住脚。霍顿这件事，至少大家的私心部分并不算很多，史蒂夫也是为了维护Skydon的形象，以及整个系统的正常运转。但Eka，你可能会进入一个是非之地，每一步都会踩雷。你做了决定，我没什么可以劝你的。但从我的角度，我觉得Skydon远比Eka适合你。"

怒发狂人认真地说道："Eka这么复杂吗？这让傻乎乎的张邕怎么活下去。"

"告诉你们件事，我今天在酒店见了Eka中国区副总裁埃里克，他全程听了我们的会议，我觉得他是个很敬业的领导。"

二人一愣："总裁亲自来竞争对手的会议，这敬业得有点过头了吧。"

"当然，他还有一个目的，就是通过猎头公司，和我交流一下。"

"难怪你要放弃Skydon，一边是对中国员工不闻不问，一边是总裁上门挖墙脚。小张邕，面子不小呀。"

赵爷继续道："他可能真的需要你的帮助，但这件事情本身只怕没那么简单。"

"赵总你快说说。"怒发狂人显然比张邕更关心Eka的事。

"这位埃里克是空降兵，是个新人，也是没有任何行业背景的人，只是因为良好的教育背景和职场经验被选中。中国区之前一直由劳伦斯负责，也是一个香港人，中国作为一个独立的业务区域，劳伦斯与亚太区总裁汉斯是平级。但随着Eka总裁的更换，劳伦斯失势，中国区并入亚太区，劳伦斯变成了向汉斯汇报。这还不够，汉斯却招聘了一个新的副总裁埃里克，分管中国区，将劳伦斯的职权范围只限制在中国港澳台。

但劳伦斯在中国经营了近30年，所有的代理商都是他的人。我说'他的人'意思是真的是他的人，不是Tiger和代理商的那种关系。Tiger一走，也就消失在行业之外了。但劳伦斯回到香港，在中国区依然有着举足轻重的话语权。所以埃里克这新上任的总裁看着是威风，其实举步维艰。他之所以能够放下面子，如此虚怀若谷地来亲自面试一个人，也与他的现在无人可用有很大关系。张邕，这些年，我一直都能看到你在变化，在进步。但到了Eka，只怕你要有更大变化、更强的生存能力，才能生存下来。我在很多事上都很看好你，但这次例外，如果你早一些和我商量的话，我一定会劝你不要去Eka。"

怒发狂人轻轻道："你不是还没和Skydon提辞职吗？要不要再考虑一下。听赵总一说，我也觉得那里真的不适合你。"

张邕端起杯中酒说道："我已经答应埃里克了，他会给我一个月假期，再过一个月我就去任职，我不想失信于人。"

"关于Eka的情况，我的确准备不足，没有想到这么多问题。我谢谢你们二位的提醒，我敬你们。赵总，Eka的政治斗争可能比较激烈。但我了解的部分也是真的，就是他们真的需要极大地提高卫星导航产品的市场份额，也需要将参考站业务铺开，这是我可以做的。不管Eka内部的事情有多复杂，我始终做我擅长的部分就好了。我觉得一个有业绩的员工应该是被褒奖的。"

赵爷笑了笑说道："早该知道说什么对你都没用，好吧，祝你好运。但业绩也不要太好，总要给我们留下一块。"三人大笑碰杯。

张邕不知道的是，他即将离开Skydon的消息，Skydon还没人知道，而在Eka的队伍早已一传十十传百，成为公开的秘密，在香港的劳伦斯也得到了消息。

每个人都在询问："张邕？什么背景？没听说过。"

"是个年轻人吧，据说在Skydon负责参考站的，特区的网络是他做的。"

"我们一群做了Eka几十年的老家伙，不需要一个年轻人来指手画脚吧。埃里克我看也是疯了。"

"拭目以待吧，这个位置没那么好坐，之前换了几任了。很难有人做满一年。"

"不知道是不是真的能对生意有帮助？"

"呸，我们一群Eka老鸟，需要一个毛头小子来帮助。"

相比之下，Skydon这边极为平静，一切按部就班，整个活动都已经到了最后收尾的时刻，每个人不敢松懈，要保证活动的完美收官。

在活动现场，张邕忽然看到了一个熟悉的身影，他大喜过望，快步奔了过去。

"易总，你怎么来了？"来人正是永远都是一副平静表情的易目。

"这说话不方便，我们外面聊吧。"

"现在天工已经快淡出行业了，没几个人记得我们。其实我们生意还在做，以晓卫的智慧，他总能找到一些特别的机会。我们付出的并不多，收益还不错，而且现在公司人少，费用低。我们其实活得还不错。晓卫这次让我过来，最主要的一件事就是做一个最终决定，工程中心二期的事我们是否还要继续。"

"二期真的立项了吗？我没得到任何消息。"张邕心中一动。

"晓卫总是有些特别的本事，他比你更先得到消息，并不奇怪。"

"易总，你要这样轻易告诉我吗？我们现在可是竞争关系。"

"可能算不上竞争了。经过这一次你们在上海的活动，全国都看到了Skydon的野心。晓卫留在中国，也仅仅是盯着二期项目的，如果觉得这个项目不值得投入了，他可能会直接放弃，抽身而去。因为工程中心项目的事，晓卫现在和方舒相处得并不好，他们还吵过几次。不过方舒这个女人很厉害，晓卫居然吵不过她。"

张邕眼前浮现出那个总是带着浅浅笑意的优雅女士。

"她还会吵架？晓卫吵不过她？"他忍不住大笑。

"每个人都有自己的软肋，我看晓卫这次是遇到克星了。"

"为什么晓卫不想在二期上投入了？"

"其实我来了几天了，看你忙，一直没和你打招呼。这几天我也学到了很多，如今看，在卫星导航这一块，Skydon已经强大到无法被击败了。Mag收购了钛科后，也对产品做了升级和全新发布，但从接收机本身来看，我们和Skydon相差不多，在竞争中就算没有优势，也不会落后太多。但接收机之外的相关技术和解决方案，我们就差太远了。这和Mag的出身有关，虽然它很强大，但在高精度这一块还是比较薄弱，这是企业基因，改不了的。晓卫说你去工程中心讲过课，那你应该知道，他们未来的网络一定不仅仅是只为地壳监测考虑，会做成一个多功能的综合服务网络，为整个行业解决更多的问题。但Mag的弱势显而易见。晓卫是什么人，你是了解的。如果他觉得这事不值得了，绝不会留恋，肯定会转头就走。我很怀疑，等我回北京之日，就是他再回美国之时。恭喜你，张邕，你做得很不错。我们一直没有看错你，这样看的话，工程中心二期基本会落入Skydon之手。"

张邕嘴角浮现一丝苦笑，说道："易总，你可能恭喜错了。告诉你一件事，我已经决定离职了，回北京后，我的第一件事就是办理离职手续，然后去Eka上班。"

易目现在也被这个消息震惊了一下。

"为什么会是Eka？他们的关系可不太好处理。虽然Eka是个更强大的企业，但在卫星导航这一块上还是比不了Skydon。当初你要离开天工，我是顶着田晓卫的怒火同意的。但现在你要是让我做决定。我一定不会同意你去Eka。"

张邕苦涩的笑容逐渐增强，说道："怎么你们说的都一样，看来我可能真的做了一个错误的选择。但事到如今我也回不了头了，只能希望自己能在Eka取得些许的成功。"

"行。话虽这样说，但你这小家伙总能给我们一些惊喜。祝你好运。"

第87章　百年企业

上海的活动以欢迎晚宴拉开帷幕，又以答谢晚宴而正式画上句号。

一周以来的最轻松时刻，史蒂夫等一众大佬纷纷上台致辞，嘉宾致辞，当然还少不了衣着考究一脸正气的霍顿。

史蒂夫最终还是没有忘了感谢下北京代表处的同事。他在保罗等人陪同下来到代表处的桌前，和众人一一打招呼。看到张邕的时候，史蒂夫认出了他。

"我记得你，邕，对吧。谢谢那晚的信息。还有，"史蒂夫迟疑着，他好像想起了什么事，却又拿不准，"那天在酒吧，你好像说了件特别的事情。我不记得了，是什么？"

"我和您说，这次活动之后，回到北京。我会选择离开Skydon。"

画面突然静止，保罗、约翰、办公室的同事，所有人的目光都投向了张邕。

"哦。"史蒂夫显然想起了那晚的话，他觉得有些扫兴，这样的话题与今晚的酒会不够融洽。

"看看今天的嘉宾和我们一周以来的会议，能为Skydon工作是件荣耀的事，我本人更是深以为荣。谢谢你为Skydon做的一切，保重吧。"

史蒂夫举杯向大家致意，然后转身离开了。约翰没随老板而去，他留了下来，直到酒会结束。

最后，他和张邕握了握手，说了句和史蒂夫一样的话："保重。"

会后的霍顿被李可飞一众人留了下来，他们并不想他在中国的最后一个夜晚这样平淡地度过。

霍顿无疑是这次活动的赢家之一，一切甚至比他想象得还好。他的情绪高涨，和李可飞的"友谊"也进一步升华，现在很难说是李可飞一群人胁迫他的，还是他自己也乐在其中。

这些人没人尊重他，李可飞上来就搂他肩，一口一个老霍。而他自己已经忘记了多久不需要装出受人尊重的样子了。他有点遗憾，一回美国，这样的日子也就结束了。该死的Skydon和卡尔，为什么不把这个活动办得更长久些呢。

表面上，霍顿依然做着抗争："李可飞，你过分了。如今活动已经结束了，你威胁不到我了。今天的酒会，吃也吃了，喝也喝了，你们还想怎么样？"

"是个问题？"李可飞皱眉，"吃也吃了，喝也喝了，还能怎样呢？各位，有什么想法？"

"我们都是Skydon员工，品德高尚，不嫖不赌。还能怎样？卡拉OK，再开几瓶好酒好了。"

"走吧，老霍。其实之前的梁子，这一个月也就算两清了。今天这顿有特别理由的，不让你这黑心资本家出出血，我们中国人民心中不爽呀。"

霍顿半推半就地随众人而去，口中问道："想消费不一定都需要理由的，你们累不累呀。说出来听听，什么特别理由？"

"你让我们失去了一个好同事，这个理由够不够充分？"

"你们同事？谁……"霍顿忽然意识到这里的确少了一个熟悉的身影。

"张邕，他要离职吗？为什么？"

"为什么问你自己，没有你这事，他怎么会走？"

霍顿皱着眉头也想不出因果关系，问道："就因为我拿了Skydon一笔咨询费？这又不是他的钱，这性格未免太过刚烈了吧。"

"所以呢，你和他就不是一个世界里的人。灵魂层面根本不能有交集。你只配请我们这些俗人吃吃喝喝。"

"他今天还在呀，怎么没一起来。"

"他有其他事，说回北京单独请我们一次。可惜了，过了今晚，就找不到老霍你这么好的饭票了。"

"他对你们重要吗？还好同事？我看关系也就一般吧。"

"张邕不是你这种美国俗人能评价的，在办公室里大家打交道不多，反而是这次活动让我们刚刚开始了解他。这是个值得交往的朋友，可惜我们的伟大友谊刚刚出现就被生生切断了。所以我们决定化悲愤为酒量，今晚好好喝一回。封耘，今天喝什么酒？"

封耘一本正经地回答："我是堂堂清华学霸，理工男，我不懂酒，只懂数字。我的理解，低于2000元一瓶的肯定都不算好酒。"

"靠，果然是专业的！"

霍顿想了想说道："把张邕的联系方式给我一个，这家伙的确很有意思，我不确定未来是否还有打交道的一天。"

"怎么，你还想他再离职一次。"众人大笑。

张邕去跟钟小飞博士和李察道别。

这一刻，他真正感到了一丝不舍，反倒是二人安慰了他。

"总还有见面的机会，以后你就是国际化的人才，会在全世界范围内活动，有机会来新西兰的话，记得来我的庄园做客。"

"有机会来德国，到慕尼黑找我，请你喝德国啤酒。"

约翰对张邕其实很不错，虽然主动离职并没有赔偿金，但约翰却照常给了他当月的薪水。条件是代表处需要交接的时候，他就来办公室一趟。张邕没理由不答应这样的条件。

离去Eka的日子还有一段时间，他发现自己居然有了整整一个月的带薪假期。这是否是造物主的仁慈，在他进入危机重重Eka职场前，给他一段快乐而平静的生活。无论是否，张邕决定好好享受并利用一下这段空窗期。

这天，Madam走出分局门口的时候，发现张邕并没有等在门口。她举目张望，看到马路对面，张邕靠在一辆崭新的轿车上向她微笑。

"好哇你，居然不等我，就自己提车了。"

"不然，怎么能亲自接警花大人下班呢？"

"嗯，有道理，可以原谅。你这么自信，刚拿驾照，就这样开车上路了。"

"好像也不是很难，上车吧，带你去个地方。"

车行离开市中心，很快驶进了一片欧式建筑群。

在张邕面前总是显得几分娇柔的Madam，在售楼小姐面前立刻恢复了精干的本色，女人对房子的挑选似乎有着天生的直觉。整个过程中，张邕似乎没有什么开口的余地。他只是略带欣赏地看着Madam问着各种专业问题，以及折扣利率和首付的各种计算。他们看了三个户型，进入第三个户型样板间的时候，二人眼前同时一亮，彼此对视一眼，心中默契道，就是它了。

回程的路上，张邕话少了很多，似乎有一点紧张。

坐在副驾的Madam忽然道："拿出来吧。"

张邕愣了一下说道："什么？"

"戒指呗，小子，今天车也提了，房也看了，别说你居然没有准备求婚。"

"求婚是件浪漫的事呀，警花大人，就算你猜到，也不该这样破坏气氛吧。"

"少废话，拿出来，不然我搜身了。"

张邕一脸生无可恋，他的确不善于表达这一类的情感，酝酿了很久，也找不到一个最合适的方式。警花的主动倒是解决了他的问题，但这似乎真的不够浪漫。

"在我右侧衣袋里，你小心点，别影响我开车。没见过强行讨要戒指，还要搜身，大姐，你当警察当出习惯了吧。"

"好了，哪有那么磨叽。哇哦，戒指真漂亮，我愿意，行了吧，走，去那庆祝下。我想吃香辣蟹。"

"这时候，不是该牛排红酒吗？"

Madam皱皱眉道："嗯，勉强也可以接受，我还是更喜欢香辣蟹一些。"

"好吧，终于知道，警察不仅是罪恶克星，还是浪漫杀手。"

Madam戴上了戒指，正在驾驶的张邕看不到她脸上一抹幸福的微笑，她由衷地觉得幸福，只是她不想让傻小子太过为难，更不想把属于两个人的幸福做成一场秀。

北京核心区，最高档一处写字楼，Eka中国所在地。张邕开始了自己的新的职业生涯。

Eka中国的规模远非Skydon可以比拟，虽然张邕有了心理准备，还是多少被办公室的壮观震惊到。而他本人的待遇也远超过Skydon，求贤若渴的埃里克给他安排了独立的办公室，办公室外就是几个直系下属的工位。

已经到岗3个月的张邕，除了第一天获得些小小的满足之外，接下来才感受到无尽的失落。

Eka中国如今像极了Skydon在中国的天工时代，但实际情况却远比天工更严重。

田晓卫特地混淆了Skydon和天工的概念，让人一直以为Skydon就是天工，天工就是Skydon。从某些角度来说，他是成功的。但田晓卫本身并不是Skydon的人，所以一旦Skydon下定决心来改变，局面还是不难扭转。

Eka中国的局面则要复杂得多，劳伦斯本就是Eka中国区副总裁，甚至还是Eka香港的股东之一。基于这样的原因，汉斯就算打压劳伦斯，让他只待在香港，也仅此为止。全面占了上风的汉斯并没有更多的权力来让劳伦斯彻底离开。

而整个中国区代理亚旭集团，是劳伦斯的产业。他以Eka掌门的身份，做着既是裁判员又是运动员的游戏。

而亚旭各地的分公司，很少用亚旭的名字，都是直接打出Eka××分公司的招牌。田晓卫一直尽力想做到的事，靠着劳伦斯的特殊身份，轻松便做到了。

在用户心中，亚旭的各个分公司就是Eka，至于Eka中国办公室，则被简称为北办。从中文的角度，一个办事处的地位大抵是低于分公司的，所以没人对Eka中国太过在意。

张邕上任的第二天,给各个亚旭分公司发了邮件,简单介绍了自己,并真诚地表达了合作的意愿。

与Skydon代表处的权威截然不同,反应寥寥,为数不多的回信中一般就是一句欢迎,再无下文。

张邕去见了埃里克,说道:"林总,我需要安排一些与亚旭的面谈。我想安排一次会议包括参考站在内的培训,让亚旭所有公司都派人参加。我想您招我进来不是让我做超级英雄的,我需要大家一起合力。"

埃里克点点头,和张邕的接触中,他确信自己没有看错人。

"你说得对,可是有时候,我们也不得不需要超级英雄。亚旭有自己的培训中心,我们这一类的安排都是要发给他们培训中心,然后他们来组织,安排合适的时间地点和人员。毕竟不是我们的直接下属,我们没有权力直接下达命令给他们。"

张邕不解道:"我们日常和亚旭没有接触吗?比如定期的代理商会?"

"亚旭的管理比较特别,我们对接的只是亚旭总公司的管理人员。双方最主要交流的内容是订单和付款。但他的具体生意都是下面分公司来完成的。所以很多时候,我们无法调动更多的资源。这一切,可能还是需要你来想办法协调。"

"我?"张邕没有想到,这一圈转回来,却又回到了自己身上。

虽然赵爷和易目都早已警告了他这里关系复杂,但他实在没有想到,居然连个彼此交流的机会都没有。看来这个难度远远超乎他想象。

他知道没必要向老板要求太多了,老板也是一直过着这样的日子。

"好的,林总,我知道了,我想,总会找到办法的,我先出去了。"

张邕回到自己办公室,先是给Geoid的约瑟夫博士发了一封邮件,问他有没有时间为他安排一次Eka参考站网络的培训,他可以去德国,当然更欢迎他能来中国。

第二封信他发给了亚旭副总裁厉总以及亚旭培训中心,表达了想要尽快安排一次中国区范围内的交流与培训的计划。

没有时差的亚旭率先回信，厉总言简意赅："非常好，我们全力配合。"

培训中心的回复则是："我们会尽快调研各个分公司的实际情况，尽快给您准确答复。"

一周之后，张邕收到了培训中心的回件。

张经理，您好，我们联系了全国的分公司，一一进行了确认。如今正值销售高潮期，大家工作都很繁忙，实在无法抽出人力参加培训，建议此次培训暂时取消，找个合适时间再次举办。

失望之余，也不算全无收获，约瑟夫的回信给了张邕不小的惊喜。

约瑟夫表达了强烈的支持意愿，甚至抱怨了几句Eka动作太慢，让Skydon走在了前面。Eka急需这种培训，他本人一直没有理解Eka人都在干些什么。

随后他对张邕的培训计划进行了详细了解，如果来德国培训，这里会有成套的解决方案。中国可能缺乏相应的设施，只能培训理论。

但其实中国并不是完全没有机会搭建起一套自己的系统，据他所知，在香港有着一套完整的Eka网络，从硬件到基建，以及通信设施都满足要求。这也很好理解，香港这样一个海岛对变形监测的要求还是很高的。这套系统只要升级一下，就可以成为一套全新的Eka参考站实时基站网络。

他的建议是，让张邕先去调研一下这套系统升级的可能性。如果可以，他可以先派工程师过来完成香港网络的升级，之后便可以安排在香港的培训。

张邕大喜过望，想不到还有这样的结果。

他立刻写了一封邮件，同时发给埃里克和劳伦斯两位老板。虽然两位副总裁不合已是公开的秘密，但张邕并不觉得这与自己相关。他只是认真地询问了香港参考站的运营情况以及升级的可能性。他相信，劳伦斯既然是Eka的一员，至少不会公开为难的。

而如果真的要在香港举办活动，通知劳伦斯是必要的尊重，同时没有Eka香港的支持，活动的效果必然要打折扣。还有一点，他从来不觉得香港不在他的业务范围内，整个中国区要一起动起来。

第88章　大智若愚

做完这一切后，他沉浸了很久，当那一丝熟悉的决然表情又浮现脸上的时候，他开始写一封公开信。

大家好，我叫张邕。

不久前刚刚正式上任Eka中国区卫星导航事业部主管，业务范围除了GNSS（卫星导航）接收机，也包括CORS参考站业务。

也许我上一次的打招呼方式过于草率，我想这次重新正式介绍一下我自己。

我和大家一样，都有类似的教育背景，我毕业于M大卫星导航与遥感专业。曾在国家GPS中心从事精密大地控制网的工作，也在天工集团做过Skydon的技术支持。天工很多项目，背后有我的努力。天工集团在工程中心的中标，有我的一份贡献。此后我一直在Skydon负责CORS网络项目，我了解所有的参考站技术，无论是Skydon还是Eka。我和M大朱院士团队共同搭建起了中国第一个实时高精度CORS网络，相关内容我猜大家应该可以从新闻上看到。我也同样了解和熟悉每一家的高精度GNSS（卫星导航）产品。

我讲这么多，无意炫耀，只是告诉大家一个事实，我可以帮大家做更多的事。不是所有人都愿意空谈情怀，那我换个直白些的说法吧，我可以帮大家挣更多的钱。

张邕稍稍犹豫，但最终还是用挣钱代替了其他更高端的措辞。

我可以帮助大家去赢取那些我们从没赢过的项目，去拿下那些我们以为没有机会而放弃的项目。

我想要帮助大家，也有足够的能力帮助大家，获得业务增长，而且是新业务的增长。

下面我来说说Eka的参考站业务。

Eka重金收购Geoid，建立自己的参考站系统，是想在这个市场大有作为的。但是很可惜，Eka太庞大，具体方案的执行并不容易。

迄今为止，我还没在中国市场上看到任何Eka参考站的资料，也没听到客户的相关评论。比起Skydon的意气风发，我们几乎毫无声息。

张邕写到这里的时候，想起了Skydon报告会上的挑衅者。那几乎是他唯一的一次听起Eka网络，而这个挑衅者现在就坐在他的隔壁，是另一个事业部的主管，只是被埃里克临时抽调去考验一下张邕的应变能力。

或许大家还没意识到这里暗藏的巨大危机，这种CORS网络一旦面世，将会彻底改变用户使用和购买GNSS接收机的习惯，由买整套系统转变成单一购买移动站。所有的技术门槛都将不存在，GNSS完全失去他的神秘而成为简单商品。在这种情况下，拥有更多网络基站的厂家将在市场上拥有绝对的话语权。

如今无论Skydon和Eka在数据开放性上都保持着谨慎，似乎都可以兼容任何一家的接收机，但谁也没有明确表达这样的信息。

这是一种对底线的试探。如果未来双方的基站数量取得一个平衡，那么双方都会开放数据，兼容对方的接收机来一同谋取更大的利益。

但如果一方占据了优势，比如Skydon拿下超过70%的中国市场，他们一定会封锁数据，只提供给Skydon的用户使用。那么Eka输的就不仅仅是参考站网络市场，而极大可能是整个GNSS产业。

从目前看，这种危机出现的可能非常之大，Skydon已经领先我们太多，且依然在高歌猛进，我们双方的差距已然越来越大。

我是那个可以改变这一切的人。

张邕写这句话时修改了几次，删了写上去，写上去又删掉。最终，他克服了自己的脸红，坚定把这句话写了上去。Eka这潭水太深了，深到没有强刺激只怕掀不起任何风浪。他想起了赵爷说的话，他只怕要改变很多才能在Eka生存。那么来吧，他对自己说，改变就从这封信开始。

我熟悉参考站业务，也更熟悉参考站市场和用户，我有足够多的资源可以让Eka迎头赶上，我也愿意分享这些资源给大家，但我需要大家的支持与帮助。

我和Geoid的约瑟夫博士已经有过沟通，他可以帮我们在香港搭建一套与Skydon在特区的网络一样的系统，我们都可以带领自己的用户去参观和交流。

我会和约瑟夫博士一起，安排一场系统的关于Eka参考站网络的培训。具体的时间和地点我会稍后发文通知。

大家要参加此培训的，请以分公司为单位直接向我报名。

这是一次自愿参加的培训活动，拒绝参加的分公司不会有负面影响。而且刚好相反，对此次培训无兴趣者，我反而会向高层申请，减免他们的GNSS任务额度，取消参考站这一块的业务份额以减轻他们销售压力。但是，此公司（此区域）以后将不得介入参考站业务。

如果报名人数微乎其微，甚至不足以安排一次正式的培训，我也会对大家的态度表示理解。

但之后我会带领Eka中国的同事直接介入参考站业务，我会申请外贸合同，或是与一些高校合作，很多学者已经明确表达了他们的意愿。技术我有，样机网络我马上就有，用户我手里也足够。

我相信我们的直接介入并不会是一件困难的事。或许我们无法一下在全国铺开业务，但可以从北上广一线大城市开始，以点带面地与Skydon展开竞争。我相信我们……

写到在这里，张邕又权衡了一下，最终，把我们改成了我。

我相信我可以和Skydon对抗。

如果未来GNSS业务真的只变成了一件买单机且连培训都不需要的生意，那么网络服务的价值将远高过现在的接收机硬件，请大家仔细权衡。

　　我会等着大家的报名邮件，截止期限为本月底。

　　再次感谢大家，希望我们合作愉快。

　这是一封中文邮件，发给了埃里克、劳伦斯、Eka中国的每一位同事，以及亚旭的所有管理层和每一个分公司经理。

　　邮件发出，张邕对此并没有半分把握。尤其是发出3天之后，他依然没有收到任何一个报名邮件。

　　有个别公司打电话过来，支支吾吾问了一些问题，然后又有意无意地问："现在多少公司报名了？"

　　张邕告诉手下人一概回复："您可以成为下一个。"

　　他有些失望，但并不是特别焦急。这封信并不是什么孤注一掷之举，他知道"空城计"这种谋略只是罗贯中笔下的虚构，现实中并不存在。他不确定这封信能收到预想的效果，但他确定一点，他真的可以带领同事把这一块业务自己做起来，只是时间会比较久。但越久，亚旭就会越失去话语权。事情也极有可能像他所描述的最终影响到整个GNSS业务。从他的角度考虑，他知道自己赌得起，亚旭赌不起。

　　但他不敢确认，经历霍顿这件事，他终于明白，政治正确对于人类是一件多么重要的事情。

　　"好了，没人报名，就继续做自己手里的事。"他随意地挥挥手，大家立刻各自忙碌。在此之前，他从没有带过团队。只是在Skydon最后一个月与同事的相处中，他逐渐成为一群人的核心，这一个月让他完成了一种领导者的蜕变。

　　一切绝不像张邕以为的那么平静，每个人都仔细读了他的邮件。

　　并没有过问此事的埃里克，连读了两遍，一丝笑意浮现在他嘴角。他需要这样一个人说这样一番话，他自己这样做并不合适，而其他的手下都太规矩，没人敢发这样一封不像公文、带有明显个人色彩，却是谈论公事的邮件。他看到劳伦斯并没有回复，于是他也就此沉默，看事态如何发展。

终于，劳伦斯和亚旭老板奥斯卡以及厉总隔着深圳河以及维多利亚港展开了越洋电话会议。

"说说吧，你们怎么看？"

奥斯卡这几天一直在读这封邮件，说道："这个张邕是个傻子吗？还是变态自大狂？一个新人来报到，谁会发一封挑衅意味的邮件过来，而且发给了所有人，唯恐没人不知道。"

奥斯卡是劳伦斯真正意义上的自己人，他们本就来自一个家族。

劳伦斯不置可否，他问厉总："国伟，你的看法呢？"

"他在Skydon就已经工作了差不多3年，我查了一下，口碑似乎还不错。哪怕职场经历只有3年，也不应该是个如此冲动的人。我不觉得他会是个傻子或者笨蛋，或者说，写这样一封信出来的人，要么是头脑太过简单，或者反之，心机太过深沉。"

"如果他就是在挑衅，奥斯卡，你准备怎么应对？"

"不理，完全无视他，甚至让两个经理出面和他顶上几句，看他如何应对。"

劳伦斯摇了摇头，自己这个堂弟大概永远只能做一个副手，很难独立掌管大局了。

"国伟，你说的这两种人，觉得他会是哪一种？"

"我觉得这个张邕可能不简单。邮件前半段充满了他的自吹自擂，但如果去除这些情感因素，你会发现，他所说的无一不是事实。他关于参考站和GNSS的评估，我也找不到理由认为他说的是错的。至少听起来很有道理。说到他的挑衅，甚至威胁，都来自最后部分的内容。但这里其实有很多学问。首先，他把责任都推给了我们。他说自愿，但如果不参加的话，就取消我们的参考站业务资格，而他的措辞是，降低我们的GNSS任务额缓解压力。他全篇都透露着一种张扬的自信，虽然鲁莽，但有一种堂堂正正的感觉。本不该再耍一个这样的小花招的，这有一种耍无赖的感觉，但他就是这样做了。而之后所有的结论都基于他的这个花招，责任归我们，后果我们承受，他却要接手所有的参考站业务。这样总结，这封邮件结合了几种特征，让人很难去猜想。当然，如何评价张邕这个人，我们不必看信里如何写，只看一点就可以。"

"是哪一点？"

"他所威胁我们的是不是真的能做到。如果能，这就是一个不可小觑的人物，如果不能，那一切都是虚张声势，他的整封信都没有意义。"

"喂，劳伦斯。亚旭在中国市场的地位不可动摇，汉斯和高层也都是认可的。Eka连新代理商都不曾考虑过，怎么可能让一个新来的小子拿出一块业务，自己来做直销，我觉得他在吓唬人。他没在Eka待过，不了解一切的来龙去脉，想当然地把这里当成了Skydon。等到他的报告被汉斯甚至伍德总裁亲自否决的话，就是他被打脸的时候。我不觉得我们需要理他。"

劳伦斯不想在外人面前训斥奥斯卡："Eka是不会拿走我们的任何一块业务给别人的，也包括厂家直销。但是，如果是亚旭主动放弃的呢？"

奥斯卡有些不服地说道："我们没有时间参加培训，不代表我们要放弃这一块业务。"

"很好。说说亚旭在市场上做过些什么？有没有一到两样，我们可以把直接证据展示给Eka看的呢？"

奥斯卡飞快地计算，然后说道："如果我们快速拿到一些资料，然后简单翻译，快速放到我们的网站上如何？"

"互联网是有记忆的，而且你们动手晚了。如今张邕已经在这里，相关资料一定会通过他才能发放。网站的流量互动量都是可以检索的。最重要的一点，如何解释？如此规模的一个公司完全调派不出人手，参加张邕的参考站培训。"

奥斯卡愣住，不知如何应对。

"他堵住了你所有的路，你居然还说，他是个傻子。你见过这样的傻子吗？"

"厉总也说了,他说的自己未必能做到,很可能是在虚张声势。"

"国伟,告诉我你的真实感觉。"

"我不确定。但我个人的感觉,我觉得他极有可能做到。这封信太过轻狂和有恃无恐,我怀疑他是故意的。"

"好,多谢。这样吧,你们尽快安排各个分公司报名张邕的培训。而我会在香港亲自配合接待他。如果他是我们猜想的那种人,这种人还是先成为朋友的好。"

劳伦斯给张邕回了信,当然也发给了埃里克和约瑟夫。

亲爱的张邕:

我非常高兴收到你的来信。很抱歉我现在只负责香港的业务,所以无法在北京参加你的入职仪式。

但我无比兴奋,可以在香港见到你。

是的,如你所说,香港网络是Eka香港搭建的。现在也由我们帮助业主进行运营,我下周将会去与业主当面沟通,相信在不影响其正常运营的情况下,他们会同意我们进行升级去测试的。

去准备你的培训吧,孩子。我们需要你专业的指导。

迫不及待想在香港见到你。

劳伦斯

埃里克轻轻关上了自己办公室的门,拉上了朝着工作间的百叶窗,然后他兴奋地跳了起来,原地转了一圈,这是他上任中国区以来最开心的一次。

张邕收到了劳伦斯的邮件,然后去茶水间倒茶。

当他回到办公室,无意中看了一眼电脑,目光瞬间定格。

短短一刻,他已经收到了十几封邮件,而邮件的数量依然在持续增加。

第89章 融入

张邕终于展现出来到Eka后的首次笑容,后面的事还很难说,但至少他赢得一次直接对话的机会。几乎所有的亚旭分公司都报名了,亚旭高层奥斯卡和厉国伟都回信表达了支持。

部分邮件是选择的"全部回复"模式,所以整个Eka中国都收到了大量的抄送邮件。亚旭如此主动报名参加Eka的培训,且如此大规模的全国所有公司参加,这是他们从来没有见过的。

所有人都开始重新审视这位刚刚上任的GNSS主管,名不见经传,但手段了得。最重要的,他很大胆,做事不太按常理。如今亚旭和Eka的关系非常敏感,大家都特别小心避免挑起矛盾。而我们这位张邕主管居然说,可以自己带Eka的团队做直销。而结果竟然是,亚旭妥协了。

当张邕再一次踏入办公室的时候,他先是见到了前台女孩无比尊敬的笑容。

"早,张邕。"

"早。"

"需要咖啡吗?我帮你倒一杯?"

张邕一时有点不适应,说道:"不用了,我自己来,谢谢。"

接着他碰到了曾经的挑衅者。挑衅者叫阿阳,是一个全新的空间设备、三维激光扫描部门的主管。这个设备太过前端,还处于推广阶段,行里人对这套系统不熟,所以对这位非本行业的主管也不熟悉,这就是他为什么出现在Skydon论坛的原因。

阿阳狠狠给了张邕一拳说道:"干得漂亮呀,这一仗赢得太帅了吧。"

张邕笑着表示了感谢,他感觉到了办公室的敬意,所有人看向他的眼光已经不同。

角落中,一些Eka资深员工则表现得沉稳得多。自从汉斯地位逐渐高过劳伦斯，这种斗争就成了常态，他们见过太多。或许张邕赢了一局，但仅此而已，什么也不能说明。甚至很难说，是坏事还是好事。出头的人总是引人注目，但第一个倒下的往往也是他们。

张邕迅速布置了下一阶段的工作，Eka全新参考站资料全部上线。之前他的团队本来就一直在整理各种资料，新资料迅速出现在网站，并发到亚旭每一家分公司手中，而市场部门早已敲定这一期国内几个主要期刊的内容全部为张邕所用。

一旦忙起来，张邕感叹，人还是少了一些。埃里克给他的安排中其实还空缺一个工程师的职位，但是一直没有招到合适的人。

天石办公室，赵爷眉头紧锁。

"确认了吗？"他问的是曾一起去隔壁测试的海刚，现在已经是天石大区经理。

"不会错的。但我不知道该怎么办？他干活一直很拼，业绩也相当不错。如果离开，对我们是个损失。如果他离开去了米河，我们的损失就更大了。要不要低调处理，这些暂时算了？"

赵爷摇了摇头，忠厚的脸上出现一种决然的表情："涉及人品，尤其是财务问题，绝不姑息。你若纵容一次，整个团队如何管理？好了，你出去吧，叫他进来。"

走进赵爷办公室的是张邕的老熟人，马小青。

马小青进门看到赵爷的目光，心中忽然一寒，心里有一种不好的预感。

"你今年上半年从财务支取了三笔钱，最近却以用户经费为理由结单，并找了其他替代发票来完成财务手续。给我一个解释。"

马小青看了一眼赵爷递过来的单子，强作平静地说道："赵总，这没什么可解释的吧？用户经费很多内容是说不清的。我没有乱花钱，而且这几个项目我们是赢利的。"

"我没有问你是否赢利，我再问你一次，这几笔钱现在在哪？"

"用户那里呀。"

赵爷笑道:"马小青,你知道我并不是一个很有耐心的人。你当然也更知道,我为什么找你,我们最好不要浪费时间。你知道,我们不是法律部门。公安办案,哪怕明知道你是凶手,但没有证据,只能认为你无罪。我们不一样,我们看重事实,我们彼此都知道自己做了什么,不用非要在证据上想办法。我想听你一句实话,这么难吗?"

马小青心一横地说道:"赵总,如果你连证据都没有就要定我的罪,我不服。"

"你很聪明。你知道我们有证据,但并不方便拿出来,因为我们需要用户出面做证,但没有哪个公司肯办这种事,对吧?我不知道晓卫怎么管理天工的,但你来天石也几年了吧,你应该知道,我们做事从来不遗余力。最后一次,说吗?"

"赵总,我什么也没做,没什么可说。"

"好。"赵爷点点头,忠厚的脸上笼罩了一层寒霜。

"海刚,马上报警,公司内部有人非法侵占公司资金。同时联系马小青这几个项目的用户对接人和领导,让他们提供证据,说自己没有拿到过一分经费。你这样解释,马小青说他们拿钱了,现在司法介入了,我们现在也没办法,只能让他们来配合。我们会尽力帮他们澄清。"

"好的,赵总。"

马小青脸色开始发白:"赵总,你这样不公平吧?"

"哦,哪里不公平了?"

"用户一定不会承认自己拿钱了,谁都不会承认的,那我岂不是这样被冤枉了吗?"

赵爷笑道:"我和你谈事实的时候,你说证据。所以我们现在只说证据,你做了什么已经不重要了,无论你是否做了什么,我们靠现在的证据就可以把你送进牢房。这不就是你想要的吗?"

马小青结结巴巴道:"赵总,你不会这样做的。用户需要向公安自证,就算确认是清白了,多少也会对他们在单位的名声造成影响。更有可能,会影响到他们的仕途。而无论影响了什么,他们只怕都不会再选择和天石合作。"

赵爷冷冷地看着马小青说道："这就是你的底牌吧，以为我们绝对不敢得罪用户，对吧？为了让公司保持洁净，我不允许任何藏污纳垢之物，为此我可以付出代价。而且一个正直廉洁的用户，应该也愿意用司法证明自身的清白，否则就被你污蔑了。他们恨的不应该是天石，而是你，他们会永久封杀你。海刚，报警吧。好了，你们出去吧，等候警方来处理。"

马小青撑不住了："赵总，我错了，先不要报警，给我一次机会。"

赵爷摇摇头，无比失望。他拿出一份离职文件说道："这是我给你准备的一份离职文件，按你的工作年限给了你5个月赔偿，其他所有的奖金提成照发，而且对你所做的事我们会闭口不提，帮你保密。"

马小青眼中透露出一丝喜悦，这个条件其实非常不错。如今他在行业里已经小有名气，如果拿了一大笔钱离开天石，他依然可以有很好的归宿。

"可惜，"赵爷将手中的文件撕了个粉碎，扔了出去，"你错过了在这份文件上签字的机会。"

马小青面如土灰，赵爷撕碎的还有他的心。

"我会让人再给你准备一份文件，赔偿一分没有。奖金提成照发，但会在未来12个月支付完毕。还有一份竞业协议，我不允许你5年时间内在任何一家与Skydon业务有关的公司任职。关于你拿走的钱，3个月内完全返还。以上违反任何一条，我们法庭上见。"

"好了，去收拾你的东西，离开吧。其他的事情，行政和财务会通知你。谢谢你曾经为天石做的一切贡献，再见。"

马小青失魂落魄地走出了天石的大门，世界之大，自己的下一站在哪里。回天石找找易总？他忽然想到了一个人，于是拿出了自己的电话。

"喂，张邕吗？"

香港铜锣湾，劳伦斯带张邕和Geoid的工程师宴来到一家著名的海鲜酒楼品尝石头鱼。

劳伦斯是那种出身良好的世家，事业上一帆风顺，没有付出过什么太大代价就掌握了大量财富的人。如今的职场低迷已经是他遇到的最大人生低谷，而这种低迷其实也并没影响到他的财富增长。

这样的经历会在人身上形成特别的气质，他从不像田晓卫那样咄咄逼人，总是试图最大化地展示自己随和亲民的一面，但无论在哪里，那种成功者的气质总是有意无意流淌，所以很容易引人注意。

如今他就无比热情地向张邕介绍着香港的各种文化和趣闻："张邕，从来没有来过香港吗？"

"也算来过，这里转机比较多。过境停留，时间很短，我很喜欢这里，但自己一个人的时候，想到人生地不熟，就懒得出门。"

"以后多来，弹丸之地，让我管理，根本用不了我多少精力，你来了，我有大把时间陪你。"

"太谢谢您了，陈总。这次的一切都是您安排的，包括与业主的沟通生意，没有您的帮助，我什么也做不了。"

劳伦斯笑道："你别这么客气，就叫我劳伦斯吧。都是Eka的事，应该的。看你那封邮件里的豪气冲天，我以为是个眼高于顶的少壮派，怎么现在这么谦虚？没事，不用给我这种老家伙面子。年轻人就要有年轻人的样子。"

德国人宴可不像Skydon的马克那样有见识，常来中国。他第一次来，看什么都新鲜，如今被门口的水族箱吸引，观光去了。他虽然在德国也常吃鱼，但从来没见过餐馆里放水族箱，让各种海鲜一族临终之前还能充分展示一次自己。这一切看得他兴奋不已，他拿出录像机，一边录像，一边加旁白。而包间里，就只剩下了劳伦斯和张邕私聊。

"你有听说吧，我和埃里克和汉斯的关系都不好。你怎么看呢？"双方友好的闲聊中，劳伦斯忽然甩出这么一句。

张邕也确实被这个问题噎了一下，但很快恢复过来。

"和您说实话，我之前还真的完全不知道此事。只是在我已经答应了埃里克之后,才有人和我说了这些事,并且所有人都劝我不要来,说这里的关系不好处理。"

劳伦斯大笑道:"来了之后呢?"

"确实不好处理,我被逼急了,才发了这封邮件。"

劳伦斯又笑道:"现在感觉好了吗?"

张邕也笑道:"好了很多,但还没太好。您问我对您和埃里克怎么看,我不想回答您,不是我要隐瞒什么,而是我从不觉得这和我的工作有任何关系。埃里克是我直系老板,招我入门的,我为他工作。而您是Eka的前辈,不要说您现在只管港澳台,就算您只管铜锣湾,职位上您也是我的老板之一。我觉得有时候,我们习惯于想得过多。可能很多人都在纠结埃里克和劳伦斯谁才是更好的一个,我该选谁,或者我才能都不得罪。但我不是这样想的……"

劳伦斯来了兴趣:"我看出来了,你不是大胆,是有时候太过直接了。你是怎么想的呢?"

"我是来工作的,想避免这些麻烦最好的办法不是总想着如何避免,而是专注于自己该做的事。所以我做任何决定的时候会很专心,只考虑事情本身。比如外面很多传言,说亚旭其实是您个人的产业……"张邕说得认真而轻松,劳伦斯却心中一震,这是个尽人皆知的公开秘密,但几乎没有当面听任何人提起过。他看向张邕,张邕似乎浑然不觉。

"但谁的产业与我无关。我需要GNSS业绩,所以就会尽全力来帮助亚旭,一起把业绩做上去。Eka有业绩,亚旭有钱挣,这难道不才是最好的结果吗?我会尽全力,我也相信自己的能力。但是我还无法做到让亚旭的每一个人信任我。这次我很高兴,因为至少,我们可以有一次面对面的机会。有时候我们不喜欢一样东西,一个人,其实只是因为我们的主观,我们根本不了解对方。亚旭不信任我其实没有道理,除了帮助他们,我还能做什么呢?但如果他们拒绝帮助,且自己本身也不够强大,就会逼我去另想办法。不只亚旭需要挣钱,我也需要生存。一般我们说的敌人其实与善恶对错无关，让自己活得不好的就是死敌。"

劳伦斯意味深长地笑道："说得不错，有胆有识，待会我敬你一杯。我和埃里克本身并无恩怨，虽然都是香港人，但我根本不认识他。但汉斯比我要晚入门Eka，这家伙一天到晚，除了吃喝玩乐，一无是处。如果不是因为是个白人，还是和总裁伍德的旧交，以他的业绩，无论如何都不能做到这么高的职位。他一直排挤打压我，是他在针对我，并不是我做了什么。坊间传言我也听过，都说我如何如何，其实就算我现在离开了，我还有Eka的股票，我从来不是为了钱而留在这个职位的。我很高兴，世间能有你这种人，能够真的只关心事情本身，而不是无关的立场以及是非对错。"

收获满满的宴捧着录像机，兴高采烈地跑入包间。

劳伦斯招呼他坐下，然后又转向张邕："是的，亚旭就是我的产业，我会让他们好好配合你的，合作愉快。"

第90章 动荡之"圆"

Skydon中国的又一次销售会议，约翰不可思议地听到了张邕的名字。

"绅士们，是我出现幻觉了吗？这个人已经离开我们一年时间了，说实话，我已经记不清他的相貌。所以我无法理解，他如今却成了我们本季度增长缓慢的原因。如果是参考站业务，我还好接受一些。你们知道，他在Skydon 3年几乎没有参与过参考站之外的其他业务，Skydon过去几年的增长和他没有任何直接关系，你们的说辞我无法接受。"

刘洋一脸尴尬。他的PPT是手下人精心准备的，除最重要数据部分之外，还有总结和说明。在竞争对手分析的部分，手下人可能太过崇拜张邕，把张邕加盟Eka作为对手变强大的原因之一。

封耘其实并没有为刘洋翻译这一条，可惜约翰对屏幕上那个

"Yong"字实在太过熟悉,马上指了出来。

李文宇一脸揶揄地笑,他并不想帮刘洋解释什么。

最后还是赵爷开口道:"张邕在Skydon确实没发挥太大作用,因为我们这边一切运转流畅,个人的作用并不是很大。而Eka不同,他们实力强大,产品系列也丰富,所以代理商普遍比较骄傲,还是那种'能买Eka是你们的荣幸'的心态,对GNSS产品的推广并没有付出太大的努力。张邕不是超级英雄,如果只是出去做单,他未必能强过我手下的业务员,但他是个可以解决问题的人。他一定能发现Eka的问题,然后去解决。刘洋说的其实是事实,Eka如今在GNSS的销售上强大了很多,主要转变其实是在态度上。Eka的设备本来就和Skydon难分高下,用户基础比我们更好,一旦开始像我们这样尽全力,的确不好对付。但我说这部分,不包括天石的地盘……"赵爷语气一转,"天石的地盘已经被我们深挖,就算Eka现在力度大了很多,也绝对不会影响到我们。"

这句话说得骄傲,但语气无比诚恳,配上赵爷一张忠厚的面孔,让人感觉不到挑战的意味,只是觉得他在说一个事实而已。

刘洋前一秒钟还想给赵爷鞠个躬,谢谢他帮忙解围,下一秒在腹内直接开骂,说了半天,还是夸到了你自己头上。

张邕是约翰心里的一个结,这个名字让他有挫败感。他当时来中国的首要任务之一就是要开除他,谁想对方平静地接受了,出言反悔的反而是他自己。他顶着压力,在保罗那里申请让张邕回来,谁想短短的一个月后,张邕却自己离开了。

所以一年之后,忽然在自己会议上听到这个名字,他有一点轻微的情绪失控。

"好了,就算如此。以后不要把什么个人因素代入我们的分析之中。乔治,恭喜你们获得浙江省的参考站系统的合同,这是Skydon的第几个网络了?"

"我们今年已经拿下三个网络。"

约翰终于露出一点笑容,一年三个网络,这和当初张邕与M大三年建一个网络，已经无法同日而语。

"Eka呢？"

"Eka拿下了山东的一个网络，张邕亲自带人去投标的。"

约翰微微有点震怒，他居然又一次听到了这个名字。

"我们依然遥遥领先，不是吗？"

"是的，但是有一点不同。"今天的赵爷似乎打定主意不想让约翰太开心。

"哪里不同？"

"我们深耕了几年，才开始开花结果。张邕和Eka其实只用了一年，从零基础就拿下一个网络，这远比我们更高效。"

"高效？"李文宇忽然插了进来，"不过是站在巨人的肩膀上。张邕用在Skydon打下的基础，去Eka拿下一个合同，没什么可称道的，不过是一种背叛行为而已。"

山东是米河的业务范围，米河山东分公司全力出击，依然没有阻止张邕拿下一城，他很不喜欢听到谈论这件事。

但约翰和李文宇都试图展开其他话题的时候，赵爷却完全不为所动。

"不仅如此，山东项目还有特别意义。"

约翰极力控制了一下情绪说道："乔治，时间有限，我们继续其他议题吧。"

一脸忠厚的赵爷则是认真地看了看表说道："是的，那我只要一分钟。"

有人轻笑，是丽贝卡，她赶紧低头捂住了嘴。

"山东的项目，不是常规的省局省院，而是地×局。这有两个意义，第一，Eka此前从来没有进入过地壳监测行业，如今张邕却靠着参考站系统打破了我们的垄断，这是一个对我们非常不利的事情。第二，张邕的野心只怕远不止如此。"

约翰认真起来，他终于意识到，有些事情是无法避过去的。

"继续,乔治。"

"这个项目绝对会加重Eka在工程中心项目上的竞争力。我猜山东网络一旦运行,数据会马上接入工程中心,数据中心的陈总会马上出具数据报告。这是用户第一手的实际观测数据,远比我们提供的样机数据或者单独安排的测试数据更有说服力。工程中心二期一旦启动,Eka可能会比Skydon先取得先机。我看张邕的图谋还在继续。"

约翰已经紧张起来,已经不在乎是否再次听到这个名字了。

"还有什么?张邕都做了什么?"

"我猜,他还会持续对各地的地×局出手。这一块曾经在我们手里牢不可破,所以我们有些公司难免大意,而他利用了这个机会,从这块我们认为最难的部分入手,轻松地突破了我们的防线。我们之前想的参考站网络,不过是网络服务加移动站的生意模式。而张邕分明是想用这套网络打破测绘界限,让非主流测绘用户进入测绘市场,搅乱我们现在的布局。并借助网络基站技术,来收取工程中心项目。我们一直觉得网络基站对工程中心的地壳监测没有实际意义,这种思维模式限制了我们,这个机会被张邕偷走了。可以这样说,如果工程中心二期一个月内就招标的话,那么现在Eka中标的机会远高于我们。"

约翰不由自主地缩了下脖子,似乎一个月内招标是个事实一样,虽然内心明明知道,那要一两年内才会发生。

"詹姆斯,你同意乔治的说法吗?"

李文宇微微有点为难,他可以把Tiger玩弄于股掌,也可以把约翰、保罗都哄得无比开心。但对生意大局的这种分析,他自知不如赵爷,赵爷说得再清楚不过,他无法不同意。刘洋是个不愿意动脑子做生意的主儿,而梁会算是有勇有谋,但很明显,他和赵爷是同一战线的人。

"我觉得乔治说的是有道理的,但不过刚刚一个山东而已,我们也不用大惊小怪、自乱阵脚。工程中心项目还早,真正启动我猜差不多要两年。我们还有时间,既然地×局多数依然在我们手里,我们现在开始加强防护,不再给张邕机会就是了。"

赵爷硬邦邦接口道："可能Eka很快就会有第二个地x局的参考站项目。"

这句话像颗深水炸弹，狠狠砸在众人心上。

"哪里？乔治，在哪里？"

赵爷平静地摇了摇头道："不在天石的地盘，我们无法接手。"说这话的时候，他把目光投向了李文宇。

李文宇第一次在赵爷面前出现了一丝慌乱，他发现今天赵爷的出招他接不住。他心里狠狠骂了一句，该死的张邕。

张邕的离开给米河增加了一个强劲对手，而对天石却成了利好，这是他从来没有预料到的事情。

约翰正色道："所有人，鉴于乔治提出的一些新情况。我们先停下所有的其他议题，先就Eka的参考站网络以及工程中心二期项目先做一个讨论，我需要大家的意见。"

会场忽然安静下来。

李文宇见大家不语，开口道："乔治的话一定还没完，还有什么信息要分享吗？"

赵爷转向了约翰说道："我觉得，该把参考站网络以及工程中心二期提上我们工作日程了，建议专门成立一个业务组来负责此事。由代表处派人牵头，各代理商选派成员参加。天石这边，我们愿意和米河一起联手，强强组合，来一起为二期项目努力。不然，我们可能真的会丢给Eka。"

李文宇冷笑，用中文说道："老赵，好精明的算盘。算来算去，还是算到米河的生意上来了。想参与二期项目？怕你还没那么大本事吧，总局领导你认识几个？"

他转向约翰说道："山东是米河的业务范围，山东项目被Eka拿走，米河愿意承担责任。但工程中心，米河一直在密切地跟踪，上上下下都有接触。他们没有日常采购，所有这是一份长期投入，几年都见不到回报的生意。米河在工程中心项目上并没有任何失误，所以我们不需要其他公司的帮助。乔治提醒得好，让我们更清楚地认识了局势，我们会加强防范，不会让张邕拿走更多。如果我需要乔治和其他公司的帮助，我到时候会提出来的。"

赵爷不为所动，说道："二期项目之大，远超一期，我觉得根本不是一个公司所能负担的，Skydon团队必须团结一致才行。一切还是由代表处主导，大家统一行动比较好。"

"OK，好了。"约翰有点无奈，他发现如今无论什么事，最后总要扯到米河天石之争上来。

"封耘，李可飞，你们记住，本周安排一个时间，我们开一个内部会议，先讨论一下工程二期的事情。你们各自都准备一下，然后我们重新约各位代理商开会。好了，先继续下一议题吧。

会议带着一大堆悬而未决的议题结束，赵爷和梁会在院里一起抽烟聊天。

"不都说Eka的关系很难搞，没有哪个GNSS经理能坐满两年，怎么张邕看起来还如鱼得水呢？"

"现在这样说还太早，只是一年而已。以张邕的性格，取得这样的成就太正常了。Eka什么资源都有，而且还是最好的。但人不爱做事，大企业的通病。而做事的人，会考虑埃里克和劳伦斯的关系，会小心翼翼各种避讳，什么可以做，什么不能碰。而张邕会在乎这些吗？他评估一件事该做不该做，完全只看这件事本身。所以别人不能做不敢做的事，他轻易就做到了。我猜……"

赵爷掐灭手中的烟，抬头向远处望了望，似乎张邕就在那一边。

"我猜，他自己还会稍稍有些不解，这里的关系不是很好处理吗，挺简单的，做事也很简单。"

他脸上浮现出一丝憨厚的笑容。

梁会点点头道："赵总，你识人的眼光真是一流，我觉得你比张邕自己更懂他。"

张邕在Eka的地位越来越高，这不仅是说随着业绩稳固而带来的地位稳固。另一层原因是，刚来一年的他，已经快成办公室的元老了。

每一次出差回来，几乎都有人事变动，有旧人离开，有新人进门，月会总是伴随着欢迎会。

埃里克对办公室的清洗，是在张邕到来之后才开始的。

张邕很神奇地居然和亚旭达成了一致，在GNSS和参考站业务获得了稳定的支撑后，埃里克就有了足够的资本和勇气开始"去劳伦斯化"。

这和约翰上任时其实很近似，只是当时约翰只想清洗张邕一人，而埃里克却是要清洗张邕之外的绝大多数人。

张邕不喜欢这样，但他改变不了什么，只能看着，一一和旧同事道别，和新同事握手。

他茶水间碰到阿阳，随便问道："谁走了？"

"东子，老齐，还有杰克。"

"三个都走了？"张邕有点蒙，埃里克的手段似乎越来越强硬，他再不是那个会亲自跑去Skydon会议亲自招募他的人。他摇摇头，拒绝多想，这是对他有知遇之恩的老板，他也拒绝去评价。算了，还是做好自己的事吧。

第91章　风云渐变

张邕准备回到自己办公室的时候，看到一个女人正站在马小青工位旁，和马小青聊得火热。看不到女人的面孔，有一副还不错的身材，听声音是个新人，看来会出现在本月月会上了。

张邕本能地不喜欢这个还没谋面的女人，因为她的声音里透着一种不真诚的亲密，好像第一时间就能和你亲如一家人。他不相信这种感情，更不喜欢在办公室里滥用这种感情。

马小青当初给他打电话，说自己离开天石了，想在他这里谋一份工作。急需用人的他大喜过望，马上答应了。而马小青也的确能力过人，山东项目，他直接将马小青扔到了济南，除了周末不许回北京。最终的中标，马小青厥功至伟。为了这个项目，埃里克亲自请他和马小青吃了一顿法式大餐，表示奖励。

他问过马小青离开天石的原因，马小青说，天石人太拼命，干活没日没夜，虽然挣钱不少，但太辛苦。而且工资之外，私企的其他福利和待遇都远比外企差，他想换个环境。另外，他更习惯和张邑一起工作。

如今张邑见马小青和那女人聊得有些轻佻，声音渐渐变大，心中稍有不喜，他轻轻咳嗽了两声。

马小青的声音立刻变低了，而女人则立刻转过来身来。

张邑看到了一张写满春意的脸孔，一双弯钩如残月却有春水流动的眼睛。

这张脸无疑是漂亮的，似乎还远比不上高琳、方舒的那个级别，但是对一般男人来说，可能是更具诱惑的一张脸。

如果非要说这张脸有什么瑕疵的话，这张脸不是中国传统审美上那种瓜子脸，而是一张圆脸，而且圆到了三百六十度无死角的润滑程度。而一向缺少情趣的直男张邑没看到眼睛里的春意，只看到了这种圆。他心里嘀咕了一句："像个水果盘。"

水果盘瞬间迸发了对张邑的全部热情。

"你一定是张邑，久闻大名，终于见到您了。我来了几天，您一直都在出差，但几乎每个和我做initial的人都会谈起您，一半时间谈Eka，一半时间谈您。我崇拜死您了，刚才还在和马小青聊您什么时候回来呢。"

水果盘的言语、表情和身体姿态配合得恰到好处，在略显浮夸的演技中融进了一点魅惑的元素，从而极大地提高了表演分。

张邑不适应，他不喜欢第一面的过度亲密，也完全不信一个办公室的同事对他会有什么崇拜之情。至于这种热情似火的表达，他忽然觉得像高琳那样稍稍装一点冷傲似乎更好。

"多谢，说得太过了，我不敢当。另外，你是谁？"

"哎，见到您我太激动了，忘了介绍我自己了。我是新来的市场部经理Penny，您可以叫我彭妮。我刚从英国回来，很多事不懂，您多指教。"

"欢迎你。市场部门很重要，以后还需要你们多支持。"

张邑说完这句话后，发现水果盘并没有让开的意思，似乎还有无限的思念以及崇拜之情还没表达完。

他赶紧加上一句："对不起，我还有事要处理，以后我们再聊。"

"哦哦，知道您是咱们办公室最忙的人，不打扰您了，以后再向您请教。"水果盘赶紧表示歉意并让开一步。

张邑大步回到自己的办公室，他有一点莫名的烦躁，这一年积攒的好心情被破坏了很多。并不是因为水果盘几句无关痛痒的恭维，而是觉得办公室的气氛正在逐渐变化，变得他越来越不喜欢。

埃里克不久前先招了一个助理佳娜，是个身高腿长的模特型美女。女孩很活跃，说话也从不注意小节，总能引得办公室男人们注目。当时张邑就不太喜欢这样的氛围，不懂老板为什么都喜欢在办公室里养花瓶，喜欢就带到自己家好了，办公室始终是工作的地方。

如今，又来了这个圆圆的总是要强行散发魅力的彭妮，不知道办公室会变成什么样子。

他无法腹诽老板的品位，因为他也是埃里克亲手招进来的，但对之后老板招的人，他由衷地一个比一个不喜欢。

新来的经销商经理贾华，据说也是行业里某知名品牌工作多年的资深人士。张邑见第一面时差一点发生误会，那是一张白面无须的脸，他差一点以为见到了自己在天工时的熟人。

直到贾华开口，他才确认不是曹公公。曹公公虽然伪善，但说话总是笑眯眯的，而且谈吐举止都很文雅。这位贾华，举手投足尽显北京胡同串子的油滑，又完全没有半点宫少侠的幽默和那种痞劲。而且脑力颇为有限，开玩笑不能弧度稍大，否则他的脑子绕不过来会死机。

虽然一切并不关他的事，只是他很难把这些人和一个百年企业联系起来。尤其他到过德国厂里几次了，德国人严谨的工匠精神给他留下了深刻的印象。但似乎是产品越好，各地的销售办公室越有资格挥霍和内斗吧，他知道有问题的办公室不仅是在中国区。

而中国区的情况更特别，他可以理解老板做的人员更换，但相比Skydon的封耘、李可飞等能文能武的精英，他觉得埃里克好像故意反其道行之，就是要凑一桌乌合之众。

在Skydon，他独来独往惯了，被当作透明人也没什么不习惯。但在Eka，他却不得不成为一个招牌式人物，业绩好，有谋略，有威信，似乎他是所有部门最成功的一位主管，什么事发生，他都要第一个顶上。而埃里克似乎也有意为之，水果盘说的一半说Eka，一半说您，倒也并非不是事实。

他有些无奈，非常不喜欢，他想专心自己的事，但是总被分心。

今天，他准备将工程中心二期的事正式提上日程了，大家开始做一些更有针对性的计划，在门口却被水果盘挡了脚步。

连续一段时间的压抑，终于变成了内心的一句咒骂："有病吧，你妈把你养这么大，你崇拜我干吗？"

他不知道的是，在他走进自己办公室的时候，看着他背影的水果盘表情有一瞬间变得无比冰冷，但很快恢复了常态。

对她的热情无动于衷的，张邕是唯一的一个。她心里不爽，决定去教训一下贾华出出气，虽然彼此刚刚见面，贾华已经被她训练得像亲生子一样听话。

张邕还是很快恢复了情绪，开始召集手下开会。

"我最近还要去一趟德国，我不在的这段时间，马小青暂时代我主持工作。接下来，我们说说各个相关单位的进展。"

屏幕上显示了一排单位和机构的名称。工程中心项目，规模之大，已经不再是工程中心一家的，整个高精度监测行业的排名最前的机构都牵扯在其中，各地方的地×局也是重要的组成部分。

张邕用自己的集成算法，将用户从话语权、使用权、技术能力、行业影响，以及与Eka的亲密度做了一个表格，所有的信息一目了然。

手下人和亚旭的参与者只需要按照他的表格一一去跟踪用户，定期反馈就可以了，一切简单而高效。

最初一切都还不明显，但如今这张表格再拿出来，用赵爷的形容就是"张邕的野心昭然若揭"。

一切看似无关的布局，最终成了农村包围城市的手笔。米河坚守在总局高层来影响工程中心。而张邕则编制了一张网，在米河还意识不到的时候，逐渐将工程中心拿在自己手中。

只是张邕不知道，并不是没人猜到他的用意。他做的一切都被赵爷看透了，本来这有可能由一场暗战变成双方的明棋，可惜Skydon有Skydon的问题，赵爷无法上场，依然是米河在继续操盘。

一切清楚明了，会议逐渐接近尾声。

"M大北极中心周教授需要一套接收机和扼流圈天线，我们给吗？但扼流圈天线我们手里也没有，只有一个非JPL产的一个过渡期产品。"

"给，必须支持。北极的事我们错过会后悔的。天线去向山东局借一个，他们刚到货。把我们这个非JPL先临时给他们，直接讲是北极中心要，可以让周教授出面谢谢他们。"张邕回答得不假思索，M大的要求他很少会去拒绝。

"差不多了，还有什么，刘岩？"他看见自己最年轻的手下举起了手。

"贾经理找我，让我帮他预备两套测试样机。他说先准备设备，他会随后和你以及埃里克沟通，有重大测试。"

一丝嘲弄的笑容出现在张邕嘴角，心里那句话还是忍住没有出口："他能有什么重大测试。"

"好，我知道了，还有其他事吗？没有，散会。刚才被确定加任务的，周三以前给我答复。有事找马小青，我要提前下班了。"

他急于回家，Madam怀孕了，偏偏这一段是他最忙的时候，所以只要不出差，他会尽量多待在家里。

收拾好东西，离开办公室的前一秒，他眼前撞见了一张白面无须的脸。

"张邕，刚回来，辛苦。"贾公公极力做出人畜无害的笑容，但比曹公公的演技大概差了地球到火星的距离。

"贾经理好，我有事先走。刘岩和我说了你的事，你继续找他吧。其实GNSS又不是你的事，你说下项目情况，我安排人帮你搞定就是了。好，我得马上走，有时间再请教，拜。"

说罢大步离开，站在原地的贾公公脸上一阵灰一阵白，气道："牛什么牛！"他转身去敲了老板埃里克的门。

劳伦斯在和奥斯卡和厉国伟通电话："这个贾华是干什么的？"

"工厂子弟，没读过什么书，所以从业很早，要说资深，当然算。30多岁年纪，10多年仓库看门经验，资深的仓库管理员。因为工厂与康目集团的合作，莫名成了外企员工。埃里克怎么会看上这么一个东西？"

劳伦斯道："埃里克用人不可小看，张邕的本事你们都见到了。这个贾华应该也有他的考虑吧。"

"张邕纸面实力就是响当当的，只是本人比我们想象的更有决策力，也更能拼。但这个贾华怎么看也是一块扶不上墙的东西。埃里克用他做什么呢？"

"做什么？当然是对付你们了。张邕是做业绩的，但不好当枪使，你让他钩心斗角，只怕他也不太会。这个贾华刚好是用来做台面之下的事情。"

"经销商管理经理？亚旭只有一家，对接各个部分业务就是了，我们哪里需要一个专门的管理对接，这个位置的设立就是针对我们的。还有一种最坏的可能，汉斯真试着打破我们多年的平衡，想做一些事情，大家都各自小心吧。"

"果真如此，我们该怎么办？"

"打，让新来的活不下去。还有，有事多找张邕帮忙。"

"张邕怎么会帮我们？他怎么也是埃里克的人。"

"或许吧，但他也可能是整个Eka中国里唯一能帮我们讲几句话的人。"

张邕回家路上接到了赵爷的电话。

"我知道你今年夏天做了什么。"憨厚的赵爷居然说了一部电影的名字。

张邕笑道："什么都瞒不过赵爷。"

"干得漂亮，这样下去。工程中心二期可是Eka的了。"

"哪有这么容易，任重道远，如今Skydon依然还是领先的一方。"

"很可惜。我是想和你直接交一次手。可惜，Skydon不允许我上场。"

张邕脑中飞快地盘算了一下说道："赵总，只要是生意，我对你都没有胜算。不过二期项目，我能争取一个最好的结果，我猜是平局。"

"一家一半？"

"是的。"

"我若占优，有没有可能全拿？"

"很难。哪怕你是赵爷。"

"帮我个忙。"

"赵爷请讲。"

"分享我一些资料，关于二期的，我依然想介入。"

"你知道我不可能给你的。或者你又准备了一个天价，我猜猜，你准备了3000万的大红包给我。"

赵爷笑道："其他进步没看到，这胃口是越来越大。3000万，说得轻描淡写，不是当初为了50万失魂落魄，一个月都不敢去上班的时候了。"

二人同时大笑。

赵爷恢复了严肃，说道："我认真的。我不是为Skydon要资料。李文宇现在在Skydon话语权很重，他和保罗甚至史蒂夫的关系都非常好，约翰很多事也做不了主。在工程中心一事上，我找约翰沟通了几次，他稍稍动心，想让天石参与一部分。但一旦上报，就立刻被保罗否决了。你觉得，对上米河，你的机会如何？"

张邕回道："对上米河我会轻松很多，不会让我太头痛。但结果不会差太多，这个项目已经不太可能一家拿了，我的目标会是，锁定一半，争取更多。"

"哦，"赵爷点头，"所以米河一样有机会。Skydon的决定也没大错。你给我些资料，我用自己的产品去投。"

"自己产品？"张邕强调了一遍，"赵爷，你好大的自信。"

"我想试一下，不参与一下，怎么能真正知道差距。我的产品这一年也有个很大的进步，和你在上海看到的不可同日而语。"

张邕沉默了短短的几秒说道："好，赵总，我知道的都给你，祝你成功。"

赵爷微微诧异地说道："这么痛快就答应了，不怕我把资料给Skydon。"

"我相信你不会，给了我也不怕。我说了，这个项目也不会一家拿下，如果Eka加一个中国品牌，太完美了。"

"不担心是Skydon加一个国产品牌？"

"我在这里，而你不在那里，我不用怕。"

"张邕，你越来越厉害了。"赵爷不禁赞道。

在Eka中国所在地的地下餐厅里，埃里克的美女助理佳娜、水果盘、贾公公和埃里克的司机小殷坐在一起喝东西。

贾公公在打电话："姐，你这个老同事太拽了，连句话都不和我好好说。没见过这么嚣张的人，我拿他没什么办法。要不你直接出面和他聊聊吧。这家伙眼睛长在头顶上，谁都不放在眼里。"

电话另一端显然是个女人，虽然不太年轻，但依然笑得很娇柔："兄弟别生气，他以前好像脾气挺好的，没见和谁吵过。如今本事大了，脾气也见长了吗？我出面不合适，回头我们再和埃里克商量一下吧。"

挂了电话的贾公公看向水果盘说道："谁的面子都不给，怎么办？"

水果盘向他一笑，贾公公身子酥了半边，说道："这里是Eka中国，不是张邕事务所，我们只是给他面子而已，他若不要，我们就不用理他。看看我们的佳娜，貌美如花，迷得埃里克魂不守舍，乐不思蜀。她可以做埃里克一半的主。"

"嗯，"佳娜眼波流转，"另一半就交给你吧。"

"好呀。我们联手，就做了埃里克的主。还用看别人的脸色，要别人给面子吗？"

第92章　贾公无私

小殷看着眼前的人笑作一团，他也跟着笑。

他不讨厌这两个女人，她们都很好看，而且性格开朗，都对他很亲近。当然他也知道她们为什么对他亲近，他只是个司机而已，但却是老板的身边人。而这两个女人是近期出现在老板身边频率最高的人，和他的交集当然不少。美女在侧，他没觉得有什么不好。

但他不喜欢贾公公，他更喜欢张邕。

虽然他不做业务，但也能感觉得到谁能做事。他、张邕、贾公公和财务的出纳小瑛，是整个Eka中国仅有的四个北京人。所以外人只会评说北京人如何如何，而他们能清楚看出这是一个怎样的北京人，北京人内部的歧视链隐隐都在心里。他没有歧视贾公公的意思，但看得出这种人层次不太高。不只出身，后天的教育和环境也很有限。特别是遇到事情的时候，贾公公喜欢拍一拍胸口说："我在北京混多久了，黑白两道我怕过谁。"

这像极了北京胡同的混混，一个正常人，或者真有背景的人，没人会把"黑白两道"挂在嘴上。每次贾公公这样义薄云天的时候，他都会赔笑一下。但心里无法理解，老板怎么选一个这样的人。他读书不多，但肯用心肯吃苦，人也机灵，靠着不错的驾驶本领，走进了Eka中国。却想不到，身边却有个似曾相识的人，实时提醒着他的出身。而且这个人不是和他一样的服务人员，而是这里的高级经理。他不解，而且有一点以贾公公为耻。但他发现，他似乎避不开他，因为两个女人喜欢什么事都拉着贾公公一起。

有时候，他稍稍有点失落："或许，我没资格和张邕他们交朋友，身边只能是贾经理这种人吧。"

所以他忍不住问了一句："其实张邕也没做什么，他好像除了工作，对一切都没太大兴趣。你们为什么都不喜欢他呢？"

这句话让几人一怔，贾公公居然微微有点脸红。

只见水果盘笑吟吟凑上来，几乎贴上了小殷的脸，小殷的脸立刻红了。水果盘就真的伸出自己手，直接摸了小殷的脸。

"小弟弟，你还太年轻。有时候没做什么，才是最讨厌的。"

佳娜笑道："你这坏女人，瞧把小孩子吓的。小殷，怕她干吗，她摸你，你也摸她。"

小殷彻底红了脸，低下头一动不敢动。他其实不喜欢这样，他总觉得在Eka这样的企业，人不应该是这个样子的，但作为男人，他不得不承认，自己是有几分享受的，他的心跳得很快。

在德国开会的张邕，这次是直接接到了埃里克的邮件。

老板亲自吩咐他，说贾公公手里的测试莫名重要，而且的确事关机密，现在不好明说，请张邕务必全力配合。贾公公给出了一份测试设备清单，让张邕帮忙准备。

张邕仔细看了这份清单，单子是专业人士拟的，绝不会出于贾公公这种饭桶之手。但对方应该没有提供正式清单，只是在交流的时候随手写的一张单子。贾公公当然没有本事写一份完整清单，只是将用户所写抄了过来。

他建议贾公公，让马小青直接和用户交流一次，谈清楚要求。马小青回信说，贾公公十分傲慢，不但不安排用户，还说他没权力知道，只需要按他的要求准备好设备就可以了。

张邕回信："贾经理再有类似行为，直接将清单撕了砸他脸上，说是我的命令。让他有事直接找我。"

回信之后，张邕继续看这份清单，对方依然要的是扼流圈天线。这样的高精度用户他一只手就可以数过来，会是谁呢？为什么要如此神秘？

他思考了一会儿，一切逐渐在脑中清晰起来。但背后是谁呢？他又摇了摇头，希望我这次猜错了。

当天会议结束，全球参考站业务负责人乔尔带张邕去吃德国猪肘。

"怎么了，邕哥？似乎不是很开心。"自从加盟Eka，张邕就开始了自己的大哥生涯。

"乔尔，Eka最近有什么变化吗？特别是关于中国政策的。"

"你知道，我只对业务负责，中国如果有结构的调整，不会有人提前通知我的，也不需要征询我的意见，所以我没什么特别的消息。你发现什么了吗？"

"你知道，我是中国区GNSS产品负责人，但如今有人要做GNSS测试，不通过我，对我保密，但却要我们提供支持。"

"胡闹！埃里克糊涂了吗？你的业务不通过你，而且整个中国区，还有比你更懂GNSS业务的吗？"乔尔无法相信这是真的。

"这说明了一件事。埃里克不是把这项目当作一件业务来处理的，只怕有更多的心思。他当然知道我能处理好这件事，但如果我处理了，就没有了其他人的功劳，会影响他下面的计划。"

说到这里，张邕长长地叹了一口气，连乔尔都能感觉到他心底深藏的一种无奈与不满。

"对不起，可能我不该多问。在此之前，我以为你是全球过得最开心的GNSS主管。你业绩过人，手下人训练有素，而中国也是个理想的市场。你总是目标明确，计划每一步都在完美地执行。我想不出会有什么能妨碍你。如今我似乎懂了一些，但如果我是埃里克，无论发生什么，我都会站在你一边呀，你才是那个能征善战的勇士。"

"谢谢你，乔尔。其实我一直很郁闷，很久了。今天能和你谈一下也好，也许并不明智，但至少对我是一种解脱。你知道我对Skydon和Eka的感受最大区别是什么吗？我在Eka没有家的感觉。在厂里我有，乔尔，我无意套近乎，但你和厂里的同事都很像我的家人，我们彼此了解，信任，又为一个目标而一起努力。但我回到Eka中国，感觉不到那里是我的家。我每一次取得成绩，看起来老板会褒奖，同事会祝贺。但一切都是程式化的，连贺词都是中规中矩的。我感觉不到有人真的开心，感觉不到大家会为你的成就而高兴。Eka就像是一部冰冷的机器，但如果真的是一部机器，我也就释然了，但它不是。它总在一些奇怪的地方迸发热情，整个办公室的价值观不是围绕着工作的。而且总有些人想联起手来做一些事，我不知道他们要做什么，但很显然不是工作的事。我可以拒绝，但拒绝后，在办公室里就会过得很不舒服。但你又不能抗争，因为也没人强迫你做什么。你若强硬，没人会与你为难，还会笑着在你面前谦卑，但你就更失去了与他们成为自己人的机会。我来自Skydon，我在Skydon内部也有矛盾，也是因为不满才离开的。但我现在时不时还会怀念那里，那里的办公室更像一个大家庭。虽然彼此也有矛盾，但是因为整个家的共同利益是连在一起的。你做的事，每个人都知道，你的成绩每个人都会高兴。我今天说太多了，可能美国文化与欧洲文化的不同吧，我不知道该怎么处理。目前为止，似乎一切也没真的影响我什么，但一切总能让你不开心。乔尔，你能听明白我在说什么吗？"

乔尔点点头道："我能理解，我也有过类似的经历。我的理解，这些应该都是埃里克的问题，所谓办公室文化，就是老板文化。你没有和埃里克谈谈吗？"

张邕苦笑着摇摇头道："现在和埃里克谈这些，很难。"他眼前总是老板和佳娜嬉笑的场景。

手机震了一下，他拿起，看到一封邮件。

他笑着问乔尔："你知道中国现在几点了？"

"深夜了吧,怎么啦?"

"我现在收到一封中国市场部的邮件,告诉我这一期广告内容的,不止是给我,还有埃里克,以及亨利副总裁。"

乔尔皱眉道:"这么敬业?夜里还在加班?"

"敬业与否我就不知道了,他们的邮件总是在夜里从办公室发出,抄送给高层,显示他们在加班。但在正常工作时间里,你经常找不到他们。"

"天哪,"乔尔刚反应过来,"看来中国的问题,真的比较严重。"

"抱歉,邕哥,很替你抱歉,但我帮不上忙。不过有一点,你可以确信,我会在参考站业务上完全支持你,这一块,我不会让任何人来拖你的后腿。但我做的可能只有这么多。亨利那边,与我也算老友。如果有问题需要帮助,不要犹豫,随时联系我。"

"好的,谢谢你,乔尔,特别是听我讲了这么多无聊话。"

"我的荣幸。"

马小青被贾公公的傲慢与物质彻底激怒了,他当然没有像张邕交代的那样把单子撕碎,砸在他脸上。这种事,他觉得米河的宫少侠应该是可以做出来的,他还做不到。但他把单子扔给了刘岩,自己拒绝和贾公公对话。

可怜的刘岩,虽然他也无比讨厌贾公公那副嘴脸,却不太敢有太多怨言,只能咬着牙一一准备设备。最后贾公公提出还要一个软件狗,刘岩拒绝道:"我们没有多余的软件狗。让他们把数据发回来,我帮他们处理不就可以了吗?"

贾公公如今是求得了埃里克的圣旨,正要把从张邕那里丢掉的面子找回来。

"我说了,要软件狗。我的清单里有,你们必须要提供。你这不有一个吗?"他一把指向了插在刘岩电脑上的软件狗,"这个先给我,用完了还你。"

说着伸手就拔,刘岩一把拦住道:"贾经理,这个不行,这是我的，我还在用呢。"

"你的，Eka里面还有你自家的东西？你用就有，用户测试就没有？你比用户还大呀？"

贾公公的嚣张，并非空穴来风。水果盘前一天晚上给他好好讲了一课。

"为什么大家都尊重张邕，没人尊重你呀？因为张邕比你厉害呀。你想赢得尊重，那就霸气点。不是让你打架，但这件事是埃里克交代下来的，老板的意思，你有足够的理由执行老板的命令。除非GNSS的人不把埃里克当老板。真如此，你就可以狠狠告他们一状。你怕什么呢，都是北京爷们儿，你为什么要怕别人。"

"我怕他？"贾公公无须的白脸上多了一层红晕，"我是不愿理他，我从小就在街面上混，黑白两道我怕过谁呀。"

"说得挺威猛。看你实际表现吧，男人呀，不能关键时刻不行。"水果盘给了贾公公一个意味深长的眼神，贾公公心跳加速之余，全身立刻充满了能量。

所以，这次贾公公是带着无比刚猛的决心出现在GNSS队伍面前的，而且故意调高了声调，附近的人都看到了他们的争吵。

"别废话了，刘岩。是你拔下来给我，还是我帮你拔？今天我要把一切货物装车送过去，耽误了时间，你负担不起。"

"贾经理，这不合规矩。"马小青终于还是忍不住，站了出来，"我们的软件狗是拿给每个工程师处理数据用的，登记的是他们的名字，这个是无法外借的。"

"规矩，你去和埃里克说，今天我需要拿一个软件狗走。现在，马上，麻溜儿的。"一句北京土话从贾公公嘴里脱口而出，公公嘴脸暴露无遗。

端着咖啡的水果盘无比凑巧地路过了这一段，她嫣然一笑说道："小青，工作第一，先按贾经理的要求办呗，规矩是死的，人是活的。我觉得就算张邕在这里，也会听贾经理的。"

她说着走了过来，轻轻地用自己的肩碰了碰马小青的肩膀。

"别犹豫了，早晚还不一样。"

马小青轻叹一口气道："好吧，我先把我的给你，张邕回来再说怎么解决。"

贾公公露出了胜利的微笑："这就对了嘛，Eka又不是只有你们GNSS一个部门，哪来那么多臭规矩。"

这句话一出，几个GNSS员工立刻脸带怒色站起身来。连水果盘都摇了摇头道："狗肉上不得台面，这张嘴真是活该挨打。"

从门口传来一个声音："GNSS部门什么臭规矩呀？说说我听听。"

贾公公立刻变色，马小青和刘岩则叫道："张邕，你回来了。"

水果盘愣了一下，没想到张邕回来得这样快。她快步上前说道："刚回国就上班呀，你真是整个Eka最敬业的主管。有点误会，其实贾经理不是这个意思。"

"哦，我不知道贾经理什么意思，但看来不用听他解释了。谢谢，彭妮，你解释给我听吧。"张邕微笑着，一双眼睛盯在了水果盘脸上。

水果盘果断退却："又不关我事，还是你们男人直接对话吧。好像你的人和贾经理谈得有点不融洽，我本想协调一下。既然你回来了，我还是享受我的咖啡吧。张邕，欢迎回来。"她向张邕点头示意，然后离开了。

张邕看了贾公公一眼，贾公公本想分庭抗礼，却心里不由得一寒。

马小青在旁边说了原委，张邕点点头道："配合贾经理工作，是正确的，你做得没错。"

"贾经理，我看一下软件狗的序列号。"

贾公公递过手里的软件狗，张邕看也没看，一把扔给了马小青："拿好，别再被别人骗走。好了，就这样，大家各自干活吧。"

张邕说罢转身走向自己的办公室，看都不再看一眼贾公公。

"张邕，你什么意思？"

贾公公气急败坏地追了上去，张邕仍是不紧不慢地向前走，仿佛贾

489

公公根本不存在。

贾公公忍不住伸手去拉张邕的肩膀，张邕忽然站住，转身，眼神如冰霜一般落在了贾公公身上。贾公公一瞬间露出了抱头鼠窜之相，他紧张地向后退了一大步。

"贾经理，你确定要在办公室里动手吗？"张邕脸上泛起一层笑意。

"谁要动手？你还敢在办公室里打人？我要拿回那条狗。"

"你要狗干吗？狗又不会说人话。"几个GNSS成员唯恐天下不乱地发出各类奇怪的笑声。

"张邕，我不和你斗嘴，我和你好好说。我们答应给用户一个软件狗的，我只要一个，只要几天。埃里克同意的，你快给我，不然我们都不好收场。"

"当然，老板吩咐的，肯定尽快执行。你回自己办公室，我会邮件发送你申请链接。你填写软件狗使用申请，我会签字后发送厂里。只要理由正当，不会有人为难你，一周后你就可以拿到了。没办法，贾经理，GNSS就是臭规矩比较多。"

办公室的目光逐渐都被吸引过来，贾公公感受到了周边明显的嘲讽意味，他想今天打个翻身仗，在众人面前立一次威。正如水果盘告诉他的，他是手握埃里克圣旨的，没必要怕张邕。

但他又真的有点怕张邕，他犹豫着该如何找回面子的时候，张邕转身大步进了自己的办公室，并且"砰"的一声关上了门。职场上里有些惯例与潜规则，比如办公室的门，一般除了老板的办公室会把门关上。其他主管经理一般都是半开或全开着，最多也就是虚掩着。来人会象征地敲一下，然后直接推开。

张邕直接把贾公公关在了门外，表达了一种直接的态度："别烦我！"

贾公公最终没敢去敲那扇门，他又转向马小青说道："你真的不给是吗？"

马小青耸耸肩，指了指张邕办公室紧闭的门，然后不再言语，转身回了自己的工位。

所有人都回去工作了，最后只有贾公公站在原地。他青着一张白脸，终于也转身，没回自己办公室，而是向埃里克办公室走去。

众人看在眼里，不约而同摇摇头，也就是这套路了，看来贾公公的戏很难有什么惊喜了。

张邕很快被叫进了埃里克的办公室。

看着一脸平静的张邕，以及一旁气哼哼的贾公公，埃里克心里叹了口气，两人的高下分明，没任何悬念。但这两个却是都对他很有用的人，张邕毫无疑问是一把可以攻城拔寨的利刃。贾公公则更接近他私人养的一条……，他忽然觉得怎么自己的形容也直接这样定义了贾公公呢。

如今大局已定，张邕可以继续他的GNSS和参考站大业。但他自己的一些个人小目标，则更需要贾公公这种人。可惜他还是高估了贾公公，他知道贾公公没什么文化，但也偶尔听起公公说起什么"北京黑白两道"，因此有种错觉，以为至少在要横这种事上，贾公公一定可以压张邕一头。张邕现在风头太盛，他不太喜欢，也希望有人能打击一下他。张邕没在社会上混过，只是个书生而已。"黑白两道怕过谁"的贾公公，遇到的大概是黑白两道之外的张邕，连这种气势也被压了一头。

虽然失望，但爱"狗"心切的埃里克，决定敲打一下张邕。

他始终皱着眉，没给张邕一个好脸色。

"张邕，小贾要的测试设备，怎么还没备齐？这件事很严重，出了问题，要承担责任的。"

"林总，没有人把扼流圈天线当作常规设备放在库房，我们根本没有。就是向厂里申请并通过审批的话，也要3个月才能拿到。如今这两个都是我们想办法从用户手里借来的，有一个还是亲自去别人的站上拆下来的。这已经是最快的了，能同意拆设备借给我们的，估计全世界也没几个了。"

"没和你说天线,我问你软件狗呢?"贾公公一旁低低地狂吠。张邕扫了他一眼,后者立刻避开目光。

"是呀,张邕。软件狗怎么回事?这件事很重要,如果真的是你或者你的手下人故意刁难小贾,这件事我要严肃处理的。我觉得你从来不会意气用事,是不是哪里没说清楚。"埃里克尽量做出一副恩威并施的模样。

"软件狗的问题有两个:第一,公司的管理条例;第二,用户根本不需要。"

"你说不需要就不需要,现在我说需要。"

"你说需要,贾经理,你知道软件处理是处理什么的?处理之后的成果是什么?你知道你这个用户是做什么的?他们手里之前用什么软件?"

贾公公面色赤红,一个越没文化的人越容不得别人说他不懂。他先是握紧了拳头似乎有一种要拼命的劲头,但最终还是转向了埃里克,无比委屈地伸了伸爪。

埃里克语气逐渐严厉:"小贾不是专业人士,这不是你不好好合作的理由。他可能不懂,但他和用户沟通了需求,软件狗是在清单上的。张邕,你的合作精神呢?"

张邕转向老板,他认真地解释道:"其实这种高精度用户是不用厂家的商用软件的,因为我们是工程软件,精度是达不到别人要求的。做这种数据处理的都是数据专家,他们可以在国外的几个大学以及专业网站申请自己的专业版软件。像这个用户,他的手里一定有的。"

他说着用目光压制了想插嘴的贾公公。

"他们用Eka软件唯一的原因,其实就是我们的数据格式转换,他们需要厂家的转换器。但格式转换是不需要软件狗的,我已经做了一个独立的格式转换器,就在给贾经理的那张U盘里,一切早都准备好了。"

埃里克心里基本判定张邕说的是事实,他知道张邕从不会回避他看不起贾公公的事实,但要说故意为难,张邕不会这么低级。今天的谈话有点尴尬，他不想继续了。

贾公公却有点不服："都是你的猜测而已，也许人家想比较一下我们软件呢，也有可能呀。"

张邕看了他一眼，他有点享受贾公公眼光的退缩。

"贾经理说得对。所以我一直让你安排马小青直接和对方技术对接一下。可你一直不肯，所以我刚才直接问了一下方工，他确认了。"

贾公公像突然被捅了一刀，几乎跳了起来，埃里克也瞪大了眼睛说道："你？方工？你怎么知道？"

张邕无奈地叹口气："我并不想知道，可你这套配置这么特殊，我就是想不知道也很难。而且就这点事，偏偏搞得这么复杂。我觉得摊牌了更好，省得交流费事。贾经理，你也不用再去打扰我们的人了，我刚才在办公室里给方工打了一个电话，让他以后的技术问题直接联系马小青他们。"

"林总，还有其他事吗？没有我先出去了。"

埃里克不知道该说点什么，张邕戳穿的并不是贾经理，而是他安排的事。

"你出去吧，张邕。这事虽然你都知道了，但还是对外保密吧，还不到对外公开的时候。"

张邕点头道："我会的。公司的一切规定我都会遵守。"

第93章　疑似故人

赵爷开始做自己的产品之后，就彻底放弃了佳瓦。

而他上一次看到佳瓦的资料，是在用户的办公桌上，附着一张疑似美女的名片。他和张邕后来提起过此事。

张邕马上意识到一些事情，一个连赵爷都经营得一般的品牌，疑似美女和她的老公李博超基本没有能力做得更好。那么他们接手这个品

493

牌，或许是看到了这个品牌背后的一些东西。

疑似美女毕竟是田晓卫身边的人，很难说她从田晓卫那里听到了什么消息。当然还有一种可能，以田晓卫的聪明，未必会说漏嘴，或许他故意透露给凯西一些消息。

这消息就是日本知名光学仪器厂家康目正在商谈与佳瓦的收购与合作事宜。于是疑似美女摇身一变，成了康目旗下公司的人。而贾公公是康目与中国工厂合作而走入日企的，于是与疑似美女的轨迹就有了交集。

贾公公要测试的单位没有提供发货地址，而是他亲自开车送过去。那么不是在北京，就是北京周边。考虑到康目一直在跟踪，而自己的设备却始终无法满足要求的某些项目，张邕很快就锁定了目标，对他来说，一切和1+1一样简单。

当然也有他猜不透的，比如：为什么一定要瞒着他？比如：贾公公，疑似美女。埃里克之间是怎样的一种承诺，有没有工作之外的一些关系？比如：彭妮为什么常常出现在这里？她是个什么角色？和贾公公又是怎样一种关系？

他不知道，也拒绝去多想。或许把办公室这几条线串成一个故事，比他找到测试用户的分析还要简单。但是，张邕的智慧只是选择性间歇性爆发，这个时候他的思考选择关闭。

虽然诸多坎坷，贾公公也办事不力。但最终来自这个保密单位的设备测试，是非常成功的。

方工向张邕表达了谢意，并欢迎他有时间来天津做客。

同时方工将报告也提交给上级部门了，并获得了认可。这个结果很快出现在埃里克的报告里，作为未来代理商的一个重要投名状，被送到了汉斯以及副总裁亨利的面前。

"亨利。我们可以宣布新的代理加盟了吗？"

"不够。如果这个新亚公司拿不出一个像样的首订单，他们走不进Eka的门。既然敢承诺1000万欧元的业绩，首订单我要五分之一。"

494

"这对一个新公司来说是不是压力有些大？"

"所以我们才必须坚持，我要看到一个新代理的决心和财务实力。我不知道埃里克怎么选择的这家公司，从他提供的资料上看，我并不确定这是我们需要的合作伙伴。而我们没时间去中国验证这一切，让他们用订单证明自己吧。至于这些所谓新项目，你知道的，有Yong在中国，我们现在不缺项目。这个决定一旦公布，亚旭那边会有非常强烈的反应，波动在所难免。没有新公司的这200万欧元，怎么能保证今年的业绩。让他们拿钱说话吧。"

汉斯点头道："好的。这的确是避免风险的最好方式。但劳伦斯那边，您进展如何？"

"我已经向董事会提交了报告，Eka香港本身就是个历史问题，我们会逐渐修正这一切，将Eka香港从法律上正式并入Eka中国。如果董事会通过，我们可以回购劳伦斯的股份，让他不再具有股东地位。即使他不同意也没关系，我们会将生意重心转到北京，逐渐架空Eka香港。劳伦斯要是聪明的话，现在谈个好价格出手是最明智的。"

汉斯狠狠道："劳伦斯拿着Eka的薪水，做着自己的生意。一个公开的事实，难道我们的法律部门真的就完全查不出证据？"

"不是证据的问题，是历史问题。最早这种事本来就是半公开的，怎么查？"

亨利说着，看了一眼汉斯，说实话，劳伦斯的确有很多违规的行为，必须想办法处理。而且亚旭现在地位过高，已经影响了Eka的发展。但真的就能力来说，劳伦斯真的远在汉斯之上，如果汉斯不是白人与伍德总裁的好友，他绝对不会执掌亚太区。

Eka中国暂时平静，贾公公不再敢惹张邕的人，但每次见面都形同陌路，不过贾公公的态度也没人太在乎。

双方本就活在不同的空间，张邕继续带人攻城拔寨，通过每个月的总结，他都知道自己离目标更近了一些。

而水果盘和贾公公，则与埃里克组成了三人组，似乎每天都在一起开会，但从来没有人知道他们在谈什么。他们开会的内容，也从来没有出现过在月会上。

张邕当然不在意他们谈什么，他只关心自己该关心的事。不出差的日子，他一般都是提前离开办公室，早早回家照顾Madam。

其实Madam是否需要他的照顾，是另一个问题。在过了妊娠的孕吐期之后，Madam立刻精神焕发，挺着大肚子，每天在单位和新房之间奔波，整个房子的装修都是她一手操办的。张邕几乎从没过问过。

看着自己的房子一天天褪去素颜，换上新装，张邕又惊又喜。他小心翼翼地拥抱着Madam说道："天哪，我这是娶了个神仙吗？"

装修已告尾声，张邕再一次陪着Madam来到新房，就在此时，他接到了一个电话。

"梁老师，好久不见。怎么会想到给我打电话，您那边一切可好？"

"我们挺好呀。Skydon的人都很想你，直接说事吧，我一个朋友，急于想见你。有没有时间？"

"见我做什么，他是干什么的？"

"是个投资人，最近有人找他给Eka的人投资，他想找人了解一下情况，我刚好想到了你。"

"给Eka投资？"张邕心中一动。

第94章　无妄之灾

柯老板和张邕坐在东方广场的一间咖啡厅内。

"张邕，梁会和我说了，你是专家中的专家，人品也是没的说。今天我就听你的，你说值得投，我就投。你说有问题，我就马上回深圳，不和他们多废话。"

"柯老板，您这样说，我压力太大了。您的钱，还是要自己做主才是。当初梁老师那边，您为什么不投？"

"这个梁会,他做公司的时候没和我说呀,后来才知道他做了北斗生意。我猜,他一个大学老师,可能不愿意用我们这些俗人的钱吧。但我可以给你保证,我的每一分钱都是干净的。"

"您是怎么知道Eka的?"

"我香港的一个老友,应该是和这个Eka的埃里克是旧交。听说埃里克在找投资,就介绍了我。不过他说他对埃里克的生意其实一窍不通,让我一切都要自己把握。和埃里克在香港见了一面,谈得很热闹。按他说,你们属于行业翘楚,是全世界最厉害的产品。我看了几次,发现一头雾水,根本不知道是做什么的。你知道以往这种情况,我们肯定是直接退出的。但埃里克老是和我谈,这是北斗产业,未来的发展方向。真巧,这两天看电视,凤凰卫视说了,卫星导航产业未来的价值是6000亿元。兄弟,你知道。我们这批人是挣了点钱,但都没什么文化。越是如此,越想投一些有科技含量的产业。所以埃里克这摊事,我心里老是舍不得。后来终于想起来梁老师,然后他就介绍了你。我以为你最多是个业内的知情人,谁知道,你居然就是Eka的人,这难得了。这件事你帮我,甭管成不成,以后要是有类似的机会,咱们还合作。我不懂技术,但能看人,你这个朋友我认了。"

"您太客气了,我不敢当。埃里克是我的老板,他做的事,我不评价。我会给您一些这个产业的信息和建议,并保证每一句话都是真实有效的,您自己来做决定。"

"好的,好的。我就是要听这些,埃里克一个人自吹自擂,我实在不知真假。"

"埃里克说的应该都是真的,我猜他不会在大方向上唬您。他本身就是Eka中国区副总裁,这事不是一次性买卖,他是想做生意,不是想骗钱。这个毫无疑问。但北斗产业这个话题太大,我们的确属于北斗产业的一部分,但属于其中一个分支,高精度测绘装备。这个行业的高精尖是没问题的,Eka全球领先,也是事实,这些都没有问题。但是,您觉得一头雾水,什么都听不懂,就是最大的问题。因为这一套设备不是民用的技术，寻常老百姓是用不到的。所以这也不是一般公司可以经营的产业。它需要专业的团队、专业的销售，来对专业市场和用户进行推广。专业市场远比民用市场小得多，但利润也是高得多。所以很难简单评估这是不是一笔好生意，要看是否适合您。以Eka这样的品牌，如果发出公告，说要寻找新代理，只怕行业内趋之若鹜，大家会争得头破血流。但如果离了行业，就算站在天安门广场上，高呼谁要做Eka代理，除了警察，不会有人理您的。Eka对我就是好生意，但对您如何，您要自己看。就算给了您设备，您自己也卖不掉，您需要一个专业的团队。而从经营风险上对您而言，就是，您对业务插不上手。"

柯老板点头道："不错，说得非常清楚，我理解了。"

"您打算怎么办？"

"投资而已，不一定要懂经营的，我只需要确定这事是否值得。埃里克真做这一摊的话，会不会让你来经营？要是你经营，我就放心了。"

张邕露出一丝苦笑道："柯老板你要谢我的话，我只有一个要求。"

"你尽管说。"

"这件事是埃里克私人的事，他并不想任何人知道。未来也绝对不会是我来参与经营。所以，这件事您自己做主，而且千万不要在埃里克面前提起我，否则我会很为难，而他会很尴尬。"

"这样？你是说，埃里克坐着中国区副总裁的位子，又私下做着Eka的生意，这样是不是不合法？你知道投资最重要的原则之一，就是绝对不碰有法律问题的项目。"

"埃里克应该会尽量避免法律风险，他具体如何做，我不清楚，我只能做我能做的，说我知道的。埃里克的事，如果您有兴趣，不妨和他继续谈清楚。您不能只和我在这里纸上谈兵。有一点，我可以和您交个底儿，Eka已经很多年没有发展新代理了，这次可能是个绝佳的机会。埃里克并没有把这个机会公平地拿出来，这不是我喜欢的。但这个机会也真的是个千载难逢的机会。"

"我会和他好好谈谈的。现在不一样,有你这番话,我心里大概就有底了。后面我知道怎么控制。太感谢你了,兄弟,我先走,你还要坐一会吗?"

"我等我一个朋友,您先请便,我们随时联系。"

柯老板告辞离开了,张邕拿起电话:"喂,你到哪了?怎么还不到?"

"来了,来了,这下面太复杂了吧,东绕西绕,好不容易才过来。"门外走进来的是一个"怒发冲冠"的男人。

"人到了Eka,品位也高了。来的地方越来越高级,绕死我了。小子,先去给我来杯1982年的拿铁漱漱口。"

"师兄,Eka这边有变动,我不知道会发生什么。"

怒发狂人差一点没把口中的咖啡喷出去,说道:"你没事吧,怎么走到哪变到哪儿。到底是这些企业有问题,还是你自己有问题?"

张邕苦笑道:"你说得对,可能真的是我自己的问题。"

怒发狂人见他如此,又有些于心不忍地说道:"开玩笑呢,你干吗呢?我好不容易回一次北京,别给我装什么自怜自艾。说说,怎么啦?"

"我和亚旭现在相处得还行,当然也包括劳伦斯。从工作角度,这没什么问题。但从老板个人角度,他可能不会太喜欢。这一次,他在寻找亚旭之外的新代理商,本来是Eka的一件大事,一切却是偷偷摸摸进行的,一切让我有似曾相识的感觉。"

"Skydon?"

"是的,真的和Tiger当初如出一辙,但做得更过分。而埃里克的野心也更明显,但他找的人和你也是故交。"

"哦,谁呀?"

"天工元老凯西。"

"天哪,你们老板这品位的确值得商榷。"

"埃里克甚至还出面帮她们找投资，我刚刚在这里还见了一个投资人。"

"好吧，我收回我的话，这似乎不能怪你。但你的运气怎么总这么糟，不好理解了。你打算怎么办？"

"我什么也做不了，和在Skydon一样，只能看着。但我担心我的老板。我总觉得，一切都和Skydon很像，很难说Eka高层最后会做些什么。"

"只要你没事就好，这些国外名企看来都是日子过得太好了。最近有赵爷的消息吗？我有事找他，却找不到，他失踪了。"

张邕笑道："赵爷怎么会失踪，一定是太忙，顾不上接你电话。约他过来，一起用晚餐吧。"

他抄起了电话，拨打了赵爷手机号码："抱歉，您呼叫的用户已关机！"

"奇怪，你打他电话多久了？一直关机吗？"

"我从回北京就开始打他电话，一直是这个状态。"

"奇怪，按说不会如此。"

张邕说着，拨打了天石办公室的电话，很快通了，进入电脑语音，但是始终没人接听。

二人对视了一眼，目光中都满是疑惑，隐隐地都有些担心。会出什么事情吗？又能出什么事情呢？

"你找他干吗？"

"他不是在做自己的设备吗？朱院士现在也在做一些硬件的研究，我们有一些突破，想和他一起沟通一下。回北京前我们联系过，他很高兴，但不知道怎的，忽然就找不到人了。"

张邕皱起了眉头，他再次拨打了电话，这次打给了马小青。

"小青，联系一下你的旧同事，天石现在什么情况？如果能找到赵总的话，让他给我回电话。"

二人有些担心，但想想法治社会，也不至于出什么大事，可能只是临时失联而已。二人开始闲聊，渐渐忘了赵爷的事。

张邕不知道的是，柯老板离开咖啡厅后并没有走远。

此刻就在不远处一家茶室的包房里，正对着埃里克、凯西，还有白面无须的贾公公。

此刻，柯老板的眉头紧锁，他完全没料到，这场投资谈话，会变成这样。

"埃里克，是我没有听明白凯西的表达吗？她说的是这里没有股份投资？我们投钱进来，但是不占股份？请问，你事先就知道是这样的结果？"言语中已经有了怒意。

"这个，"埃里克干笑一声说，"大家刚刚坐在一起，这事还是要好好谈谈。"

"是这样的，柯老板。"疑似美女向柯老板笑了笑，"您不是这个行业的人，似乎也没必要和我们一样冒风险，我现在的方案可以有效地保护您的利益。任何风险都与您无关，而所有的收益都有您一份，您觉得这样不好吗？"

"说得真好听，谢谢你为我着想。但你的意思是，我要拿出真金白银来订货给你们，然后你们负责销售，有钱挣，你们挣大头，我只挣一个固定比例。如果有风险，往里面投钱的只有我自己一个人。这样的方案，你们居然能说成是为了保护我的利益，凯西，你长得很好看，但是好像还没那么好看吧。"

凯西也皱了皱眉，她喜欢听恭维话，哪怕不是真心。但最不喜欢别人拿她的相貌调侃，美不美，即使可以骗过别人，终究还是骗不过自己的。

"柯老板，钱是您出，但只是订货的钱，公司的运营成本您完全不用考虑，而所有的货都在您手中，就算有一天，我们不再继续了，您也没任何损失，随时可以收回成本。这样好的事，您怎么会觉得不妥呢？"

柯老板哈哈大笑，心道：幸好张邕这小子把一切都解释清楚了，否

501

则真的没有办法和这帮人这样谈下去。

"凯西，我只是一个什么都不懂的外行，一个靠国家政策红利挣到了第一桶金的暴发户。订货是我付钱，但货进来之后，还由得我做主吗？我又能做什么？如果真的有一天我们之间出现问题，我完全没有说话的余地，这一堆设备堆在我的库房里，我根本没有能力兑换成金钱。最后我一定还要回来求你们。这是你们打的主意吗？"

埃里克心里叹口气，有钱人果然都精明，这么快就看明白了一切。

"柯老板，那你的看法呢？"

"订货的收入，我只留5%~10%，专业设备利润率都高，我没必要都按比例计算。但除此之外，我要公司10%的股份，我觉得这个很合理。"

疑似美女和贾公公对视了一眼，一起摇摇头道："不行，这个做不到。"

双方吵了很久，最终没有达成协议。几人起身握手告别，口中都道下次再约。但彼此都已知道，不会再有下次了，双方的底线都很分明，基本无望达成一致。

几人脸色都不好，强作礼貌。大家一起出了茶室，再一次握手告别。

张邕接到了马小青的回电："张邕，不好了。天石真的出事了，赵爷不接你们电话，可能是跑路了。"

张邕觉得头"嗡"的一声炸开了。怎么回事？他面色凝重地听完马小青的汇报，挂了电话，简单和怒发狂人说了几句。怒发狂人也是脸色大变，二人急匆匆结账，快步出门。

"张邕，你还在这呢。太好了。刚好和你聊几句。"有人大声叫住了他。

"柯老板！抱歉，这会儿不行，我有点急事，晚一点给您回电话吧。"

但这一声"张邕"，清清楚楚地传到了不远处的埃里克等人耳中。埃里克看着柯老板和张邕打招呼的背景，脸色铁青。

贾公公则在一旁不失时机地进言道："难怪态度这么坚定，原来背后有靠山呀。"

疑似美女则直接爆了粗口："××××的张邕，老娘在天工可没得罪过你！"

第95章　天石危机

Skydon代表处，约翰正在召开紧急会议。

"天石的危机，我想各位都听说了。Skydon将暂时停止与天石的合作，并配合中国海关和相关部门进行调查，我们会出一份声明，证明天石的不合规操作与Skydon无关，也与其他代理商无关。各位，我也希望你们管理自己的公司，我不想再看到类似的事情发生。现在，我们回到我们的第四季度业绩上来吧。少了一个天石，我需要各位一起来弥补这部分空缺。当然，目前的状况，天石的一切业务都对大家开放。也许，这是对大家最好的一个机会。"

李可飞忍不住道："约翰，难道我们不该为天石想一点办法吗？这可是我们最好的经销商之一，这些年的业绩有目共睹。"

约翰皱了皱眉道："可飞，事关中国法律，我们没人能帮得了他。只能由中国政府来给他公道。我们只是企业，做好我们自己的事吧，比如我们这一季度的业绩缺口。"

梁会开口道："帮我和老板翻译下。天石做的事，我们每个公司或多或少都有，不管你们是否承认，我承认，我们做过。只是天石的出事，及时给我们提了一个醒，我相信我们很多公司都及时调整了策略，从这个角度说，天石其实对我们，也包括对Skydon，是有功的。年底这份业绩，如果我们占了天石的市场，那么明年天石回来后，双方又要扯皮。新的区域是好事，但也代表着新的投入，但这份没有保证的投入，我不敢大胆去投入。"

约翰听到了他最不想听到的内容，他正在努力划清Skydon与天石违规之间的界限，却听到梁会说，天石做的事，每个公司都做过。

他没有回应梁会的话，却转向了李文宇道："詹姆斯，难道你们公司也有类似的事吗？"

米河当然有，但李文宇摇摇头道："我们公司一向都是正规操作，从不介入这样的违规。"话音落下，刘洋第一个毫无避讳地发出了一声鄙夷的冷哼。

李文宇不为所动，他有足够的底气。不久前，米河已经重新注册了。现在的企业依然叫作米河，却已经不再是之前的公司，新的企业的确一切正规，没有任何问题。

他继续说道："我觉得各位不要再给约翰压力了，你们不知道，老外最怕的就是法律问题。他已经在尽力回避，大家就不要穷追猛打了。或许，我们可以认真想一想，天石有可能真的回不来了。不如我们考虑自己的处境吧。"

刘洋嘀咕了一句："唉，一个个道貌岸然的，关键时刻，一个比一个孙子。帮我给老板翻译，年底业绩，我多加10%，但老赵的地盘，我不要。有人图谋了那么久，这机会让给他们吧。"

李文宇冷笑道："装什么清高。你要不要有人在乎吗？米河做事，一向公道，我不在乎别人说什么。"

"好了！"约翰有些火了，大家在他的会议室吵架几乎还是第一次。

"我明确一下吧。我们本来也有计划要终止与天石的合作，与这次事故无关，只是碰巧他们遇到了法律问题而已。那我和大家明确说吧，有人向我以及Skydon高层举报了天石，说乔治在天石之外，还有一个公司，做的是属于乔治的自主品牌，而且是同类产品。就是说，天石，或者说乔治，实际上已经是一个GNSS制造商。这与Skydon的理念是违背的，你们知道，Skydon绝对不会和另一个制造商合作，也不会允许代理商另外经营其他品牌。所以我们要终止合作，这才是主因。大家不要胡思乱想了，专注于我们的业绩吧。"

刘洋有点愕然，事实上，他是唯一不知道此事的。

"真的，证据确凿吗？"

封耘在一旁点了点头道："基本属实，否则约翰不会随便提起的。"

刘洋不再说话，心里却叹道："完了，老赵，你这次可能死定了，没人能救你了。"

Eka中国附近的一座KTV，佳娜和水果盘在包间的沙发上一左一右，拥着埃里克，而贾公公正在一旁点歌伺候着。

埃里克的家人都在香港，但这些忠诚的属下完全填补了他家庭生活的空白。他乐在其中，已经不在乎夫人是否过来。

"佳娜，老板今天很不开心呀，陪老板喝一个吧。"

"又不是我一个人的老板，来一起陪。"

感受着身体两侧火一般的热情，埃里克的心情好了很多。

"心情好不好，也不是你们的事，谢谢你们陪我，来一起喝。哎，小贾……"

贾公公立刻弯腰上前道："我敬老板和两位大美女，干杯。"

"贾经理，我说你怎么搞的？"水果盘眉眼如丝，却用纤纤玉手指着贾公公的鼻子，"你一个业务人员，怎么替老板分忧的，让老板这么不开心。"

埃里克挥挥手道："不关小贾的事。"

贾公公则道："是呀，怪我。但今天真正惹老板生气的可不是我。我对他没什么办法，你最好想个办法，帮老板出口气。"

水果盘也是冰雪聪明之人，说道："又是张邕吧？"

"除了他还有谁。凯西要入门这事，有他在后续还会有很多麻烦，彭妮，这事你要想想办法。"

佳娜笑道："老板，都是你的人。你在乎他干吗，真让你不开心，开了他不就是了。"

埃里克摇头道："Eka是正规企业，我们不能没有理由随便开人的。

你们没去过厂里,不知道德国那边大家对他的信任度很高。唉,也是我一手扶持,将他抬举到这个位置的,但如今一切已经超出我的掌控了,我其实奈何不了他。"

"哦,我说张邕怎么在办公室目空一切,而且什么都不怕呢。原来有恃无恐呀,您对他可是知遇之恩,这不是恩将仇报吗?"

这句话犹如一把刀,狠狠扎在埃里克心上,他眼中立刻燃起一股怒火。

"嘿,佳娜,你是在劝解老板吗?你看老板更生气了,陪老板跳个舞。"

佳娜拉埃里克起身跳舞,埃里克拒绝道:"我可不会跳你们这种交谊舞,不,不。"

佳娜的双手则埃里克的脖子上,水果盘在埃里克耳边低语道:"谁在乎您会不会跳舞呀,这个小美女,您真不想搂呀,要不我替您搂。"

埃里克起身了,居然还稍稍有点脸红。

识趣的贾公公立刻调暗了房间的灯光,房间里只剩下音乐伴随着幽暗的暧昧。

水果盘则坐到了贾公公旁边,贾公公毫无意外地心神一荡,但他强行稳住心智,不敢对水果盘有半点无礼。

"怎么?老板真的要对付张邕了吗?"

"是的。他今天非常生气,不比以往,平时他总觉得张邕本事过人,凡事都忍让几分。但这次,如果有机会,他一定会弄死张邕。"

水果盘满意地笑道:"一个老板,想对付一个员工,还怕找不到机会。只要他下定了决心,这事不用他操心,我们肯定可以搞定他。凯西那边怎么样?"

"我联系了几家康目的经销商,一听有机会拿Eka的货,大家都有兴趣。"

"那就太好了,我早说,这条路一定可以。第一笔订单我们尽量把利润放出去,只要拿到足够的资金订货,就可以。有钱订货,就让凯西尽快入门。你知道,既然凯西也和张邕不对付,那么她入了门,我们就又多了一个自己人。不用张邕真的犯错误,一个人是对是错,只要有足够的理由,老板就可以定他的对错。别以为张邕真的有那么厉害,他欺负你不过是勇夫所为,我若杀他,兵不血刃。"

"唉,我不是怕他,我顾全大局而已。不过有你在,我就彻底踏实了。了不起,我敬你一杯。"

水果盘的手也摸上了那张白净而光滑的肉脸:"小弟弟,挺乖呀,来,喝一个。"

"还有件事。刚才埃里克说了,张邕在厂里很受信任。即使我们抓到了他的把柄,厂里人也会保他,这点连埃里克都没办法。如果不能一步打垮他,让他留下来。你知道,张邕并不是一个好惹的人。"

"放心吧,张邕并不是不可替代的,如果有人可以替代他,他就没那么值钱了。"

"谁?谁能替代这个怪物?"

"放心吧,老娘早有安排,他跑不了的。"

在马小青的联系下,张邕最终找到了海刚,两人在一处咖啡厅碰面。

海刚一脸憔悴,愁容不展,再没有当初戈壁上的精气神。

"谢谢,张邕。你在Eka春风得意,居然还想着老朋友。Skydon这帮王八蛋,没有一个肯出来帮忙的,天石这次只怕在劫难逃。"

"你们到底做了什么?我知道赵总做生意魄力很大,但要说公然违法,我怎么也不信。"

"唉,怎么说呢,你要严格说违法吧,也的确算是。但我们做的事,每一个Skydon经销商都在做,甚至Skydon本身也是知道甚至默许的,只是我们倒霉,被查到了而已。也是这几年生意不错,赵总也是有些头脑发热,在天石网站上宣布我们今年做了一个亿的生意。不知道是不是有人举报,总之海关和税务立刻盯上了我们。天石这边就是进口Skydon然后销售,两边一查,问题就很多。"

张邕不解道："你们的问题到底在哪里？我还没听明白。"

待海刚稍稍详细讲解，张邕立刻明白了事情原委。

Skydon有一款短距离的受限制版RTK设备，叫C4，价格大概是标配设备C8的一半。但二者在硬件上是完全一样的，受限是由软件来完成的。

不知道哪个公司是第一个破解此软件的，总之C4升级到C8，在中国已经不是秘密。

之所以说Skydon也知道此事，因为从此之后，中国市场几乎见不到C8的订单，替代的是大批量的C4订货。只要稍稍想想，就能明白此事。但Skydon对此没做任何回应，只是稍稍降低了C4的折扣而已，因为来自中国的订单数额巨大，这个数额足以让他们故意忽略到底是C4还是C8的订单。

除此之外，还有一些订货的操作，比如每次只订最基础的配置。其他的功能都是在国内进行升级，升级没有货物运输，赵爷经常会用信用卡支付，这样就避免了海关交税。

这也是为什么梁会说，这种事每家或多或少都有。

而海关一旦执法，这事的严重性则远超出了赵爷的想象。海关在经历一次不太愉快的拜访之后，立刻启动了公安税务海关联合执法。

赵爷的进口单上都是C4设备，而和用户签订的都是高额的C8合同，于是海关认定天石在逃税，冻结了天石所有账号，对过去几年的每一笔单子以及每一个合同进行彻查。

张邕摇了摇头，闭上眼睛让自己安静几秒。这次天石运气有点差，但并不算完全无辜，他觉得很难帮得上什么忙了。

"赵总呢？他不能这样躲着，要站出来解决问题呀。"

海刚道："你了解老大的，他不会跑的。我们也在疏通各方面的关系，这件事最终的结果应该是天价罚款。老大不是躲起来了，是在暗地里筹钱，他只能如此。如果他现在不脱身直接进去的话，那么更没有人能筹到钱了，这样一来，天石就再没有翻身的余地了。放心吧，赵总拿到钱，勉强能应付罚款的话，他会站出来的。"

张邕点点头，这的确是赵爷的性格。

"天石的员工现在怎么样？"

"总公司封了，大家都回家了。但如果公司没事了，我想他们都会回来。各地分公司都在运转，就是没有薪水，也没有货，大家都是靠着责任心在坚持。我真的不确定大家还能坚持多久。"

张邕愣了几秒才反应过来："你说，天石都被封了，工资也发不出了。但整个公司的人基本在，只要没问题了，生意随时可以恢复是吗？"

"是呀，怎么啦？"

"没什么。替我向赵总致敬吧，他建立一个了不起的企业，培养了一群了不起的员工。"

"谢谢啦，我不觉得这有什么值得夸耀的。"

"有个问题，你们向海关交的税少了，那么抵扣也就抵了，正常交易还是要多交税，里外不是一样的吗？"

"你知道，我们做的国产化的那一摊吧，那边是巨额投入，完全没有收入。赵总把利润都砸在了那一边，这边的抵扣自然就出来了。"

"好吧。赵总的钱筹得怎么样了？"

海刚这次毫不掩饰地长长叹了一口气："太难了。你可以继续联系他，如果有一天他的电话打通了，那么问题应该就解决了。张邕，你有办法帮我们借一点吗？"

张邕苦笑道："你太看得起我了，我只是一个打工的，虽然有一份不错的薪水，算不上缺钱，但是我能拿出的钱，只怕对你们而言，只是杯水车薪。"

"我知道，你别介意，我也是急得没办法了，既然你来了，就随口问一句。"

"不，都是朋友，你问我是应该的。我只是拿不出那么多钱，但我有我的办法。你们的分公司不是都在吗？等我消息，一周内给你答复。

我想赵总了，我想尽快打通他的电话。"

"真的？"海刚眼中立刻燃起了希望，他太了解张邕了，如果他说有办法，就一定会有。

第96章 乱（一）

某市属设计院的刘工正在和康目的经销商通电话。

"赵总呀，不是和您说清楚了吗？这次是高精度项目，日本人的设备无法满足要求。不是我们和亚旭关系有多好，我们对厂家一向公平。但除了Eka的设备，真的没有谁能满足我们。我知道你们也在研发0.5秒设备，但不是现在还没有吗？即使你们有了，我们也要先测试吧？确认满足要求才能引进，你们任重道远，咱们以后再合作吧。"

这位康目的赵总显然并不准备放弃："刘工，别急着挂。这次和您谈的有些不同。我说的就是Eka的设备，我可以给您提供Eka的设备。"

"赵总，你别开玩笑了。你去哪里拿Eka的货？亚旭的人什么样你不是不知道，没必要惹这种麻烦。康目的设备我们也不是就不要了，后面还有很多机会合作。咱别老盯着这一单行吗？"

赵总坚定道："刘工，我没开玩笑，也不是不顾一切，非要做此单不可。但我的确是可以拿到Eka的货，而且是从Eka直接拿，不是从亚旭手里拿。您不信没关系，咱们直接签合同，我的价格绝对比亚旭低。咱们有合同，到时交不出货，我赔偿您呀。这还不放心吗？"

"真的？"刘工这边有点半信半疑。

"马上签合同，耽误了你们项目，我赔偿。放心吧，咱们打交道十几年了，我可不会拿自己的声誉开玩笑。咱们做的也不是一锤子买卖。"

挂了电话的赵总，将电话打给了贾公公："小贾，上次说的事，我干。我给你一份清单，我现在先订400万Eka的货。"

贾公公满脸喜色，却被坐在对面水果盘踹了一脚，贾公公愕然地抬头，水果盘则伸手在他面前的信纸上写了一行字"+100W"。

贾公公有点为难，轻声道："这？"

水果盘杏眼圆睁，用手比了一个动作，翻译成语言，大概意思是："你少废话！"

于是贾公公收起笑容，矜持起来。

"赵总呀，目前想订货的不止您一家，您知道的，Eka的货大家都想要。我们不可能每家都满足，只能选几个关系好，且彼此可以信任的。但可能也还要筛下去几家才可以。"

"小贾，你跟我装什么孙子，上次是你带着那老娘们过来求我订货的，怎么如今还拽起来了。400万你嫌少是吗？胃口真大呀，还有什么条件，你说说我听听。"

电话那头忽然换了一个娇媚的女声："赵总，你好。我是Eka的彭妮，咱们没见过面，但您的大名我如雷贯耳，老听人提起您。今天有幸，您打电话过来，我刚好和贾经理在一起，就顺便和您聊几句，我真是太荣幸了。"

赵总被一通没头没尾的恭维搞得有点摸不着头脑，但还是很快恢复了老江湖的姿态，说道："彭……妮，你好。幸会，你过奖了。我只是行业里的一个老人，和小贾是多年的朋友。"

"嗯，贾经理说了，他每次都对您的实力和为人备加推崇。这次的事是这样，新亚这边的凯西需要下一个2500万的订单，我让小贾找了几家，都是和您一样，有实力、人品又好的老总。大家定好了，每人拿出500万订货。这是基本要求，也是一个基本承诺，从此这几家企业就都是自己人，我们也不再需要新的伙伴加盟。刚才您电话里是不是和贾经理说，要订400万的货？他这人死心眼，还想和您说清楚500万的事。我觉得无所谓呀，您关系特别，既然是老朋友，手里差点，不可能因为这100万把您拦在门外吧。您就按400万拿进来，其他人有意见，我会去沟通。然后我们再找一个小经销商凑100万，问题不就解决了。您看行吗？

赵总。"

赵总的脸上升起一丝红晕,他语气稍稍生硬地回道:"谢谢你的照顾,但我什么时候说过我拿不出这100万了?不就是500万吗,就这么定了,你让小贾和那个女人准备合同,我准备订货清单和合同款,我们马上签合同。"

"对不起哟,赵总,我是想帮您,但的确误会您了。真的抱歉,改天您过来,让贾经理请吃饭,我亲自敬您一杯。谢谢您了,我们马上准备合同。"

赵总脸上现出几分得意:"好的,彭妮,有机会我过去拜访。"

电话挂掉,贾公公一脸崇拜得几乎给水果盘跪下。

"去和埃里克商量,需要的话,叫我一起。如今订单超出预期,让老板去申请一个额外折扣,节约的成本,和订单放在一起,多定几台设备,然后你拿在手里,不要给凯西,找机会单独卖给这个姓赵的家伙,或者其他公司。明白了吗?"

"明白了,你瞧好吧,我这次给您份大礼。"

"你给我?"水果盘脸上似笑非笑。

"不,不,是你赏了我们一份厚礼。"贾公公立刻低头露出奴性本色。

凯西200万欧元的订单经过汉斯来到了亨利的手中。

亨利微微皱眉:"订单很不错,金额我很满意。但怎么都是光学设备?之前埃里克可是承诺过,这家公司出身于天工集团,是最专业的GNSS经销商之一。之前还通过了某军方重大项目的GNSS测试,但测试始终没有与订单对应起来。汉斯,你该知道,Eka的光学设备是全球最好的,我几乎没有竞争对手,也从不为销售发愁。新的代理商是帮Eka推广业务,还是靠Eka业务养活自己,这是个重要的问题。你确定埃里克充分考虑了这些问题吗?"

汉斯也有点犹豫,其实他第一时间就看出了同样的问题。但他太想收拾劳伦斯和亚旭了,急需一个新代理进来。

"这里还是有一些GNSS设备的,只是比重没那么高。你知道的,中国的GNSS设备是由张邕在操盘,或许埃里克和张邕沟通过,张邕有他自己的打算。"

"你确定,埃里克和张邕交流过吗?"

汉斯不敢保证,含糊道:"都是中国的事,埃里克应该会和张邕商量吧,他一直很依仗张邕的。"

亨利没有多话,他最近有一些奇怪的感觉,在埃里克的中国报告里,他看不到张邕的名字,也很少提及张邕所做的事,但汉斯好像对此并没什么感觉。

汉斯看老板不语,试探道:"要接受这个订单吗?这可以让我们完成第四季度订单,只要亚旭不出大问题,我们今年的数字将会非常漂亮。或者,我们发回去,让埃里克他们重新研究一下GNSS的比重。"

亨利摇头道:"正如你说的,这是一份厚礼,没人能拒绝这样一份订单。你去和埃里克确认一件事。"

"什么事?"

"我们寻找新的经销商,最大意义在于业务扩展,而不是在内部争夺我们已经存在的项目。所以,你要向埃里克确认,这200万欧元的订单,都是我们的新业务,或者作为库存,我也不介意。但不可以是从亚旭手里争夺的订单,销售对象要严格限制在我们给新亚划分的区域。如果埃里克对此并没有把握,那就把这份订单收回去吧。如果他确认,就签字重新发过来。我会接受,而且会祝贺埃里克,中国区又取得了好成绩。"

"好的,我会让埃里克去确认的。"汉斯心里却在悄声咒骂,业绩都是你的,风险却一点不担,要订单却把责任全部分出去。Eka高层都是这样老奸巨猾之人吗?

看着这份订单,他心里也有点忐忑,他决定学习亨利,把责任全部推给埃里克。他也知道,埃里克等这一刻也等了很久,如今箭在弦上,只怕已经是不得不发了。

513

"马小青，你干吗呢？"

马小青不用抬头，听见声音就知道，那是一张风情万种的圆脸。

"张邕要给四川局免费装一套系统，双方还要签一个合作协议。我正在准备软硬件。"

"怎么我总看到是你在忙，你们老大好像不需要干活。"

马小青耸了耸肩，拒绝继续交谈。能说出张邕不干活的，大概也就是这个水果盘一样的女人和那个白面无须的贾公公。只要稍微有一点智商的，就该知道张邕做了什么。

水果盘并不在意马小青的态度，说道："可能我不是业务人员，不懂。要是乱说，你别介意。反正，我每次都是看到你在忙碌，似乎所有项目你都参与了。"

"的确所有项目我都参与了，没有张邕，我们也一样可以做好。但区别是，没有张邕，这些项目就根本不存在。"

"wow，张邕有你这样的帮手，真幸福。午饭准备吃什么？一起吧？"

"一起？"马小青有些疑惑，这是水果盘第一次对他发出午餐的邀约。平时，她都是和佳娜、贾公公和小殷组成四人组。当然有些时候，埃里克是会出现在四人当中的。

他转头看了看贾公公的方向，贾公公和GNSS团队的矛盾写在纸面上，办公室里尽人皆知。

水果盘忽然上前，拉住了马小青的手。马小青一愣，但并没挣脱。

"你个大男人，怎么还这么小心眼。都是同事，有点小矛盾，说说也就算了。走吧，一起用午餐，今天我们不叫贾经理，就你、我和佳娜。你们GNSS的人，都是属张邕的，一个个那么高傲，连一起吃午餐跟给了多大面子似的。得，今天我们两个女人，就高攀一下GNSS，看看能不能攀得上。"

马小青脸红道："哪里，GNSS有什么可高攀的。等我关一下电脑，一起走。"

一丝得意的笑容悄然浮现在水果盘的嘴角。

"易总，我是张邕。"

"怎么给我打电话了？什么好事？"

"没有。晓卫在国内吗？"

"在上海的时候我说过，我回北京之日，就是他去美国之时。事实证明，我说对了。"

"从生意的角度，晓卫显然太过聪明了，他这样做不了大生意。"

"晓卫什么人，我最清楚。我不会去评价晓卫的，说说你要干吗吧。"

"Mag有手持GPS的业务，天工有介入吗？"

"那个呀，没有。目前国内就没正式开展手持GPS的业务，那一块本来也是收购过来的，如今各种整合还没利索，再加上我们国内的经销商都是做高精度出身，没人看好那一块。所以这块业务目前是空白的。"

"能帮我约一下方总吗？我想去谈这一块的业务。"

"你？开什么玩笑？难道你准备离开Eka自己做公司了吗？自己做也是做Eka呀，这小东西能挣什么钱呀？"

"易总，先别问了，能帮我约她吗？"

易目认真地想了一想说道："张邕，我当然可以帮你约，现在就可以帮你打电话。但我觉得这样做并不好，也没意义。你见过她对吧？在工程中心门口。她也知道你，晓卫和她说起过你几次。我觉得最好的办法是，你直接找她，不要通过任何人，也不用通过我。你要是没有她电话，我给你。Mag最近在国内名声不怎么响，但无论怎样，中国区首席代表也是个大人物。你和大人物谈事，最好直接谈，不要中间隔着一个第三方，这样会影响大人物做决定。你明白我说的了吗？"

"我懂了，谢谢易总，需要和您学习的东西真的太多了。她给过我名片，我不知道放在哪了，她的电话您再给我一下。"

方舒咳嗽着走进了国贸的办公室，前台女孩先递过一瓶纯净水，然

515

后去给老板准备咖啡。她内心对方舒充满了崇拜,一个女人,连咳起来都不失优雅,自己不知道几时才能做到。

方舒并没有特别不适,只是她在北京这几年赶上空气污染最严重的一段时光,每天看窗外,都是灰蒙蒙一片。

被欧洲空气娇惯得有些脆弱的呼吸道,一回北京就会出现各种症状,但随着空气好转,症状就会很快消失。

她有点好奇地看着手机上闪烁的这个陌生号码,打她电话的陌生人并不多。

"Bonjour,"电话里冒出一句法语,不过很明显不是法国人在讲话,"您好,方总。我是张邕,我们之前见过一面。"

"Bonjour,张邕,你还会讲法语吗?"方舒电话里笑着问。

"我只会这一句,可能还有一句 Merci!"

"哈哈,"方舒笑了,嗓子稍稍有些哑,"怎么,张邕,你要来求职吗?晓卫看人看事真的很准,他说Skydon内乱将发,你很快会离开,没想到他说对了。后来你去了Eka,他又说,你很难待满两年。是不是他说对了,你要离开,然后到Mag来上班?"

"方总,别说笑了,我暂时还在Eka。但我找您,想谈一件Mag的业务,与Eka无关,我是为我的一个朋友想和您谈谈。不知道您什么时候有时间?"

"好呀,不知道你要谈什么。我这周二三,周五上午,都可以,你什么时间过来?"

"那我周二下午过去,你看可以吗?"

"好,我们定下午两点半。"

"谢谢方总,那我们周二见。"

"周二见,拜拜。"

张邕不知道,挂了电话的方舒,对着窗外的雾霾深深叹了口气。

她想法国了,也想念法国的家人。这中国区的职位,对Tiger这样的人是一种机会,而对她而言是一种牺牲,小色娃实在没有可用的人,因

516

为她的中国背景，临时从集团请调了她。

来中国的这一段时间，她工作的同时其实一直也在留意合适的人选。如果张邕能过来接替她，她就回法国。方舒忽然觉得心里有一些期待，或许和张邕可以谈一些更多的内容。

第97章　赵爷回信

张邕按照约定，来到了方舒的Mag代表处。

他被这里的装修风格所深深吸引，这是极具方舒个人风格的办公室，不像冰冷的办公场所，更接近一个艺术空间。

没有恶俗的发财树，没有名家书法，没有高高悬挂的厚德载物的牌匾。除了Mag的简单标识，墙上就再没有特别的装饰。

整个办公室就是靠空间分割和简单的办公家具来装饰的，空间的分割前卫而实用，家具样式简约而雅致。重要的是，并没有为了特别的视觉效果，而忽视其舒适感。

方舒的办公室和Mag其他员工的办公室几乎没有太大区别，没有厚重的老板台，甚至没有更大一些，一张颇具艺术感的办公桌，桌上唯一的装饰是一瓶插花。

张邕稍稍观察，确定插花与前台摆着的一个小小花篮一样，都是鲜花，看来是每日更换的，代表着这里主人的人生态度。

或许是因为办公室的人太少吧，感觉也就是Eka的零头吧，每个人都很安静地做着自己的事，也有人打电话，但并不吵闹。

在大家的脸上，张邕看到一种与办公室相对应的平和与宁静，这在Eka员工的脸上是看不到的。

这样的环境里，很容易让人放松下来，特别是谈话的对象方舒，更是一个让人完全感觉不到压迫感的人，她总是带着一种善意的淡淡的微笑。

张邑心里感叹，或许只有这样的人才能克制田晓卫吧，如果身上稍有锋芒，一定会激发田晓卫身上的傲气，而没有人能比田晓卫更狂傲、更锋利。

谈话进行得异常顺利。张邑发现方舒对专业知识略显缺乏，她是文学博士出身。但她比这个行业里任何一个人都善于倾听，她会很认真地听你的见解，绝对不会中途打断你。而她对Mag的业务和市场有一种很好的直觉，也能很快地找到最关键的点。

二人很快达成了初步协议。

"张邑，你这份报告很有见地，我一直尝试寻找或者安排自己人写这样一份东西。可惜，我们一直都没有成功。你知道，我们是个小公司，比不得Eka这样的企业，我们是没有可能花重金请咨询公司提供报告的。你这份东西价值千金，你要是也觉得它很值钱，我可以申请一份咨询费给你。不会太多，但是我们的一份心意。"

"方总，我来可不是和您谈咨询费的，您觉得法国那边会通过这份申请吗？"

"按惯例，我应该说，机会很大但不敢保证。"方舒笑了笑，"但我的实际评估是，我的申请百分百会被批准，因为你这份报告太有说服力了。事实上，高层一直准备在亚洲区推行手持GPS业务，只是我的调研一直没有结果，很抱歉，我应该早一点找你就对了，你太专业了。特别是这一批手持机到货之后的各种销售和服务体系，我们都没准备好。所以是我在拖，并不是Mag高层不愿意推广。你知道欧洲公司和美国公司的区别吧，特别是法国人，我们做事节奏都很慢，没人愿意冒险，哪怕诱惑足够大，也依然喜欢按部就班，一步一步按计划做事。我得谢谢你，没有你今天前来，只怕我们还要拖上一年左右。"

"售后的体系我也有一个计划。汉化，本地地图，中文包装，我们都可以放在国内解决。就像您说的，中国速度足够快，我们可以一个月内就完成一切，甚至在第一批手持GPS进关之时，我就能把一切都准备好。至于维修，我们不需要，我们只是按不同的型号按比例多给一些备用机，就当作是售后服务了。这样的话，Mag那边几乎不用任何特别的工作，我知道他们刚刚整合完收购，很多事还不好处理。现在他们只需要发货，不需要处理任何事，不需要为此新业务改变或者增加任何体系。如果可以，您可以帮我们多申请一些折扣，作为对售后系统的支持。That's all，剩下的他们收钱发货就可以了。"

方舒认真地在电脑上记录了这几点，说道："非常合理。张邕，但有一点，你好像不是在为你自己而谈的。你还没想过离开Eka的职位，那这是为谁谈的呢？"

"我的一个朋友，公司出了点事。我想Mag的这块业务，或许可以帮他渡过难关。"

"你的一个朋友，"方舒忽然道，"是天石吧？"

张邕只能承认道："是的。方总，Mag不会有规定不与其他厂家经销商合作吧？这个不是高精度业务，其实彼此是没有冲突和竞争的。"

方舒笑了笑道："没有，你想多了。我们不是Skydon和Eka这样的大企业，还没有资格像他们一样拥有话语权。不要说不是高精度业务，就算是现在的测量型设备，如果天石这样的公司想合作，我们求之不得。如果不是他们遇到了麻烦，估计我们很难有什么交集的。所以，我并不介意。"

"其实Mag有很多好东西，手持GPS只是其一，你们不用非要和Skydon以及Eka竞争的，可以自己活得很好。"

"嗯，"方舒点点头，"有没有兴趣听我说说这个'可以活得很好'的话题？"

"您讲。"

"你来这里，和我谈了一个下午。谈的是我的业务，与你无关，而你谈这项业务是为了天石，也与你自己无关。有些人可能会不理解你，觉得你多此一举，做的事没意义。我不这样想，我未必都赞同你的行为，但至少你做的不是一件损害别人利益的事，这样的行为应该是被肯定，而不是被鄙视的。

"谢谢您，方总。"

"我只是觉得有点可惜，如果换一个立场，你做的事就是无可挑剔的。你理解我的意思吗？"方舒的目光落在张邕的眼睛上。

张邕一时有点窘迫，而这句"你理解我的意思吗？"他很耳熟，那是田晓卫常说的话。一时间，他觉得，方舒看似柔弱的外表下，可能就是住着一个田晓卫一样的灵魂。

"我理解您的意思，可是我都还没想过。"

"你现在可以开始想了。我们都知道，手持GPS这件事，如果是你在这里操盘，远比我做得好，也许更早之前，这摊事已经做起来了。而你刚说Mag有很多有价值的东西。也是一样，你远比我看得透彻，你不觉得这里更适合你吗？悄悄和你透露一句，我最晚一年后也会离开中国。我需要一个人来接我的班，也有推荐人选，也有人自荐，但我始终都不能满意。你不觉得这对你是个机会吗？我们的确不是Eka这样的大企业，但我们更有凝聚力，人际关系更简单，更重要的是，Eka的人才太多了，你很难得到这样的晋升机会。晓卫可能不是个好的生意人，但他的头脑我们都见识过。他说你很难在Eka待满两年。或许，你真的该认真地考虑一下Mag的职位了。你可能对我们的人不是很熟悉，但他们中多数都听说过你，你们会相处得很好。相信我，我的办公室里没有不好相处的人。"

方舒说得极其诚恳，张邕不自觉被代入其中。

"方总，你怎么知道Eka的人不好相处？"

"我不知道，我也没说。只是有些是大公司的通病，晓卫既然这样说，他应该看得很清楚，我一向习惯听取有价值的意见。而且就算Eka没什么不好，我相信，人际关系也不会比Mag更简单。其实我们这些年一直都处于收购与被收购，日子并不算好。但带来的结果是，公司上上下下都以业务为重，很少有内斗的事。但Eka，据我所知，他们因为生意顺利，特别在光学仪器上的强劲表现，所以从上到下的权力斗争始终是公司的文化之一。以我对你的理解，那里并不适合你。"

张邕轻轻叹了口气道:"易总和我说,晓卫和你吵架,但吵不过你。方总,我今天才真的信了。"

"哦,"方舒笑得很开心,"易目这样说我吗?我根本是个不会吵架的人。"

"您很厉害,不露锋芒,但每句话都直指人心,我不得不说,您的每一条理由都在说服我。我这会觉得,我要是不到Mag来,简直就是罪大恶极。"

方舒大笑,张邕发现她还有爽朗的一面,并不会为了保持优雅而故作矜持。

"那就别让自己犯罪了,快点过来吧。我等你。"

张邕正色道:"您真的说服了我,但我还需要一个能说服我自己离开Eka的理由,但现在我没有。虽然那边很多问题,但不能抹杀的事实是,我的很多心血都在那边,我现在无法割舍。人际关系复杂目前也没影响到我做事,我可能只能坚持。如果让我重新在Mag和Eka之间选择,我应该会选择Mag。但选择已经有了,我不想轻易改变。"

"好吧,该说的都说了。我希望你有时间可以考虑下。手持GPS的事,算我们合作的开始吧。提醒你一点,我最多可能只待一年的时间,如果我走了,很多事情都会改变,到时你可能会失去来Mag的机会。"

"我会考虑的,谢谢您。"

"嗯,下次再来别叫我方总了,可以直接叫我名字,或者叫我赛琳娜。"

送走了张邕,方舒微微有一点失望。

她开始整理张邕的报告,发给小色娃和消费类产品的总裁。

电话铃响,她接起,是田晓卫打来的美国长途。

"方舒,可好?"

"挺好,就是我的伙伴跑去美国,放弃了工程中心的合同。"

"不是我放弃,是Mag在技术上有所欠缺,被用户放弃了。不说这个了,我要20块SS24板子,最高配,带天线。"

"你从美国买吧，中国代表处不对美国出货。"

"好办，我让易目从北京下订单。"

"你总是有那么多办法，就是不肯踏实做生意。张邑来过，刚离开。我这一次正式邀请了他，但依然被他拒绝了。"

"张邑呀，你的邀请已经生效了。只是他和别人不一样，他需要一些自己的理由。放心吧，你的邀请正在他心里生根发芽，未来6个月吧，他就会到你的办公室报到。"

夜深人静，赵爷在一处安静的住所内打开了手机。

短信提示音立刻响成了一片，他麻木地滚动着屏幕，一半是未接来电的提示，一半是海关税务等的各种通知，每一个通知都不是好消息。

之后，他忽然发现了张邑的一条信息。

"赵总，我打不通你的电话。但我知道，此时你应该会打开手机，收看一下信息。如果不是睡眠时间，请尽快联系我。我找到一项业务，或许可以帮你渡过难关。你现在凑了多少钱？先不要处理罚款吧，如果手里有500万，我可以让你的生意转起来。如果不够，差多少和我讲，我会找人帮你投钱，但利润要让出一半。你去国家林业局网站看一下，看去年与GPS有关的招标以及结果。未来3个月内，会有更大规模的采购出现，希望你能把握机会。这个是我新注册的QQ邮箱，你用你名字的全拼和密码天石2003登录，里面有我给你准备的资料。你研究一下，然后方便的时候联系我。一切都会好起来，祝平安！"

手机屏幕微弱的灯光映着赵爷憔悴的脸，他看着张邑的信息，脸上逐渐恢复出了一些血色。

他揉了揉自己的眼睛，然后回信道："上午十点，×××咖啡厅见。"

在去见赵爷的路上，张邑接到了马小青的电话。

"老大，你怎么这时候不在呀，出大事了。"

张邑笑道："别那么紧张，除了凯西那事，还能有什么大事？"

"老大，你知道了？"

"不知道，猜的。"

"今天一上班，老板突然召集大家开会，没有一点提前通知。然后贾公……经理在会议上以经销商经理的身份宣布，我们从今天起，不只有亚旭一个总代理了，我们新增加一个代理，新亚公司，主要业务区域在华北……对了，老板还特意问起你，说你怎么不在。我说你拜访用户去了，很多事在忙，你猜老板说了什么？"

"不知道，他应该知道我忙是正常的。"

"老板说，有些员工就是纪律性太差，整天不在办公室，也不认真请假。总说自己在忙业务，实际忙什么不知道。以后Eka中国管理会越来越正规，希望大家都遵守制度，不要总浑水摸鱼。Eka是国际化的大公司，会逐渐杜绝这些行为的。"

"当着所有人的面说的，还是单独和你说的？"

"是当着所有人的面。我还看到姓贾的一脸得意地向我笑，妈的，老子真想抽他。"

"好了，我知道了，也没什么大不了。不用当回事，该做什么还做什么，贾经理要是过来找麻烦，直接让他找我。"

"好吧，张邕，我就是心里不舒服。"

"唉，该不舒服的是我，你别多想了，去吧。"

挂了电话，张邕一拳狠狠地砸在方向盘上，他并不是真的无动于衷。

第98章 乱（二）

厉国伟的电话，被多个分公司经理打爆了。

"厉总，康目代理商在卖Eka的货。我们0.5全站仪因为没有竞争对手，是我们最重要的利润来源。但康目旗下康拓公司低于我们定价30%出货，不仅抢走了我们到手的合同，而且他们还对外批发，造成了各个代理商的疯抢，我们的二级渠道几乎全部停止从亚旭拿货，这一波损失惨重。更糟的是，这一波直接破坏了我们的所有的价格体系，就算是未来我们阻断了不合法的货源，价格也很难再恢复了……"

"厉总，如今员工情绪激昂，有人发了倡议书，要大家联手去北京找Eka中国讨要说法。"

"厉总，我们一个小伙子盯了半年的单子被康目抢了，算下来他个人损失上万元的提成，他买了把刀，说要找人讨债。我们吓坏了，不停安抚，又把几个公司的老客户都转给了他，暂时稳住了他的情绪。"

"厉总，这Eka也太不是人了，还讲不讲理？今天，我们试图与他们沟通，电话转到那个贾华手里，说所有经销商的事都归他管。姓贾的根本不说人话，说这是厂家的决定，代理商没权利质疑，只能服从。我们质疑对方违反合同，这王八蛋说，合同的事Eka说了算，Eka的任何决定都是有法律效力的。我们的人快被气疯了，怎么有这样水平低下又嚣张的东西？我们要直接找埃里克，但电话却转到一个叫彭妮的女人手里。她说以后要见老板，都要先通过她……"

厉国伟接听一个个电话后，眉头紧紧地皱作了一团。

每个人都知道Eka动亚旭是早晚的事，自从劳伦斯离开北京只负责港澳台，大家心里就做好了准备。

但是如今这种局面还是完全出乎所有人的想象，没有提前通知，没有交接和过渡，甚至连最基本的交流都没有。一夜之间，新代理新亚公司就强势介入了。

但他们面对的却根本不是新亚，而是一群康目代理商，这些公司每个都深耕行业多年，有着深厚的用户基础，之前因为设备本身的中低端定位，在高端产品方面始终被Eka压制。如今这些公司忽然拿着Eka的设备，且以更低的价格进入市场，这对亚旭的打击几乎是致命的。

康目的人或许是故意打击亚旭而出一口多年被压制的怨气，或许只是对高端产品缺乏销售经验，一律采取了低价。这个价格比起康目设备的利润率，依然是非常不错的。但在亚旭人眼中看来，这就像偷车贼，偷了劳斯莱斯，然后以捷达的价格直接销赃。属于劳斯莱斯车主一样的愤怒情绪，占据了每个人的身心。

厉国伟愤怒至极，不但无法安抚手下，甚至不知道该说些什么。

最后，他问了一个无关紧要的问题："康目出的都是光学设备？有GNSS吗？"

"很少。康目的人哪里会卖GNSS，而且毕竟张邕在掌控大局，这部分好像没有太大问题。"

"好吧，至少还有一点好消息。安抚大家的情绪，别出乱子，更不要做违法的事，我们立刻商量对策。"

他不敢让奥斯卡直接接听这些电话，怕这位亲王直接爆炸，率人去挑了Eka办公室。他先打通了劳伦斯的电话，然后才把奥斯卡拉过来一起开会。

老到的劳伦斯对这种局面也是始料不及，问道："埃里克水平这么低吗？这样做事他是要担责任的，怎么会这样大胆和不计后果？有什么更深层的原因吗？"

奥斯卡叫了起来："哪里有那么多道理，他们就是公开对我们下杀手。劳伦斯，别想复杂了，反击吧。"

"给我半天时间，千万稳住，不要乱动。我想一想。"

张邕挂了马小青的电话，然后狠狠一拳砸在方向盘上，砸得汽车喇叭发出一声凄惨的长鸣，在他前面行驶的车辆的司机吓了一跳，以为发生了什么事故。

待司机惊魂稍定，发现一切正常，愤怒的情绪立刻涌上了心头。他并线减速，和张邕的车并排，然后摇下车窗，大骂一声："你他妈有病呀！"

理亏的张邕，做了一个抱歉的手势，然后减速，让那车先走。于是那司机从车窗伸出手，给张邕比了一下中指，然后提速离开了。

张邕有些后怕，觉得自己的情绪有点不适合开车了，他拐进了一处写字楼的停车场，将车停好，然后从楼内直接进入了地铁站。

他内心有一种无法形容的挫败感,这在天工和Skydon都不曾有过,甚至在GPS中心金太郎对他各种训斥的时候,他也没有这种感觉。

在这些地方,一切事情首先是有对错之分,之所以有矛盾,只是大家对对错的标准没有达成共识,各有各的理解。

Eka是他待过的唯一一个不分对错,只有立场和恨恶情绪的地方。

埃里克是他的老板,是亲自跑去Skydon会场来面试他的人,他一直感恩,也一直试图和老板保持很好的关系。而他的回报也很简单,士为知己者死,老板你这样看重我,我就拿最好的业绩回报你。

但一切和他想的不一样,他甚至都不知道自己和老板之间出了什么问题,似乎一夜之间,他就成了老板最不喜欢的那个人。没人说他的业绩和所做的事,居然开始从考勤上来对他做文章。

他也第一次对自己在Eka的前途有了一丝担心。在他过去的理解中,想毁他,就要先毁他的业绩,他是GNSS和参考站项目主管,只要他的业绩出色,而且没有其他的违规行为,谁也不能对付他。这一直是他的办公室哲学,关系再复杂,总需要人做事,我就是那个做事的人,有什么可担心的。

而如今发生的事,似乎一切都和他理解的不一样。他忽然想起了方舒和她的Mag代表处,或许那里真是一个适合自己的地方。

然而,一种年轻人的骄傲和执拗又占据了他的心,我为什么要离开?我没有做错任何事,为什么我要主动放弃?No way!

电话响起,香港长途,他知道是谁打来的。

"劳伦斯,你好。"

"张邕,你好。能和我说说,发生了什么吗?"

张邕再次苦笑道:"您看到了什么,就是发生了什么,您根本不用问我。"

"你不觉得这一切太疯狂了吗?我想知道,埃里克是不是有其他底牌,或者特别的理由?我在职场几十年了,就是现在退休也没什么。但我没见到这样胡来的,Eka设备低价批发给其他厂家代理商,然后在市场搅得一塌糊涂。你知道,我不喜欢埃里克,但也算不上讨厌,真正的根源在汉斯。但埃里克也是有着成功职场履历的职业经理人,无人敢相信,他们做这样没有水平的事。"

"劳伦斯,我不想谈论我老板的人品和水平,您自己评估就可以。我和您说一些自己的感觉吧。"

"好,你说。"

"我来Eka之前,很多人和我说Eka关系复杂,很难处理。但我还是来了,我以为最难处理的关系,就是您和埃里克之间的关系,就是Eka中国和亚旭之间的关系。后来您看到了,我们相处得其实不错,大家只要肯沟通的话,我们就会发现,彼此其实都没那么可恨,如果不是莫名的立场,或许大家本来可以做朋友。"

"嗯,亚旭的人是拿你当朋友的,可能是Eka中国里唯一的朋友,但这还不是私交,是一份可以相处和共事的交情。"

"谢谢您。和亚旭的关系是我可以想到的问题,而且可以想明白的,即使我们相处不好,问题没有解决,我也知道哪里有问题。但现在,我和您的感觉很接近,我看不懂眼前的局面,看不懂这个办公室里的人。我不知道他们要做什么,也不知道他们为什么这样做,更看不懂他们的手段。他们每个人都不高明,那一点手段可怜得拿不出手至于贾华,说实话,我手下任何一个人都比他强百倍,不要说专业知识,就是口才见识韬略,哪怕是动起手来,每一个也都远胜他。但他偏偏很得势,他怕我,大家都知道,但只是表面,我根本拿他无可奈何。还有办公室里的几个女人,想做什么,完全不靠心机,每个人对她们的心思都一览无余,但偏偏她们依然可以做成事。我不懂,也不想参与。但麻烦却主动找上我。我甚至不知道我哪里得罪了他们。我做我的事,他们哄老板开心,大家不打交道就好了,但偏偏我绕不开他们。这一切让我很沮丧,却不知道该怎么办?我连个像样的对手都没有,我想打架都没有地方用力。这就是目前我看到的Eka,我了解的Eka,以及我无法理解的Eka。"

劳伦斯从没听过张邕说过这么多话，也第一次知道他居然如此沮丧。他没时间安慰张邕，因为现在他的烦恼更大。从张邕的话语里，他大概听到了自己想要的答案。

"张邕，你是说，埃里克或许没什么底牌，也没什么特别理由。只是如今一切都很混乱，一切就这样不可思议地发生，是这样理解吗？"

"我只说我的感受，其他的只能您自己分析。但我觉得埃里克可能没什么手段，但Eka高层可能会有吧。您知道，我在Skydon经历过一次类似的事情，虽然远没有Eka这里狗血，但有些情节真的很像。"

"好了，我知道了，谢谢你，张邕。我老了，帮不了你什么，希望你一切顺利吧。你做的事，我们都看在眼里，祝你成功。"

挂了电话的张邕心情稍稍好了些，但又有一丝不好的感觉浮上心头："我真的已经如此压抑了吗？需要对人倾诉才能缓解？"他有点明白了自己的问题，Madam自从怀孕后，就成了重点保护对象，他的各种不良情绪以及内心倾诉的渴望，只要不是良性的，都尽量消化在工作中，绝对不带任何情绪去见家人。他觉得自己做得一直很好，如今发现，这种累积在内心深处的情绪其实很糟。

他怀念和Madam一起夜游北京城的场景。

张邕迟到了，还好并没有太久。

他进了咖啡厅，很快看到一张忠厚的面孔，只是比起以往有些沧桑。

赵爷一见张邕，就笑了出来，笑得有些不能自已。和张邕一样，他也发现了自己的问题，他好像很久没有笑过了，感觉自己的精神有些问题。

两个内心都很压抑的男人，坐到了一起。彼此对视了一眼，忽然都觉得放松了一些，又同时想起一个人，该死，这个怒发冲冠的家伙这时候居然又回学校了。

"可好？"

"你知道的，不敢见人。每天都在筹钱。"

"现在如何了？"

"一切大概有眉目了，可能是一笔重罚，但罚过之后，不再有其他后果。但这个后果已经够了，我们根本承受不起。Skydon大概率踢我出门，而我的国产梦估计真的就成为一场梦了。"赵爷说得极为平静，但眼中似乎有东西在闪烁。

"有多重？"

"1500万。"赵爷居然笑了，他笑着说，"都知道Skydon设备利润高，可是运营费也高呀，还有各种税费，如今整个公司数百人，每月的开支都是一笔巨款。这1500万，可是实实在在的纯利润，我们几年的家当，都折进去了。我们国产化这一摊，目前完全是高投入零产出的状态，自从公司出事，这边研发走了大半，很多事都停了。我们在别人生产线上贴的板子，做的模具，拿不出钱付款，都被扣了，这些东西一旦过了时效性，就没有意义了，只能重做。这摊儿垮了，我甚至留不下多少有价值的东西。未来只能重新开始……"

"危楼高百尺，手可摘星辰。"赵爷轻轻地吟诵了一句李白的诗，"我们都是想做摘星的那个人，却都忘了，我首先面对的是'危楼'。"

张邕打断了他："赵爷，这不像你。你从来不会如此颓废。"

"因为我从来也没到过这种境界。"

"你现在手里能凑多少钱？"

"还差一点够罚款的，但这一点很难凑，大家都知道我惹了麻烦，没人愿意拿钱给我。"

"能拖多久？"

"最长拖不过3个月，但最不想拖的是我，不摆脱这种困境，我们什么也做不了。"

"如果你先缴纳一半罚款，然后拖到6个月，你觉得有没有机会？"

赵爷认真地想了一下说道："我觉得可以。你说的那笔业务我看了，我确定是好生意，但是6个月时间，你觉得够吗？通常一个新产品，我们市场宣传和推广的前期工作，差不多就要6个月。我很期待你的业务，但心里有点怕，如果6个月，我的钱都铺进去收不回来成本，那么对我就真的是灭顶之灾了，罚款交不上，估计一切都会被冻结。"

"赵爷，你身在此山中太久，已经看不清群山了。3个月死，6个月死，有区别吗？钱被罚光而死，和交不上钱而死，区别又有多大？为什么不赌这一把？而我的理解，一个民用级别的产品，又是消费级别的价格，是不需要你说的这么长的周期的。我认为你半年绝对可以翻身，我和海刚聊过，你的公司整个框架和人员都在，只是总公司被封了而已，只要全国动起来，以天石的人的能力，一定可以成功。"

"6个月还是太短，只怕汉化都来不及。我担心一切问题解决后，正式销售的时间只怕不足3个月，这风险有点大。"

张邕递过一张U盘说道："汉化程序我搞定了，内置地图我和我一个同学谈好了，2美元一副，其他的包装，中文标志，你自己去搞定吧。Mag那边我也谈好了，现在订货，马上就可以发货，我猜半个月后第一批手持GPS就能到北京。现在，赵总，给我一个答复。要赌一把吗？如果你说不，我会很快找到一家公司，接下所有的事。"

赵爷一把抢过了张邕手里的U盘，坚毅的表情重新回到赵爷的脸上，说道："谢谢你，张邕，这一把我赌定了，而且一定要赢。"

第99章　乱（三）

小色娃在电话里盛赞了方舒。

"赛琳娜，你还要以自己不懂专业为借口离开中国吗？这次手持GPS的事做得太漂亮了。我们都知道这是一笔好生意，却迟迟不能开花结果。我们在德国和亚洲周边几个国家进行了推广，但效果很差。而在你领导的中国办公室，手持GPS的推广就像如今的中国速度，令人惊叹。钛科的表现如今不尽如人意，而Mag与总公司之间一些业务正在剥离，这一段其实是我们最难过的时光，考虑新品推广的费用和时间成本，我们不敢对你有太多的催促。但你创造了一个奇迹，几乎没有耗费工厂这边任何的资源，几乎没有增加任何销售成本，却在一夜之间将手持GPS的业务做了起来。我们渴望业务增长，但没有想到，这个季度的增长居然是从手持GPS开始的。昨天我把50万的订单拿给弗朗索瓦（大色娃）看的时候，你没看到他的表情，我想他迫不及待地想亲吻你。"

方舒忍不住笑道："够了，弗朗索瓦，不要再继续了。你这么多赞美，只怕是依然要将我留在中国了。你要知道，我再不回法国，只怕很快变成一个离婚的女人了。"

小色娃大笑道："不要以为我不知道，你的丈夫大概每月都要飞北京与你团聚。真的要发生这样的事，你将是一个重回自由的女人，而你的丈夫才是那个可怜的离婚男人。"

"好了，谢谢你的赞美。你想过吗，手持GPS的事，是我一个人可以做到的吗？给你那份专业的报告，如果你确信是出自我的手，那么我先感谢你的信任，同时怀疑你的眼光。"

"赛琳娜，你知道，是不是出自你的手根本不重要。重要的是，它来自中国，来自你的管理之下。这份功劳记在你头上，没什么不妥。我猜一下是谁的手笔，江晓苏？"

"No，"方舒摇头，当然小色娃看不到她的动作，"江还不错，也很努力，但他还远达不到这个高度。是一个叫张邕的人，不是Mag的人，来自Eka。"

"Eka的人为什么要提供给我们报告？"小色娃开始严肃起来，"Yong？我知道晓卫身边有这样一个人，曾经给工程中心做过测试报告。"

"就是他，没想到他名气这么大，你居然都知道他。你什么时候来中国？我想带你见见他，我觉得他才是最适合这个位置的人选。"

小色娃笑道："你就真的这么急于离开吗？他还在Eka，我为什么要见一个Eka的人。"

"与我是否离开无关,他真的是你需要的人。还有,晓卫说他可能不会在Eka待太久。"

"好吧。不过我信任你远多过晓卫,等我下次去中国的时候,你可以帮我安排见一下这个邕哥。"

一家名叫华天科技的公司,在北京悄然开业。

这是赵爷的公司,赵爷注册了很久,本来也是准备某一天启动接替天石,或是拓展某种新业务。没想到,这么快就派上了用场。李辉临危受命,担任了华天科技总经理。

对赵爷来说,这是一场性命攸关的战争,他只有6个月时间。6个月不仅是盈利的问题,而是资金必须回笼,完成一次完整的生意流程,如果可以,他希望资金能循环两次。

时间过去了4个月,李辉每日食不知味,夜不能寐,几乎没日没夜地工作。赵爷曾说过的"天石的人每一笔生意都是拿命拼出来的",如今可以继续解读为:"天石每一笔生意都是在救自己的命。"

一切进展得非常顺利,张邕给赵爷打下了一个良好基础,李辉没有浪费任何时间,就直接上手了,而且这种低成本的小东西,出货和回款都非常之快,甚至很多代理商和个人用户,直接就是现金不开票,几千块现金扔下,拿起设备就走。

赵爷没有更多地催促,他知道无论是张邕还是李辉都已经做到了最好,接下来,他需要一点点运气。

赵爷坐在李辉的办公室里,焦急地等待着一切。还有最后一个多月的时间,成败就在最后的一刻。

电话响起来了,李辉接电话的手微微颤抖,他极力平静自己的情绪:"华天李辉,你好。"

"哦,哦,好的,收到,做得好,谢谢。"

他平静地挂了电话,然后转向赵爷,全部的情绪立刻爆发出来:"赵总,我们中标了,国家林业局,2500台!"

见赵爷似乎不为所动,李辉忍不住大喊了一声:"我们中标了!"

赵爷终于有了反应："好，好，做得好，做得好，李辉，我单独待一会，你先出去吧。"他已经忘了这里是李辉的办公室，但李辉没有多说，他快步离开。

在公司大厅里，李辉宣布了这一喜讯，办公室里立刻响起一阵欢呼。听着门外的欢呼声，赵爷低头捂住了自己的脸。

张邕的手机收到一条短信，是赵爷，信息只有三个字："谢谢你。"

张邕笑了，他回了一条："革命尚未成功。"信息发出，他又觉得自己是不是有点大煞风景了。只是内心深处，确实有一点淡淡的担忧，这样大的一个标，或许很难这样顺利结束，希望如此吧。

Eka中国已经乱成了一团，亚旭与康目代理商兵戎相见，大家杀红了眼，价格一落千丈，但谁都寸步不让。

本该在风口浪尖上的贾公公却一副事不关己的姿态，每天优哉游哉，又有一半的时间和水果盘一起泡在新亚的办公室。张邕对此非常无语，只有低头继续做自己的事。这几个月以来，他又拿下了几个地方局，感觉离工程中心的项目，又更近了一步。

好久没有和张邕说过话的老板埃里克，忽然叫张邕一起开会。

他走进会议室，才发现贾公公和水果盘也在。

"张邕，我们刚才一直在讨论关于中国代理商现状。现在又有很多问题，你也看到了。"

张邕点头道："我听到了一些，不过主要集中在光学产品吧，渠道和代理商都是贾经理负责，这边没多少GNSS的事，所以细节我并不清楚。"

贾公公忽然露出一个谄媚的笑："张邕，最近我和你都比较忙，确实没有好好交流。你有时间的话，我可以把现在的情况向你汇报一下。"

"汇报？"张邕被这个词搞得有点笑场，他忍住，正色道，"贾经理，你的汇报关系应该只有埃里克。如果有什么需要我帮忙的，不妨直说。"

水果盘则用一种近乎崇拜的热辣眼神盯着张邕："贾经理当然有问题了，他现在焦头烂额，什么都搞不定，我觉得整个Eka，也就你才有能力解决问题。"

"他焦头烂额？"张邕在心里忍不住骂了一句脏话，这要多不要脸才能说出这样的话。

他目光越过贾公公和水果盘，直接看向老板说道："埃里克，需要我做什么吗？我听得很糊涂，不知道大家在说什么？"

"嗯，"埃里克稍稍有些犹豫，但在水果盘鼓励的目光下，终于开口，"张邕，目前的局面很不好，亚旭已经向Eka投诉了中国办公室，同时奥斯卡警告，要到欧盟法院去起诉Eka。目前我们需要尽快让几方都冷静下来。同时需要与亚旭有一个良好的沟通，我需要他们的人过来，大家坐下来好好谈一谈。贾经理在这件事上确实已经尽了最大的努力，我无法要求他做更多了。但问题没有解决，而且越演越烈。彭妮刚才推荐了你，她说你的能力和人品都是整个Eka中国里最好的一个。所以我们几个刚才商量过，希望你能和小贾一起介入代理商管理工作。亚旭那边，你来沟通，让小贾辅助你。你看有问题吗？"

"他那么能干，怎么会有问题？"水果盘娇笑道。

"张邕，这次我跟着你，你说怎么做，我听你的。"贾公公也立刻表态。

张邕内心升起一股强烈的不适，这一切让他觉得无比恶心。

"凭什么？你们为了某些目的，不计后果，胆大妄为，导致了中国市场的一片混乱。没人检讨，没人担责，关键时刻，却想把责任甩出去，找其他人来背锅。为此，老板和员工一起演戏，要把这一重担放在我的身上。Eka的世界什么时候变成这个样子了？"张邕内心情绪翻滚，如果不是埃里克亲口提出这个要求，他很怀疑自己会不会对贾公公动手。

"对不起，埃里克，我无法接手。这不是我的工作，前期也不是我做的,我对当前的局面也没有任何成熟的想法。这事我做不了。"

"哎哟,张邕,你做不了,Eka中国就更没人能做了,老板都亲自开口了,你答应吧,好吗?"水果盘声情并茂。

"你高估我了,我觉得你比我更合适。而且你一直和贾经理配合得很好,这事你负责最好。"

埃里克开口道:"张邕,真的不考虑一下吗?此事非同小可,如果你能解决问题,你将成为Eka中国的最大功臣。"

"老板,我做不了。"

"或者你有什么好的建议,给我们分享一下。"

"我也没有什么建议。只是哪里出现问题,就从哪里的根源上解决问题。谁做的这事,斩此人献祭,大概率可以平复人心。"

"张邕,你他妈有病,你在说谁?"

"小贾,如果我再从你嘴里听到一个脏字,我会在老板和彭妮面前教你好好做人。好,你再说一句话,我听听。"

贾公公乖巧地转身说道:"埃里克,你看,这,这不像话。"

"好了,都住嘴。"埃里克此时对"黑白两道怕过谁"的贾公公无比失望。

他面色沉重地说:"张邕,如果这是我的命令,你必须介入呢?"

"埃里克,这个命令我不能接受。您可以走流程,开除我。但我一个GNSS主管,只要在位,就不能接受管理代理商的事。"

埃里克深深叹了一口气:"好吧,会议结束,你们都出去吧。我明天会去德国开会,这期间,诸位做好自己的事吧,大家好运!"

水果盘跟着张邕出了门,且一直跟着张邕,没有像以往一样,与贾公公一路。

贾公公本想和水果盘并肩,但见到面前张邕的身影,他心里发虚,扭头走向了另一方向。

水果盘对张邕的冷淡似乎全无感觉:"你真是太爷们儿了,把小贾吓得都不敢说话了。埃里克就这样被你顶回去了,他居然无话可说。看来整个Eka中国，只有你才是真男人，我真佩服死你了。"

张邕转身，将目光落在水果盘的脸上："我有一个问题。"

"哟，你还有问题需要问我呀，太不敢当了，你说。"

"你到底是哪一方的？是谁的朋友呢？"他的语气尖刻而且带着不屑。

水果盘却笑得一脸春风："哦，就这个问题呀。我是强者的朋友，只与强者为伍。张邕，你是强者吗？"

张邕摇头，他发现双方无法对话，根本不在一个频道上。他甚至后悔自己问了一个无聊的问题。或许他可以对着专业问题侃侃而谈，但对水果盘这样的人，他近乎无话可说。

"我不是强者，我只是一个会做事的人，做有用的事。"

"太好了，我也只做有用的事。"

张邕溃败，他快步走开，无法面对那张圆圆的脸。

赵爷回到了自己办公室，天石交了半数的罚款，获得暂时的解封。如今国家林业局的项目顺利拿下，正式的解禁就在眼前。虽然还有很多的问题需要处理，包括与Skydon的关系等。但至少难关已过，他的国产梦依然可以继续。

李辉打来电话。

"怎么样？合同可以签了吗？"

"赵总，现在签不了，众合那边表示我们的指标有问题，已经正式在公示期内提起了申诉，招标公司需要我们做出响应。"

赵爷的心不由自主跳得快了些，这种质疑其实经常发生，都很正常。但这次不同的是，第一，赵爷没有足够的时间，时间对他就是生命线；第二，这个项目他根本输不起。这个项目的输赢，就是生死的问题。

"你们安排答疑了吗？"

"是的。之前张邕准备的资料非常齐全，我们已经提交了相应文件。技术文件本身应该没有问题，但我有点担心，众合那边可能不会那么轻易善罢甘休。"

"既然没问题，怕什么，兵来将挡，水来土掩，天石人什么时候怂过？去吧。"

"好的，赵总。"

挂了电话的赵爷脸上不无忧虑，他可以安慰李辉，却很难安慰自己，他决定给张邕打个电话。

众合公司，老板高平正在听取国家林业局项目负责人李梅的汇报。

李梅怀着身孕，腹部高高隆起。她刚刚从招标公司回来，在那里她挺着大肚子哭诉自己的委屈，痛斥华天指标作假，偷了她的项目。

这引起了工作人员，特别是女性工作人员的无比同情，大家纷纷安慰，让她务必不要动气，要照顾好自己的身体。

同时压力来到了招标负责人的一方，徐经理不敢怠慢，赶紧将质疑函发给了华天科技。

高平皱着眉听取李梅的汇报："Mag突然就出来了，之前你们都不知道吗？"

他治下一向严格，不过对着李梅他无法说出更重的话。李梅早该回家休养了，但这个倔强的女人却坚持一定要把国家林业局项目做完再回家待产。

"是的，这个品牌离开中国很多年了，大家几乎都忘了还有这么一家导航产品。这次国家林业局的标本来就是我们的，其他投标者要么是我们的合作伙伴，要么拿的产品根本没有竞争力。我们完全没有想到，Mag此时突然出现。我们的价格的确是报高了，但既然没有竞争对手，这也是很正常的事。但却给了Mag可乘之机，老板，怪我大意。"

高平摆摆手道："不要自责，这不怪你。我都不知道Mag会突然介入手持GPS业务。不是还在质疑吗？尽力吧，祝你好运。"

电话响起，是高平的秘书："高总，天石公司赵总电话，他想和您谈谈。"

"稍等，"高平转向李梅，"说客来了，估计想和平解决。你质疑的机会有多大？要我和他谈吗？"

李梅挺着肚子困难地站起身说道："不要，高总，不要谈。我一定要把这个项目拿回来。"

高平点头，对着电话道："就说我不在，有时间给他回电。"

第100章　乱（四）

李梅再一次来到了招标公司，徐经理不敢怠慢，赶紧叫了女同事，照顾她坐下。

"华天的答疑函，这边专家组的结论，电子版和印刷版都给你发过去了。我们已经履行了我们的义务。你身体不方便，有事打个电话就可以了，不用这样再跑一趟。"

"徐经理，对华天的答疑我们不服，我觉得他们的指标就是有问题，我要再次申诉。"

"李梅，我们这里的人都很同情你，但关于众合的申诉，专家组已经给了很明确的答复，采纳了华天科技所有的答复和解释，你的申诉都被驳回了。从招标的流程来说，这一切已经结束了。明天的公示期一到，我们就要正式宣布结果了。你身体不方便，还是好好回家休息吧。招标就是这样，我们只能最大限度保证公平公正，但绝对公正是不存在的。你们以后还有很多机会，并不是今年招标完了一切就都结束了，还是想开些吧。"

一名女士也过来劝解："妹妹，肚子都这么大了，孩子岂不远比生意重要。这一单丢了就丢了，回去好好待产，生个健康的宝宝。明年咱们再重新来过，好吧。"

"都别碰我！"李梅忽然发出一声凄厉的尖叫，"你们都不帮我是吗？"所有人都被吓呆了，没想到这名孕妇突然发难。

"是呀，我当然要照顾自己的孩子，如果我有办法，还会挺着大肚子来求你们吗？华天科技的指标有很多问题，他们的电池能满足吗？标书上要求的串口呢？你们真的什么都看不出来吗？还是你们所谓的专家组都被华天科技收买了？你们太欺负人了，你们一群人，一起欺负我一个大着肚子的女人。你们是人吗？"李梅近似疯癫地咆哮，整个办公室的人没人敢吭声。

劝解李梅的女人虽然被训斥，但依然觉得不忍。

"徐经理，这事是不是可以再给她一次机会？"

李梅显然听到了这几句话，她稍稍安静下来，留意着徐经理的动静。

徐经理面色阴沉，他先低声对那女士道："你们看好她，千万不要有什么意外。如果情绪太过激烈，赶紧拨打120。至于投标，你糊涂了吗？这是政府采购，我们都是严格按照《中华人民共和国招标投标法》走的所有流程。她的申诉和质疑已经结束了，就算我想给她机会也做不到。你工作多久了？还没学会控制个人情绪吗？如果每一个投标者这样闹一下，我们就给一次机会，法律法规的尊严何在？"

女工作人员只是一时间同情心占了上风，被徐经理一说，立刻冷静下来说道："对不起，经理。我也是一时糊涂了。可这，怎么办？她太激动了，不听劝。"

徐经理正色道："李梅，请你注意自己的言行，这里没有人欺负你。也请你多考虑自己的身体，特别是腹中的婴儿。你这样无助于解决问题。还是冷静些吧。"

他转身对另一名工作人员说道："你联系一下众合那边，说一下情况，如果李梅不走，让他们过来接人。"

李梅忽然站直了身体，她的动作变化太快，吓得周围几个人忍不住想出手搀扶，却谁都不敢碰她。

"我知道了，"李梅平静了很多，但脸上多了一丝狠戾，"你们都是华天科技的人，你们没人帮我，对吧。招标流程？好呀，我有权利继续往上一级申诉吧，我可以吗？"

"当然可以，您有权利。但您向上一级的申诉，除非上级接受后并明确通知我们，否则将不会影响我们继续执行流程。明天如果接不到通知，我们将会宣布华天科技中标。"

"不要太急着让你们的华天中标，我明天会让你们接到通知的。我现在就去财政部，咱们财政部见吧，我要投诉你们整个招标小组和专家组。我现在就去。"

李梅走了，女工作人员依然一脸不放心地说道："她这样，会影响胎儿的。"

徐经理摇头道："我们做不了什么，只能希望孩子和他母亲一样坚强吧。"

赵爷还是忍不住打给了张邕："众合质疑被驳回，但没有放弃。他们已经向财政部政府采购办公室提出了申诉，而且已经被受理。你觉得会有问题吗？"

"我们的指标的确有几个取巧的地方，如果众合的人用心，是能发现的。但这些不足以否定我们，我们只是取巧，但并没有说谎，指标我们或者可以直接满足，或者可以通过技术处理满足，技术部分我有足够的信心。"

"的确如此，我们内部讨论的结果也是如此。但众合如此义无反顾，我不知道他们的信心来自何处？也不知道是不是我们算漏了什么。"

"赵总，技术上我不会遗漏任何事，你要相信我。"

张邕又想起了Eka的事，如今他又对这个社会有了更多了解。人们的每一次决定都未必是理性的，如果每次都要分析背后的原因，可能只是自寻烦恼。

"抱歉，兄弟，我百分之百信你。这一切本来就是你安排的。我只是有一点输不起，"赵爷自嘲地笑笑，"很多年了，我第一次有这样的感觉。"

"那我们就不要输，赵总，和招标公司这边密切保持沟通，现在我们已经是自己人了，要共同应付众合的申诉。"

"众合会有什么后招？"

"赵总，如果你和众合交换一下位置，你现在会怎么做？注意，不要有不合规的想法，即使有，也不要和我讲。"

赵爷挂了电话，心中依稀想到一些事情，但依然无法确定。

接着手机轻轻震动，他收到一条短信。那是一封有关部分对天石缴款的提示短信，离最后的日期已经不足一月，每天都有这种倒计时短信。赵爷心中无比沉重。

李梅对财政部的第一次拜访，和当初拜访招标公司一样，引起了工作人员广泛的同情。

又有好心的大姐搀扶她坐下，拉着她的手，让她不要太激动，千万要照顾好自己的孩子，同时对招标公司逼得一个孕妇跑来告状的恶行无比愤慨。于是申诉当即就被受理，并在第一时间通知了招标公司，暂停招标流程。

楚楚可怜的李梅向公正的办公人员表示了感谢，然后满意离开了。

招标办很快就后悔了，招标公司将华天科技的一切资料、答疑函，以及专家意见全部提交之后，招标办很快就得出结论，一切都符合流程，而且华天科技的技术响应完全没有问题。

招标办没有急于下结论，而是将李梅再一次请到了办公室。解释了一下当前的现状，最后希望李梅撤回申诉，这件事情最好作罢。

李梅忽然就换了一张冰冷的脸："这么说，连财政部也不肯帮我了是吗？"

工作人员对李梅的突然变化，也有些措手不及。

"李梅，如果你没有更多补充材料，更多的证据，用来支持你的申诉。我们只能将你申诉驳回，所以不如你自己收回去。"

"我不会收回申诉的，你们不是要新的证据吗？我马上就会有，我一定会揭开华天科技作假的真相，你们等着吧，我这周就会提交。"

招标办一位主管对李梅道："如果你有新的证据提交，我现在可以给你48小时时间，请你尽快提供吧。"

"不行，我们需要一些权威专家的意见，48小时不够，我至少要72小时。"

主管无奈地叹口气："好，给你72小时，但不能再拖了。我告诉你一件事，我们其实已经为你破例了。你要知道，打官司打到财政部的，最低都是以亿为单位的纠纷。你们这种勉强到千万级别的项目，通常我们根本不会受理。"

"几位领导。可能你们习惯了几亿几十亿的大项目，但这千万级项目就是我们全部的身家性命，我未出世的孩子也要靠这个项目来养活，你们必须为我主持公道。"

主管觉得头皮发麻，这种事处理得多了，各种各样的人、各种各样的手段都见过不少，从没见过连未出世的孩子也要一起承担责任的。他无比后悔当初接受这次申诉。

埃里克到达德国之前，亨利先和汉斯开了一次会。

"汉斯，亚旭已经明确了，要向欧盟法院起诉我们，伍德总裁震怒。在接受新亚的订单之前，我已经要求你们再三核实这将是我们新的业务增长，不会造成市场的混乱，如今的这个局面，谁来负责？"

汉斯明显感觉到，一切都在亨利的计算之中，但如今他只能先洗白自己。

"我和埃里克再三确认过的，我也不知道他到底做了什么。还有，按你当初的吩咐，埃里克在新亚这份订单上签了自己的名字作保，然后发过来，我们才接受的。如果说责任，埃里克应该负责到底。"

"我和伍德总裁商量过了。中国的事情，亚太区不可能完全不承担责任。但伍德总裁不想惩罚一个对Eka有功的主管，所以我们准备了一份让你置身事外的计划，希望你可以接受。"

汉斯心中掠过一丝不祥之兆："是怎样的方案？"

"我们将把中国从亚太区独立出来，成立一个独立的大中国区。你将继续负责亚太区的业务，但从此中国的事与你再没有关系。这是伍德总裁对你的一份心意，希望你可以接受。"

汉斯叹口气道："好吧，我只能接受。谢谢你，也谢谢伍德。我估计埃里克一定要承担中国区的责任，那么中国区你准备交给谁？难道要劳伦斯重新回来吗？"

亨利淡淡道："无论是谁负责，都和你没有关系了，但我可以和你透露一些。我不知道你怎么想的，认为劳伦斯会回来，Eka从来没有这样的惯例。我们会给他一笔补偿，然后劝他现在退休。你和劳伦斯都可以放心了，你们以后再不会彼此相斗了。"

汉斯点点头，他稍有些失落，从这个结果上看来，他似乎是胜利者，可惜他感觉不到胜利的快感。

他与亨利告别，德国之行对他已经没有意义，后面埃里克的事他也无须再参与，他定了当天的机票，飞回澳大利亚去了。

亨利并没有对汉斯透露全部，Eka大中国区的新总裁并不是他选的，而是伍德总裁。而且中国区总裁将直接向伍德汇报，就是说，新总裁与亨利算是平级。至少也是排在他这个第一副总裁身后的Eka副总裁。

后面的事，他只负责解决埃里克的问题。而其他的一切事，要交给新的中国区总裁彼得。从这个意义上来说，他的结局其实是和汉斯一样的，他觉得自己也被伍德算计了。

Eka没人认识彼得，他来自伍德总裁亲自的招募，没人知道他的背景，只是传说是在中国做过多年生意的职业经理人。他长得高大威猛、衣冠楚楚，一眼看上去就知道是一个最正宗的德国人。

埃里克还没踏上德国的土地，但彼得已经得到了伍德的圣旨和尚方宝剑。

"解决中国的问题，特别是所有的法律问题和法律诉讼。完成Eka中国区的重组和清洗，Eka中国的所有员工，每一个都可以被解聘，你全权负责。"

这位掌握着所有人生杀大权的德国人即将开始Eka中国的新时代。

Eka中国办公室，因为老板不在而彻底安静下来。佳娜没有老板相陪，百无聊赖。

贾公公心绪不宁，后来干脆长期待在新亚办公室，和疑似美女泡在一起。

水果盘明显感觉到了什么，她一反常态地不停向张邕示好，这一切让张邕无比厌烦，但马小青似乎对水果盘的接纳程度很高，甚至他劝了张邕几次，应该和水果盘搞好关系，Eka中国未来不知道会发生什么，大家彼此应该互相助力。

马小青的谏言被张邕冷冰冰地拒绝："做好自己的事吧，不够忙吗？要不要加一份工作给你。"马小青乖乖回到工位，不再多言。

众合向财政部的申诉，因为要提供新的证据，延后72小时。赵爷心急如焚。

李梅再一次向高平汇报了申诉的过程，高平有一点疑惑："李梅，你说你一定要把这个项目拿回来，我没看到你的机会，你的信心从何而来？"

腹部隆起愈发明显的李梅，眼中除了坚毅，还有一丝隐约的疯狂。

"高总，我已经尽了最大的努力，将整个项目拖后72小时。现在，我需要您帮我。我需要一份权威机构的检测报告，证明华天科技的指标是假的。我在市场上买了两部Mag的手持机，检测项目我都写在文件里。高总，只要您有一份权威人士或者权威机构的检测，我就能申诉成功，拿回我们的合同。"

高平看着一脸期待的李梅，他点点头道："好吧，检测报告我来想办法。"

李梅离开高平的办公室，高平唤进了助理。

"帮我联系北京大学郭教授，说众合想捐给他两块GNSS OEM板来做相关的研究，然后请他帮我们检测两种GPS手持机，给出对比报告。对了，联系协会，说是协会和北京大学的联合测试。协会这边，我们正式写个申请，请他们和北京大学一起帮我们做一份设备对比评估报告。还有，现在，先不要和协会讲，当协会出报告的时候，你再和相关人士申请，让他们用协会的红头信纸来出报告。"

第101章 乱（五）

埃里克回到了北京，3天后，他在会议室宣布了自己将离职的决定，他的最后任期将到月底，目前这一段时间，主要准备与新的大中国区总裁彼得交接。

会议室里很安静，没人表态。

埃里克尽量做出一副轻松的样子，笑着问大家："有什么问题吗？我回答你们问题的机会不多了。"

良久，有人在角落低声道："埃里克，祝您一切顺利。"然后引起了周边人的几声附和，几句"保重"之类的赠言最后送给老板。

埃里克的脸有些涨红，他有礼貌地回答："谢谢大家。"

他的目光有意无意看向水果盘、贾公公和佳娜，几人一言不发，但水果盘脸上似乎有一种蔑视的微笑，埃里克心里一阵发冷。

"张邕呢？怎么又没见到他？"

马小青要开口之前，水果盘抢先道："他不是一直都很忙嘛，又是资源部，又是工程中心，还很多和亚旭那边GNSS的业务沟通。见他太难了，您都要走了，还管他干吗。他在不在，结果还不是一样。老板，咱们散会吗？还是大家在这里等张邕回来？"

水果盘笑盈盈地看着埃里克说出这番话。埃里克脸色由红转青，每个人都感觉到他的怒火，但最终他长叹一声道："好，我们散会。"

回到公司的张邕听到了消息，颇有些无奈。很多事他都看不明白，但很多他不想发生的事，却偏偏看得很准。

他第一时间就赶去了埃里克的办公室，不知道该说什么，但总该和要离任的老板说上几句吧。

在埃里克办公室门口，他被佳娜挡了驾："大忙人，现在有时间见老板了。贾经理在里面，你等一下吧。"

张邕转回自己办公室，心中对贾公公的印象稍好了点，至少还不算完全没有良心，看来人性大家总还是有的。可惜他并不知道，贾公公与埃里克的谈话内容。

贾公公推给埃里克一张卡，这是他刚刚在楼下银行新办理的。

"埃里克，这是凯西让我转交给你的，没想到你这么快就离开了，一点心意。"

埃里克有点狐疑地看着贾公公不再恭顺的表情："这卡，有多少？"

"10万。凯西说了，一点心意。"贾公公又重复了一遍。

"10万？"埃里克冷笑道，"这和我们当初谈的条件相差甚远，这是一次性的吗？"

"埃里克，凯西和我谈过，这的确不是和您之前谈的条件，但这不是我们的问题呀。我们之前的条件是以您在这里担任中国区总裁为基础的，您在这里，一切都好说。但现在您忽然离开，一切都变了，都要靠我们自己，这样的话，之前的条件自然就变了。"

"你应该最清楚，没有我的话，凯西她们根本进不了Eka的门。我是要走了，但我已经把该做的事做完了呀。"

贾公公露出一副非常不屑的笑容，在此之前，埃里克从来不知道贾公公还会这样笑。

"你做的事做完了吗？现在亚旭那边不服，马上要和Eka打官司。新的中国区总裁马上就到，谁也不知道他会怎样处理后面的事。凯西和新亚是入门了，但未来如何，谁也不知道。你说这种情况下，凯西还拿出10万块，是不是很仁义呀。"

"小贾，与未来无关，当初我们谈的就是让她入门，我已经做到了，我希望凯西能履行承诺。股份我也不要了，但谈好的价格该和我兑现了。"

"这10万就是兑现，你不会不想要吧？老板，你要是不要，我就收下了。我和凯西的账还不好算呢，这娘们儿不是什么善茬儿。不过我不怕她黑我，我不像你，千里迢迢从香港过来，我就是本地北京爷们儿，我在这黑白两道见多了，我怕过谁？埃里克，你还是收着这10万块吧，凯西真翻脸，这事还不一定怎么发展呢。"

又一次从贾公公嘴里听到了黑白两道，埃里克无比不适。他很想学张邕给贾公公一点压力，却发现自己一旦没有中国区总裁的王冠，也就失去了震慑贾公公的力量。他又想把这张卡摔在贾公公脸上，但却发现自己依然做不到，10万块对他来说只是一个月的薪水，但他真的没有勇气把这一个月的薪水扔出去。

随后他笑了，是呀，这一切不都是自己应得的吗？与什么样的人打交道，不都是他自己的选择吗？

"卡留下吧，替我谢谢凯西，你出去吧。"

"这就对了，老板。不拿白不拿，不拿就便宜我喽。"贾公公站起身，一步三晃地走出门。

贾公公迎面见到一个他最不想见的身影。

"张邕，回来了，辛苦哦！"他挤出一丝笑意和张邕打招呼。

张邕点点头道："嗯，刚回来。"

张邕心情复杂地走进埃里克的办公室。一切看上去还好，埃里克脸色不太好，但比起当初Tiger被Skydon直接扫地出门的情景，还是要体面了很多。

"老板，对不起，我上午出去了。"

"哦，"埃里克勉强笑了笑，"刚才彭妮说了句话，她说你在不在，其实结果都一样。"

张邕不知道该说什么。

"可能我在不在，结果都一样。但是我是您招进来的，您对我有知遇之恩，如果您有什么不好的消息，虽然我不能改变什么，但我希望我至少能在您身边。我不是第一次见老板离职，我知道会发生什么。有些事，如果可以避免，我尽量不想让它们发生。离开只是换个工作环境，我不想看到有些不堪的场景。"

"不堪？"埃里克心里回味着这句话，脸上露出了嘲讽的笑容，刚才与贾公公的对话算不算不堪？

"谢谢你，张邕。有什么不堪也不怪别人，我是自己走到今天这步的。"

"您什么时候走？我想私人请您吃顿饭。"

"吃饭不用了，张邕，认识你我很高兴，未来有机会再见吧。我本来是要等到这个月底和彼得做交接的，但彼得刚刚发了邮件过来，他说我随时可以走，他不需要任何交接。"

"不需要任何交接？"张邕心中一怔，对这个新来的老板有一些不好的思虑。

李梅拿着协会信纸和北大郭教授签名的检测报告，再次来到了财政部招标办。

工作人员客气地接待，客气地送她出门，但主管显然很不满意。

"信件可以邮寄，就算亲自送过来，难道众合没有其他人吗？非要大着肚子亲自跑一趟。她也难受，我们也难受。这是现实版的秋菊打官司吗？"

"主任，我有点怕她了。我希望她的新证据有效，不然这样下去，我真担心她……"

后面的话，这位女性工作人员没忍心说出口。

"你们不要这样。我们要的是公正公平，不能受任何外界因素影响，赶紧看她提供的测试报告吧。"

专家的结论很快就放在了主管的桌子上。

一，报告为GNSS协会与北大郭教授一起做的测试报告，有一定的参考价值。

二，但报告其实是郭教授个人名义的测评，与北大的任一机构都无关。

三，报告虽然用的协会的红头信纸，也有协会专家的签名，但协会并没有盖章，也没有法人或者管理者签字，所以这份报告是不能代表协会的官方意见的，只能认作是一种民间的测评。

综上所述，无论这份报告的结论是什么，都不足以作为权威报告，推翻之前招标公司的结论。

但为了保证公平公正，我们还是将这份测试报告发给了中标方华天科技，要求他们对报告的结论做一些澄清。

华天科技的回复函附在后面。

我们并不怀疑郭教授的公正与专业程度，但是很多技术细节只有厂家才最清楚。比如报告中指出的，Mag不能使用普通电池供电的问题，事实是，Mag可以提供电池盒，既可以用随机锂电池供电，也可以通过内嵌电池盒用普通电池供电。这样的细节，郭教授并不清楚。同时我们认为，虽然标书里要求的是普通干电池供电，但Mag提供的可充锂电池是更好的方案，同时又可以满足标书的要求，我们认为这一项不但不是扣分项，反而是Mag的加分项。

还有几处细节也是类似，比如关于串口的问题……

最终结论：我们认为众合提供的新的证据，只能作为参考，不足以支持他们的申诉，华天科技和招标方的回复有理有据，所以建议驳回众合公司的申诉。

主管看着这份结论，眉心皱作一团。

他完全相信这份结论，这和他第一眼看到测试报告的感觉完全一致。有些地方招标办或许还会被北大和协会的招牌所震撼，但部里这些人有过太多经验，这种报告有多大价值，基本一眼就可以看穿。

但就是如此，他心里才有些紧张，李梅挺着肚子哭诉的样子又一次浮上他的脑海，该怎么办？

最终，他还是下了决心："通知众合公司和李梅，他们的申诉没有通过。"

第二天，招标办工作人员在繁忙的工作中，不时地向门口望去。他们希望那个身影不再出现，整个招标的流程，继续下去。马上就要年底了，不尽快完成，最后依然还是财政部的麻烦。

然而，墨菲定律又一次展现了它的神奇之处，他们很快看到了那个大腹便便步伐蹒跚的身影，每个人都觉得心头一紧。

赵爷已经急得如热锅上的蚂蚁，一周就这样过去了，没有任何进展。

他知道，有任何情况，李辉都会第一时间通知他。但他还是忍不住，又一次打给了李辉。

"怎么样？什么进展了？"

"正要向您汇报。虽然众合这次拿出了北大和协会的报告，但申诉依然没有通过，被驳回了。"

"那现在做什么？我们签合同吗？"赵爷一点也没有轻松，因为李辉的话语之中并没有兴奋的感觉。

"但是李梅又在财政部哭闹起来。"

"她疯了吗？"赵爷一脸沉重，"财政部只怕不会怕她哭闹。"

"财政部是不怕，但李梅不肯罢休。她一口咬定，专家组、招标公司和采购办都拿了我们的好处，所以全都替我们说话，连她手里这么权威的报告也否定，所以，她说……"

"她还要做什么？"

"她说这次连财政部一起告，将我们三方全部告上法庭。"

赵爷顿时觉得自己的头大了三倍："她，她，她说连财政部一起告？不要说众合，就算是国家发展改革委，也不敢得罪财政部呀。"

"赵总，我和招标公司一起和财政部沟通过了，他们说无论官司打到哪里，众合绝对没有胜算。而且他们再这样无理取闹下去，将来一定会遭到严惩，禁止参加政府采购3年之类。他们把这个后果也和李梅说了，可李梅说……"

"说什么？"

"她说这是恐吓，再吓唬她，她就报警。"

李辉听不到赵爷的声音："赵总，其实他们在自掘坟墓，我们要是有时间的话，就是拖上一段，最终还是我们会赢，就是……"

李辉也说不下去了，他和赵爷都明白，这事一旦走法律程序，没有几个月只怕处理不完，到时就算赢了官司，只怕天石也已经关门了。而这次关门就不比上次了，只怕永远都没机会再翻身了。

"好，你继续和招标公司保持沟通吧，我来想想其他办法。"

众合集团，老板高平的办公室。

"高总，天石公司赵总已经第三次打电话找您了，希望能和您通话。"

"找借口回掉吧，说我一直很忙，不方便。"

高平转向副总经理王迅："你有什么想法？"

王迅道："有些事，输了我们就该认。给财政部一点压力我觉得可以，但是要说真的和财政部打官司，反正我是没有这么大的胆子。"

高平沉吟："有时打官司不一定是为了赢，不知道财政部对法律诉讼这事怎么看？你不是说给他们点压力吗？我们就通过法律施压。反正开庭前还会有调解，我们最后关头再撤诉是不是也来得及。"

"高总，我觉得李梅这样做下去是不是有点危险。"

"你有没有觉得，不让她做下去，会不会更危险？"

李梅还等在招标办的办公室里，她将外衣敞开了，腹部越发地明显。

收到一条手机短信后，她费力地站起身："公司已经同意我的起诉要求，你们等着收法院的传票吧。"

赵爷收到新的一条短信，离最终缴款的日子，算上周末，也只还有15天。

第102章 攀登者

埃里克悄然离开了Eka中国，没有道别更没有送别，甚至不再有人提起他，就像他从来没有出现过一样。

彼得依旧没有到来，Eka中国出现了短暂的没有老板的空窗期。对张邕来说，这反而是Eka最有秩序的一段日子，他专心做自己的事，再也无人打搅。

而无论是水果盘，还是贾公公都安静了许多，一向活泼的佳娜则几乎完全沉默，更多的时间是和小殷一起。老板不在，小殷的车无人使用，常开车带着佳娜去购物。按佳娜自己的话说，这是Eka中国给她的最后的福利。

唯一让张邕不太适应的是，水果盘总是不时过来，表示亲近。

"张邕，有时间吗？想和你聊聊。"水果盘轻声轻语，十分有礼貌。

"好呀，你说吧。"

"咱们去会议室吧，我想和你单独聊聊。"水果盘一副楚楚可怜状。

张邕只好答应，心中万分不愿。

"张邕，我一直都不知道发生了什么，也不知道埃里克做了哪些事。其实我和你一样，都是只关心自己的工作。也是我对工作太过关心，贾经理拉着我一起管代理商的事，我就同意了。如今看，这可能没有功劳，还有责任。你说我是不是太冤枉了。"

张邕看着水果盘，想起了前一晚和Madam一起看的综艺，一个表演系的教授教大家表演，他说，表演最核心的理念是心中要有信念，演什么就一定要坚定地相信什么。或许水果盘的演技就是殿堂级的，因为她有信念，她已经说服了自己，坚定地认为自己太冤枉了。

他不想多说："你和我说这些没意义，你是不是冤枉和我无关。真有什么事，也不由我定你的罪。"

"都是同事，新老板就要来了，怎么会与你无关呢。我是想，如果彼得向你问起埃里克和小贾他们那些事，我请你帮我说清楚，那些事与我无关。"

张邑笑了,他觉得这一切太滑稽,回道:"你会不会想太多了?新老板来了,对大家都是一样的。他怎么会问与我无关的事呢。而且,小贾他们做的事,我也并不清楚。我不知道的事,我不会乱说。"

"张邑,你是装糊涂吗?谁不知道,整个Eka厂里,那些老外最喜欢的就是你,你的名气在德国比埃里克都大。你现在业绩又好,新老板来了,你一定受重用,这些问题他肯定会第一个问你的。我一直都很佩服你,也希望到了关键时刻,你能帮我说话。"

"就是再重用我,我也就是一个GNSS主管,我不会管其他事,也管不了。至于办公室的同事,评估他们不是我的工作。你也知道,同事中我最不喜欢贾经理,我只是觉得他不称职而已,但老板若问,我也不会多说。他不是我的属下,谁用他谁自己评估,这是我的原则。如果我说话真的能对你有帮助,那我会选择帮你。我只希望一件事,不要来妨碍我们专心做自己的事。我不想做恶人,但也绝对不会做个滥好人。"

水果盘满意地点点头道:"果然是有勇有谋大仁大义,张邑,我佩服你可是真的……"

张邑终于听不下去了:"没事的话,咱们都回去做事吧。还有一件,求你以后少夸我,我听了觉得不舒服。"

"好的,好的,走吧。真是,人家可是诚心夸你,这也不行吗?"

张邑逃离了会议室。

他不愿和水果盘浪费时间,而且也真的很忙,众合要起诉财政部的事,他已经听说了。

"赵总,你了解高平这个人吗?"

"还算熟悉,以前和李文宇以及高平我们都共事过一段。"

"他会是个很容易冲动,会被情绪左右的人吗?"

"不会,他很聪明。这样形容吧,他是一个务实的晓卫,他和晓卫一样聪明,但不像晓卫那样高傲。他很务实,会专注于自己的目标,像Skydon的这样的合作伙伴,他处理的话,一定不会像晓卫那样随便放弃掉。"

"他为什么要和财政部打官司？如果按你的形容，他应该不会这样做才对。"

"我觉得他的一切信息可能都是李梅汇报的，所以他并不清楚具体的情况。我一直打电话给他，希望和他谈清楚现在的局面，说服他合作，甚至我还准备补偿他们一部分。但他一直不肯接听我的电话。双方不能沟通，我就没有任何办法可想。"

"那么这位高总是一个容易信任别人的人吗？"

"不能算是。聪明人或多或少都有些多疑。"

"我知道了。赵总，你做错了一件事，你不该一而再、再而三地打电话给他。"

赵爷关心则乱，但张邕一句话提醒让他立刻醒悟。

"对呀，是的，我做错了。"

"高总既然是个聪明人，就一定不会傻到去和财政部打官司，就算赢了，未来也会遇到各种麻烦。他之所以放任李梅如此，还是有一点观望的意思，想再看一眼会发生什么。但你一连串的电话，给了他更多的信心，他当然不清楚你现在的局面。但他知道，如果你胜券在握，是没有必要来找他求和的。所以他想再试试，是不是有转机。如果没有你的电话，或许，众合现在已经认输了。"

"现在怎么办？其实最好的办法是什么也不做，我们稍稍等一下，也许众合就会撤诉。但是，有些事高平不知道，你很清楚，我现在根本等不起。"

张邕沉默了几秒说道："你还有多少时间？"

"至少需要一周处理合同和付款，所以如果这一周能解决一切，可能还有机会，多拖一天，就再难回天。"

张邕认真道："赵总，我说两件事。你最好都记住。"

"好的，你讲。"

"第一，我来想办法让高平失去最后的信心，早日撤诉。我觉得这个时间是允许的，但你知道，没有百分百的事，我无法打包票。"

"多谢了，有你这句话够了。第二件呢？"

"有人和我说过，天石每一个项目都是用命拼出来的。肯拼命的人，为什么要怕死？如果第一条我们没有及时做到，那就做最坏的打算，就算天石被封了，就算所有的钱都被罚光了，就算你个人也遭受了处罚。那又如何？既然你肯拼命，那就再一次拼回来。你的国产梦就这样因为罚款而夭折吗？我觉得从来没有什么困难能打倒你。所以，坚持做个强者。那天你吟了首诗，我还没听过有人把李太白的诗吟诵得那么悲戚委婉。要不你再重新读一遍。"

赵爷在电话另一端大笑，张邑也笑了，这才是他熟悉的赵爷。

"小张邑，说得不错，肯拼命的人为什么要怕死？危楼高百尺，手可摘星辰。但我不想重新来过了，我现在相信，你一定能解决问题，我们不会误期的。有什么需要我做的，尽快说，我全力配合。"

张邑遇到问题的时候，总有一个怒发冲冠的影子第一时间出现在脑海。

"师兄，和北大的郭教授有没有交情？"

"他是前辈，和朱院士一个级别。我算是学生辈，所以不能说是交情，只能说认识。这位老师对我还算不错。"

"那就太好了。他给众合做了一份测试报告，结果对赵爷不利，现在众合要拿这份证据打官司。"

"张邑，我说了，我是晚辈。而且郭教授的人品和学术水平都是一流的，我虽然很想帮赵爷，但我不敢推翻他老人家的报告，朱院士也不会同意，会骂我的。"

"不，当然不是要你推翻他。老人家的报告我看了，基本是正确的，只是结论被人引导了，甚至我怀疑，有部分结论根本不是他写的。"

"那我还能做什么？"

"你和郭教授打一个招呼，不用评论报告本身，只是告诉他，众合准备和财政部打官司，而他这份报告是要作为法庭呈堂证供提交的，是一份重要的法律依据。"

"行呀，小子，有你的。郭教授这份报告更像是个人帮企业做的某种测评，可以用来给用户做参考。但还没严谨到可以做法律证据，所以他一定不会同意。我说得对吧。"

"正是如此，如果是你的报告被人这样用了，你会怎么样？"

怒发狂人道："我的一份参考报告如果被人用来打官司，我会很不高兴，觉得自己被利用了。"

"好了，师兄，我明白了。你什么时候给教授打电话？"

"我现在就打。你想要一个什么结果？"

"我不需要结果，你只要和郭教授说清楚就可以。结果我去找协会要，协会绝对会比郭教授更不愿意用这份报告打官司，我确信。"

"小子，越来越精明了。好，我帮你。"

挂了电话的张邕，估算了怒发狂人打电话的时间，然后拿起电话，准备打给协会的秘书长王力。

还没拨号，他的电话却先响了。

来电的是大学同学武军，武军研究生毕业后，分到了国家局的地理信息中心，如今已是一名处级领导。

"张邕，赶紧带上你们家Eka的资料，尽快到我这来一趟。"

"老大，当了处长也不要这么使唤人，说去一趟就要马上去，管饭吗？"

"你少贫，让你来，绝对是照顾你。如果你来晚了，落在了Skydon的后面，到时别后悔。管饭是应该的，你要吃啥，晚上我请。"

"这么重要？"张邕认真起来，武军可不是一个随便开玩笑的人，"什么事，电话里能透露一下吗？这么重要，是不是和工程中心二期项目有关？"

"我告诉你，比工程中心二期项目还要重要得多，电话里不能和你多说，再说一遍，尽快过来，马上。"

挂了电话，张邕立刻收拾电脑和资料，武军这样认真，这事一定非同小可。他随即想到，协会和信息中心本就在一处办公，干脆顺道直接去协会拜访好了。

他在路上给王力打了电话："秘书长，有没有时间？过去看看您。"

"欢迎呀，但你可是无事不登门的主，大概说一下，什么事？"

"和你们最近做的一份测试报告有关。"

"众合的？刚才郭教授对我们莫名发了一通脾气，正不知道该如何处理呢？和你有什么关系，你离开Eka去众合了？"

张邕笑道："哪有，我要是跳槽了，第一时间肯定向秘书长报到。但这事的确和我有关，等我过去和您细说。"

走进信息中心大院的张邕被眼前的一幕震惊了。

几辆硕大的越野军车摆在院子当中，他不久前在电视的军事频道里见过这种车，号称中国军队的悍马。

随军车一起的还有无数的专业设备，一群身穿制服的人正在搬上搬下。而院子里除了他熟悉的工作人员，还多了无数穿着登山服的人，这些人身手矫健，一看就是专业的攀爬运动员。

院子里一群人，正在跟随一名教练训练体能，其中不乏他熟悉的面孔，甚至有几位很资深的专家也在一起训练。

他进入大厅，发现一处会议厅也改成了训练室，而武军也在训练之中。

看到张邕，武军退出了训练，向他走了过来。

"走吧，上楼，主任在等你。"

"这么大阵仗，这是要召开全国运动会？还有军车，这是军民大联欢吗？"

"联欢？联欢用得着这么重视吗？我告诉你，这次是总局领导亲自挂帅，直接向中央汇报。"

"我的天哪，什么时候，我们测绘人有这么高的地位了。这事怎么看都不像真的，到底什么事，你先透露一点。别见了主任，我一点心理准备都没有。"

"组织纪律，我不能说，主任会告诉你。你这么聪明，要是真的还猜不出来，我得承认，这么多年，我都高估你了。"

"我哪有你聪明，武处。你这又是专业设备，又是军车、直升机，还有专业的登山训练。我看，这分明是要攀登珠穆朗玛峰呀。"

武军叹道："我就知道，你一定能猜到。"

"什么？"张邕愣了，"我猜到了什么？你们……"一个想法忽然涌上了他的心头。

"是真的？真的吗？"

武军冷静地回答："当然是真的，否则叫你来干吗？"

张邕捂住了嘴，同时按住了胸口。

他进了会议室的门，心跳依然厉害。

信息中心主任和总工以及几位领导都在，正在激烈地讨论着什么。

武军打断了他们："主任，Eka的人来了。"

主任让张邕落座，然后几个人一起转向了他。

主任开口道："你好，我们都不用自我介绍了，我们现在有重要的事情和你说。中央决定，第二次对珠峰的高度进行测量，我们信息中心承担了这次业务。到时我们的专家将会与国家登山队一起前往珠峰。现在我们需要GNSS设备支持。"

专业的需求随之而来。

"我们要一套在海拔8000米可以工作的系统。"

"电池，零下40℃，可以开机，至少半小时的工作时间。"

"有没有可以零下40℃还可以显示的屏幕，如果做不到，用什么替代？"

"我们不可能在低温缺氧环境下组装设备，这必须是一套完整已经连接好的系统。所以要考虑连接完成后的体积重量以及连接的稳固性，以及登山运动员携带的方便性。"

"所有的轻触式开关都要换掉，用最原始的机械开关。"

"我们的工程师是没有可能爬到最高处的，山腰基地是他们的极限。所以这套设备最终将会由非专业人士操作，而且机会只有一次。一旦失败，很难有第二次登顶的机会，所以我们要求设备操作尽量简单，最好是除了开关，零操作。"

"非专业人员很难做到对中和整平，我需要一套可以自动安平的系统。"

"轻，一切尽量地轻。"

张邕鼻尖冒汗，一一尽量详细地记录。

除了个别需求，他回答"可以满足"。

绝大多数需求，他的回答是："我会尽快与厂里沟通，找到解决方案。我会尽快答复。"

最后，主任道："你们只有6个月的时间，我们需要一切到位。感谢你们的支持，但我明确告诉你，为了保险起见，我们还找了其他的公司。希望你们能尽快提供方案。"

张邕点头道："主任，我会尽力。"

第103章　更乱（一）

谈话结束，武军送他出门。

"时间还早，要不去我办公室坐坐，晚上一起吃饭。"

"你的饭我不敢吃了，这事压力太大了，我要尽快处理。另外我还要到协会去一趟，下次见吧。"

"好，其实我也忙，说请你吃饭，就是客气一下，你不吃最好。"

二人大笑，彼此给了对方一拳。

王力对着张邕直咋舌。

"你知道，协会帮各个公司测试或者测评是常有的事，也是我们的工作职责所在。而且我们都会找行业的专家一起测评，协会是不会自己下结论的。这次也是众合提前找了郭教授测评，我们一起配合完成的。但本质上这就是一次民间测评，协会并不是检测的权威机构，我们不负职责以外的责任。"

"秘书长，您这个测试报告可是用协会的信纸出具的，外人眼中，红头信纸就是权威。"

"嗐，高总的人后来提的这个要求，本来我们报告已经打印了，想想他的要求也没什么特别，就用我们的信纸打印了。但上面并没有我们的盖章，这不是一份公文，只是一份民间报告。"

"但众合认为这就是官方结论，准备用这个将华天科技、招标公司和财政部一起告上法庭。"

"我们是真不知道这事，郭教授打电话我们才知道。老人家生气了，还怪到了我们头上，张邕，这事我们有点冤枉。众合怎么回事？谁会和财政部打官司？我们行业的项目和别人比都是些小项目，这个金额哪里值得打一次官司呀。"

张邕笑道："可能众合觉得，得到了协会的支持，一定可以告赢财政部吧。"

王力脸色有些发白："你可别乱说。我们可没支持他们打官司。这也根本不是给法庭上用的。"

"这您说了已经不算了，要众合的高总说了才算。"

王力叹口气道："对啦，我先问问你，我们的报告不算权威，但基本客观吧，不会有什么大的问题。"

"产品的测评报告和招标的产品测评，是不一样的。您的报告作为一般测试报告，是没问题的。但评标看的是每一个细节，哪怕细微之处不满足，都会扣分。这种细节，您的报告里很明显，并不重视。比如，报告里说，Mag的手持机不具备串口功能……"

"这些结论是众合的人写上去了，但我们不是随便让他们写的，我们检查过了，Mag机器的确没有串口。"

"秘书长，这就是我说的，这种测评报告不能当作招标测评标准。

从产品的角度,串口属于已经落后的通信技术,现在都是USB通信,一个具有USB口的设备应该给更高的分。但投保而言,标书上写着串口,那就必须是串口。"

王力有些脸红道:"你说得对,我们有失误。但这个结论本身并没有错误吧。"

"不然。"张邕从兜里掏出了一个小巧的Mag手持机。

"对,这就是我们测评的那一款。"王力立刻认了出来。

张邕熟练地打开了设备后盖,说道:"您看这里。"他指向电池舱内部。

王力看到了一组不引人注意的金属孔:"这是什么?"

"Mag的确在主通信用USB取代了串口,但为了个别客户的二次开发考虑,在内部保留了这个串口。只要一根专用的电缆,就可以从这里引申出一个串口。这个如果不经厂家提示,一般人还是看不到的。但如果有机构不与厂家沟通就做出没有串口的结论,厂家可以提起法律诉讼。这就是我说的招标测评的细节,郭教授主要测评产品指标不会注意这些细节,众合借机写上了自己的结论,而您和郭教授都看了,并没有觉得有太大问题。这就是这份报告的问题。"

王力点头道:"我懂了。这样吧,我给高总打个电话,我猜郭教授应该也已经给他打过了。我会说我们不同意将这份报告用于法律诉讼。如果他坚持,我们会向财政部澄清,这份民间报告,不具有任何法律依据。"

"谢谢,秘书长。"

"算了吧,我还是谢谢你吧,众合真把这份东西拿到法庭上去,虽无大碍,但少不了我们的麻烦。"

"您最好也顺便劝劝高总,这场官司打得毫无意义。"

"这个我会和他说,不从协会角度,就算朋友的身份,我也会劝他。这么聪明的人,怎么会做这么傻的事。"

赵爷正在安排工作,经过和张邕的一番对话,他已经平静了很多。

"如果不行，就做最坏的打算。"如今他正在按最坏的结果来布局。

电话响起，他接听，一个很久不见但很熟悉的声音。

"老赵，我高平。"

"高总，太难和你通话了。"

"不好意思，兄弟，最近一直比较忙，所以没顾上回你电话。我刚听说了，那个华天科技其实也是你的产业是吧？你是真能干，这么多摊子了。闲话少说吧，好像我们在国家林业局那个项目上有一点纠纷是吧。自己兄弟，哪有那么多事。这样吧，我们就退出来，不再坚持了。以后有什么机会咱们再一起合作，你觉得如何？"

"谢谢，太谢谢高总了，以后有机会一定合作。"

"就这么定了，你忙吧，拜。"

挂了电话的赵爷稳定住情绪，对身边说道："今天会议到此结束，所有会议结论也全部作废，你们出去吧，继续做自己该做的事。"

几人面露喜色："赵总……"赵爷摆摆手，让大家都出去。

李辉电话："赵总，招标公司让我们下周一去签合同。"

"好，我知道了，干得好。"赵爷说得无比平静。

挂断电话后，他拉下了办公室的所有百叶窗，一个人在办公室里坐了很久很久。

张邕准备了信息中心关于珠峰测量设备的报告，报告提及了项目的背景、重大意义，以及对中国市场包括对中国各大部委的影响，然后将所有的技术要求都详细地写了上去。

发送的时候，他才发现自己目前没有老板。他想了一下，发给了乔尔，发给了GNSS负责人图克森，发给了亨利副总裁，又想了想，干脆直接发了伍德总裁。

最后他在Eka邮件系统里发现了彼得的大名，看来老板的信箱已经开通，他将邮件接收人定在了彼得的名下，然后点击发送。

第一个回复他的是乔尔，乔尔表示，这是一个意义重大的项目，虽然他和彼得还未谋面，但相信彼得一定会支持这个项目，他现在会和图克森以及相关技术人员，尽快评估这套设备改造和定制的可能性。

张邕点头，厂里的效率还是不错的。不知道彼得几时就位，作为Eka中国区最高长官，这里很多事必须要他推动才可以。

办公室里还没人知道，彼得已经到了北京，只是还没有到Eka办公室。

随他一起前来的，有汉斯，有亨利，有人事，还有从香港召唤来的劳伦斯。

两天的激烈谈判，最终达成了一份协议。

劳伦斯将出让自己在Eka香港的股份，之后帮助彼得完成中国工作的交接，再之后自己申请退休，Eka将有一份不错的待遇给他。

亚旭得到补偿，但已经成交的合同不能再拿回来，被划给新亚的地盘也不能再拿回。新亚的一部分业绩要算到亚旭头上。至于新亚，继续维持新的代理资格。亚旭依然有将近80%的中国市场，条件是，撤回一切诉讼。至于Eka中国，埃里克已经承担了责任，至于亚旭口诛笔伐的贾公公，要等彼得正式到Eka中国上任之后慢慢处理。

看到劳伦斯最终签字，亨利默默心里叹了口气，他的心绪有点复杂。这一切本就是他设计的，也达到了他的目的。

亚旭总代理的规则被打破，新亚无论是否合格并不重要，一切主动权都重回了Eka手中。甚至市场的价格乱战，也在他意料之中。亚旭总代理当了太久，市场价偏高一直都是问题，借机调整一下中国的价格策略，没有什么问题。乱只是暂时的，一切逐渐就会回到正轨。

但是他唯一没有预料的是，伍德利用他完成了一切，然后却将他也一脚踢开，空降了这个彼得过来。

他不喜欢彼得，德国人本就骄傲，德国企业里的正宗德国人当然就更会如此。这个彼得只是一个新人，却对他这个在位几十年的资深副总裁完全没有体现出尊重。

整个谈判过程中，彼得发言极少，几乎全程沉默，这不是他的职责所在吗？而随着谈判的加深，他逐渐觉得彼得并不是深沉而寡言，而是对中国的事情好像真的一无所知，而且没有任何想法，同时没有兴趣去知道。如果他来形容彼得其人，他的评价是，一个傲慢无礼的蠢货。

亨利和汉斯一直在代替他与劳伦斯沟通，但彼得没有表现出任何感谢的意思，依然是一副高傲的面孔。

按计划，会后他们将一同前往Eka中国，由劳伦斯把彼得和其他人介绍给Eka员工，然后晚上和大家有一个晚宴。之后他们才会正式结束中国之行，只留下彼得做掌门。

但心中颇为不爽的亨利等人直接修改了机票，提前离开。既没有前往Eka办公室，更没有参加晚宴，而彼得也没做任何挽留。

无奈的劳伦斯只好自己将彼得带到了办公室。

但整个Eka中国却立刻激动起来，老板终于来了。所有人都挤到了大厅，劳伦斯笑着将彼得介绍给了大家。

当劳伦斯想把包括张邕在内的几名主管介绍给彼得的时候，彼得却制止了。

"谢谢，劳伦斯，不用了。大家好，今天和大家第一次见面，以后我们会逐渐熟悉。我刚来中国，手里还有许多重要的事情要处理。目前可能没有时间和大家一一开会。请大家继续保持自己的工作状态。Eka中国会越来越好。谢谢，大家回去工作吧。"

"劳伦斯，能带我去我的办公室吗？谢谢。"

劳伦斯心中万马奔腾："你有很多重要的事要处理？是什么事？难道不是Eka中国的事？难道你不用和员工交流，梳理中国办公室的问题吗？你还有什么事？"

他心中想着，但并没有表达。他已经是边缘人物，随时要离开，这些事真的不归他管。

彼得进了埃里克之前的办公室，一切重新收拾过，早没了埃里克的私人物品。彼得非常满意，这样级别的办公室在德国很难见到，伍德总裁的办公室也没有这么大。

接着，他的目光放到了迈着一双大长腿，端着咖啡进来的佳娜身上，眼睛一亮。

"谢谢，你叫什么名字？佳娜，好名字。你是埃里克的助理？"

"如果您留下我，我是您的助理。"彼得立刻绽放出几日谈判以来都没有过的笑容。

一旁的劳伦斯觉得自己心里一凉，他勉强笑着问："怎么样，彼得，对一切都还满意吗？"

"非常好，我很喜欢。劳伦斯，你要一起共进晚餐吗？"

劳伦斯看到一副毫无诚意的表情，他摇头道："算了，彼得。我想今晚就离开北京，除非你还有什么事需要我做。"

"我很好，劳伦斯，保重，祝你好运。"

彼得一副道别的口吻，但完全没有站起相送的意思。劳伦斯压抑住心中的不爽，转身退出。

他在办公室里转了一圈，和之前的一些熟悉的员工一一打招呼。

最后，他来到张邕的办公室，张邕赶紧迎出来。

"劳伦斯，第一次在北京见您，您请坐。"

"不坐了，你看到了吗？你的新老板应该并不欢迎我。"

"怎么会，他刚来还不适应吧。您最近怎么样？"

"我马上回香港。和你打声招呼，我下个月可能就正式退休了。临别前我和你说一句，尽量坚持下来，Eka其实很需要你这种人。"

第104章 更乱（二）

李可飞和韦少一起应武军的召唤来到了信息中心，重温了张邕之前见到的震撼的一幕。

二人分手各自回办公室的时候，韦少对李可飞道："兄弟，这事重要，抓紧吧。需要的话，我可以让李总直接找一下约翰。至于设备的费用，如果Skydon可以出两台设备，那么米河可以出另外两台的费用，我们一起完成这个项目。"

李可飞点头道："放心吧，这么大的事，我会抓紧的。"

李可飞将珠峰的事向约翰做了汇报，约翰不敢怠慢，立刻将李可飞准备的报告发给了保罗，抄送给了相关技术负责人以及总裁史蒂夫。

谁都没想到，第一个回信的是总裁史蒂夫，只有一句话："务必让Skydon的设备和中国人一起登上珠穆朗玛峰。"

张邕这边却再没了动静，乔尔试图推进，但彼得一直没有表态。

上任Eka中国的彼得，每天按时上下班，就像最模范的员工，然后一整天待在自己的办公室里，没人知道他在干吗，他没开过任何一场例会，也没与任何一名员工交流过，上任以来，也没做过任何决定。

最初的时候，大家私下议论，这位深沉的老大，一定很不简单，所谓三年不鸣，一鸣惊人，出手必是石破天惊。亚旭和Eka的员工，一部分在私下打赌第一个被惩处的会是谁。贾公公、水果盘和佳娜三选一，最终集体票选投给了佳娜。

其实佳娜只是性格太过张扬，比起水果盘倒没什么真的恶行。但公司的惯例，新老板上任，助理和人事首先要换掉，这是职场常识。

然而，大家看到佳娜一天天安然地坐着，甚至又恢复了之前开朗的情绪。逐渐意识到，这位新总裁可能不太一样，也很难说有什么一鸣惊人之举了。

张邕终于忍不住了，他去了彼得的办公室，这几乎是佳娜之外，第一个要与老板沟通的员工。

彼得高傲中带着德国人的礼貌，他客气地邀请张邕坐下，然后问什么事。

"彼得，我想和你确认一下信息中心珠峰测量的事，现在需要Eka中国主动去推动此事。"

"嗯。"彼得认真地点头，这让张邕心中稍稍平静。

但接下来彼得话直接给了张邕一记重击："信息中心是什么？珠峰测量又是怎么回事？"

张邕被雷得外焦里嫩，他用力地深呼吸几次，才恢复过来。

"我有一封关于珠峰测量项目的邮件，发给了你，以及Eka厂里所有相关的部门，目前厂里已经开始准备设备，但需要您这边，从Eka中国正式申请。"

"什么邮件？我没看到过。Eka的邮件系统很复杂，还要使用VPN，我离开德国后，就没收到过任何邮件。"

张邕强行压制住胸中一口怒气："要不要叫IT过来，帮您在电脑上设置一下邮件。"

"好呀，你叫他来吧。"

张邕赶紧打电话叫了IT小周进来，然后对彼得道："我要不要先口头向您汇报一下这个项目的情况？"

彼得摆摆手道："我现在很忙，等邮件设置好了，我读了你的邮件，然后我们再沟通。好了，你先出去吧。"

片刻后，小周从彼得办公室里出来，张邕迎了上去："怎么样了？都好了吗？"

"好了。就像Eka的惯例，越高层越白痴，这位老板的级别是Eka中国有史以来最高的同时也是最蠢的。妈的，蠢猪。"小周不知道受了什么委屈，情绪开始激动。

"小点声，很多人听着呢。小心有人告你。"

"随便，我又不是你们这种行业专业人士。我一个IT，哪家公司不吃饭呀。提醒你吧，这丫的蠢得像一头猪，和猪打交道可比和人打交道难多了。"

小周的话让张邕蒙上了一层心理阴影，随即他宽慰自己，可能彼得只是比较老派，对电脑一类的技术很生疏，专业上未必就如小周所说。这孩子明显受了委屈，心里有些情绪。

他决定先不要催促老板，回到自己办公室，等待彼得读了邮件之后的下文。

佳娜趁着空闲，悄悄来到了水果盘的工位。

"哎，美女，你去邀请老板吃饭吧。"

"现在？不会吧，他什么决定都没做，也没见任何人。我们根本不知道他在谋划哪些事，现在邀请他吃饭，如果不对他的心思，很可能会惹麻烦的。"

水果盘最近的日子一直比较挣扎，她做了很多准备来应付新老板的问话。但老板却什么也没有做，这种平静的日子，反而让她如坐针毡，自信心正一点点流失，她甚至开始谋划自己未来的出路。

这个时候，请老板吃饭？这会不会是一种自杀行为？

佳娜笑了，她笑得很好看，但笑容中带着明显不屑。

"我的彭妮小美妞，你想得太多了。尽管去吧，绝对没问题，你甚至可以安排饭局，把凯西和小贾都叫上。别把中国区总裁太当人看，我看呀……"

漂亮的佳娜忽然一脸的极度恶俗："他就一德国流氓加色狼而已。"

水果盘脸上阴晴不定："你确定吗？你说的都是真的？"

"放心吧，我最了解的就是这类种猪一样的男人，我从来没有看错过。再说了，你在干吗？准备收拾东西离场？傻货，赌一把，你会失去什么。"

水果盘眼睛亮了，她起身一把抱住了佳娜说道："我的小美人，要是没有你，我可怎么办呢？"

"去，去，你神经病，抱我干吗，有本事，抱老板去。"

张邕一直等到了快下班的时间，依然没有等到彼得的回复。他终于忍不住了，再次走向彼得的办公室。却发现门口的佳娜已经换好外衣，挎上自己的包准备出门。他心中掠过一丝不祥的预感。

"张邕，你找老板？抱歉，今天恐怕不行了，彭妮安排了一些活动，老板参加活动提前走了，我也马上离开。有事你明天过来吧。"

张邕皱眉道："彭妮安排了什么活动？怎么办公室其他人没得到任何消息？"

"我说大哥,您不是一直说吗,您只是一个GNSS主管,其他事情与您无关。怎么现在有和您无关的事情,您又不高兴?你可别和我瞪眼,我不是贾经理,只是个弱女子而已,我怕了你了。好了,就一天而已,明天你上班过来就行了,老板几乎从不迟到。"

张邕无奈地叹了口气道:"好吧,老板做什么,的确不用和我汇报。我明天来,希望您这弱女子提前帮我和彼得打声招呼。"

佳娜笑道:"好的,帅哥,明天见。"

张邕回到自己办公室,狠狠一把,重重地关上了自己的门。马小青等人面面相觑,老大这是怎么啦?还没见他在办公室里发过这么大的脾气。

第二天,张邕到办公室的一刻,就感觉到了一丝熟悉又异样的气氛。

佳娜在自己的工位上轻声哼着歌,声音不大,但半个办公室都能听见。这个不重要,但是歌声中那种快乐、满意以及肆无忌惮,令人心生异样。

"早,张邕。"

熟悉的女声,他回头,看见一脸春风的水果盘。当初求他在新老板面前美言几句的女人,如今好像已经脱胎换骨截然不同。

"早。"他回了一声,走向自己的办公室。余光之处,看到蛰伏很久的贾公公摇摇晃晃,出现在水果盘旁边,二人低语,然后发出一串快乐的笑声。

张邕皱眉,他放下电脑,去茶水间倒咖啡。

碰到阿阳,他打了个招呼。阿阳笑着问:"你好像很久没出差了,感觉怎么样?"

张邕反问:"什么怎么样?你是说办公室气氛吗?是有点熟悉吗?"

阿阳笑道:"的确如此,或许这就是Eka中国该有的氛围吧。"

办公室的气氛熟悉又陌生,好像又回到了埃里克时代。但埃里克至少和大家还有交流，而这位新老板彼得好像大家依然很陌生，或许除了水果盘她们吧。

张邕回到办公室，稍稍收拾一下心情，然后起身去彼得办公室。

佳娜开心地和他打招呼，然后帮他推开了彼得办公室的门。

"早安，彼得。"

"早，邕哥，你什么事？"

"我，还是昨天说的珠峰测量的事。"

"哦，你过来。"彼得心情不错，对张邕也很亲切。他打开自己的邮件系统，"你说的是哪一封邮件？"

面对满屏的未读邮件，张邕头皮发麻，但还是很快找到了自己的那封邮件。

"嗯，多谢，你请坐。"彼得点头，让张邕先坐下。

张邕强烈压抑住心中的不满，彼得居然还是没有读过这封邮件。

张邕无聊地坐在彼得对面，不好意思乱动，也不好意思发出任何不该有的声音，直到彼得从电脑屏幕上抬起头来。

"谢谢，邕哥。很不错的报告。我有几个问题。"

"好的，您问？"张邕松口气，有问题就有交流，虽然有点迟，但总是一个良好的开始。

"他们需要多少台设备？"

"最低需要两台，我觉得四台设备比较合适。"

"你准备卖多少钱？"

张邕愣住："彼得，这个项目属于我们的捐助项目，不是销售行为，我们是不赢利的。"

"哦，"彼得明显松了一口气，"既然他们连钱都不想给，我们凭什么要捐助他们的项目。好了，这事算了吧。"

这是张邕完全没有料到的结果，但很快他稳定了情绪，并快速地组织了语言。

"彼得，这个虽然不是销售项目，但其意义非常重大。而且地理信息中心就是国家局的指向标，每年几个直属局都有大量的采购，他们实际上不会白拿我们的设备，一定会在后面的项目上给我们补偿。这个项目已经上升到国家层面，将会对整个中国市场所有部委产生巨大的影响，市场效应大到不可估算。甚至对未来工程中心的二期项目，都会有不小的帮助。信息中心之所以找到我们，不是要我们捐助，而是给我们机会，让我们设备能随他们一起上珠峰。我相信，他们并不情愿使用任何一个国外品牌。如果有可能，他们宁愿拿着一个中国品牌的GNSS接收机给全世界看。可惜，中国制造现在还远达不到他们的要求。彼得，我再强调一遍，这不是要我们捐助，是在给我们机会。"

"影响力？"彼得嘴角露出一丝不屑的微笑，"珠峰的高度有那么重要吗？西方测定的高度就不准确吗？这不过是中国政府在全世界面前的又一次作秀而已。这是政治，不是科学，也不是商务。Eka是一个严谨务实的国际化企业，我们拒绝一切政治行为，尤其还是这种作秀的政治行为。"

"这是一次严谨的科学考察，彼得，作为一个精密的测绘仪器厂家，你怎么能说珠峰的高度不重要，是一场作秀呢？我提醒你，你是中国区的总裁，请对中国保持应有的善意。"张邕不自觉地提高了声调。

门外的佳娜竖起了耳朵，她听到了里面的争吵。

彼得心中升起一股怒火，高傲的德国人无法接受被手下的一个中国员工教训。不过最后的一丝理智告诉他，最好还是绕开中国问题。

"听着，邕哥，注意你的措辞。谁说我没有对中国保持善意。但我们的善意不是用廉价的捐赠来体现的。中国现在很有钱，既然连珠峰都可以攀登，还在乎几台设备的钱。"

"老板，信息中心没说过捐赠，也没说不付钱，只是这不是一个采购的时机，未来会有更多的商务机会给我们，但如果我们错过这次机会，那么就会成全Skydon这样的竞争对手，他们一定会非常乐于接受。"

"Skydon如果这么愚蠢，那是他们的事，与我们无关。我是一个正直的职业经理人，我会保持我的操守。"

"操守？"张邕忽然觉得这个词无比恶心。

"您确定现在就做决定吗？要不要请示一下伍德总裁。"

"我看没这个必要。你的邮件已经抄送给伍德了，他没有给出任何意见。这种沉默通常就是他的态度。"

张邕看着彼得一脸笃定，努力确定一切都是真实的，自己并没有产生幻觉。

"老板，我再说一次。这件事对各界的影响都是巨大的。就算你不愿意捐助珠峰项目，有没有想过这对工程中心二期项目的影响？"

"呵，"彼得居然发出一串冷笑，"邕哥，伍德总裁之所以把我放在这个位置上，是因为我对中国足够了解。我知道，中国政府部门各自为政，各部门的协作并不好。工程中心和你现在说的信息中心根本不是同一个部委。你居然说会产生影响。你真的以为我完全不懂中国吗？"

张邕感觉到自己的无语与无力，他试着解释道："工程二期的项目，规模之大，已经不是一个部委自己的事了，是多部委、多名学者与研究机构一起参与的重大项目。信息中心这边，作为行业管理机构，他们将拥有重大的话语权。"

"财政拨给工程中心的款项，其他部委凭什么有话语权？邕哥，你之前是不是也一直这样糊弄埃里克的？据我所知，虽然他也算中国人，但香港人对中国内地的管理并不算熟悉。"

张邕忽然笑了，笑容中有无奈也有嘲讽。沮丧加上气愤，他忽然不想争吵下去了。

他站起身说道："彼得，你刚才将一个特别好的词用在了自己的身上：操守。那么请你相信一个中国员工的操守。关于这一类政府项目，你能公开查到的信息非常有限。如果我们内部都不能彼此信任，那么我们是无法取得成功的。关于珠峰项目，以您的决定为准，但这件事我会保留意见，如果厂里问起此事，我会如实反映我的意见。如果你没其他事，我出去了。"

"等下，邕哥。"彼得完全阴沉了脸，"Eka中国对外只能有一种声音，如果你对外有不同的声音，我将认为你破坏Eka的管理。还有，以后你的邮件不要抄送给伍德总裁，以你的级别根本没有资格直接给总裁发邮件，明白了吗？好，你可以出去了。"

张邕铁青着脸，大步离去。彼得并没有因此而放松，他一样板着脸，一脸的怒气。

第105章　更乱（三）

彼得办公室的门又被推开了，出现了一张含笑的圆圆的脸。

彼得的情绪立刻好了很多："彭妮，请进。"

"老板，你的情绪不太好呀，昨天的好心情这么快就没了吗？"

"哎，Eka中国的事真的复杂，伍德提醒过我。但我从没想到过，一个中国员工居然敢公开顶撞我？Eka历任的中国区总裁都是白痴吗？他们怎么管理这个办公室的？"

"哦，你说张邕呀，他不一样。"

"都是中国员工，他有什么不一样？"

"他一直都游离在中国区的管理之外，没人管得了他。他可是业绩好又深得厂里信任的人。你可能不知道，当初，是埃里克亲自去Skydon的会场招募他的，但他来了之后，连埃里克也不买账。我们都怕他，贾经理在他面前都不敢说话，他还曾经要对贾经理动手。他说的话是不容置疑的，连埃里克都不能轻易反对。我们早习惯了，只是您刚来，还不适应他而已。"

彼得惊奇地瞪大了眼睛说道："你说他在办公室里就想打贾吗？埃里克怎么处理的？"

"埃里克只能劝他不要动手，还能怎样？"

彼得眉头紧锁："埃里克真是蠢货，他这样纵容手下，难怪中国区这样混乱。"接着他恍然大悟，"我终于知道中国区的问题是什么了，就是某些Special员工，不服从管理。"

"老板，您Special这词用得太对了，张邕就是Eka中国的Special。但您想解决这个问题，恐怕并不容易，Eka很难开除一个业绩卓越的主管，您有什么正式的理由吗？如果您说他不服从管理，也许总裁会质疑您的管理能力，这就是埃里克一直以来的困境。"

"德国企业，什么时候允许Special存在了？尤其还是一个中国的Special。"彼得语气逐渐凝重，不过他随即意识到，面前的女人也是一个中国人。

但水果盘一脸阳光地说道："别介意我，老板，好员工不分国籍，我是你的人。"后半句说得含情脉脉，彼得心情大好。

"难道中国区就拿张邕这样的人没什么办法吗？"

"中国区终究是您说了算的，您如果执意做决定，现在除了伍德总裁没人能反对。所以，您只是需要一个合适的理由。"

彼得听出了水果盘的言外之意："怎么？你有好的想法吗？"

水果盘一笑："代理商投诉他，这个理由怎么样？凯西昨天见了您，对您赞不绝口，非常钦佩和仰慕，她说Eka中国现在终于有希望了。她想明天请您去公司视察，然后和公司主管一起共进午餐，当然，她还同时邀请了Eka的其他主管，只等您最后同意。当然，她有一个不大不小的难题。"

"凯西的邀请，我们应该去的，有什么难题？"彼得对疑似美女的印象也非常之好。

"既然邀请所有主管，她肯定也要邀请张邕，否则就太不合适了。"

彼得很有些扫兴："是呀，这么Special的人，代理商怎么能不请呢。"

水果盘笑道："我来和张邕说，我相信，他最后一定不会接受这次邀请。然后让凯西投诉，他对代理商态度恶劣，罔顾Eka中国的态度，对新代理完全不支持。一次投诉如果不够，每月一次呢，每周一次呢，每天一次呢？你这个中国区总裁要不要管？还有更深层次的问题，如果只是新亚投诉，亚旭却没有，那么说明什么问题呢？"

"嗯，非常好的主意。不过，你说的亚旭的事，有什么关系？说明什么问题？"彼得一脸的认真。

"白痴！佳娜的评价简直太正确了。"水果盘在心里得意地骂了出来，"这个蠢货的智商和小贾倒是不分伯仲，如果他不是个德国人，只怕在Eka中国扫地的活都干不了。"

"说明他一直都是亚旭的人，帮着劳伦斯做事，所以对新代理以及Eka的代理商新政极其反感，所以一直对凯西百般刁难。老板，你觉得呢？"

彼得大力点头道："对，你说得太对了。这不是你的推测，这就是一个事实，我会如实和伍德总裁反馈。"

水果盘发自内心地笑着离开了办公室，在门口与佳娜对视一眼，彼此会心一笑。

"美女，今天给这头白猪什么好处呀？"

"这么听话，就继续喂上好的饲料吧。"

米河老板李文宇和Skydon中国区首席代表约翰，共同拜访了信息中心。

"主任，Skydon正在积极地准备珠峰测量的设备。目前的决定是，Skydon将赞助两台改装的设备，而我们米河将赞助另外两台，我们总共提供四台设备给信息中心。"

约翰在李文宇的翻译下，对主任表达道："Skydon总裁史蒂夫对这个项目非常地关注。他表示，Skydon将不遗余力，尽最大努力支持中国的珠峰测量，也期待这次测量任务圆满成功。"

主任有一点不耐烦，虽然他很感谢对方的诚意。

"两位领导，我真的非常感谢你们亲自来访。但其实没有必要，我们已经很了解Skydon的诚意，但现在我们急需看到你们的设备改造方案。这件事情非常紧急，我们在这里沟通，其实没有意义，是在浪费时间。"

约翰道："主任不用急，我相信，这一周我们就会有一个初步的方案出来，我们厂里的人正在加紧工作。"

主任的眉头稍稍舒展："这么快，那就太感谢了。"

"主任，您看，我们能不能初步签一个合作协议？您放心，米河和Skydon都不会让您失望。"

主任摇头道："李总，你太心急了。只要你们的方案及时出来，合作少不了你们的。实话实说，除了你们，我们还联系了Eka，现在我们也在等待他们的方案。现在是你们双方比拼速度与效率的时候。很抱歉，我们不想这样做，但事关重大，我们也没太多选择。"

"好的，主任，我们都理解，我们会加快进度。看您很忙，我们就先告辞了，下次再来的时候，我们会带着方案来。"

"那就太好了，随时欢迎你们。"

二人告辞出门。

"约翰，只怕你还要再尽力催一催了，这事太过重要了。我们都知道，张邕是个不好对付的角色，我甚至可以肯定，他得到消息可能比我们还早，如果他早早开始工作，我们只怕现在已经被动了。"

约翰却摇头道："詹姆斯，我已经没什么可催的了。相信我，Skydon已经尽了全力，史蒂夫已经下了命令，没有人敢懈怠。现在，就是美国速度对飙欧洲速度，看谁更快吧。张邕……"

"唉，"提起张邕，约翰内心一声叹息，"真没想到，霍顿的事，最终的影响却是张邕的离开。他是卡尔选中的，也是被卡尔弄走的，倒也公平。我现在只希望，张邕在Eka的职场生活并不顺利。"

李文宇笑道："Eka中国最近发生了很多事，我猜你对张邕的'祝福'可能正在发生。"接着，李文宇脸上露出一丝难得的狠厉之色，"珠峰项目就是我们的，谁也别想抢走。"

"张邕。"水果盘笑嘻嘻地出现在张邕办公室。

"有什么指教?"

"凯西明天中午请客,你们老同事嘛,她可想你了,让我通知你务必到场。"

"她想我?"张邕自嘲地笑了一下,"为什么新亚不直接邀请我,要你出面?"

"你现在位高权重,凯西不敢随便和你打招呼。"

张邕内心隐隐一股怒火:"什么时候可以用位高权重来形容一名GNSS主管了?彭妮,这是你的创造吗?"

"哟,我们的张邕不高兴了。无心之言,开玩笑嘛,干吗那么认真。你去不去?"

"除了吃饭,有没有什么具体的事情?技术或者商务的?"

"谁像你呀,老有那么多业务,凯西就是要请大家吃一顿饭,促进一下彼此的感情。"

"那算了,我真的手里事情比较多,可能马上要出差。你去了,替我谢谢凯西,有时间我会安排一次培训给新亚,作为新代理入门的福利。"

"好,我和她说。不过GNSS部门又不是只有你一个人,让马小青和我一起去吧。"

"好,你直接和他说吧。"

张邕看不到,出门后的水果盘脸上又露出得意的笑容。

"张邕呀,张邕,别人把你看得像神一样。对我来说,你不过是和彼得不同类型的另一种白痴而已。当然,首先要感谢上天造出彼得这种蠢货,否则还真的很难对付你。"

彼得给伍德总裁写了第一封汇报邮件。

亲爱的伍德总裁:

非常荣幸,你将我放到了中国这么重要的位置。

我来中国上任已经有一段时间了,我对这里的感觉非常之好。

这里有很好的团队,有负责的员工,也有合格的为Eka生意努力的代理商。

Eka中国的氛围非常好，我很喜欢这里的团队以及工作中表现出来的合作精神。

虽然在我上任之前，无论是你还是亨利都给了我很多提醒，说是中国问题很复杂，关系很复杂。同时都对我有一个要求，要整顿中国办公室。

但其实在我看来，中国办公室可整顿的地方并不多。这里多数员工都很好，或许只是埃里克的问题比较大，随着他的离去，这些问题也就基本消散了。

亚旭很多人，对经销商管理经理贾提出了控诉。作为新任中国区总裁，我无法偏听一面之词，而是对贾的背景做了详细的调查。

他不会说英文，所以交流的时候容易被人误解。但我的调查结论是，他是一个行业内资深的管理人员，对销售渠道和市场有着非常专业的理解。

亚旭之前的状态是一种不正常的状态，劳伦斯给了他们太多的特权。而贾则是打破特权，让一切正常发展的人。在我看来，贾不但没有责任，反而是对Eka中国有功的。

至于彭妮，她的专业程度以及工作精神让我吃惊。在欧洲的职场，我们是见不到工作如此努力的女性的。

还有佳娜，虽然按照惯例，助理应该换掉。但作为一名绅士，我不想因为埃里克的错误，而错怪一名无辜的职场女性。

新代理新亚也很不错，通过第三方渠道出货的事，我认为是亨利的政策失误，巨大压力才导致了他们这些不合规的行为。凯西本身是一个非常棒的职业女性，我希望有一天你到中国来，我亲自为你引荐她。

如果一定要我说，中国区员工有什么问题的话。我想说的是，有些员工居功自傲，因为业绩很好，便目中无人，完全不接受Eka中国的统一管理。我想，这是我唯一要做的整顿中国市场的事情。

如果我真的开始这样做了，我会有详细的报告给您。

伍德总裁没有回信，总裁的回信一般不会延误，如果延迟了，只怕就不会再回。

彼得没有在意，因为没有否定他的报告，这本身就是一种态度。

但随即他接到了乔尔和图克森的邮件，都在追问：珠峰测量的事何去何从？

他想了一下，将对张邕说的那一番政治作秀的解释回复了过去。

他不觉得自己做了什么错误决定，一个大国，想作秀又不肯花钱，这不是一种很无耻的行为吗？Eka为什么要用自己产品免费支持一个发展中国家，想在世界面前证明自己的愚蠢行为？

还有，张邕为什么这么热心地支持一个没有绩效的项目，难道GNSS不是按数字评估主管业绩的吗？他想做什么？

一个给中国政府增光的项目，被媒体曝光的项目，然后提升他个人在Eka中国的地位。用Eka的钱去获得个人的好处。彼得冷笑，这些黄种人真的太狡诈了，但不是每一个中国区总裁都是埃里克这样的蠢货，会被这些中国人所蒙蔽。

第106章　更乱（四）

武军给张邕打来了电话。

"张邕，你们的进展如何？"

张邕回答："抱歉了，处长，我们目前没什么进展。"

"哦，"武军没多说，"那我先挂了。"作为政府职员，他的谈话只能点到为止。

"对不起了，兄弟。"

"没事，你没对不起我。你在干吗？"

"Eka全国巡展，我这一站在长沙。"

"好，回来再聚。"武军挂断电话。

张邕心头却掠过一层风暴，如今他的失望更多过怒火。

电话再次响起，他看一下号码，居然是彼得。

在准备接听的同一瞬间，他听到司仪在台上高声介绍："感谢刘工的精彩介绍，下面我们有请Eka大中国区GNSS及参考站主管张邕先生，他的报告题目是：Eka参考站，Nets the World。"

台下响起了热烈的掌声，他果断接听电话："彼得，我马上上台，有四十分钟Presentation，我会在四十分钟后回你的电话。"

水果盘再一次笑嘻嘻出现在彼得办公室的时候，发现彼得脖子的青筋凸起，处在一种暴怒的状态。

"怎么啦？老板。"

"这个张邕，太狂妄了，他居然挂断了我的电话。他要我等待他40分钟，可是伍德要我10分钟内给出方案。邕哥一定知道这一切，他一定是故意让我难堪。"

"倒是有这种可能，张邕和厂里的人很熟。好像埃里克离职的事，他就提前知道了，如果他现在知道了一些刚发生的事，倒也是正常的。"水果盘很贴心地上前提醒。

"我是中国区总裁，我只对伍德总裁汇报。我不管他在厂里认识多少人，我绝不允许这样一个人在我的中国区待下去。"

"别生气了，我的总裁先生。什么事，你要找张邕？"

彼得一下子泄了气："关于珠峰测量的事，张邕一定是串通乔尔和图克森等人一起去做伍德的工作，如今伍德被他们说动了，他有些不同的想法，要和我交流一些问题。可是张邕居然在这时候挂了我的电话。这个混蛋。"

"抱歉呀，老板，这事我就帮不了你了。我说过，张邕在中国区是不可替代的，你无论有多么不喜欢他，但你很难离开他。"

"这不可能，Eka从来不会在某个职位上依赖某个人，就算在厂里也是一样，何况一个中国区。彭妮，帮我想个人选，我要替换掉张邕。"

"只要你愿意，人选是现成的。"

"谁？"

"张邕的项目并不都是自己做的，他需要整个团队的配合。记得和我们一起去凯西公司那个年轻人吗？"

"小青？"

"是的，马小青。他是张邕的副手，他参与了张邕的一切项目，张邕知道的事，他都知道。只怕很多项目上他参与得更多。"

彼得皱眉道："可他是张邕的人。我本来计划让张邕离开，并换掉他所有的人。"

水果盘微笑摇头道："不用，我的总裁。他或许之前是张邕的人。但如果我愿意，他随时可以成为您的人。"

门口的佳娜透过半开的门向彼得办公室望去，发现彼得情绪稳定下来，他拉着水果盘的手，笑得淫邪而开心。

片刻之前，乔尔、图克森二人在电话里与彼得发生了激烈的争吵。

"彼得，你口口声声说中国的珠峰测量是一场政治作秀，我并不想争辩这个问题。但是，他们的政治秀与我们何干呢？我们要的就是商业影响力，这个项目的影响力有目共睹，陷在政治思维里的反而是你。是你过多从政治角度去考虑问题了。"

"我不认为中国人攀登珠峰，有多大的商业影响力。"

"张邕的报告很全面，你没有认真读吗？他是你的人，你更方便和他交流，你有疑问，没有问过他吗？"

"乔尔，你知道，在中国，我们只是一些异乡人。我们不懂中文，无法和用户直接沟通。我们一切的信息获取都是通过这些中国员工的，如果他们误导我们，给我们一些不实的消息，我们很容易被欺骗。"

性格急躁的图克森在一旁终于忍不住道："抱歉我插一句，彼得，你怎么这样评价Eka的员工？特别是中国区的员工，他们可都是你的下属，你们不该彼此信任吗？彼得，你的这番话，既违反了Eka的理念，甚至涉嫌种族歧视。你这番话如果被中国员工听到，如果被外面的媒体听到，只怕我们要有不小的麻烦。"

彼得自觉理亏，但心中依然不服。"我只是觉得，我们对张邕的报告要用心评估，不能完全相信。"

乔尔忽然缓过神来："彼得，你说的中国员工，是说张邕有问题？你怎么会这样想？"

彼得忽然强硬起来："你们都不在中国区，我想我比你们更了解他。这次珠峰测量，是一次要花费我们金钱和时间却没有任何收益的项目，我很怀疑张邕的个人目的。"

乔尔和图克森有了和当初张邕一样的心情，这根本就是一个无法沟通的人，愚蠢而且傲慢。彼得只是和他们没有明确的上下级关系，但彼得的级别相当于VP，是高于他们的，他们无法让彼得去做事。与之相反，如果彼得不支持珠峰项目，他们是无法推进的。

"彼得，这件事我们认为很重大，如果你不介意，我们想问一下伍德的意见。"

"张邕的邮件已经抄送给伍德了，我没见到他的回复。我想，中国区的事情，是没必要惊动总裁的。"

"不，彼得，我们两个都坚持认为，这事最好还是要听一下伍德建议。如果他有不同意见，未来我们可能都不好交代。"

而伍德的态度，是彼得没有想到的。他第一时间就联想到，这一定是张邕背后做了文章，他串通拉拢了乔尔和图克森，然后又一起说服了伍德总裁，但就在这个关键的时候，他却挂断了自己的电话。

他无法相信，在自己还没有对张邕下手的情况下，这个中国人居然对自己做了一个局。为了达到自己的目的，这个中国人居然拉着自己的德国同胞一起来对付自己。

"张邕，你在Eka中国的生涯结束了，我不会让你这样得逞的。You are terminated！"

水果盘找到马小青说道："小青，珠峰测绘的事你知道吗？"

"知道一点。这事主要是张邕在跑，我不知道细节。"

"那你就知道得再多一些吧。这周内，你和我去一趟信息中心，我们和用户交流一下这件事。"

"你和我？"马小青愣了下，"与你有什么关系？"

"彼得让我参与此事。所以我请你帮我。"

"彭妮，你和张邕说过了吗？没有他的同意，我无法和你去。"

水果盘靠近小青，一张粉脸贴近了小青的脸，一只手搭在了他的肩膀上说道："小青，听着。如果你要想真的成为一名GNSS主管，那么你需要学会自己独立做决定。这件事是彼得同意的，你觉得彼得级别高，还是张邕级别高？希望你不要选错。"

马小青心跳加速，无论是身边的美女，还是那个职位的诱惑，都让他心动。

可是张邕……他犹豫着，没有表态。

水果盘忽然换了一副冰冷的面孔："没有野心的男人，是无法成功的。GNSS又不是只有你一个人，我想会有人愿意陪我去的。"

马小青终于横下了一颗心："好的，彭妮，我准备一下，我和你去。"

赵爷和两名工程师带着最新的两套设备，来到了特区。

这几个月来，赵爷经历了人生的大起大落，但终于靠着张邕的帮忙和Mag手持机渡过了难关。

他来到了Skydon代表处，面见了约翰。

"乔治，恭喜你渡过难关，一切重回正轨。作为朋友，我替你高兴，但Skydon这边恐怕没有你的位置了，这个我很抱歉。"

"约翰，我只来解释一件事。"

"好，我待会要和李文宇开会，现在我只有十分钟。"

赵爷拿出一堆文件说道："约翰，这里的每一个文件我都做了翻译，附在背后，关于翻译的准确性，你可以去向手下人确认。不过你应该相信，我不会做这些没有意义的手脚。"

"什么文件？"约翰眯起了眼睛。

"我已经从天石正式离开，不留一点股份。天石从此不再是我的企业。我新成立了一家华泰北斗公司，以后会全力做我的国产GNSS产品。你知道，天上的北斗卫星越来越多了，我希望，我们地上的终端，也逐渐向中国制造靠拢。至于天石的未来，已经与我无关了，一些愿意和我一起的都已经进入了华泰公司。但还有很多员工要么对国产化信心不足，要么就是对Skydon感情太深，无法放弃。我希望，你能慎重考虑，给这些Skydon最好的销售一些机会。但我只是来和你讲清楚，我相信自己的队伍，即使他们没有了我，没有了Skydon，一样可以生存，因为他们都是可以拼命的人。"

约翰有些动容道："乔治，你真的这么确定，中国制造有未来吗？Skydon可是人人都想要的品牌，如果你现在正式放弃自己的品牌，其实有些事我们还可以谈。保罗和史蒂夫对你一直都比较看好。但商业社会就是残忍的，如果你不解决自己的问题，我们是没有可能帮你的。"

"我理解，谢谢。但我已经无法回头了，相信我，约翰，有一天，也许你可以正式把我，把中国制造当作竞争对手。"

赵爷离开后，约翰推迟了与李文宇的见面，与Skydon代表处的员工开了一个内部会议，关于天石的去留。

封耘第一个开口道："其实如果不是违反厂家的原则，从中国业务的角度，就算乔治去做国产化，我们也该留住天石。国产品现在对我们根本没有任何竞争，而天石可是全国最能打的一支队伍。"

李可飞立刻表示赞同："约翰，如果我们让天石出局的话，我相信会有很多公司求之不得有这样一支强大的销售队伍，无论是Eka、康目，甚至已经快淡出的Mag都会很乐意抓住这支销售队伍。"

约翰对Eka的名字格外敏感，他又想起了一个人，说道："是的。乔治和张邑的关系好像一直不错，如果我们终止与天石合作，也许张邑会第一时间将这支队伍拉入Eka怀抱。"

"不要吧，"丽贝卡表情夸张地说道，"张邑，加上天石，那岂不是一支GNSS特种部队。"

约翰下了决心:"好,谢谢大家的意见,我会和保罗沟通。如果天石依然可以完成第四季度目标,我会与他们续约。"

李文宇很快得到了消息,他狠狠道:"老赵,了不起。都离开了,还是给了我们一刀,到手的地盘又被拿走了,走着瞧吧。国产化?"他轻蔑地笑了一下,"只怕是个巨大的坑,老赵你未必能填得起。"

华泰的人拿着自己的设备,正在沿着张邕当初走过的路线,翻山越岭。

他们的设备明显比Skydon的尺寸要大很多,重量也要重很多。虽然这个季节的天气远比张邕测试的时候要好,但特区始终是一个没有冬天只有夏天的城市。他们依然不堪重负,几次停下来补水,并大口喘着粗气。

但他们每一站的测绘结果,都清楚地显示在CORS网络控制中心的屏幕上,怒发狂人和赵爷正一起认真地盯着屏幕。

逐渐地,赵爷紧绷的脸开始放松,脸上逐渐有了笑容。

怒发狂人则对一部分数据进行了一些简单的检查,然后他转向赵爷说道:"恭喜,赵总,一切都完全合格。虽然还比不了Skydon的效率和稳定性,但你这套系统已经脱离了实验室产品的概念,是一套商业化的成品。为你高兴,可惜……"

赵爷立刻紧张起来:"可惜什么?有什么问题?"

"不,我是说,可惜小张邕不在这里。不然,我相信他一定也会为你高兴。还有,这小家伙始终对国产化存在偏见,我想看你狠狠打他的脸。哈哈。"

"人家已经成家立业,马上要当父亲的人了,你还一口一个小家伙。注意你的措辞,老家伙。"

怒发狂人大笑道:"是呀,时间过得真快,小家伙长大了,我们变老家伙了。妈的,老子也该成个家了。"

"哦,教授。有目标了。"

怒发狂人一笑道:"预备好礼金,等着我的请柬吧。一个北斗学者的第二春即将开始。"

"恭喜，恭喜。经过了这次海关劫难，我发现整个世界都变了，到处都是好消息。不过你要说这套系统打张邕的脸，只怕够呛。他要求太高，眼里见的又都是最好的设备。我们的产品离他的要求可能还有点远。不过我希望我们打脸他的时候尽快到来。"

"你的成本怎么样？"

"我们的售价是Skydon的三分之一，如果销量起来，我们还是有不错的利润的。现在我们对Skydon形不成竞争力，他们也不在乎我们。但我们的问题，还是来自同胞的竞争。"

"你们的产品质量应该是领先的，有哪些问题？"

"唉，"刚刚还意气风发的赵爷叹了口气，"我们的问题其实还很多。国产化这条道路，比我想象的要难很多。"

"我们失去了Skydon和天石，最重要的这一块收入来源没有了。而现在国产化还处于初期，研发的投入高居不下。每一天，我都为钱发愁，自从做公司以来，就没这么缺过钱。市场方面，我们是做Skydon出身，看似市场基础不错，但用户都集中在大城市和甲级单位。一旦做国产品，这些用户多数不再是我们的用户了。而东方和尚达这样的国产先驱，已经将业务扩展到了二三线城市，甚至小县城。乙级丙级资质的用户，也都在他们手中，想争夺，很难。"

怒发狂人道："我也接触过一些他们的产品，经常会有人找朱院士做测评，院士不做这种事，有时候会让我比较一下。我可以负责任地说，单从产品角度，你们目前的优势还是挺明显的。"

"没用呀，教授，我们的成本是硬伤。"

"Skydon的三分之一还不够低吗？"

"所谓国产化，只是集成而已，目前所有中国制造用的都是同一颗外国'芯'，你应该知道是谁的。"

怒发狂人点头道："嗯，加拿大捷科，我手里有几块他们的OEM-17，性能还不错。OEM的成本主要在于数量，你们刚起步，成本一定高一些。"

"高得不多，但足以致命。我们市场本来就小，成本就比他们高。你看到的高质量，是用更多的投入换来的，所以我们现在举步维艰。朱院士的OEM研究有进展吗？什么时候我们能用上一颗北斗的中国芯。"

"很多细节，不好和你说，我们正在努力，但离你的要求只怕还有很大差距。还有一个关键点，虽然我不懂生意，但我听明白了。你们几家用的是同一款内核，又彼此竞争，所以这款板子的绝对价格并不重要，你需要的是一个比竞争对手要低的方案。谁相对成本下来谁就赢了。对吗？"

赵爷点头道："和有学问的人谈话，乐趣在于不用废话。"

怒发狂人给了赵爷一拳道："怎么学得跟张邕似的。其实呢，从我的角度看，我是不愿意看到刚刚兴起的中国制造彼此恶性竞争的。但我知道，这种局面永远都会存在，我们改变不了什么。从你的角度呢，我给你提个醒，或许你可以去找那小家伙想想办法。"

"张邕？Eka可从来没有销售过OEM，甚至他们自己的OEM板可能都是别人的。他能有什么办法？"

"赵总，有人刚帮你渡过难关，你就忘了他了。小家伙现在国外交游广阔，他能给你弄来Mag手持机，让你从国家林业局一直打到财政部。很难说，能不能帮你搞来一款OEM板。我只是猜测，并不确定。但如果我遇到这样的问题，我第一个想到的，肯定是小张邕。"

第107章　马小青

北京的天气好了一些，方舒的咳嗽也好转了很多。

如今，她正坐在Mag北京办公室里喜忧参半。

华天科技再次下了手持机的订单，李辉来电，信誓旦旦要做全国总代理。

易目来电，表达了对手持GPS的浓厚兴趣。

这些只是开始而已，华天科技在国家林业局的中标，以及与众合一场打到高层的官司，使得Mag手持GPS声名大噪。至少有三十几个公司发来邮件，或者打来电话，表达了要合作的意愿。

方舒立刻安排手下的江晓苏等业务经理，整理所有公司的资料，按她拟定的几个标准一一仔细评估，初步确定入围的企业和要划分的区域。

对于华天总代理的请求，方舒第一时间便直接拒绝了。她很清楚田晓卫和天工当初做了什么，不会希望这样的事重新发生。

江晓苏工作很负责，但是结果却无法令方舒满意。

她坐在自己的办公室里，又一次想起了张邕。

"张邕呀，这个业务是你发起的，如今是不是也应该你过来继续操盘。"

她想找个合适的时间，再约一下张邕。

刚刚落地北京的张邕接到了武军的电话。

珠峰的事让张邕怀有愧疚，而且自己也是满怀失望。

"怎么了？处长。"

"张邕，你们Eka可真行，主任这次彻底生气了，估计就算你们准备好了方案，也很难入围了。"

张邕感觉不对："什么意思？发生什么了？"

"张邕，你别告诉我，你什么都不知道。主任今天气得直接点了你的名字。"

"我刚回来，真的什么都不知道。快告诉我，发生什么了。"

武军无奈地笑道："我相信你不会骗我，所以，要是你真的不知道，你们Eka的问题就更大了，主任一定不喜欢和这样的厂家打交道。我看，还是直接回绝算了。"

马小青和开开心心的水果盘带着彼得的圣旨来到了信息中心，并且得到了主任的热情招待。

按照进度来看，主任以为，Eka一定是派出两个工程师，带着设备改造方案来讨论。这个速度显然比Skydon更高效了一些。他叫了两位总工以及像武军这样的专业干部，约了中心最好的会议室。

然后听到水果盘巴啦巴啦一阵介绍，又是Eka背景，又是总裁的重视等等。出于礼貌，中心领导一直耐心地听着，直到主任再也忍不住。

"对不起，我打断一下，非常感谢你的介绍。但这一切我们都很清楚，现在可以直接把你们的方案拿出来了吗？"

看到主任严肃的表情，水果盘快速地将一张圆脸转向了马小青道："小青，你们技术部分有合适的方案可以拿出来了吗？"

马小青的头一下炸了，他以为得了一个美差，没想到此时却接过了自己人的炸药包。

他镇静了一下说道："主任，这次我们来，就是想再和您仔细对接一下技术要求，然后我们快速形成技术方案。我们刚和厂里的技术部门沟通过，他们……"

主任的脸色变得极其难看，根本没有听马小青再讲下去。

"李工，崔工，这里没事了，你们先去忙吧。武军，你继续和Eka这两位把会开完，我还有事，我先走了。你转告一下你那个同学，叫什么张邕吧。告诉他，要么自己抱着方案过来找我，要么就不要再出现。"

说罢，没有和水果盘他们打招呼，直接离席而去。

马小青脸色发青，水果盘倒是依然笑嘻嘻的，似乎一切事情与她无关。

"将近两周的时间，主任以为你们的方案已经就绪，今天推了其他会议前来和你们交流。请问，二位就这样空手来的？"

马小青不知道说什么，水果盘则一脸委屈地说道："对不起了，武处。是中国区总裁彼得让我们前来沟通的，因为之前张邕反馈给厂里的信息太不清晰。而我们来之前，张邕也没交代我们任何事。真的对不起，您看我们该怎么办？"说着噘起小嘴，做我见犹怜状。

武军皱眉道："我没有任何建议，你们刚才听见了。主任说了，让张邕抱着方案赶紧过来，否则你们就不要再来。我也有事要忙了。二位，今天就到这里，请便吧。"

出了大门，马小青一直板着脸，一言不发，他有一种被人耍的耻辱感。

水果盘似乎有所察觉，问道："怎么啦？不开心？我说你们GNSS的人都太幼稚了吧，这有什么不开心的。"

马小青冷声道："这样的拜访，回去如何向老板交差？何况我还要过张邕这一关。"

水果盘笑道："我觉得是一次很成功的拜访，我会去和老板解释的。至于你，就放心吧，你选择了老板，老板自然会在重要时刻选择你。"

马小青愣了一下道："成功的拜访？哪里成功？"

水果盘继续笑道："你跟张邕跟了太久，思维已经张邕化了，谁说和用户交流，一定要有好结果？好坏都是结果，好不好，老板说了算。"

马小青并不笨，他摇了摇头道："我是有点张邕化了，但你们做事和他是两种完全不同的方式，不同的思维，不同的角度，你们根本就是两个世界的人。"

"哦，那你说说，哪个世界更美好？"

"我不知道，但我选了一边，就不可能两边都要。"

"这就对了，小弟弟。"水果盘的手又亲切地抚上了马小青的脸。

张邕回到了自己的办公室，他没有去向彼得汇报工作，而是第一时间把马小青叫到了自己的房间。

"告诉我，为什么？"

"你是说信息中心那事，那，我……"

张邕的眼睛很亮，目光紧紧盯在马小青身上："不要解释说彼得让你做的，你没时间告诉我。其实就算是从公司到信息中心这一路上，你也有足够的时间打个电话，或者发个信息给我。如果我知道了这件事，不一定会阻止，但至少不会让你们把事情弄得如此之糟。你不该给我一个解释吗？"

马小青咬了咬牙，彻底把心横下，说道："事实就是你说的事实，彼得让我去的，彭妮过来通知我的。你都知道了，我没有其他解释。"

张邕有些伤心地摇了摇头道："我们从天工就彼此相识，我一直都知道你很聪明。后来赵总和我说过你离职的原因，还说他准备了5年竞业协议，如果不是你到我这里来了，他一定不会让你在行业里混。"

马小青脸色一变："你早就知道了？所以你就一直提防我，一直都没有真正信任我，是吗？"

"错了。我一直都很信任你，你在天石做的事与我无关，我们这里也没有你贪钱的机会。我觉得一个人想抵御某些诱惑很难，因为我也面对过。所以我不介意你做过什么，你能信任我，来找我，我把你当兄弟。其实你不说，我也知道。我来猜一下，是不是有人来对你说，让你和他们联手起来对付我。只要让我离开，你就可以取代我成为GNSS主管。这事应该很久前就发生了，但在新老板到来之后，你终于动心了，是这样吗？"

马小青面色发白道："既然你都这样说了，我说不是，你能信吗？"

张邕笑了一下："人骗不了自己，看着我的眼睛，对我说，你没有，我就信你。"

马小青内心挣扎了一下，终于咬牙道："你说对了，我对他们的条件动心了，所以我正在出卖你的路上。你准备怎么样对我？开除我吗？"

"不会，"张邕摇头，"你可能不知道，企业的人事管理都很复杂，我可以招你进门，但却没有权力开除你。最多是向管理层建议，我唯一可以掌握的，就是你每月每季度的表现评估。仅此而已。"

"所以，你准备给我评估打上低分，然后和管理层沟通让我离职？张邕，好像你的本事也没多大？"

591

"我不会给你打低分的,分数的高低只会看你的实际表现。今天的事我不会打分,因为那真的是彼得安排的,所以有错也并不在你。你这个月的评估会是很高的分数,下个月的评估,我只会看你下个月的表现,一切都和以前完全一样。我更不会建议管理层开除你,你工作上没有犯错误,我不会这样做。好了,你可以出去了。"

　　"这就完了吗?一切都和以前一样?"马小青有些不可置信。

　　"也不是,当然还是有一点区别。"张邕抬起头,静静地看着马小青,以致后者感觉内心一阵发凉。

　　"我们以后不再是朋友了。我们只是工作关系,但你放心,我不会故意找你的麻烦的,你去吧。"马小青看着张邕,忽然一阵心酸,同时也感觉到了张邕内心的悲哀。

　　他嘴角露出一丝苦笑:"朋友?张邕,做你的朋友从来都不是件容易的事,你根本就不该把我当朋友。既然说到这份上了,我也有几句话想和你说。"

　　"你讲,我在听。"

　　"今天,我和小殷一起吃午饭,你知道他说你什么?"

　　"小殷?"张邕不得不承认,他对这个人缺乏了解,他没太关注过他,只是知道,他和佳娜他们走得很近,"他应该不会说我什么好话吧,毕竟他的朋友都不喜欢我。"

　　"你错了。他说,整个Eka中国里他最佩服的就是你。但是他似乎没有机会成为你的朋友,所以他只能和贾公公他们一起混,似乎这才是他该有的友谊。"

　　"你知道,我最佩服的人又是谁?"

　　张邕摇头道:"最好别说是我。"

　　"不是你还能是谁?你知道我多想像你那样,简单但理性,谦和其实内心骄傲,你有能力,没有你不懂的技术,你有热情,干活乐在其中,而且你是真的有情怀,是为了自己的热爱做事。可我知道,我不是你,我成不了你,哪方面我都比不了你。你以为我真的什么都不明白吗？就算是我当了GNSS主管，也不过彭妮他们手下的一个傀儡而已，可能还没有现在跟着你痛快。但我想要这个职位，不为别的，就是对外我可以说，我是Eka的一名主管，对内我有一份更好的主管的薪水。你这种人根本不理解我们，你会觉得为了这点利益，出卖自己，值吗？但对我来说，很值。既然做不了你，为什么要像你？我不如学着去做贾公公。"

张邕有点吃惊，但并没有太过动容："路都是自己选的，我不觉得我这种人会给别人这么大压力。"

"压力？你根本不知道你给别人多大的压力。"马小青也笑了一下，"你知道，彭妮他们为什么要整你吗？"

"我并不想知道。"

"对了，这就是原因。他们一群人联手，想要整死你。而你呢，连一点反抗的意思都没有。你厂里有很多朋友，业绩好，手里还有大项目，你有足够的资本和他们斗。但你眼里没有他们，他们整你只是他们的事，你甚至觉得与你无关。你太骄傲了，骄傲到了自己还以为自己很随和。你以为你只是专注在自己该做的事上，实际上，是你骄傲得看不起其他事，当然也看不起其他人。所以他们恨你，不是恨你与他们作对，而是恨你眼里根本没有他们。所以，我很荣幸，你说你曾把我当朋友。实际上，我们当不了你的朋友，也不配当你的朋友。或许只有赵总，才有资格和你做朋友吧。我出去做事了，其实依旧是个小角色，彭妮找到我，未必就能真的有用。你放心，张邕，我会认真做我该做的事。但我提醒你一句……"

"你说。"

"如果有更好的选择，你还是离开Eka吧，这里不是你这种人能待下去的地方。我知道你不怕，但何必如此呢。你既然连仗都不想和他们打，何苦耗在这里，浪费自己的时间。"

"谢谢你，小青。我会认真考虑的，我也提醒你一句话，你务必记住。"

"你说。"

"不要太相信他们这批人。你可以出卖我,但你即使做到了,也未必能真能得到你想要的东西。对他们来说,一切都是可利用的手段而已,你可以选择与虎谋皮,但小心,不要让虎伤了你自己。"

第108章　我们首先是中国人

乔尔给张邕发了一封邮件,只有一句话:"回电话给我。"

这种邮件的意思,张邕非常清楚,他有些无奈,他不想听相关的消息,却不得不面对。他关上了办公室的门,然后打给了乔尔。

"邕哥,你好。最近怎么样?"

"最近不是很好,但还可以应对。"

"我猜你也不会太好。珠峰测绘的事,我们是不是彻底没有机会了。"

张邕沉默了几秒道:"也许吧,有些事,如果我们错过了一步,就很难再挽回。我们本来领先于Skydon的,现在只怕远远落后了。"

"我想知道,我们和用户发生了什么问题。不要隐瞒,我们能猜到真相,而且这件事关系到你在Eka的前途,所以我需要你的真实答案。"

"谢谢,乔尔,我知道了。事情是这样,我的建议被彼得否决了,之后我出差了,在我不知情的情况下,彼得忽然想重新拿回这个项目。于是他派了其他人去信息中心沟通,触怒了用户。目前就是这样的。"

乔尔并不意外:"这和我的猜想一模一样。有一点我有些奇怪,你是如何得罪彼得的,他为什么要针对你?"

"这你要我怎么回答?"张邕笑了,"就算我不太聪明,也不会是一个主动去得罪老板的人,我和他的接触,就是因为珠峰项目才开始。他否决,说是不支持政治作秀,我争辩了几句,仅此而已。他警告我,以后不要发邮件给伍德,我的级别不够。"

"混蛋！"乔尔骂出声来，"我并不是只听你的一面之词，但我和他交流过，我确信你说的都是真的。如今伍德总裁亲自过问这个项目，彼得很被动。但你知道他最新的一轮报告是怎么写的？"

"我本来不确定，但你这样让我回电，我就知道了。他会把一切问题都推到我身上。"

"你果然是个奇怪的家伙，我不知道你怎么做到，得知了这一切，还如此淡定的。"

"我习惯了。我猜彼得会说，是我在信息中心做了手脚，用户只和我沟通，因为我对彼得有意见，所以故意控制了一切，让Eka无法成功拿到这个项目。"

"可能比这还严重。他指控你，说你一贯如此，因为业绩好，在Eka中国拥有绝对的话语权，你的意见不容任何人反对。同时，你把所有的Eka项目，都当作是自己的项目，靠这些项目在Eka中国为所欲为，而任何人都不能插手你所做的事，否则将会遭到你的报复。甚至会拿这些项目威胁老板，达到你的目的。你就是Eka中国最大的问题。"

张邑道："彼得的智商，很难想出这么高级的理由，我知道是谁教他的。"

"谁？他背后还有人教他做事？"乔尔有些不相信。

"彭妮，一个市场部的女孩，还算漂亮吧。"

乔尔立刻明白了，他气得嘴唇微微有些发抖："伍德找了一个这样的混蛋到中国区。"

"乔尔，我觉得彼得所有的理由都很牵强。珠峰事情本来就是我推动的，我为什么要反对？为什么派其他人取代我去沟通？我是GNSS主管，当然不会随便同意其他人插手我的项目，我所做的一切都无可指摘。如果Eka高层能轻易相信这些理由，那我会失望多于愤怒。"

"我的朋友，你要知道。伍德总裁当然不是笨蛋，他会分辨一切的。但这样的事情并没那么简单，德国人的管理很像军队，他们看似随和，其实对等级看得非常重。你与老板的矛盾，无论老板有多少责任，

595

依然会影响你的分数。德国人另外一个重要的品质就是傲慢，抱歉我这样说，但你一个中国员工顶撞德国老板，这样的事，是Eka所有高层都不愿看到的，甚至他们不关心真正发生了什么。德国人的骄傲还表现在，伍德总裁也许已经认识到他用错了人，但他不会主动承认这个错误的。他会继续支持彼得，直到他两年合同期满，然后换人。如今这种情况，我甚至不能确定你能否与彼得相处两年。"

"我能做什么？我没有故意顶撞老板，所以也不想解释。无论伍德总裁和彼得怎么想，我觉得他们不能这样定我的罪。"

"你能这样坦然，我很高兴。我知道中国区需要你，所以你要坚持下来，我会尽量帮你。可惜我们无法直接决定中国区的问题。彼得现在对你的控告应该无法成立，我们都会向伍德总裁进言。同时我相信，在珠峰一事上，伍德对彼得非常失望。当然，我们也很失望。所以可以这样说，你暂时赢了彼得。但是赢了老板绝对不是件好事，接下来的日子，你可能不会好过。我再重复一遍，我希望你可以坚持。彼得不过是Eka的过客，他不会得到续约的机会。你才是这个行业里的精英。两年的日子并不是很长，我希望，你能有足够的耐心。"

"老板想找一个员工的麻烦，总是很容易的。我会坚持，坚持到无法坚持的那一天。"

彼得终于开始主持每月的月会，业绩压力越来越大，他不得不做些自己并不喜欢也不擅长的事。

他尤其不喜欢月会，因为每次他不得不面对张邑那双眼睛，那双眼睛看起来无比简单，似乎完全没有秘密，却又好像能看穿一切。

所有的业务，包括Eka最拿手的光学设备，增长缓慢。虽然是在增长，但既落后于计划，也与中国经济的飞速增长不能匹配，

唯一保持稳定和正常增长的就是GNSS，彼得很矛盾，他太需要这一块业绩了，不然只怕他的绩效会跌落到及格线以下。但他不喜欢看到张邑的业绩增长。

水果盘和马小青从信息中心回来之后，失望至极的彼得按照水果

盘的建议给伍德写了一份报告。但遭到了乔尔等人的激烈反对，伍德没有明确表态，但看得出他对这个结果并不满意，只是在邮件里回复了一句：“彼得，我希望你是对的，珠峰测量的影响力没有那么大。”

这句话意味深长，以彼得的智商居然也读懂了总裁内心的失望。同时，他也不住地祈祷，希望伍德的话成真，珠峰测量真的没什么影响力。甚至他忽然关心起来历年历次登山队攀登珠峰的经历，他真心地希望中国这次登顶不成功，珠峰测绘成为一次笑话。这样，他将彻底赢回这一仗，同时可以借机收拾一下张邕。

同时，彼得向水果盘表达了对马小青的失望。

"彭妮，你不是说他参与了张邕的一切项目，可以完全接手张邕所有的事，为什么珠峰的事会做成这样？"

彭妮内心不得不感叹这个德国人的智商，他好像没有任何思考能力。不过她也并不想为马小青辩解。这点和张邕所料完全一致，一切都只是利用的手段，是不是真的扶马小青上位，水果盘没认真考虑过。除了张邕，这些人根本不值得她考虑。

"老板，马小青已经是最接近最能够顶替张邕的人选了，但肯定和张邕还有不小的差距，否则我们就不用这么费力了，直接提拔他好了。不过这次珠峰的事的确是马小青的责任，他的技术交流部分信息中心根本听不下去。马小青是您的人，可以先用着，能力不足可以慢慢教嘛。也许有一天，我们会发现一个能和张邕匹敌的人，到时再换他下来。"

彼得摇摇头道："那就还是赶紧找这样的人吧，小青不行。"说罢，彼得的表情变得有些狰狞，"我没想到，张邕居然在厂里有这么大的势力，居然能让人说服伍德总裁，我终于体会到埃里克的无奈了。但我不是埃里克，我一定会收拾掉他。彭妮，你不是说让凯西一直投诉他吗？怎么没有动静。"

"老板，现在您的报告被驳回，整个Eka都站在了张邕一边，您说他为所欲为都没有人站出来说话，何况代理商的投诉。这时候做这些事，伍德他们会怀疑您的动机。不如等这段时间过去。在此期间，你不要说张邕有什么问题，甚至还要不时夸他几句，让伍德总裁和厂里人觉得您的公平公正。在合适的时候，我们出一记重拳，打倒他。"

彼得看着那张圆圆的脸，觉得无比可爱，几乎忍不住想在办公室做点什么。

"彭妮，你太棒了。说得太对了。"

"老板教得好，贾经理晚上有安排，您有时间吗？"

"我的时间都是你和佳娜的，你们给我安排就好了。"

彼得在月会上看着一张张不够精彩的图表，眉头越皱越深，终于忍不住开始大声斥责，会议室里噤若寒蝉，每个人都静静坐着，不敢多言。

"对不起，彼得。"有人居然打断他，要发表看法。

彼得目光恶狠狠地扫过去，看见一张平静的脸，张邕。

"邕哥，我知道你的GNSS业绩很好。嗯，你做得好。"他想起了彭妮的话，决定先夸张邕两句，"但是GNSS在Eka并不是最大的生意，你的业绩弥补不了当前缺口。你想表达什么呢？"

"我能发表一个意见吗？"

彼得非常不开心，但终于还是忍住道："谁都可以在会上发表意见，邕哥，我希望你的意见是建设性的。"

"我想提醒一下您，未来Eka光学产品的业务根本无须担心，不但会增长，而且会飞速增长，可能会超出所有人的想象。但和现在的局面刚好相反，我的GNSS部门反而会遇到很大的问题。但对Eka中国来说，光学仪器增长的幅度会远超过GNSS的跌幅。所以，你无须担心，但我的麻烦很大。"

所有人的目光都被张邕吸引过来，光学产品主管许阳向张邕感激地点头，悄悄竖了一下大拇指。

彼得很想相信这个结论，又无比怀疑。

"邕哥，我知道你很专业。但你是遇见了一个 fortuneteller（预言家），给你预测了未来吗？"

"先说光学仪器吧，现在中国的第一条高速铁路——京津城市快线正在建设中，许阳，他们用的是谁的设备。"

许阳向张邕一笑："当然是Eka的最高精度光学测量仪。谢谢，张邕。"

彼得道："我在许阳的报告里看到了，这个很好，但这几台设备似乎不能帮助我们扭转整个大局。"

"这只是中国的第一条快速铁路，后面的工程会马上启动。中国将进入一个全国高铁建设阶段，未来几个月到几年的时间里，Eka的光学设备将供不应求。彼得，也许你该做的是提醒厂里保证产能，以及对二次开发的支持。"

"果真如此吗？许阳，为什么你的报告里没有提及未来的事？"

许阳又笑了一下："因为这是月会，我只对本月的数据进行总结，下个月的数据预测。高铁的事可能很快，张邕说了，几个月到几年，可能下个月就会开始，但不会那么快看到成效。另外，Skydon也开始了他们的光学仪器业务，而且已经做好了和我们在这块市场上竞争的准备。所以我有所保留。"

许阳对张邕心存了一份感激，他没有说出高铁的事，的确还是有所保留。但没想到因此换来彼得的斥责，已经汇报完的他不太适合进行补充。但张邕帮他说了出来，他明显看到，彼得的眼睛都开始变亮了。

张邕则补充了一句："在光学仪器上，Skydon野心很大，但是与Eka的市场基础相差甚远。许阳早已做好了应对，高铁项目上，Skydon赢不了。许阳，我没说错吧。"

"哈哈，谢谢，邕哥。我会让你说的话变成现实的。"

彼得的心情也好了很多，但他很快转向了张邕。

"你的GNSS业务会出现问题？为什么？"

"珠峰测绘很快就会开始了。未来这一两个月，这将吸引全世界的目光，特别是业内人士的。Skydon的名字将随珠峰登顶而达到巅峰，这种巨大的影响力势必会冲击我们的业务。我只是希望，这段时间能够尽量地短，3个月，6个月，一切尽快平复。但我们都知道，Skydon一定不会让这事的影响力消失得那么快，这一年的时间，他们都会主打这张牌。"张邕叹了口气，"我希望它的影响力不要超过12个月，因为如果我没有猜错的话，工程中心二期项目，必将在12个月内启动。"

又是珠峰，这件事再一次揭开了彼得的伤疤，一股怒火在他体内升起，他怀疑张邕是故意找他难堪的。

他恨恨地道："那就让我们交叉手指①，希望这次测绘不能成功。他们遇到大风暴，无法登顶。"

彼得还算没有完全失去理智，他有些更恶毒的诅咒，在心里没有说出来。

但他说完这句话的时候，突然感觉到会议室里情绪的异样。他发现，刚才被他训得不敢抬头的主管们，都抬起头来，用一种非常不友好的目光看向他。

他有些心虚，接着恼羞成怒："你们在干什么？你们是Eka的员工，首先要从公司角度考虑问题。"

"不，彼得。"张邕很平静地一字一顿道，"我们首先是中国人，我预祝中国登山队成功登顶，珠峰测绘能圆满成功。"

会议室里忽然响起了掌声，衬托出一张又惊又怒的白人面孔。

第109章　彼得跳墙（一）

Eka德国总部，面色铁青的伍德总裁将乔尔、图克森以及亨利都叫进了自己的办公室。

他打开了电视，画面是央视的海外频道。

彼得的期盼彻底成了泡影，2005年珠峰测绘的影响力，远超媒体尚

---

① 西方人祈求好运的一种手势。

不发达的1975年测绘，也远远超出了众人的想象，甚至比张邑所料想的还要夸张。

虽然互联网已经崛起，网页逐渐取代印刷品，但智能手机还没有出现，大众接收新闻的最主要渠道依然是影视传媒。而央视几乎对这次登山和测绘进行了全程直播。无论是出发前的准备，还是到达大本营，然后适应性的训练，以及后面的登顶和测绘，每一步都通过画面展现在全国人民面前。

而从一线记者的直播报道中，大家不止一次听到了GPS一词，多数人第一次知道，GPS原来不只是导航工具，还可以进行这么高精度的测量。

而被央视请进直播间的专家则详细地解释了GPS、大地水准面以及冰雪雷达探测仪等概念和技术。

观众能听懂多少并不重要，现场直播间的主持人其实也没听懂什么，但这已经足够引起大众的兴趣和广泛讨论。

与之相辅相成的是，虽然报道中没有一人提起Skydon品牌，但画面中的Skydon仪器和标识随着每日的连续报道，不停地显露在众人面前。

而行业内的专业人士，看到这样的画面，几乎无一例外地脱口而出："哦，Skydon。"

而Skydon绝不会让这么好的机会白白溜走，于是各种合适角度和背景，带着Skydon品牌标识的珠峰测绘照片出现在网站首页，出现在每一张资料上，伴随着PPT出现在每一场研讨和交流会上。

约翰参加了Skydon代理商组织的全国巡展，每一站代理商把他介绍给当地领导的时候，领导的第一句话都是"幸会，幸会。我刚在电视上看到你们的设备，了不起，了不起"。

在当地临时举行的小型代理商会，约翰兴奋地一次次提起此事，同时感谢了米河的大力协助与支持。

李文宇笑道："现在，我只希望一件事。"

"哦，是什么？"

"工程中心项目二期能尽快开始，如果今天就开始招标，我想我们赢定了。"

赵爷走进了办公室，一路上遇到的员工除了打招呼之外，相当一部分人问道："赵总，昨天看电视了吗？"

他走到自己办公室门口，想了一下，没有推门而入，反而转过身来，面对大家，招呼道："大家都过来一下，我说几句话。"

于是大厅和办公室的人都纷纷聚拢过来，围绕着他。

"今天，其实不只今天，最近这些日子，总有人问我，看电视了吗？你们应该知道，大家问的是什么吧？是的，我看了，这几天每天都会看，我为我们从事的行业自豪，为我们的国家自豪。但是，大家看看也就算了，还是关注到自己该做的事上，也不要讨论太多了。从测量的角度而言，国家这么重大的一个项目，最终用的却是国外品牌的GPS，你们觉得这事值得我们这么高兴吗？如今，我们北斗卫星已经上天了，地上却还是洋品牌的设备为主流，我不觉得开心。如果你们想把这事当作好消息告诉我，那就告诉我，我们将在第三次珠峰测量的时候，采用华泰北斗的仪器。我说完了，大家都去忙吧。"

大家默默散去，没人说话，但每个人都感到了赵爷内心的力量，似乎那是一定可以实现的一个目标。

伍德总裁关闭了电视说道："你们都看到了，如果有时间，你们还可以去看看Skydon的中文网站。"

乔尔道："总裁先生，恕我直言。这好像并不是一个意外的结果。几个月前我们就该知道，这件事一定会发生的。"

"但几个月前，没人告诉我中国的中央电视台会全程直播。现在几乎打开电视就是珠峰，就能看到那些黄色的仪器。我讨厌这个颜色。"

亨利在一旁道："我们也不喜欢这个颜色，但是却不得不面对它。"

"乔尔，我问你一个问题，Eka中国区的那个GNSS主管，抱歉，我记不住他的名字，Yong？哦，邕哥，OK，邕哥。他是不是比Skydon更早接触了这个用户并且提供了报告。我想请问你和图克森，你们收到报告后做了什么？难道连设计方案也不能及时做出来吗？"

乔尔和图克森对视一眼，彼此看到了伍德眼中的愤怒。

耿直的图克森开口道："我们第一时间讨论了方案的可行性，而且口头商量了几种改造方案，仅此而已。伍德，这是中国区的事，我们只是技术部门，没有商务部门的申请和同意，我们无法继续。每个员工的工作计划都是3个月前就定下来，每一天每个人都有足够的事要做。即使只是做方案，也要花费很多精力，所以除非这事正式立项，否则我们无法放弃手中的工作，而去忙设备改造的方案。"

乔尔补充道："事实上，我们连人员都安排好了，我让弗兰克作为团队负责人专门负责此事，张邕的报告也被重新划分了几个部分，给到了相关的人员。伍德，在这件事上，张邕、我和图克森，我们做的一切都无可指摘。"

"你们都认为，问题在中国区？彼得什么时候回复的你们？"

"彼得从来没有回复过我们。他到了中国区后就没收过邮件，后来张邕催问此事，他直接拒绝了张邕。我实在得不到中国区的确认，就打电话到Eka中国，张邕已经出差了。我直接和彼得电话沟通了此事，所以我非常清楚他当时的态度。"

"他拒绝了张邕的事，是张邕告诉你们的？"

"不，是他自己亲口承认的，他认为这件事是中国的政治作秀，已经拒绝了张邕。张邕并没有再和我们联系，因为彼得告诉他Eka中国只能有一个声音，而且禁止他的邮件抄送给你。理由是，他的级别没有资格给总裁发邮件。"

伍德点头道："好的，那一切我都清楚了。你和图克森先出去吧，我和亨利单独谈一下。"

Eka众人不知道张邕看到电视的反应是愤怒，还是会对彼得的愚蠢幸灾乐祸。

他请了产假，专心陪Madam待产。

请假之前,他将马小青、刘岩等手下叫到一起,简单布置了工作,最后嘱咐道:"珠峰的事马上开始了,无论发生什么,你们少议论,免得老板不快。另外,至少关于珠峰项目,我不想听到负面的评价,无论是项目本身,还是看到的Skydon设备。Skydon是国家政府相关部门选的,我们不能去质疑领导的眼光,何况如果这次测绘圆满成功,大家只会觉得Skydon很优秀,我们说负面话会令人反感。如果用户提到此事,就说很可惜,我们错过了这次机会,很羡慕Skydon能为珠峰测绘做贡献。"

Madam的同事们很乐意帮忙,虽然警花足够坚强,孕晚期还自己逛超市买东西,最后一刻才来到医院,但还是住进了一间单人产房,不用和其他孕妇挤在一起。

产房里没有电视,所以张邕似乎并没有在意珠峰测量的事。

只是每次他去办手续,或者帮Madam买东西,总会在妇产医院的大厅多停留一会,大厅里有电视,只是没有声音,而珠峰测量的内容24小时都有播出。

他呆呆地看着,心中五味杂陈,已经不仅仅是难过或者失望那么简单。

"他想起了马小青的话,有选择还是走吧,为什么要在这里坚持呢?"

"是呀,我坚持的是什么呢?业绩,参考站,工程中心二期?薪水,职位?还是享受和水果盘以及贾公公这样的同事关系?"

电话响了,是Madam的声音:"怎么回事?还没回来?我渴了。"

"马上,马上,警官大人稍等,马上就回。"

张邕收拾心情,决定不再想工作的事。想到即将为人父,他激动又有些紧张,自己成熟到可以做父亲了吗?

"也许我做得不够好,但我愿意用我的全部以至于生命,来守候我的家人。"张邕暗暗立誓,但此时,口渴的Madam已经等得不耐烦。

彼得在办公室里来回踱步,这是他上任中国区以来最糟心的日子。

他在月报里没有提及珠峰的事,他心怀侥幸,也许伍德忙于工作,不会关注中国的新闻。也许德国厂里根本没人知道没人关心珠峰的事。等这个月过去，大家也就彻底忘了此事。

想到这里，他忽然想起了张邕，一股强烈的怒火涌上了他的心头："一切都是这个中国人造成的。而且他凭什么可以预料这一切，所有发生的一切都被他说中。而现在，这一切正在发生的时候，他居然不在，他居然休假去照顾家人。这个中国区的大麻烦，他弄走了埃里克，如今又威胁到了我身上。张邕，即使我今天就离开，也绝对不会放过你。"

他叫来了水果盘："彭妮，你觉得伍德总裁会注意到珠峰的事吗？"

水果盘心道："不会才怪。"嘴上却道："总裁那么忙，我想他不一定时刻关注中国区的。"

彼得如同找到了救命稻草，他频频点头道："就是如此。世界这么大，可不是围绕着中国转的。我想厂里人都很忙，也许根本没人在意这些新闻。"

彭妮几乎想笑出来："就算Eka的人不注意，Skydon的人不会宣传吗？竞争对手的宣传，Eka也不关注吗？"

她做出一副思考状："总裁也许不会留意，但是也许会有人提醒他。我知道，无论哪个企业，都有相当一批这样的人，我们称呼他们为reminder。"

"张邕？"彼得不自信的回道："我觉得他不会，我已经明确命令他，不可以擅自发邮件给伍德总裁。"

"是吗？"水果盘意味深长地笑道，"就算他完全听你的命令。邕哥要是想告诉总裁一些事，还用亲自发邮件吗？他有很多渠道可以利用吧。"

彼得的脸色变了："是的，这件事就是他串通乔尔他们，伍德才知道的。他，的确有这个本事。"

水果盘说完了这一切，却又劝解道："也许我们只是多虑了，张邕正在迎接自己的孩子出世。他可能根本顾不上这些事。老板，也许下个月一切就都过去了,放宽心吧。"

"可他为什么偏偏这个时间去休产假,难道他不是故意的吗?"

水果盘几乎没忍住笑出来,产假也能自己控制时间吗?她看了看彼得那张认真的脸,心道:"如果他可以解决了张邕,这么可爱而愚蠢的家伙,最好永远待在中国区。"

于是她绝对真诚地说道:"我不知道张邕什么情况,但是,老板,我希望你一切顺利,永远掌管中国区。"

"谢谢,彭妮,有你们几个在,我就放心多了。"

两人谈话间,彼得无意扫了自己的电脑一眼,然后用鼠标,点开了一封邮件。接着,他的脸色变了。

彭妮感觉到了彼得的异样,问道:"老板,发生什么了?你脸色不太好。"

彼得一脸沉重地说道:"老板的邮件。"

"哦,伍德总裁说什么?"

"什么也没说,他让我下月15号回慕尼黑开会,又特别嘱咐了一句,带上我的电脑。"

水果盘明白了什么,看来彼得自己也明白了,这家伙倒也没蠢得不可救药,还是能明白一些事。可惜了,这么好的一头宠物就这样要离去了。这一刻,水果盘心里倒还真的生出几丝不舍之情,不过稍纵即逝。

她故意一脸疑惑地问:"既然什么都没有说,你担心什么?"

"或许埃里克最后一次就是这样被这样的邮件调回厂里的。职场上,老板的完全没有原因的调令都是最可怕的。尤其这次,他还特别嘱咐要带上我的电脑。我想,也许会有不好的结局发生。"

水果盘一脸关心地说道:"真的吗?彼得,我会真诚地为你祷告,希望你一切都好。"她绕到彼得的背后,轻轻抱住了他的双肩。

这一刻,彼得眼中隐隐地有泪光。他看不到,水果盘脸上一脸的鄙夷。

"如果真的有最坏的结果发生,你是不是该考虑一下,最后这一个月，你该做些什么呢？"

"彭妮，只有一个月的时间，我能做什么呢？什么也做不到。"

"比如你最想解决的问题。"

"最想……张邑？"彼得摇头，"只有一个月的时间，流程都不够，我动不了他的。"

水果盘将彼得抱得更紧了些，门外依稀看到此情景的佳娜偷笑着骂了一句"骚货！"

水果盘的脸贴得离彼得很近很近，以至于德国人能清楚地感觉到她的呼吸。

"老板，你太善良了。既然你已经做好准备承受最坏的结果，还在乎什么流程。"

彼得眼睛一亮，一丝冷酷的笑掠过嘴角："你说得太对了，事情到了这一步，我还在乎什么流程！"

第110章　彼得跳墙（二）

张邑正紧张地等在产房之外。

二十几分钟后，他隐隐听到了一声婴儿的啼哭，又是兴奋又是不安，他跑到紧闭的门前，努力往里看，似乎想穿透一切门楣墙壁，看到Madam和孩子的情况。

一名护士推门而出，和靠门太近的张邑几乎撞到，小姑娘翻了一下白眼，然后问道："26床家属？"

"签字吧，恭喜，顺产，母子平安。"

张邑悬着的一颗心落地，接着马上升起一个想法：我当父亲了，我真的当父亲了？我这就成为一名父亲了？

他激动，却又不知道该如何表达。

他签了字，说了声"谢谢"，又问："他们什么时候出来？"

"做好准备吧，马上就推出来了。"

片刻，产房门打开，一名护工推着躺在床上的Madam和孩子走了出来。张邕上前，亲吻了面色苍白的Madam，然后才激动地看向Madam怀中的孩子。

出生的婴儿看起来都差不多，皱巴巴的小东西紧闭着双眼。

他难掩激动，很想去抱下孩子。但是不敢，连轻轻触摸一下也不敢，孩子看起来是那样弱小，似乎触碰不得。他很想告诉孩子，爸爸有多喜欢你，可是既不能说，也不能动。

只是内心中，雄性动物对家人最天然的保护欲和责任感在张邕心中迅速被激发，并成长为一棵参天大树。

张邕给家人和朋友，当然也给Skydon和Eka的同事发了短信，告知了自己的幸福。稍后几天里，他的电话响个不停，收到了无数的祝福。

他一直待在Madam的待产房间里认真照顾妻儿，这次他是真的彻底忘了外面的一切，包括依然在电视上不停直播和重播的珠峰测绘。

Madam出院前的一天，张邕接到了彼得的电话。

张邕看了号码，立刻觉得自从儿子降生，好像一切都好起来了。老板似乎一直对他有意见，但是也会在这个时候给自己一些祝福。

他决定，等回到工作岗位之后，也许可以缓和一下和老板的矛盾。

"你好，彼得。"

"你好，邕哥，你什么时候回公司上班？"张邕眉头微微一皱，我在人生这个时刻，接到的居然不是一个祝福电话。

"老板，产假，加上我的年假。我的假期还没结束，我现在不会回去的。"

"现在有些事要和你协商，你能尽快回来吗？"

一分钟前还试图与老板缓和关系的张邕，立刻被激怒。

"我无法提前结束假期，这是我人生中最重要的时刻。如果是业务的事，你可以找马小青，有问题，他会和我沟通的。我应该是在下周一恢复工作。"

彼得感觉到了张邕的愤怒，只是他的怒火更甚，他咬了咬牙道："好吧，邕哥，那就下周一见，你回来，直接到我办公室找我。再见。"

老板的电话或多或少影响了他的心情，但他马上将情绪调整过来。一个做父亲的人，不该在妻儿面前有负面情绪，特别这情绪还是工作中的。

趁Madam和孩子都睡着的时候，他拨通了马小青的电话。

"发生了什么事吗？彼得要我回去？"

"业务上倒是没什么事，四川局安装的网络软件许可证过期了，我正在申请。刚好你打电话过来，抽空在我的邮件里回一个同意就行。"

"好。彼得不会关心川局的事，没有任何原因，他叫我回去吗？"

"这，"马小青迟疑了一下，"直接说吧，张邕。我觉得气氛不太对，彼得已经完全不管业务，甚至工作时间就带着彭妮和佳娜外出了。感觉他就像对一切都无所谓了。他现在不会联系任何一名业务经理，你说他找你，我觉得很奇怪。"

张邕微微笑道："彭妮没对你说什么？你们现在不是自己人吗？"

张邕看不到马小青涨红的脸，马小青第一反应觉得自己被侮辱了，但随后他咽下了这口气，是的，这是他自己的选择。张邕如此轻松地说出来，说明他已经没那么在意。

"我和彭妮不是自己人，她不过是利用我对付你，如果不能对付你，或者已经可以对付你了，我的价值就都没那么大了。我只能和你说，如果他们这次要对付你，已经不用借助我了。所以，我什么都不知道。"

"谢谢，小青。我知道了。你好像还没有恭喜我？"

"我恭喜过了，可能你根本没看我的短信吧。好，我再说一次，恭喜你，张邕。"

"谢谢。"

虽然Madam如今已是母爱爆棚，对张邕的关注一半多都转到了孩子身上，但还是感觉到了张邕的情绪变化。这个好像是Madam的一种本能，张邕的一切变化都逃不过她的眼睛。

"怎么？有什么心事？"

"当然有，升级成父亲，我压力很大，一直在想，怎么才能好好抚养我的宝宝。"

"你知道我说的不是这个。如今我没那么多时间替你分忧了，但有麻烦还是可以告诉我。"

"警官，我这是娶了一台测谎机器吗？的确有一点小问题，工作上的。但我不想谈，比起你和孩子，这些都不重要，相信我，我可以应对。"

"当然，我一直都相信你，去冲奶粉吧。"

张邕给乔尔发了一封邮件，这是他第一次给厂里的邮件没有抄送彼得，这不合规矩，但Eka的很多规矩在张邕心中已经不再重要。

他批准了马小青的许可证升级申请，然后问了乔尔，厂里面对珠峰测绘一事的看法。

乔尔回答了三句话："此事在厂里影响很大，伍德很生气，他重新过问了当时的一些细节。"

张邕看着这三句话，思考着现在发生的一切事。

乔尔还多问了一句："你现在怎么样？"

张邕犹豫着要不要给乔尔回信，最后他回了一句《楚门的世界》里的台词："假如再碰不见你，我祝你早安、午安、晚安。"

Madam和孩子都顺利地接回了家，张邕的假期也结束了，只是他还有一个周末可以消遣。

他的心中无比纠结，他猜到了彼得要做什么，但是自己却没想明白要如何面对。

Madam哄孩子睡着，然后招呼他进门。

"和我说说吧，什么问题？知道你有心事，却不听你说，我也不舒服，这是一个人民警察的强迫症。"

"我有一个问题，想请教你。"

"态度很好，请教这词我喜欢，你请教吧。"

"有一对情侣，男孩各种付出，女孩却对男孩一点也不好，"说到这，张邕忽然意识到了什么，"我说错了，重新说。是女孩各种付出，但男孩却对女孩一点也不好……"

Madam捂住嘴笑了，她不敢放声笑，怕吵到孩子。

"不用这么小心吧，男孩女孩都可以付出，也都可以对情侣不好。"

张邕也笑道："人都是痴心女子负心汉，肯定是男孩对女孩不好。但我想问你，女孩却一直不愿意分手，你说是为什么？难道真的是因为爱吗？"

Madam摇头道："多数与爱无关。第一，女孩希望自己的付出有回报，付出越多的人，越舍不得自己的付出。第二，女孩想证明自己的爱与付出是正确的。"

张邕情不自禁地又一次亲吻了Madam。

"老婆，你太棒了。放心，我没事了，我都懂了，我知道如何处理。"

Madam也笑了，她能清楚地感觉到张邕已经解开了心结。

"你要离开Eka了，是吗？"

"是的，但并不是我要主动离开，而是彼得狗急跳墙，他想在他被解雇之前开除我。现在我有两个选择，一个是签离职书，然后离开，开始自己的新征程。还有一个，就不签字，用尽一切办法和他周旋，我相信，只要坚持下来，彼得很快会离开。我就可以留下来。"

"现在你的决定呢？"

"我终于明白了我为什么留下来，我为Eka做了太多事，我希望看到自己付出的结果。还有，我总觉得Eka很多事是错的，很多人是错的，我想证明，我是对的。想证明，这个世界有对错，有公义，而我是公义的一方。所以……"

他转向Madam说道："你觉得那个女孩应该为这两个原因，继续留在男孩身边吗？"

"如果我是那个女孩，我肯定会离开。我要一个像邕哥一样我深爱但也爱我的男人。但如果你是那个女孩，这个决定你自己做吧。男人不一样，都需要证明自己获得认同感。你离开还是坚持，我都支持你。就是每个月要准时上交工资，养活我和孩子。这就够了。"

张邕大笑，有Madam在，好像一切问题都没那么难。

远在德国的乔尔却不像张邕一样放松，他看到了张邕的回复，立刻发给了图克森，然后起身去找亨利副总裁。

"亨利，那天伍德和你谈了什么？他是不是要对中国区采取行动。"

"乔尔，你该知道，这不是你该关心的问题。"

"是吗？但是和我相关的问题呢？比如Eka中国区的参考站主管，他对接的就是我的业务。"

"邕哥？他有什么问题？他还没到伍德会关心他的级别。"

"伍德也许不关心。但如果你们真的决定要让彼得离开，离开前他也许会有一些激烈的动作，比如，先裁掉邕哥。"

亨利终于开始重视起来："他会这样做吗？"

"我想，他已经在这样做了。我给你看一下张邕的邮件。"

亨利看到了楚门的话："他很聪明，并没有直接说，也没要求我们做什么。乔尔，说真的，我们可能什么也做不了，我们现在无法阻止彼得。如果他已经不在乎是否担责，会胡来的话，我们鞭长莫及，无法影响到中国区。"

乔尔一脸急切："如果张邕被裁掉的话，我们是否还可以重新雇用他。"

"这个可能性极低，公司没有这样的惯例。我知道张邕很能干，但还不是Eka不可或缺的人物。一旦离开，可能就永远无法回来了。"

"这样不行，我现在去找伍德。"

"你最好不要去。伍德就是知道了这件事，也不会做什么。他现在要解决彼得和中国区的问题，如果这个过程中，发生了个别中国主管离职，他只会表示遗憾，不会做什么。他会认为这是解决问题过程中应该付出的代价。一个中国员工，恕我直言，乔尔，在伍德心目中根本没那么重要。"

"可是你应该知道，他对Eka真的非常重要，特别是即将到来的工程中心二期。这个项目还不够重要吗？"

"可是你能让伍德做什么？他带队亲自飞一趟中国，开除彼得，留下张邕。这是不可能发生的。我们谁也定不了伍德的行程。我的老朋友，你别幼稚了，这件事我们已经改变不了了。我们祝张邕好运，然后我祝你能找到一个和他一样出色的GNSS主管。"

"不，"乔尔因为执着而红了脸，"我先去找HR，然后再去找伍德，我想总会有办法的。"

"好吧，"亨利无奈地耸耸肩，"我对这个中国人的印象也不错，我希望你成功。"

周一，张邕准时来到了彼得的办公室。

佳娜和不远处的水果盘对了一下眼色，然后悄悄竖起了耳朵。

彼得表现得很礼貌，他邀请张邕坐下。

"邕哥，有个不好的消息要通知你。鉴于你在Eka中国一贯的表现，你在Eka的职业生涯结束了，我现在要你立刻离开公司。"

彼得很严厉，但明显有些紧张。但这是他一直想做而不能的事，现在能对张邕宣布这个消息，他有几分激动。

"我一贯的表现？彼得，我记得我去年的考评是优秀。"

"我们没有说业绩的问题。你一向在办公室独断专行，与同事冲突不断。同时，我们不停地接到代理商的投诉，他们说你对他们态度恶劣，而且不支持他们的项目，对他们的问题也完全不答复。我们不能容忍你这样的员工待在中国区。"

张邕微微笑了一下，彼得觉得这笑容分明是对自己的嘲讽，他怒火逐渐上扬。

"是哪个代理商？哪个公司？谁投诉我的。"

"新亚的凯西，她一而再再而三地投诉你。"

"你真的相信凯西的这些投诉？"

"当然，我没有什么理由不相信她。"

"彼得，那么我为Eka做了这么多事，你也完全不考虑吗？"

接下来彼得的回答，深深地印入了张邑的脑海，多年之后想到自己的Eka生涯，都会想到这句话。同时这句回答让本来有几分犹豫的张邑，彻底下了决心。

彼得道："I knew you did a lot for Eka, but nobody appreciate.（我知道你为Eka做了很多事，但是这里没人感谢你。）"

"Nobody appreciate？"张邑重复了一句，一丝苦涩的笑容浮现在脸上，他不想再谈下去了。

"我想看看我的离职文件，看来你们已经准备好了。"

"当然。"

办公室电话响起，佳娜的声音："彼得，Eka全球参考站负责人乔尔电话。"

彼得吃惊地看着手表，天哪，这个乔尔想干吗？现在德国时间可是深夜。

"告诉他，我有重要的会议，无法接听他的电话。"

第111章　顾问协议

张邑接过彼得手中的离职文件，直接翻到了离职赔偿部分。

N+1的赔偿，一个月的提前通知补偿，折算的假期补偿，还有截至工作月份奖金的按比例计算，一切都很清楚，因为张邑的薪水基数比较大，这笔赔偿虽然不能算多，但加起来的总数看起来居然还不错。最重要的，赔偿金是不扣税的。

张邕点点头道："彼得，我现在想要一点东西。我不喜欢你说的nobody appreciate（无人感谢），我对Eka尽了全力，我问心无愧，所以我想要一点appreciate。"

彼得皱眉道："你又要要什么花样？不要期待什么救星，没人可以帮你，你的Eka生涯今天必须结束。"

"没有花样，我只是想要一点感谢。"

"你到底要什么？要我让整个Eka中国的员工列队，对你说谢谢你吗？"

张邕笑了，他先是想象了一下彼得所说的画面，如果真能这样，倒也不错。不过他没那么幼稚，也没那么无聊。

"不用这样，对员工的业绩评估，从来都是表现在数字上。那么我要的感谢，也还是用数字来衡量吧。我要两个月薪水，在这份赔偿方案基础上加两个月薪水。"

他明显感觉到彼得松了一口气，德国人心中升起一种鄙夷："这些黄种人就是如此，貌似高尚，其实还不是为了利益，而且胃口也并不大。"

张邕知道彼得在想什么，他不在意。他要的就是一点感谢，他觉得这几万块钱虽然不多，却是他应得的。也许他应得的远不止如此，但有些账是算不清的，他能计算的是彼得的底线，以及自己的时间成本。

"邕哥，这个赔偿金的计算，是严格按照厂里的规则进行计算的，我没有权力额外支付你薪水。"

"是吗？但你有权力，这样突然地让我离职？这样吧，老板，我们都考虑一下，我先不签字，你再考虑一下我的需求。既然要我离职，我就不在办公室待了，我先回家。你考虑好了，可以通知我。对了，还有一件事。我这个月休的是带薪假，这个月的薪水要付给我。"

张邕起身往门外走，业务做久了，很多事都类似一场商业的博弈。他知道，如果他拒不接受这份离职书，彼得一定想好了办法对付他。但他如果这时提了一些条件，那么德国人为了避免麻烦，可能不会想用激烈的手段，而是让这件事尽快结束。

这一次的博弈，他又赢了。

他刚刚到门口，就被彼得叫了回来。

"你先不要离开，回你的办公室等待吧。我不想浪费彼此的时间，我考虑一下，最好今天我们就结束这一切。"

"好的，老板，感谢您的效率。"

张邑大步出了门，先和佳娜打了个招呼："佳娜，你好，费心了。"

佳娜抬起头道："莫名其妙，你从老板那得到什么奖励了吗？看起来心情不错。"

"的确是有一份奖励，我想你应该知道，这份奖励很可能也会降临到你身上，所以同命相连，我问候一下你，祝你好运。"

佳娜的脸色忽然变得很难看，她明白了张邑的意思。更重要的，这不是张邑的诅咒，而是极大概率要发生的事情。

张邑没再等待佳娜的回复，也没回自己的办公室，他走到了水果盘的工位前。

"早，彭妮。"

"早，帅哥。找我有事？"水果盘一脸真诚。

"刚才老板找我，和我谈离职的事情。"

"啊？那太遗憾了。要我和他说说吗？我很想帮你，但我不觉得自己有这个能力。"

"不是。我已经同意了，只是我和他之间有一点小小的分歧。"

"什么意思？"

"我要多一点赔偿，其实不多，可以说微不足道。而且我相信，这是彼得权力范围内可以调动的资金。所以我只想和你说一点。"

"好像和我没什么关系，你说吧。"

"我不知道和你是否有关系，但我今天忽然很想和你说话。我在离职的最后一天，忽然发现，你很漂亮，所以借机和你聊聊。"

张邕的话说得带了几分轻薄，却是一脸的严肃，锐利的目光紧紧地盯在水果盘的脸上。

水果盘被张邕难得的恭维说得心里发毛。

她脸上变色："张邕，你到底想说什么？你的事与我无关，我也不想管。你有话好好说，不要这样阴阳怪气。"

"抱歉了，彭妮。看来我不善于夸奖别人，我赞美了一下你的美貌，却被你说成阴阳怪气。好吧，我有话直说……我的要求并不高，满足我，我就签字离开，今天就离开，大家从此是路人。但如果这一点要求都被拒绝，我想，我不会让任何一个人好过。彼得的权力并没有他想象得那么大。"

水果盘本想轻蔑地笑了一下，她很想说："就这些？你吓不到我的，你的本事也没你想象得那么大。"

但是看着张邕那一双明亮的眼睛，她没笑出来，出口的话却是："好的，我知道了。其实这里没人想找麻烦。"

张邕点点头道："谢谢你，彭妮。彼得让我在办公室里等消息。再见。"

水果盘走进彼得办公室的时候，彼得终于接听了乔尔的电话。

"乔尔，这是中国区的事。他和你的业务对接，但是你并没有中国的人事管理权。"

"我劝你慎用你的权力，否则会承担后果。"

"我当然会承担我的后果，张邕也是一样。"

"你做的一切都不合规，我不会让你得逞的。"

"是吗？乔尔，张邕已经同意离职了，我已经得到了他的签字。现在，你做什么都太晚了。"

二人在争吵中挂断了电话。

水果盘走到彼得身边，温柔地拉住他的胳膊说道："怎么，老板，有麻烦？"

"乔尔不同意我的决定,他拿伍德来压我。而张邕,他提了一些条件,现在还没有签字。这事有点棘手。"

"满足他的任何条件,只要你能答应的,让他尽快签字。"

"是的,彭妮,你的意见和我一样。这事不能拖了,他也不过是想多要一些钱的人,并不难对付。"

张邕收到了乔尔的邮件,和之前某次完全一样,只有一句话:"回我电话。"

当张邕想回复的时候,发现自己的邮件一秒钟之前被冻结了。

他拿起手机,还没有拨打,IT小周走了进来。

"对不起,张邕,彼得让我即刻收回你的电话。还有,你的Eka通讯录也被冻结了,你将无法查询Eka的电话。"

"嗯,"张邕点头,他并不想为难小周,"你跟我来。"

他没有把电话交给小周,但是拉着小周来到了彼得的办公室。

"彼得,周准备收回我的电话。但是我们现在还没达成协议,我是不是还算Eka的人,我可以保留我的电话。"

佳娜走进彼得办公室,将一份新打印的文件交在彼得手中。

"邕哥,这是你的更新后的离职协议,赔偿已经按你的要求修改过了。我希望你尽快签了他。"

张邕深深呼了一口气,心中忽然涌起几分不舍。他以为自己已经做好了一切心理准备,真到了这一刻,失落感却依然挥之不去。

"对不起了,乔尔。"他心里对乔尔说了声抱歉,然后快速地在文件上签了字。

随后把手机扔给了小周:"我的电脑在我办公室里,那里一切都是Eka的,我没有任何私人物品。先不要和公司的同事说,告别总是一件不太愉快的事,我先走了。"

他回到办公室,拿起了自己的车钥匙,这是唯一属于他自己的东西。

马小青走进来说道:"和彼得谈什么了?发生什么事了吗?"

"哦，没有。一切都很好，彼得只是问我一些工作的事。川局许可证我已经帮你申请了。我有事先走，再见。"

张邕走出了Eka中国的大门，他没有再回头。刚才在彼得办公室里的短暂伤感已经是他的全部，他没有更多的情感要耗费在这里。他现在只想回家，想和Madam一起，想好好抱一抱自己的儿子。

人事部门的正式通知邮件让整个Eka中国躁动起来，张邕，业绩最好的主管，整个Eka声誉最高、最得厂里信任的主管，就这样离职了？

没有原因，只是说Eka与张邕沟通之后，双方自动终止并解除了雇佣协议，Eka中国感谢张邕对GNSS业务的巨大贡献，祝愿他未来好运。

他曾经在Eka中国有着特别的地位，如今走得却悄无声息。当大家纷纷向他发去问候或者问题的时候，发现他的手机邮件都已经不再可用，他也已经彻底淡出了Eka的通信圈。

于是大家找到了马小青："发生了什么？"

马小青无奈道："我什么都不知道，我已经失去领导了，让我安静点。"

直到第二天，一封来自私人信箱的邮件发到了Eka中国全体，以及德国相关的办公室中。张邕正式向所有同事道别，并表达了没有当面道别的歉意。他同样没有解释离职原因，只是祝福了大家。最后留下了自己的这个私人信箱和私人手机号。

正在因为无法与张邕联系而焦急万分的乔尔，也收到了张邕的邮件。

他如获至宝，第一时间给张邕回了一封信。

邕哥：

我知道了中国区发生的事情，不只是我，亨利和伍德也知道发生了什么。

我和伍德以及厂里的HR都有过沟通，我本来希望你能够坚持下来。彼得的Eka生涯已经进入倒计时，一切很快可以重新开始。但是非常遗憾，我无法联系到你，而彼得说，你已经签字离开。这真的太糟了，我为发生这样的事感到难过。

但是，彼得想做的事未必得逞，你依然可以继续为Eka工作。我和HR为此做了深入的沟通，请你仔细看一下邮件的附件。

我们为你准备了一份顾问合同。你的待遇一切都不变，只是不再是薪水，而是折合到每天的顾问费，你依然做着和现在一样的工作，只是不需要每天都到办公室。

我们不再需要你的月报，而是每月一次的顾问报告和工作总结。

当然作为顾问，你没权力调动Eka的人，但那还是你的团队，我想你有办法来处理此事。

其他的资源，我想你有足够的能力和人脉来调动。

我知道Eka中国可能会让你很伤心，但我真心地希望你能接受这份顾问合同。我们一起做了很多事，难道你不和我一样，希望看到我们做的事有一个完美的结果吗？

这份顾问协议还是需要中国区负责人签字的，我会发给一份给彼得，但是他是否签字并不重要。

如果他拒绝，当他下个月来到德国的时候，伍德总裁会让他签字的。甚至，直接由他的继任者来代替他签字。

所以，我希望，你能先接受这份协议。其他的，我来处理。你可以好好放个假，再休息一段时间，然后等我的消息。

我想Eka的赔偿制度还不错，我预祝你度过一个富足的带薪假期，然后重新归来。

迫不及待想看到你的回复。乔尔。

张邕满怀感激地读完了整封信，又仔细看了附件的协议，心里道："谢谢了，乔尔。"

只是刚刚离开的Eka还要再回去吗？或许昂首回去是一场打脸式的胜利回归。只是，这是自己想要的吗？

他给乔尔回了一封信。

谢谢，乔尔。我不知道该如何做决定，但我非常喜欢你最后部分的建议，我可以过一个富足的带薪假期。让我们保持联系吧。希望未来某天，有机会继续合作。

当最初的一轮密集的电话问候过去之后，一切都逐渐地安静下来。

Madam产后恢复得很好，慢慢开始下地，小家伙一天比一天欢实，几天就褪去了皱巴巴的模样，胖乎乎的一张爱笑的脸。张邑心中被幸福充满，再不想江湖事。

打破张邑平静的，依然是关键时刻从不缺席的怒发狂人。

"小张邑，干吗呢？"

"在家，体会为人父的乐趣。大哥，你可好？没有重要事情，最好不要打扰我的幸福。"

"去你的，小子。你还能永远过一辈子这样的幸福生活吗？房贷车贷还完了没有？孩子很快就要长大了，上学的钱准备好了吗？出国留学的钱够了吗？娶儿媳妇的钱有了吗？"

张邑气得脸色发白："大哥，你这就是一切快乐的杀手呀，我这么惬意的日子并不太多。你瞬间把我心情毁得一塌糊涂。还娶儿媳妇？老大，那是多久的事呀？现在他还只会在床上爬。一个学者，张嘴不谈学问，全是钱。我要是朱院士，一定将你扫地出门。"

"可惜了，你不是院士呀。朱院士很喜欢我，你说，这事到哪说理去呀？我其实是想问你一句话。"

"快点说，我要抱儿子荡秋千去。"

"如果我说的那些钱，房贷车贷呀等等，你都还没有攒够。那我问你，一个婚礼的礼金，你是不是能拿出来？"

"礼金？好像不关你事。"张邑说完这句话，立刻醒悟，他惊叫一声，"师兄，你要结婚了？恭喜恭喜，房贷车贷不够，但礼金足够。时间，地点？"

怒发狂人阴恻恻地笑道："哈哈，请柬我就不发你了，太麻烦。待会手机短信把内容发给你，你带着红包准时来就可以了。谢谢你的

621

祝福，欢迎你来。我不会让你亏本的，新娘子说了，要给你娃包个大红包。"

"我听懂了，你的财权已被人拿走了，可怜呀，大哥。"

怒发狂人不服地哼了一声："我是才开始，你的财权早被人拿走几年了，谁也别笑谁。"

第112章　新目标

怒发狂人的婚礼安排在北京某知名景区内部的一家酒店，这里远离城市的冰冷，与高山流水的自然融为一体。

没有五星级酒店的繁华，却尽显品位与浪漫。

张邕由衷感叹，真正会生活的，其实还是这些有学问的人。

而出席的嘉宾也让张邕感叹博士的人脉，除了朱院士和院系领导之外，还有很多高校的同行，不乏知名学者。除此还有很多企业的领导，很多是张邕熟识的面孔。易目、韦少、宫少侠、梁会都出现在婚礼上。

婚礼安排得也很温馨，看来司仪知道知名的科学家坐在下面，不敢胡闹，只是给了新人足够的祝福。

新郎新娘出场，张邕先被新郎逗笑了，西装革履的狂人头上被无数发胶牵制，却依然不屈不挠显出一丝冲冠之意。待看到新娘，张邕忍不住再一次在心里感叹："天哪，这是第二春吗？这分明是一个升级版的第一春呀。这厮除了学术之外，几乎很少有正经时刻，却有这般福气。"

他随着众人热烈地鼓掌，真心地替一对新人高兴，替师兄高兴，却不敢太大声。

还好怒发狂人听取了他的意见，把他安排在角落的一张桌上，远离一众熟人，也就远离了被盘问的命运。他已经和太多人解释过太多次，为什么要离职，未来何去何从。重复了一遍又一遍的话，自己已经深深厌烦。

婚礼终于在嘉宾们热烈的掌声中进行到下一阶段，新郎新娘退场去换衣服，嘉宾们则开始开怀畅饮。

张邕这一桌大概都是双方的亲友，没什么熟人，他举杯画个圈，算是和大家打招呼，然后就开始享受食物，等着怒发狂人前来敬酒。

可惜，如此低调依然没有躲过众人的关心，第一个来他身边的人，狠狠地拍了一下他的肩膀，他笑了，用这么大力道表示亲近的，只有宫少侠。

"装什么装，你肯定会来，还躲个毛线呀，起来，喝一个。"

"只要你不问我问题，我可以陪你三个。"

"那就喝三个，这杯我先干为敬。"

"少爷，这地方远离市区，喝了酒怎么开车回去呀？"

"看见了外面的风景吗？多美，待会酒席结束，咱俩去爬一趟鬼见愁。酒醒了，再回城，要是酒意还在，我们找酒店住下，这么好的日子。宁可费心费力费钱，但绝不可以没酒。"

张邕被宫少侠的热情感染，他举起了杯说道："最佩服就是你，永远这么有活力。我同意，这么好的日子不可以没酒，我敬你。"

宫少侠不知从哪拉了把椅子，就坐在了张邕旁边。二人说说笑笑，张邕一时恍惚，似乎又回到了天工时代，他有点怀念那段日子，那时他不用躲人，没人认识他。那时他常在第一线背着仪器干活，很辛苦，但好像比现在更开心一些。

"我离开米河了。看不上这俩老大，韦少跟我是兄弟，但要是挑人共事，我选你这样的。"

没想到，宫少侠没问他什么，却先给了一个自己的消息。

张邕颇为意外："你何处高就？我看你还是和韦少一起来的。"

"感谢你的离开，我如今在Skydon。哈哈，再喝一个。我是和韦少一起来的，但他现在是我的代理商，我可是代表厂家。"宫少侠笑得非常开心。

宫少侠的嚣张态度很快就吸引了人群的注意，张邕尴尬地发现，自己藏不住了。

宫少侠刚一离开，易目就走了过来。

"好久不见，先恭喜你喜得贵子。"

"谢谢易总，我敬您。"

"你躲这么远，是不是不想和人谈你的现状？"易目依然是那个洞察一切的人。

"易总，你最懂我。"

"我不问，就是和你说一声。你有空的时候，给Mag的方总打个电话，对你没坏处。Mag手持机如今是抢手货，这事值得一做。"

张邕摇摇头道："短线而已，否则我就不会犹豫了。"

"哦，短线？"易目有些不理解。

"我猜的，不多说理由。也许两三年后，能证实我的猜想。"

"我信你。我最信的两个人，一个是晓卫，一个就是你。但我的想法和你不一样，两三年很短吗？足够你做很多事了，你在Eka待了几年？Skydon和天工又待了几年？这已经不是短线了……"

张邕打断了易目："易总，我觉得你说得都对，但我现在不想考虑未来，我真的只想先好好过个假期。我的心现在不静，我觉得很难做正确的决定。"

易目拍了拍他的肩膀说道："好吧，说服你其实比晓卫还难。那就寻找自己的平静吧。来，干了这杯。只怕你安静不了了，他说的估计比我更多。"

张邕抬起头，发现一张无比忠厚的面孔正端着酒杯向自己走来，他叹了口气，知道易目说的是对的。

赵爷过来，先和易目喝了一杯。易目将赵爷按在椅子上说道："这个位子归你了，你和小张邕好好聊聊吧。"然后离开。

赵爷也不废话："杯子加满，我们喝一杯。国家林业局的事，已经不是一句谢谢可以表达的，所以我只敬酒，不说谢。"

张邕笑着和赵爷一饮而尽。

"不和你说没用的话，我有事找你，我需要一款合适的GNSS测量型OEM板，你的狂人师兄说了，这种事，第一个就该想到找你帮忙。反正你帮的忙已经足够多，干脆就再帮我一次。"

张邕皱眉道："赵总，连易总都知道，我现在不想谈工作。"

"我不是谈工作，你的未来你做主，你是否离开Eka，我也不关心。我只是想要一块OEM板，这是我的工作，不是你的，我找你帮忙。"

看着赵爷一脸的忠厚与无辜，张邕忍不住笑了。

"要不要婚礼结束后，我们找个地方聊一下。这里不合适。而且你看，"张邕往远处一指，"新娘子来敬酒了。"

换了中式服装的怒发狂人和漂亮的新娘子被一帮人簇拥着，刚结束了前一桌的敬酒，向他们走来。

景区半山腰一处茶室，石桌石凳，对着满山的风景，还有山泉水煮的新鲜绿茶。赵爷和张邕对坐着聊天。

宫少侠爬山去了，他大声招呼张邕，说要在山顶等他。张邕挥挥手，说要是等不到，不要太勉强。

"加拿大捷科的板子有什么问题？"

"没问题，很好。就是大家同一颗'芯'，无法分出优劣，而且我们数量不占优势，成本比别人高。我需要一款和别人不一样的板子。甚至性能比捷科差一些都可以接受，虽然板子的技术很关键，但很多时候我们是可以在集成和软件处理上弥补板子的不足。这个，你应该很懂。"

张邕点头道："的确如此，其实Skydon的板卡并没有比钛科的更好。而Eka用的也是捷科的板子，但接收机远比国产的要好。"

"他们只是用了捷科的硬件，IP是自己的。"

"对，所以，有没有一种可能，我们找一款性能并不是最出色的板子，然后写自己的程序。"

"好像太难了，但是你只要能搞定，我全力配合，钱，人，我都有。"

"我没想太明白,或许可以试试。等我有三成的把握,我再和你细说。"

"邕哥说三成,那我感觉有了七成把握。"赵爷来了兴致。

"别这样,大哥,我压力太大。"

二人放松下来,静静地喝茶,闲聊。

"真的没有考虑未来?其实现在考虑和一个月之后再想,没什么区别,早晚还不是要面对。你别说自己心不静,你对自己不够了解,以我对你的了解,越是在这种轻松的氛围里,你越无法心静。人和人不一样,放松根本不适合你。你只有面对压力和挑战,才能真正释放你自己。你越想静,越静不了。等你什么都不想,只想专心做事的时候,你才是最心静的时候。别骗自己了,你连我和狂人都骗不过。他要不是今天身份特殊,估计会亲自来和你说了。"

张邕愣了下道:"我是这样的吗?"

"不如我们谈谈你的未来,你会很快知道,自己何去何从。一切决定对你都不难,但是等你做决定才是件真的难熬的事。"

"我是被迫从Eka离开的,但如果我真的不想走,我可以坚持一下,先把老板送走。但我没有,说明我自己不想留了。德国厂里很多人不希望我走,他们给我准备了一份顾问合同,随时可以签。我很犹豫,本来没准备回头,但是这份合同还是很吸引人的,另外,也不想辜负厂里同事的一番好意。"

"顾问合同?"赵爷则兴奋起来,"多好的事呀,为什么不接受?你可以扬眉吐气地回Eka,却不用每天去那里上班。你甚至可以来我的办公室,我给你安排一间办公室,你可以拿着Eka的薪水,做着两边的事情。华泰这边的待遇,我们不用多谈,一定可以让你满意。"

看着张邕的反应,赵爷忽然意兴阑珊:"算了,当我没说。这么好的事,如果天下有一个人不肯接受的话,那就是你了。"

"谢谢理解。"张邕微笑,"我想到了一些事。本来,我确实在犹豫。我觉得我的Eka生涯结束了，不该回去。但那份顾问合同对我真的很有吸引力，我以为我已经很超脱，不在乎别人的看法。其实我内心依然免不了虚荣，我想看到我在Eka得胜，胜过办公室政治，胜过那些背后整我的人。我回去，宣示我的权利和能力。还有我在Eka做的事，生意上布的局，我也并没有那么甘心。但是现在，我忽然觉得那些都没那么重要了，我有了新的目标。"张邑眼睛亮了，那种孩子般的天真表情，重新又回到了他的脸上。

"新的目标？这么快？什么？"赵爷有些许的困惑。

"我想帮你搞定OEM板，这是我从来没有做过的事，这是一次全新的机会和挑战。我重新找到了一份有意义的事。这件事和我帮你拿到Mag手持机，完全不可同日而语。那只是一个恰当的时候出现的一个恰当机遇。我刚和易总说过，那只是一个短线。但OEM的事，不是帮你一个忙这么简单，这代表着我能为你的国产化事业做一点事，我喜欢这个感觉。"

赵爷吃惊地看着张邑的变化，不知该如何表达。

"我只是想让你帮个忙，但自觉希望渺茫，都不敢太当回事的。你却把这当作新目标吗？张邑，我忽然觉得压力有点大，会不会带你走了一条偏路？"

张邑大笑道："谢谢赵总，你从来都是这样做事，但从来不会患得患失。到我这你却担心起来，我感谢你为我担心。但我想，我可能会走偏，即使如此，也一定会有其他人把这条路走对。而你的国产化道路一定是对的，不会错的。"

"我不知道该说什么，你有具体目标了？"

"算是吧，易目要我给Mag的方总打个电话，或许就是这个时候。好了，我的带薪假期提前结束了。我得谢谢你才对，赵总，你又一次帮我做了最好的决定。"

彼得回了德国，与埃里克不同的是他再也没有回到Eka中国。

只是乔尔并不开心，他和张邑说了这个消息，并且表示可以把新的中国区总裁王幼斌介绍给张邕。事实上，他已经把张邕的一切，特别是这次事件中张邕写的珠峰项目的报告拿给了王幼斌。

王幼斌是地道的中国大陆人，毕业于清华，算是封耘的学长，之后在德国接受了硕士研究生的教育。他不是埃里克那种几乎不懂中国的中国人，更不是彼得那种傲慢自大自以为懂中国的老外。

他很快就判断出张邕的价值，说道："乔尔，你放心。我回国后，第一件事就是联系张邕。你这份协议其实有足够的吸引力，如果他只是对Eka的现状不满，我想，他会满意我所做的事。"

乔尔与他握手："拜托了，工程中心二期项目快启动了吧，如果张邕不在Eka，我对这个项目全无信心。"

"我想，作为中国区负责人，我会比你更在意这个项目。张邕这么重要的话，我会付出足够的筹码让他留下，等我好消息。"

张邕终于又一次拨通了方舒的电话，他还是没按方舒的嘱托，还是称呼了方总。

"方总，什么时候方便？我想过去和您谈谈。"

"张邕，我一直都在等你的电话。易目说你已经离开Eka了，这次我们是不是有更多内容可以谈。"

张邕有些为难，也有点愧疚地说道："不好意思，方总。我还是想和您沟通一些业务。"

方舒没表现出失望："你要谈什么，我都欢迎你。刚好我有一位朋友，他也想和你聊聊。"

第113章　法国老板

张邕又一次来到了Mag代表处，前台将他引入会客室。

除了满含笑意的方舒，会议室里还有一个文质彬彬戴着眼镜身材修长的法国人。

"你好，邕哥，我叫弗朗索瓦。赛琳娜已经不止一次和我提起你，今天能够见面，我很高兴能够认识你。"

"也很高兴认识你。"张邕和对方握手，接过对方的名片，心中却怎么也不明白"cois"怎么可以发音成"色娃"。奇怪的法语。

小色娃简单地进行了自我介绍，他是Mag集团三大区域销售总监之一，手下5个销售办公室，包括中国、亚洲、俄罗斯、荷兰与德国。

张邕点头，这个级别应该是和Skydon的罗伯特以及Eka的汉斯类似，属于高层了。而且Mag没有总裁，最高级别是副总裁，所以这个职位已经是仅次于一把手的要职了。

但这个小色娃明显要比Skydon和Eka的高层们随和很多，有一点和方舒类似，他不但不想保持自己的威严，还有意无意地制造出一种彼此完全平等的和谐气氛。

"听说，你在Eka那边有一点issue（问题）？"小色娃措辞很谨慎，并没有直接说出张邕与Eka的纠纷。

"我离职了，但是和Eka的issue还没完全结束。很多人希望我回去，但我没有做最后的决定。对不起，弗朗索瓦，赛琳娜没有说你在，只说是她的一个朋友。所以我没做任何准备，也不知道，你会和我谈什么。"

小色娃温和一笑道："她说得没错，我的确是她的朋友。她一直希望你能加盟Mag北京代表处，而我在这里，想就这个问题和你有一些坦诚的沟通。所以今天不是什么面试，只是一些非正式的交流。我可以介绍一下我们的业务、公司情况，你也可以问我一些问题。当然，你不介意的话，我也有一些问题给你。至于你是否会接受赛琳娜的邀请，我想在这次谈话之后，我们都可以再次考虑。你觉得呢？"

张邕很认真地点头道："非常感谢你的友好和坦白，我想，这会是我们一次愉快的谈话。"

方舒在旁边微笑道："弗朗索瓦是个不错的领导，我相信你们的交流会很愉快。张邕，抱歉，我先失陪。至于你今天想来谈的业务，也直

629

接和他谈吧。相信我,他比我更专业,也比我更能做主。我就是提醒你一句……"她切换回了中文频道,"虽然工作关系上我向他汇报,但他不能算我的老板。我的管理并不在Mag,他说我是他的朋友,也有这方面的原因。所以,你尽管和他谈,如果有为难的地方,你随时可以找我帮忙,我会帮你对付他。"

"谢谢,方总,您先忙。"

小色娃看看方舒,又转头看看张邕说道:"两个中国人一定是密谋要对付我,我必须要小心一点才行。"

方舒笑道:"没有,我说你是最出色的领导,让邕哥多听你的建议。"这次她说的是法语,轮到张邕一头雾水。

"我看你同时在Skydon和Eka都工作过,能说说他们的相同和不同之处吗?"

"你在Skydon和Eka最得意以及最失落的一件事各是什么?"

"你怎么评价Mag?我知道钛科在工程中心的中标,其实有你的一份功劳,甚至那时候,我就听过你的名字。"

张邕逐渐放松,回答问题也越来越自如。

"Mag最大的问题,是它复杂的背景。它有军工背景,有通信背景,有导航背景,也有高精度测量背景,最后这一点,我们都知道,这指的是钛科。但业务范围广阔并不都是好事,特别是几个无法融合在一起的部分。虽然每部分都很好,但彼此之间无法形成合力。在高精度市场上,Mag只能排在Eka和Skydon之后,甚至日本康目也在一步步超越着Mag。"

小色娃笑了一下:"虽然你不是来求职,但我依然是从中国区经理的角度来问你问题的。可是,你的回答分明是个CEO的回答。"

张邕忍不住笑了。

"其实Skydon和Eka也是多个产品线相关,与我们有那么大区别吗?"

"他们所有的产品系列,无论是光学、GNSS、航测、激光,还是软件，都是围绕着高精度这一块的，也可以相互组合形成不同的行业解决方案。Mag不具备这样的产品系列，怎么说呢。Skydon和Eka是高精度测量厂家，GNSS只是他们一部分。而Mag是一个专业的GNSS导航厂家，却是多了一个钛科这样的高精度产品在其中，显得不协调而且突兀。"

"那我们如何把钛科系列做好呢？难道永远比不上Skydon？"

"在高精度测量这一块显然很难，但保持一定份额还是可以的。我对Mag的某部分生意兴趣很大，但不理解为什么这一块的生意Mag没有给予足够的重视。"

小色娃温和的笑容下，忽然眼中锋芒一闪。他问道："你说的可是OEM生意？"

张邕被小色娃的反应震惊了一下，他发现这个看似随和的法国人其实和田晓卫一样，都是头脑过人的家伙。

他承认道："是的。"

"OEM是Mag比较传统的一个部分，公司的股东换来换去，关于这个部门是否该存在一直都有争议。保守派认为，它们的存在会对Mag自己的产品构成竞争，而且盈利没有想象得高，应该给予关闭。而激进派认为，OEM太过保守，总是提供落后于我们最新技术一代的产品，卖给用户，他们觉得Mag应该出售和自己产品内部完全一样的OEM给用户。"

"我能问一下，你属于哪一派？"

"我属于行动派，任何一派没有具体的计划方案以及对市场的精确评估，都是瞎扯。但我觉得OEM部门肯定不能关闭，也许未来有更大的机会，现在本来也是一些旧产品在撑门面，我们对OEM的投入非常有限。所以更不要随意关闭了。你怎么看？"

"我不关心Mag高层的想法，我只关心中国市场。你看到的，这是中国经济发展最快的时代，中国制造也正在崛起，OEM业务将在中国拥有巨大的潜力，这个远胜过你们的测量型业务。坦白地说，我一直没有答应赛琳娜，还有一个原因，我很怕你们把工程中心二期的希望寄托在我身上。我并不怕承担责任，但现在我就可以告诉你，这个很难，机会渺茫。所以，与其在自己不占优势的战场竞争，不如找到自己最大的优势。"

小色娃认真在本子上记下了张邕关于OEM的观点："如果你能有更好的数据支撑，我想我可以给老板一个完善的报告。"

"我考虑一下。还有一个问题，你们会考虑放开高精度OEM业务，就像加拿大捷科一样吗？"

小色娃忽然停滞了，迟迟没有说话。

张邕不知道发生了什么，也没有催问。

良久，小色娃才道："如果你愿意加盟Mag，未来我会让你来一趟法国，和我一起说服弗朗索瓦，关于OEM的事。现在，我什么都不能答复你。关于捷科和Mag，其实有一段故事，你有兴趣听吗？"

"当然有，我喜欢故事。"

小色娃笑了笑道："捷科之前的业务也是测量型接收机，但并不能算成功，甚至还不如钛科。"

张邕点头道："我知道一点。"

"而让捷科在OEM业务上胜出的产品总监，我不想说他名字，我们就称呼他为 X博士吧。X以前是我的同事，他就是我说的激进派，一直力劝Mag高层开放OEM生意，做一款高性能的商业OEM板对外出售。可惜，他的意见一再被否决，于是他一怒之下出走才有了捷科的今天。捷科的板子以及Mag的高精度OEM，这些在Mag内部都是禁词，几乎没人提起。我讲这个故事给你，是为了某天你真的加盟了我们，要小心这些禁区，也许会触怒老板。"

"这样吗？"张邕无法相信，"我觉得正确的做法，不是该检讨我们做了错误决定，X是对的，我们应该迎头赶上吗？"

小色娃笑着摇了摇头道："我听你讲了Eka的事，这样的政治斗争从来不会发生在Mag，我们还是一个比较协调的集体。但是，企业内部的政治，每个公司都有，Mag并不会例外。我们只是少一些整人的政治而已。"

张邕点头道："懂了。但你知道赛琳娜所说的,我要过来谈的业务是什么吗?"

"难道就是OEM?"

"再极端一点。"

小色娃叹气道："邕哥,你的野心太大了。高精度OEM,这个我很难帮你。当然,你要是过来,我可以给你安排直接和老板对话的机会。前提是,你不怕刚入门就被炒掉。"

"我刚被Eka炒掉一次,好像不是特别怕了。如果不考虑公司的原则,技术上提供高精度OEM有问题吗?"

"也有很多问题。你知道,我们设备里虽然用的是同样的技术,但里面是一套组合的系统,并不是一块完整的OEM板,如果想做这块板子,花费的财力和人力都不少。这也是当初老板不同意放开OEM生意的原因。"

张邕有些失望,虽然他很喜欢小色娃这个人,如果和这样的老板相处倒是不错的。

"邕哥,你是怎么想的?如果我们放开OEM业务,你会怎么做?"

"我想经营你们的OEM,但不是简单销售,而是与Mag合作,一起开发定制,做一款可以和捷科媲美的产品。如今中国市场,捷科一家独大,我想分一杯羹,也想给中国的制造商们更多的选择。"

"你知道赛琳娜一直想回法国,她丈夫的工作在巴黎,无法离开。"

"她和我说过。"

"所以她推荐了你,来接替她。如果你同意,那么最多一年的过渡期,你就是中国区首席代表。我相信,这是一个非常不错的职位,对你没有吸引力吗?"

"有,中国区老大的职位对谁都是一种诱惑。只是对我的诱惑,还没有OEM的诱惑大。"

"这也是我要说的,刚才我说了,如果你能进门,我可以带你去说服老板。是你，不是我，能否说服老板是你的事，不是我的。我觉得很难，但至少有机会。如果不来任职，年轻人，你看我有什么理由带你去见老板呢？老板凭什么听一个外人，甚至Eka的人教他做事呢？你要不要考虑一下？"小色娃脸上现出一丝狡黠的笑容。

"弗朗索瓦，你知道中国人管你这种行为叫作画饼吗？"

"什么意思？抱歉，我对中国文化的了解不多。"

"就是一人饿了，另一个人在地上画了一块饼给他吃。画饼给饥饿的人吃。"

弗朗索瓦大笑道："这好形象，中国幽默其实和欧洲文化是相通的。"

"你不承诺我任何事，就是答应给我一个见老板的机会，为了这样一张画的饼，让我来上班。你太聪明了，做你的下属会不会有压力？"

小色娃继续大笑："我很好相处，几乎不会给人压力。我并不是完全在画饼，这件事我一直都有考虑，我其实也勉强算个激进派，只是一直没有找到合适的机会，也不知道该如何走下一步。你来了，我们就多了一个人一起和老板沟通。我看过你关于Mag手持机的报告，写得非常好。如果你还能拿出这样一份数据，我们觉得我们的机会大很多。你考虑一下吧，如果失去这次机会，我也会觉得很可惜。其实中国区的人选并不是很难确定，实在没有人，我们从办公室里提拔一个也是可以的。但是想和老板谈OEM生意的人，只怕很难找到第二个。我是真心希望，你和我们一起。"

张邕沉默了一下说道："抱歉，弗朗索瓦，我恐怕无法现在做决定。我需要考虑一下。你什么时候离开北京？"

"我今晚就走。但是没关系，我说了，我们都可以在今天的谈话之后再做决定。等你有了决定，你可以告诉赛琳娜，她会发正式邮件给我和弗朗索瓦。"

"这么仓促，有没有时间，我晚上请你吃个饭吧，无论事情成不成。来北京了，做我的客人。"

小色娃摇头道:"谢谢,邕哥。但是我被人拒绝了,没有心情吃饭。"说罢他笑了,"我开玩笑的,晚上和赛琳娜还要和厂里开会,恐怕没时间。我希望,以后每次来中国的时候,你都可以在这里请我吃饭。"

"最后一句话,邕哥。"

"你说。"

"全球可以提供OEM的公司不多,而拥有完整生产线、IP以及多年高精度产品经验的厂家,除了Mag,你可能很难再找到另一家。"

离开Mag代表处不久的张邕,在路上接到了一个电话。号码非常熟悉,让他心中五味杂陈,那是Eka中国的电话号码。

"谁会找我?马小青?"

他终究还是接通了电话。

"你好,张邕,我是Eka中国区新任副总裁王幼斌,你和Eka的工作合同还有一些问题。我们需要你回来,再处理一下。"

"王总好。我的合同处理完了呀,您是说顾问合同。"

"不管什么合同了,我希望你能来一次。我亲自邀请你,好吗?我知道Eka中国对你不公,我向你表示歉意。"

张邕有些惶恐,心中却有股暖意,他在Eka从来没有得到过这样的尊重。

"王总,言重了,不敢当。您什么时候有时间,我去拜访您。"

第114章　Eka访客

张邕又一次来到了Eka中国所在的大厦,他迟疑着要不要进去。

以前的主场,如今自己忽然就成了来访者,进出需要登记,需要工作人员刷卡,这种感觉很怪异。他忽然想,离婚的怒发狂人遇到前妻是不是就这样的感觉,然后被自己这个奇怪的想法逗笑了。

很多物业的工作人员都已经和他很熟识，他们不知道张邕已经离开，他们很好奇地看着这个男人今天居然认真地登记，签下自己的名字。

一个女孩上前道："您不用登记，如果忘了带门禁，我可以帮您刷卡。"

张邕笑了笑道："多谢了。我还是登记吧，我想尝试一下客人的角色。"女孩愣愣地看着他的背影，叹口气，心道大公司的工作压力果然是太大了。

他最终上楼，在办公室门口依然不习惯地按了门铃。

"张邕！你回来了？"

前台小姐一声兴奋的呼喊，注定了张邕无法低调地完成这次回访。

他有些尴尬地一一和老同事们打招呼，然后加快脚步，来到了自己的办公室。只是进门的一瞬间，才意识到，这已经不是自己的房间了。

马小青从旁边走过来，帮他推开了门。

"里面都没动过，只要你回来，这里还是你的办公室。"

他看着马小青说道："真的不想坐进去吗？"

"你不在，我想。你要在，我不想了。但我希望你能在，这里的多数人都是这样想的。"

张邕终究还是没有走进自己曾经的办公室，他觉得这样不合规矩。

他来到了总裁办公室，发现有些变化。坐在门口的是一个陌生的新脸孔，一个文文静静的女孩。

"你好，我约了王总。"

"您是张邕？您好，太荣幸见到您了。"

"你怎么认识我？"

"您是Eka中国的名人，我叫安妮，刚来上班，这几天里我听过太多您的名字。您请进，王总在等您。"

王幼斌身材不高，但浑身散发着一种威严，让人不敢小视。他讲话简短又直接，似乎每一句话出口前都要认真地思考，避免自己说错话。

张邕想起了古龙小说的一句评价："偏偏这种人却是说错了一万句也不会有人反对的那种人。"

他想起了王幼斌给自己打的那个电话，没有用助理，而且很诚恳地道歉，越发觉得这样的老板很难得。

但又隐隐地想起另一个潜在的老板——小色娃。谁是更好的那个？他不确定。只是隐隐觉得，和小色娃一起工作可能会更开心一些。

"欢迎回来。张邕，发现办公室里的变化了吗？"

"还没看到太多，只是发现您的助理变了。"

"佳娜的风评不是很好，但这不是主因，新老板一定要换助理，新人都知道。我不是一个愿意挑战规则的人。所以，我也不理解彼得的想法。"他说得很慢，似乎这段话对他有点过长，但每一句话都很认真。

张邕笑道："我理解彼得，他只是个喜欢颜色的德国男人。我更不理解埃里克，为什么要把一个模特放在自己办公室里。谁都知道，这对业务没有太大帮助。"

"不说他们了。我还第一时间开除了贾华，因为我们这里没有适合他的位置。"

张邕点头，至少新老板的品位是不错的。

王幼斌眼中忽然精光一闪："你觉得还有谁，不太适合这里？"

张邕被问住，有个名字几乎脱口而出，但还是忍住了。

"我在这里的时候，只负责GNSS业务。我只能说，GNSS团队都很好。其他部分，我无权评论，也没有想法。"

"看来我们有共性，都重视规则。我想请你回来，所以我会考虑你对办公室人员的意见。那份顾问合同，你有什么想法吗？我们聊聊。"

从闲聊直接过渡到正题，王幼斌没浪费任何时间。

"王总，谢谢您的好意。也谢谢乔尔，那份顾问协议没有任何问题。但这就像一个人被拉去刑场，虽然最终没有行刑，但他却有了死过一次的心路历程。您知道，我当初要是不主动离开，彼得未必有办法可以强迫我离职。所以在我心中，Eka的生涯已经结束了。如今说要回来，我的心情很复杂。如果不是您的电话让我心怀感激，我可能不会考虑再回到这间办公室。"

"你这样的理由，让我无法找到理由说服你。有没有心理之外的因素，可以让你留下来？比如待遇，比如权力，别误会，我说的权力是更大的做事的权限。比如之后再有珠峰测绘这样的项目，你可以直接来做决定。比如办公室里的氛围，我正在致力于整顿这一切。还有，当金钱待遇无法说服一个人的时候，他心中一定有更高的目标。你的目标在哪里？业绩上的，还是成就上的？我们可以看一下，是否可以一起帮你实现这些目标？"

张邕稍稍有些感动："王总，我不知道该怎么表达感谢。我所能想到的，您都给出了答案。"

"不用感谢，我只是需要一个能干的GNSS主管，你能留下来就可以了。"

"乔尔给了我一个建议，让我过完这个带薪假期，然后再考虑未来的事。我很感谢您的邀请。也没想到，您这么快就到了Eka中国。但我还没做好准备，我可能还需要一点时间。"

"其实这个决定你早晚要面对，在我们这个行业里，你觉得还有比Eka更好的企业吗？我希望你先决定回来，因为你本就是这里的一员，根本没有真正离开过。你做了决定后，咱们再慢慢讨论让你回来的具体条件。你不是一个胡乱讲价的人，我觉得我们一定可以达成协议。"

张邕听到"还有比Eka更好的企业吗？"，心中有一丝感叹，终究还是Eka人，永远这样高高在上。

算尽一切的王幼斌绝对不会想到，这样一句他认为百分百正确的表达，会让张邕有一丝不舒服的感觉。

"直接和您说吧，我现在想做一些新的业务，这一块Eka并没有。只是就算我离开，也不能保证可以真的推进这块新业务，未来有很大的不确定性，能不能做成我不知道，有很大的风险。这不像工程中心的投标，我可以预测和计算我们现在的机会是多少。但对新业务，我完全没有把握。所以我无法做决定，一直在犹豫。"

王幼斌恢复了沉默的姿态，这才是大家熟悉的状态。

静了几秒，他忽然站起来，伸手与张邕握手。

张邕也赶紧站起，握住了对方伸过来的手。

"我不喜欢浪费时间，你的问题我都听明白了。我无法说服你，这件事只能等你做决定。所以，我们的谈话今天到此结束。我只告诉你一件事，这份顾问合同，3个月内都是有效的。即使我们新招了GNSS主管，这份协议依然对你有效。如果你做了决定，随时联系我，Eka中国欢迎你回来。"

"谢谢王总，再见。"

张邕走到门口的时候，王幼斌忽然又叫住了他。

"对不起，我还有一个问题。你认为彭妮怎么样？"

"我说了，我不评价GNSS部门之外的人。"

出门的张邕，和安妮打了个招呼，之后并没有直接出门，而是又一次来到了水果盘的工位前。这一幕似曾相识，他上一次来这里和彼得谈判，好像也是这样的路径。

他轻轻地敲了敲水果盘工位的挡板，后者抬起一张圆圆的脸。

"张邕，你回来了，见到你真高兴。"水果盘露出友善的笑意，但似乎还有一丝不易觉察的慌张。

"我还没有回来。王总给了我一份顾问协议，我随时可以签。虽然不再算是Eka的员工，但实际的一切都没有变。甚至我的办公室，也依然归我使用。"

"哦，恭喜你呀，早点回来吧，我们都很想你。"水果盘一脸的真诚。

"是吗？可是我担心，你会因此不开心。"

"怎么会呢？我一直很佩服你，之前很多事都是小贾的主意，我只是不太会识人而已，要是有什么误会，我给你道歉。"

"我说的不开心，不是这个。刚才王总问我，如果我回来的话，我

639

有什么条件？你猜我说的什么？"

"你提了什么条件？"水果盘脸上露出了紧张之色，藏也藏不住了。

"我说，我觉得自己和彭妮无法一起共事，我要回来的话，她和我之间只能留一个。"

水果盘勃然作色，她猛地站了起来，声音也一下子提了上去："张邑，算你狠，你就这么恨我，容不得我吗？"

半个办公室的目光都被吸引过来，看着一脸笑容的张邑以及气急败坏的水果盘。

"我和你开玩笑的，我其实和王总没提起任何关于你的事，那根本与我无关。我走了，再见。"

张邑大笑着离去，剩下脸色一阵红一阵白愣在当地的水果盘。

他无意报复，过去的事真的已经过去了，水果盘在Eka的前途与他无关，只是你既然这样算计我，我就小小地耍你一下。

他想起了在上海强迫霍顿请吃饭的情景，笑得更加开心。

这几年里在Eka中国的各种恩怨、各种狗血，在自己的笑声中，彻底烟消云散，他再次离开的时候，心中一片透彻，再没有阴霾。

王幼斌给乔尔回了一封信："虽然我并没有收到他最后的确认，但我感觉，他可能很难再回来了。我很遗憾。"

Mag代表处，方舒面对眼前一堆关于手持机业务划分的方案，微微皱眉。

她问江晓苏："要这么复杂吗？"

江晓苏挠头道："来的公司太多，要的区域太多重合，我们一一调查了这些公司的背景，又把手持机按不同机型分成几类，然后按机型按区域分选择代理商。张波的建议更复杂，他觉得应该还要考虑行业。但那太过复杂，我们无法完成划分。方总，这已经是我们目前做得最合理的划分了，我不信有什么更好的方案。那天吃饭的时候，我听到您和弗朗索瓦在谈张邑的事，我们都听说过这个人，他名气很大。又是从Eka这样的大公司出来的，我相信他一定有更丰富的经验。只是，即使他在这里，我也不信他有更好的分配。其实，最简单的方案，就是找一家总代理，那么这些麻烦就都是……"

江晓苏住了口，他发现一向面带笑意的优雅女老板，眼中竟有一种极其锐利的锋芒，看着他。

"晓苏，我们既然已经做了决定，就不要再谈无意义的话题。好的，方案放在我这，我再仔细看一下。"

女人始终是感性动物，哪怕她是留法的女博士也一样。方舒一样很相信自己的直觉，比如第一次见到张邕，她就感觉到这是Mag需要的人，也是她离开后可以撑起中国代表处的最佳人选。

张邕在手持GPS业务上的神来之笔，并没让她太多惊讶，只是更加证实了自己的判断而已。所以她坚定地向小色娃推荐了张邕。

她毫不怀疑，小色娃一定会欣赏张邕。她的直觉没有错，只是感觉到有一点奇怪，小色娃和张邕谈话后，虽然对张邕赞誉有加，但是好像有些魂不守舍，多了些心事。

她笑着问小色娃："怎么？张邕的事有什么复杂吗？一个还没入职的员工，不应该给老板压力吧。"

小色娃赶紧否认道："不不，与他无关，不对，也不是与他无关……是和他的谈话，让我想起了一些往事、一些故人。还有一些我已经忘了，如今又重新回到我心里的事。我有点理解这个张邕为什么在Eka有很多不愉快，他需要一个合适的环境和合适的人。"

"他适合我们吗？"方舒稍稍有点紧张。

"他这样的人，到哪里都能有所贡献，但也总会遇到问题。这不是坏事，包括对他自己也是。如今是他带给了我新问题，我觉得很好，回法国后我就去找弗朗索瓦。至于张邕，保持联系吧。我相信他最终会接受你的邀请的。"

现在，方舒的直觉又一次发挥了作用，她相信江晓苏做了最大的努力，也相信这也是一个很接近合理的方案。但同时她的直觉告诉她，一定可以有更好的、更简单的方案。

同时她还相信，张邕一定可以搞定这个方案。

她拨通了张邕的电话："张邕，你在哪？"

"方总，我其实特别奇怪您会这样问，因为我本以为一定会在这里碰到您。来了才知道，Mag已经缺席这个会议多年了。"

"哦，"方舒有一点意外，"你不是在家休假吗？怎么跑去开会了？什么会这么重要呀？"

"我在南昌，还有一天结束。等我回北京，我马上去找您。但真的有点可惜，Mag本不该缺席的。"

第115章　神一般的存在

世界上最大型的测绘装备展，是德国的INTERGEO（国际测绘技术与设备博览会）。参展的中国厂家正在逐年增多，但在国际舞台上依然处于配角地位，展台门前冷落，只是一道不太亮丽的风景。

而同样每年一届的中国测绘地理信息装备展，则被称为中国的INTERGEO，所以主办方特意起了一个应景的英文名——CHINTERGEO。

张邕第一次自费参加了这次展会，而这次自费参加带给了他很多不同的感受。

以前都是和Skydon或者Eka来参展的，西装革履站在精心设计的特装展台，如同众星揽月，感觉良好。如今他没有了进口大牌的身份，忽然发现很多自己以前根本不曾注意过的细节。

他想起那天王幼斌说的话："还有比Eka更好的企业吗？"他不喜欢这句话，但如今离开了Eka，才意识到，自己其实一直都有一样的心态。成功的国际品牌，会不知不觉带给员工十足的优越感。

他以为自己很谦和，却刚意识到自己一直都有高高在上的感觉，比如他很少去国产厂商展台，也没参加过任何一个国产厂商的发布会。除了Skydon这样的品牌，他很少注意别人。甚至第一次发现，Mag居然一直缺席了这么重要的展会。之前，他一直以为，以方舒的低调可能没要特装展台，而是在安静的小展台的一角。

如今当从赵爷的华泰北斗展台开始一一审视这些中国制造的时候，他便有了不同的感觉。中国制造一直都在进步，只是他习惯了用过去的眼光来看待这些进步。而国产品牌展台前的人头攒动，也让他逐渐理解赵爷的坚持，也许国产品牌才是这个行业的真正未来。

他回到华泰北斗展台，赵爷不在。他问了下旁边的员工："你们赵总呢？"

对方表情有点夸张地对他说："怎么您还在这里，赵总去东方公司的发布会了。他说您要回来让您过去找他，他可能还帮您留了一个座位呢。"

"东方公司的会议，这么重要？"他有点不解。

小伙子比他还不解，不过他不理解的是张邕的不解："当然重要了，行业指向标呀，您快去吧。"

张邕还是有些困惑，但问明了会议厅地址，快步赶了过去。

会议还没开始，但场面让张邕吓了一跳，两百人的会议厅已经爆满，过道里、周边靠墙，都站满了人。他费力在人群中穿梭寻找赵爷，心中想起了一段相声：这是不是要卖挂票呀？东方公司为什么这么大的影响力？而自己居然一直没有注意过。

终于看到了赵爷远远地向他挥手，他挤了过去，然后一路说着对不起、借过，来到了赵爷身边，后者居然真的给他预留了一个座位。

"为什么东方公司的会是行业指向标？"他一坐下，就虚心地向赵爷请教。

"看来你真是大品牌做久了，对国产厂商一无所知呀。"赵爷先嘲讽了他一句。

"东方公司是中国最早的也是最成功、规模最大的国产仪器厂家。

他们设备也许不够高端，但是拥有全系列的产品，整个产品系列甚至比Eka的还要全。而他们的销售网络早已超出了城市的范围，进入县、镇，甚至村庄。除此之外，东方老板庞德，你知道这个名字吧？估计你没什么感觉。但对所有国产厂商和各地的小经销商来说，这个名字就是神一样的存在。东方的市场方向、价格政策，都会影响整个行业。而庞总每年在这个展会的发布会上都会如实对每一种产品的具体价格进行发布，这个价格就是行业的标杆，会在接下来的一年内都影响市场的价格。这将影响到多个公司的命运，所以说东方发布会是行业指向标，没有一点夸张。这甚至不是什么比喻，就是一个事实而已。"

"神一样的存在，"张邕重复了一句，"我的确做大牌太久，因为无知而高傲。早闻庞总大名，没想到这么厉害。"

"不要眼里只有你美国德国的那些专家，这个会上数百个厂家、几千个经销商。你过去可能对他们不屑一顾，但你要是走近他们就会了解，他们每一个人都有不俗的经历和过人的本事。对我们来说，你的一身本事过于正统，可以在国际企业呼风唤雨，但到了国产江湖，你可能混不上饭吃。"

赵爷的话有些调侃之意，但他本身并不是一个会讲笑话的人，张邕也没当笑话听，他认真地点头。

他随即问道："你来听庞总报告，最关心GNSS的价格？"

赵爷点头道："不只我，你看那边，尚达的老总也在。我们三家如今被称为北斗装备行业的三足鼎立，惭愧，我们势力最小，就像寄居新野县的刘豫州，要看两个老大的脸色。而尚达，因为无法与东方竞争，他们的主要目标是要灭掉我们。但他们也还是要看东方的价格政策。"

"好，不说了，开始了。"

主持人开场，全场掌声。简单的仪式之后，开始了新产品发布和介绍，张邕听得索然无味，看赵爷却无比认真。

"这些很重要吗？"他忍不住问。

"当然，你听不进去，是你档次不够。不是不够高，而是不够低，耐心些吧。"

全场的掌声忽然变得无比热烈，中间居然夹杂着几声口哨声，一个衣着普通、人也普通的中年男子走上讲台，全场掌声更响。

"这就是你说的，神一样的存在？看起来很一般呀。"

"牛人不都像你这样，是个帅哥。而且就算论相貌，如果你采访一下这房间里的人，你和庞总谁帅，估计他满分，你零分。"

"好吧。"张邑笑了，他发现不会讲笑话的赵爷，其实有一颗很幽默的心。

庞总的普通话略带广东口音，讲的内容既不惊艳也算不上高级，但是实在，没有套话，内容含金量很高，而且很明显，他抓住了全场人的心，他很自如，将大家无比紧张的重磅话题，轻描淡写地一一抛出。

台上云淡风轻，台下众人却被炸得外焦里嫩。

"东方公司最新的GNSS RTK接收机……"终于到了张邑和赵爷最关心的部分，张邑明显感觉到了赵爷的紧张。

"去年，东方RTK首次跌破5万，今年我们进一步给用户让利，向下突破4.5万大关，今年价格，4.48万。"

掌声中，张邑看到赵爷脸色微微发白。

"这个价格很低？"

"这个价格可以保证东方稍稍赢利，而其他公司将颗粒无收。"赵爷一脸的低落，"其实，他明明可以拉高一点价格，大家都有钱挣，他们也可以挣得更多，但如今这是对着脖子一刀，太狠了。"

"天哪，这比做进口品牌难多了。难道你的价格高于东方，就没办法销售吗？"

"很难，你听，庞总还在讲。"

庞德继续他的报告："这个价格我们是做了详细的评估的，在保证厂家基本利益的前提下，尽量让代理商和用户获利。有厂家表示，各家产品不同，质量和价格也不一样，价格其实不具备可比性。这观点大家同意吗？"

台下很多议论声，却没有人回答，当然这个问题庞德也没打算真的让人回答。

"虽然各家产品不同，大家应该都知道，我们用的可是同一颗'芯'。那么大家的性能会有区别吗？还不是一样的。如果说的是这颗芯之外的部分，无论是集成和加工工艺、电路设计，还有软件，谁敢说比东方公司几十年的经验做得更好？"

他的语气不像夸耀，似乎淡泊中还带着无奈，对手的不争气让他无奈。

"这里，我还宣布一件事，东方公司的GNSS设备，不维修不保修……"说到这里他顿了一下。

听众们一愣，这是什么意思？

"我们只包换，3年之内。设备故障，直接返厂，我们给你换新设备。"

台下掌声连成一片。

赵爷的脸色越发难看，庞德不仅给大家拦头一刀，还堵住了大家的路，根本不容许躲闪。

张邕也逐渐开始震惊，喃喃道："太狠了！"

他低声问赵爷："有什么对策？"

赵爷眼中一丝坚毅："没有，硬扛。价格上我们只能高一些，虽然这样会导致销售下跌，但我们宁可减少出货量，也要保证赢利。我们不是东方，赔不起。质量上，我们还是靠拼命，用海量的工作量、复杂的检测流程来确保最低的故障率。我不知道能撑多久，但我一定会撑下去，等到转机。"说到转机，赵爷忽然将目光抬起，直视着张邕，"你的OEM计划，有多大机会，开始了吗？"

张邕沉默，然后缓缓道："还没开始，机会渺茫，但我想试试。"

"Eka那边呢？"

"那边现在很好，但今天在展会上看到的一切，包括这一场东方公司的发布会，让我很难再回去了。对了……"张邕也把目光投向赵爷，

"这一切是不是你设计好的，故意带我来这，然后让我自己做决定，把这件事做下去？"

赵爷还是一脸忠厚地说道："这么高明的手笔，我觉得圈子里只有晓卫才做得到。"

"好吧，赵总，信你。"

赵爷和张邕都不知道的是，庞德这精准的一刀，的确杀敌一千，但也真的自伤八百。

就在这次展会开始之前，庞德和捷科中国区总代理北斗星科技的范总刚刚碰过面。

而这次碰面之前，庞德以一个独裁者的姿态，在东方高层会议上驳回了所有副总和各工厂负责人的建议。

他不顾众人反对，动用了东方公司几乎三分之二的流动资金，订购了一批数量庞大的捷科OEM板。而这次与范总的见面，就是庞德亲自出面与北斗星科技的一场议价会，最终庞德拿到了想要的折扣，北斗星拿到了想要的订单。

然后，这一切变成了今天发布会上的重拳出击，以4.48万的新低价格，再次搅动GNSS市场。

张邕没有食言，他回京的第一个电话，打给了方舒。

方舒道："南昌之行，是不是有好消息给我？"

"方总，我决定了。我愿意接受Mag的offer，成为北京代表处的一员。但是我还有很多事情，需要和弗朗索瓦进一步沟通。您这边的入职流程复杂吗？我什么时候可以开始工作？"

方舒开心地笑道："你还在乎什么流程，你愿意的话，明天就可以来上班。至于合同之类文本手续，慢慢处理就是了，大概一个月吧。你的合同，要CEO弗朗索瓦——不是你见的这个弗朗索瓦——签字，然后我们才能开始你的雇用流程。我们没有必要浪费这一个月的时间吧。"

"明天？"张邕没想到这么快，"方总，我刚出差回来，想陪陪老婆孩子。"

"好男人，"方舒轻笑，"那就你定一个时间吧，我们随时都可以。"

张邕看了一下时间："好像马上月底了，不如我下月一号再上班，这样的话，好计算薪水。"

方舒笑出了声："你连薪水都没谈过，居然还说什么计算薪水。"

张邕愣住，他好像真的从来没有和方舒谈过薪水，自己这样入职是不是太草率了。

方舒继续道："把你在Eka的薪资数目和结构发给我，我们做一份你的薪资计划，希望你能满意。还有一件比较棘手且比较急的事，希望你在家休息这几天，能多考虑一下。"

"什么事？"

方舒将手持GPS业务划分的事，和张邕讲了。

"现在的划分太复杂，我觉得看明白都很难，未来管理的话，一定会遇到更多的问题，我想要一个简单而合理的方案。"

方舒期待的答复是："我会好好考虑，上班的时候，给您一个更加合理的方案。"

谁知张邕的回答比她预想的要痛快得多。

"小事一桩，我来搞定。您可以在网站上发布公开启事，Mag手持GPS招商会，然后给所有的公司发通知，不在现有名单里，看到启事自己上门的公司也可以报名参加。时间，可以定在我入职后的第二周，您作为高层宣讲政策，我来主持，一周内完成业务划分。"

"这么简单？"方舒有些不可思议，"要不要这么大动静，还要搞一个招商会？"

"方总，您信我。和Skydon和Eka不同，Mag如今的问题是声音太弱，外人根本听不到。像南昌这样的展会我们就不该缺席。我们需要这样的活动，需要在市场发出更多的声音。我们不怕高调，越高调越好。"

"好的，就按你说的办。"

方舒挂了电话，脸上一丝笑意。

"我就喜欢比我能干的员工，可惜呀，张邕，你来了我就可以回法国了，不能真的当你的老板了。弗朗索瓦，我留给你一份大礼，祝你好运！"

第116章 摘星大会（一）

热烈的CHINTERGEO落下帷幕，但紧接着，一场名为"摘星大会"的Mag导航设备发布会悄然上线，开始倒计时。

Mag网站本身的热度并没那么高，但张邕用了自己的渠道。在协会网站和某专业媒体的版面上，都给了一块小小的豆腐块版面。版面不算震撼，但"摘星大会"四个大字非常抓人眼球，于是很快引起了业内人的注意。

"Mag是谁？他们的会有什么意义吗？"

"法国TS集团旗下的一个导航品牌，很有实力，但在中国没什么影响力。"

"记得钛科吧，钛科就是被Mag收购了。"

"Mag你都不知道？去年底国家林业局的标知道吗？逼得众合要到财政部打官司。"

"哦，是他们呀，那应该很有实力吧，我们是不是该去看看？"

会议报名由冷淡到热烈似乎只是一夜之间，其热烈程度不只让方舒惊叹，甚至超出了张邕的预期。

"张邕，什么时候过来？这件事被你搞大了。我们办公室没有策划过这么大规模的活动，有点乱了。你快过来主持局面吧。"方舒电话里的声音喜忧参半，Mag能有如此吸引力令她高兴，但一纸方案如今变成了一场大会，对此准备不足的她有几分担心。

张邕笑道："方总，您担心客户太多，挤破门厅吗？还是我们没有预算开会？"

"预算肯定也是原因之一，我们的确没有这笔费用。我本来的计划就是在我们会议室简单座谈一下，就可以了。如今肯定不行了，要租大型会议室。国贸这里寸土寸金，这种规模的会议室不便宜。但费用可以申请，我们在没花一分钱的情况下，做起了手持GPS业务，这笔费用弗朗索瓦无论如何都不能不批。但是你的'摘星大会'名字太过吸引人，目前的会议规模我们缺乏经验，江晓苏不知道该如何准备日程。"

"报名企业很多？"

"比你预想得还要多。"

"按中国的行政区划，我们只需要7个公司足矣，而且华天科技已经入围，天工本来就是我们的代理，所以我们只需要五个公司。"

"10倍都不止。"

"限定100家吧，满员后，停止接受报名。我们需要抬高姿态，证明我们只是低调，但实际很强大。费用呢，我的想法是零费用。"

方舒微笑道："我知道你本事大，怎么连开会都能赊账吗？"

"不用会议室，我有个朋友有间咖啡室，我们包下来，能够100人开会。不用场地费，一人一杯咖啡每桌一份点心就可以了。咖啡厅需要空间，所以平时最多容纳30人，我们100人进去，3倍营业额，她会同意的。至于咖啡的费用，我会找人出的。"

"张邑，我们只是严格控制费用，但不是小气，来了客人，一杯咖啡我们还是请得起，这个费用我出吧。"

"不用，方总。有人通过Mag手持机挣了钱，给我们一点回馈是应该的。"

"你说华天科技？"方舒很快想到了。

"是的，我去找李辉买单。"

"就这么简单？"方舒声音里透着不可思议，"你电话里安排完了。"

"好像没什么难的，还有什么其他问题？"

"日程怎么安排？"

"会议改名为北斗摘星会，您致欢迎词，我找个北斗专家做一场关于北斗的报告，然后我们介绍自己的产品，以手持机为主打，其他产品也可以谈。然后是我们的正题，手持GPS合作伙伴与区域划分，会议结束。我觉得既不用延期，也不用紧张什么，就像我们有半个工作日，在咖啡厅办公，仅此而已。"

方舒笑了，电话里都能感觉到她真的开心。

"我们首次进行如此重要的'摘星大会'，你电话里三分钟就捋清了一切。张邕，你这么能干，不知道会不会带给弗朗索瓦太大压力？"

张邕叹了一声："我在Eka的老板都不喜欢我这样，我希望这一次能有一个适合我的环境。"

"没问题，张邕，Welcome to Mag！"

张邕电话打给李辉："李总，一切可好？"

"张邕，你还是叫我名字吧，什么事？"

"国家林业局交货结束了吗？按3%的备机计算，你手里应该有百台免费的Mag手持机了，价值不菲呀。这笔意外之财，我要抽一点税。"

"没问题，赵总交代，你要什么都满足。这些备机除了我给用户更换的，其他可以都算你的，你随时可以来拿走，也可以直接折现。"

"Wow！"张邕惊叹了一声，稍稍有一点动心，这可是一大笔钱，而且还是长期业务。

"这下不用了，摘星大会你要参加吧，我们会给来宾点一份咖啡和点心，华天来买单。"

"这太没问题了，我是觉得太少了。咖啡厅是你开的吗？我们多付一点。"

张邕大笑道："谢谢，我只会卖卖GNSS，不会做咖啡。"

下一个电话，张邕打给了怒发狂人。

"大哥，还在蜜月呢？"

"第二春难得，不要打搅我的幸福。这话好像不是我原创，哪个小

651

狗说的？"

二人笑过，张邕道："和新娘子请个假，就半天，我请你喝一杯咖啡。"

"没问题！时间？地点？"

"咖啡不能白喝，要一个40分钟的关于北斗的报告。"

"也没问题。但是两条，第一，不能代表官方，更不能代表M大，我没资格，而且朱院士会不高兴。第二，不要劳务费，这是我的个人行为，友谊出讲，讲错了，也不负任何责任。"

张邕点头道："嗯，听到第二条，我就放心多了。"

"滚！"

张邕放下了电话，发现抱着儿子的Madam来到了身边。

"怎么？要开始新业务了？这么多电话，有重大行动吗？"

"不，还有几天假期。我一定老老实实在家陪你们俩，天王老子也不能让我提前上班。"张邕接过儿子抱在怀中，亲吻孩子的脸庞。

江晓苏近来心情一直不太好，这种心情从第一次在办公室里听到张邕这个名字就开始了。

这个素未谋面的人还没入门，就拿下了国家林业局的合同，令代表处里几个同事佩服得五体投地，纷纷打听张邕何许人也。

接着，他耗尽心力的业务划分方案，老板方舒从来就没有满意过，她甚至没有认真看过，就表达了不满意。

接着，出现了张邕策划的"摘星大会"。

他无法不为这个名字动容，因为这样的名字好像从未在这个行业出现过。摘星！浪漫又霸气，而且紧扣了卫星导航这个主题。他不得不又一次认真地审视这个未来的同事，心中生出无数的挫败感。

摘星大会，也意味着他之前的划分方案彻底宣告流产。

可能有些人就是比你强，你费尽心力做的事，别人谈笑间樯橹灰飞烟灭。

江晓苏并不是嫉贤妒能的人，方舒这样的老板也绝对不会允许这样的人在自己的办公室。他工作一向努力，而且相比于同事，他的想法很多，这点也深得方舒赞许。

他当然知道方舒要离开的事，虽然机会不大，但对自己能接替方舒坐上这个位子还是有一点隐隐期待的。现在这种期待已经完全落空，他知道自己差得太远。

这也是他人生首次因为心情低落而怠工，他对方舒说不知道如何安排日程，并不全是真心，他实在不想为了张邕的一句话就做无数的工作，最后功劳却算在张邕头上。

然而即使这一怠工都没掀起任何浪花，张邕电话里几分钟就解决了一切。他看到，老板找他布置后面的计划时，脸上的笑意就没停过。他知道她很满意，也知道这满意绝对不是对自己的。

当然还有一些更让他不爽的事，中国区的位子不是他的，并不意外，他只是有些失落而已，但他的方案全部被推翻，则会影响到他的布局和承诺。

很快，他接到了电话："晓苏，什么情况？我们之前谈的都无效了吗？怎么又出来一个摘星大会？摘什么星？"

晓苏无奈道："我的方案老板没有采纳，才有了这个摘星大会，我没办法。"

"你当初可是答应我们的。"

"我答应了也没用，如今想要地盘，只能老老实实来参加摘星大会。"

"会上有什么政策，我们如何准备？我们不多要，就是之前谈好的地盘，搞什么活动都一样，你要兑现承诺。"

"我兑现不了，在我话语权的范围内我会帮你。但这事将由新人做主，这场活动本来也不是我策划的。张邕这个人你们听过吗？"

"听过，他不是Eka的吗？"

"不，如今，他是Mag的人。"

"搞这种名堂，吃饱了撑的，愿他在Mag也待不下去。妈的。"对方不满地挂了电话。

已经下定决心要完整度过这个假期的张邕，很快发现他的生活已经很难保持平静了。

在张邕心中，手持GPS只是一件小事，并没有在他心中占有太大的分量。他的思绪还沉浸在展会上庞德带给他的震撼，以及和小色娃沟通的OEM业务，这也是他愿意加入Mag的最重要原因。

至于摘星大会，与其说是一次Mag手持GPS的招商会，不如说是一次他个人的发布会。

他并不是好大喜功，只是发现了Mag一直以来太过低调，很少在市场上发声。这与方舒的法国式优雅有关，但不是全部，也和代表处员工的不专业有关。方舒是个很好的老板，无论是性格秉性，还是做事的风格和执行力，都可圈可点，可惜下面人没给她更合适的建议。

所以他干脆借助这次区域划分，把Mag的名声打出去。而他自己既然已经离开了Eka，来到了Mag，干脆就通过这次活动让全世界都知道。

这是他的想法，而具体的安排，就像他和方舒通话中说的一样，三言两语就解决了一切。他并没花太多心思，也没做过多准备，一切都在他心里。这是一个他入职的简单仪式而已。

如果江晓苏知道张邕的想法，不知道会作何感想。他耗尽心机做的事，比不过张邕的轻描淡写。更重要的是，张邕不但没有费心思，甚至完全没把这个会议太当回事。

就连"摘星大会"这个震撼的名字，张邕只是不到一分钟就想到了。

但有时太过自信，并不是件好事。张邕的想法太过前卫，总是过早地看到未来。易目提醒过他，两三年的业务已经不是短线了，值得很多公司全力去追求，但他并没有太过在意。

他眼光掠过了手持GPS，定睛在OEM上，却忽略了摘星大会的主题和最主要的目的。

他接到了一个电话，业内某个公司打来的，说希望成为Mag手持机代理，请他多帮忙，他们愿意拿出实质性的感谢。

他稍稍有点意外，他加盟Mag的事目前应该是保密状态，就算易目也还不完全了解。怎么会有人找到他，知道他主持手持机业务划分的事，来和他做私下交易？

他有些恼火，对方虽然可以找到他，但却完全不了解他。

他礼貌表示，自己无法帮忙，一切都要到摘星大会上再决定。

而这样的电话，他连续接到几个之后终于不耐烦了，语气也越来越差。

谁泄露了他的电话呢？他猜到了，但并不想向方舒告状。只是这个未来的同僚，给了他不太好的印象。

在他决定关机之前，又接到了一个陌生电话，他想了一下，还是接了起来。

"你好，我张邑。"

"师兄，你，你好。"对方是一个年轻人，因为紧张，有点口齿。

"叫我师兄？你是谁？哪一级的？"本来准备快速挂断电话的他，因为这一句师兄，决定和学弟多聊几句。

"我叫李建，2000级学弟。我也在Eka待过，在您之前一个月，但是我没过试用期，埃里克没留下我。后来我去过康目，也在众合待过几个月，现在和几个朋友一起做了一家导航公司。"

感受到张邑的随和，李建说话渐渐流利。他没看到，当他说到导航公司的时候，张邑不自觉地皱了皱眉。

"你来找我，是为了Mag手持机的事？"

李建被张邑冷淡的语气噎了一下，愣了几秒钟，才继续道："不全是。师兄，你有没有时间，我想和你见个面详谈，我还有个朋友，也想一起见见您。"

张邑不准备继续说了："手持业务的事，我现在决定不了。甚至现在我还不算Mag的人，一切都等到摘星大会再决定吧。没其他事我先挂了。"

"等下，师兄！"李建因为着急和激动，大叫了一声，震得张邕耳膜一阵颤动。

他既觉得好笑又生气："你叫什么？吓我一跳。"

"对不起，师兄。给我5分钟，我说完了，你再决定要不要见面，要不要帮忙。"

"好，5分钟，现在开始。"

"我是从西北过来的，老家在甘肃。高考之前，我对M大，对卫星导航，一无所知。我有一个舅舅，他在敦煌开出租车。高二那个暑假我去看他，他和我聊了一群人在戈壁滩上做什么测试，好像是什么GPS卫星导航系统。一个北京来的小伙子，包了他的车，每天带着设备前往戈壁滩，他还帮这个年轻人看护过设备。他说，他们做的什么事，他不懂。但是觉得他们都是一群很了不起的人，特别是那个年轻人，给他留下了特别深的印象。后来，我才查到了什么是卫星导航，才知道M大是这个行业最好的学校。所以我才决定了我的高考志愿……"

他的话被张邕急切地打断了，这次是张邕的声音有些颤抖："你舅舅在哪？来北京了吗？"

"来了，他就在我身边。"

第117章　摘星大会（二）

梦回当年戈壁滩，年轻的张邕正背着厚重的仪器在前面拼命。

后方，一个不怀好意的同行，悄悄接近了他的基站。

正当同行想对电瓶做一些手脚的时候，一个威武的西北大汉站到了他的面前，高声怒斥："你要干吗？"

"你谁呀？管我干吗呢？我们正在测试，闲杂人等，离远一点。"

西北汉子没有退却："我是谁？我和这小伙子是一起的，你要干吗？"

破坏者换上一副笑脸:"小伙子?天工的张邕?"

"嗯,就是他。"

从那时起,他记住了这个名字,只是并不确定是张勇还是张拥。

这些事,他并没有对张邕说起,只是提出以后要帮张邕看基站。聪明的张邕猜到发生了什么,但也没有多问,只是对这位仗义的西北司机大哥由衷感谢。

"大哥,这是我的名片,你有机会到北京,一定联系我,我请你喝酒。"

"我一个粗人,这辈子不知道有没有机会去北京,我先收下,你要是什么时候再过来,你就呼我,我来车站接你。"

这是他们最后的对话,司机大哥知道了他不叫张勇,而叫张邕。

一个旅游城市的出租车司机生涯,平淡而又精彩,他见过各色各样的人,但依然周而复始地驾着他的车在街头游走。张邕是为数不多让他一直印象深刻的人。

他把张邕的事当作故事讲给外甥听,谁知认真的外甥居然就这样决定了自己的大学志愿。

他也没想到,世界的变化这么快,很快地,去趟北京对他已经不是什么奢侈的事。他去过几次,最初的时候,他很想联系一下张邕,但拿起电话,又觉得自己和他其实只是个陌生人。

直到寻呼机正式退出舞台,也就彻底断了要联系的念想。

当他再一次来到北京,和外甥聊天,再一次说起这件事的时候,忽然发现,外甥李建满脸激动。

"我听天石的海刚总,讲过这一段往事。但我是个新人,不好多嘴,没告诉他,我就是因为这个上的M大。他说当时每个公司都是一组人,只有天工的张邕是自己一个人做的测试。舅舅,你说的这个年轻人是不是叫张邕?"

舅舅笃定地点头道:"就是张邕,这个名字我绝对不会弄错。"

说好老实待在家的张邕,又一次对Madam食言了,好在Madam从来也没把这种话太当真。

他迫不及待地赶到了约定地点,一进门,就看到了久违的司机大哥。

西北风沙大,十几年的时间,司机大哥已经苍老了很多,张邕快步上前,他叫了一声"大哥",忽然有些哽咽,不知道该说什么。

大哥站了起来,他比张邕更不善于表达自己的情感,他咧嘴笑着,口中"噢,噢",却说不出话。两个男人互相对视,心中激动,都想表示点什么,却又不知道该怎么做。

大哥终于开口:"你这娃娃……"他看到褪去青涩,一脸成熟稳重的张邕,想说你长大了,忽然觉得上次见张邕的时候,他已经是成年人了,于是改口道:"好的嘞,你这娃娃好的嘞。"

张邕勉强笑道:"大哥,你也好的嘞。"

进门前,张邕想过,给大哥一个拥抱,见了面却只是伸出了手,大哥连握手也不太习惯,但立刻紧紧握住了对方的手。他们都意识到,这其实是他们的第一次握手。这种感觉很特别,在戈壁的时候,两个还是互相帮忙的陌生人,再见面时心里把对方当作了亲人一般,却总以为自己于对方而言是个陌生人,直到一双手握在一起,才确认彼此的想法。

李建在一旁道:"舅舅,师兄,都先坐下吧,坐下聊。"

大家落座后,他又觉得哪里不对,说道:"师兄,你管我舅舅叫大哥,我该叫你什么?"

舅舅瞪了他一眼说道:"你这娃,他叫他的,你叫你的,男人在外面不都是这样的吗?"三人都笑了。

张邕和司机大哥聊了很多,两人自己也想不到,那几天的交集居然有那么多话可以说。遥想西北的大漠戈壁、蓝天白云,张邕不禁有些神往。他忽然发现,自己已经太久没有离开城市。

李建有些焦虑,但只能在一边听着。

"李建,"张邕忽然叫他名字,他赶紧回应,"你的事,我们以后再谈,先照顾好你舅舅。大哥,你在北京还要待几天?后面怎么安排?

我想尽一点地主之谊。"

"不待喽，北京来了多次，该去的地方都去过了，该吃的也都吃过了。这次就是来看看李建，我们小地方，待久了会闷，每次来北京心里就宽阔些。但这大城市，待久了我们也烦，就继续回小地方待着。其实我每次来，都想会不会在街头能碰见你。其实不要说北京这么大，就是在敦煌，想在街头碰到熟人也不容易。"

张邕心中微微一酸，刚刚平复的心情又起伏起来。

"李建，为什么不早点带你舅舅找我？"语气开始严厉起来，也许是和大哥聊得太过高兴，他有意无意把李建当作了自己的晚辈。

"哎哟，师兄呀，我怎么知道他说的人是你，说起这事，我还和他确认了好几次，才敢相信。我让他给你打电话，他不肯。"

张邕转向司机大哥："怎么，大哥，你不想见我吗？"

"我哪有，我寻思，哪有这么巧的事，也许是找错人了。还有，这么多年了，也许你早不记得我是谁，打通电话，怎么说呢。"大哥一脸的憨厚，但和赵爷看起来完全不同。

"什么时候走？"

"明晚。你不用管了，这次见到你，真的高兴，也算了结了一桩心事，以后来的可能就少了。有机会过去看看我吧，请你喝酒吃滩羊。"

张邕想了想说道："明天的事我来安排，既然该去的地方都去了。咱们看场演出吧，时间太紧，人艺的票肯定买不到，最近有个叫开心麻花的剧团，名气不大，但是演出非常精彩。他们常在九个剧场演出，票不难买，我请您看场话剧。然后给您饯行，我送您去车站。"

"不用，张邕，我听李建说，你现在很了不起，替你高兴。还是忙你的大事吧，我常来常往，不用人照顾。"

"李建还有些事没告诉您，我现在赋闲在家，没什么事。"

紧张又充实的一天过去了，夜色已晚，张邕送司机大哥到了火车站，心中颇有些不舍。

"张邕，谢谢你了。我来这么多次了，还没像这次这样开心过。

没人带我看过演出,马丽那个婆娘真的好会耍,好笑得很。我和你说件事,这一天多,一直没机会对你说。"

"大哥,你讲。"

"在戈壁,我帮过你。但你是付了钱给我的,临走还又给我加了钱,给我买了烟。你不欠我任何情,给的反而多。我知道李建有求于你,也知道他想通过我,让你来帮他。这件事你听我的,该怎么做就怎么做,不要在乎我的面子,不一定非要帮他。我就是想见见你,不想给你添麻烦。你一个人在戈壁滩,什么都能做。李建这娃应该多和你学。"

张邕认真地握住了他的手说道:"谢谢,大哥,我知道了。放心,我心里有数。"

送别司机大哥之后,张邕和李建来到了一间茶室。

"说说吧,要我帮你做什么?"

"我们小公司,没什么资源,更谈不上人脉,迫切需要一个好产品,我们想拿Mag手持机代理。但也知道,我们这种小公司和人竞争毫无胜算,所以我想请师兄帮忙,给我们一块区域。我们要的不多,一个省就足够了。"

张邕摇头道:"我们不接受这么小的代理,如果你要做,只能做一个大区。否则只能找一家合作,做二级代理。"

"师兄,手持GPS偏消费类。技术含量不高,主要是渠道,二级代理很难做。自己辛苦开发的渠道,一级代理很容易就接过来了,我们不想这样。"

张邕有一些为难,他以为自己是一个公私很分明的人,既不会为了利益让步,也不会考虑所谓的人情。他甚至想过,就手持机业务划分这件事,就算是易目和田晓卫来找他,甚至赵爷来提一些特别的要求,他也会毫不犹豫地驳回。

但人在江湖,终究有一些放不下的情面,这位几乎没有什么利益纠葛的西北大哥,这个一脸青涩正如他当年一样的小师弟,都让他不得不重新审视自己的原则。

他突然理解领导们苦衷，世界上有很多人情是不得不讲的，谁也避不开。

"你舅舅让我公事公办，不要考虑他的情面，但他越这样说，我心里越过意不去。这可能是我第一次不完全遵循自己的原则帮你。你说你实力做不了一个大区，主要是资金问题吧？"

"是的，手持机业务循环快，虽然不会押太久的资金，但对现金流要求很高。我们只怕坚持不了两个循环，就被压垮了。如果我们坚持现在的规模，我猜最后你一定不满意，完不成业绩，还是要出局。所以我们不敢步子迈这样大。"

"这块业务你们的把握怎么样？目标用户和目标市场？"

"我可以给你一份报告，我们受制的只是财务问题，业务经营我们有自信。"

张邕又想到了一些其他事："你和江晓苏沟通过？"

"是的，这事之前本来就是他负责的。"

"他怎么说的？"

"他的态度和您差不多，说以我们公司的实力，我们根本没资格入围。最好与人合作做二级代理。他还推荐了一家公司给我们，我们谈过，但对方很傲慢，我们不太想合作。"

"哪家公司？"

"星三维导航。"

张邕想了下，有些印象，听过这家公司，好像江晓苏的报告里也有提及。

"你们后来怎么找到我的？"

"江晓苏说，我们在他这里肯定没有机会。但摘星大会，主要是您来负责。他说你们都是M大师兄弟，或许您能想到办法帮我们。"

"这样。"张邕点头，看来自己入门Mag终究还是要面对些考验，不过这在他心中不值一提。

"Mag的大原则不可能改变，这个原则本来就是我定的。令行禁止，我若上来就给你开绿灯，只怕我在Mag还没入门就已经待不下去了。"

李建难掩失望地说道："好吧，师兄，你也不用太为难。谢谢你这一天陪伴我舅舅，有机会再合作吧。无论如何，这次见到了你，他挺高兴的，我能感觉到，他真的很开心。"

张邕皱眉，伸手让想站起告辞的李建坐下："你急什么，我话还没说完。"

"摘星大会，你按一个大区去申请吧，否则没有机会。"

"这，当然好，可是我们……而且江晓苏……我怕……"李建无法消化突如其来的消息，不知道该高兴还是担心，一时语无伦次。

"按我说的做，但能否拿到区域，我做不了主，只能靠你自己。但只要你入围，经营我来帮你想办法。你也知道，手持GPS业务周期短、门槛低，所以即使进门了，也不代表一劳永逸。我们随时可以终止代理协议。你可能还没和这些国际企业签过合同……"张邕笑了一下，"都是霸王条款，不会保护你的利益的。但你没有选择，只有签和不签的自由。"

"我们有心理准备，只要能入围，我们一定尽全力。师兄，透露一点吧，怎么才能更有把握拿到代理权？"

张邕道："剧透当然违反原则，但原则是死的，人是活的。我可以告诉你，别人来问我也可以告诉他们。核心还在于你们对市场的了解程度，自己对自己的自信程度。我在会场会有一个标准答案，大家来猜谜，猜中答案者入围。"

"猜谜？"李建一头雾水。

"只能说这么多，你去吧。以后逢年过节回老家的时候，和我说一声，我给你舅舅准备点土特产之类，帮我带给他。"

"师兄，我没想到你是这样的人。"

"哪样？"

"外面传说，你眼高于顶，谁也不放在眼里，谁的面子也不给。我通过舅舅来和你见面，心中其实没有把握，只是想，至少，可以了却舅舅的一桩心愿。"

张邑无奈笑了笑："也许这种传说是对的，但对与错与我有什么相关呢，还不是一样活着，一样做事。"

第118章　摘星大会（三）

小色娃回到法国，第一时间并没有去找大色娃汇报工作，而是去见了OEM部门负责人奥利文。

"嘿，弗朗索瓦，来得正好，我有东西给你看。"

奥利文带小色娃来到了工作间，然后无比珍重地捧起一块小小的电路板。

"DM100，我们五年以来唯一的一个新产品，双星单频OEM，可以接双天线定向，高输出率，星站差分。"

小色娃接过板子，口中道："恭喜恭喜，终于完成了。不过你们好像比计划进度延迟了半年。"

奥利文毫不在意小色娃言语中的责怪之意："先生，我们可是伟大的法国人。法国人的拖延是民族性格，一个产品延迟半年，这对我们来说不但不是问题，而是一个巨大的成功。对了，你们新一代测量型接收机如何了？我上次听到相关的消息，好像德国还没统一。"

小色娃无奈，只能微笑不语。奥利文说的是实情，Mag新一代接收机已经拖了几年，当初收购钛科时的雄心壮志早已不见，代之的依然是典型法国式的按部就班的各种拖延。

"你知道，我刚从中国回来，中国速度太令人惊叹了。"

奥利文撇撇嘴，不置可否地说道："或许他们很快，但依然离我们很远，等他们接近我们的时候，一样会慢下来的。这块板子，中国人现在可以做出来吗？"

小色娃摇摇头道："你太小看中国人了，如果我们5年才做出这块板子，那么未来3年，我们就能在中国市场看到同款。"

"我们不需要5年做一块板子。5年的时间，是因为弗朗索瓦过去5年里就给了我们一笔钱，如果没有这笔经费投入，我以为我们这个部门已经濒临解散，或是被卖掉了。"

小色娃没有多说，他当然知道，这个部门是保留还是卖掉，其实只是毫厘之间。很庆幸，它坚持了下来，还得到了一笔经费。

"中国如今已经成了RTK生产大国，因为产品没有走出国门，所以我们见不到他们。但保守估计，整个中国的RTK年产量超过一万台，你猜他们用的谁家板子？"

"捷科，还能有谁。"

"1万片，这个营业额就已经超过我们所有系列产品了。而且你我都知道，OEM可是利润率最高的产品，捷科如今已经远远地甩开了我们，走在了前面。"

奥利文有意无意看了看门口说道："这个话题好像我们一般都不会提起。"

"我想问你一件事。"

"说。"

"如果我们现在开始高精度双频OEM业务，你觉得多久我们能做出一块板子？"

奥利文猛地抬头，眼光直视小色娃说道："我没听错吗？你是说，代表Mag最高水平的测量型OEM板？"

"是的。"

奥利文深深吸了一口气说道："我无法回答你，除非弗朗索瓦给我确认。我根本不相信他能做这样的决定，我们离开太久了，一旦错过，就很难再回来。"

"弗朗索瓦能给你一笔钱研发新板子，就说明他没有放弃OEM。"

"你是在骗我，还是在骗你自己？你应该知道，这块导航板子和测量型区别有多大。"

"测量型的引擎我们都有，我们可是有自己的测量型接收机。"

奥利文冷笑道："那就拆开你们的接收机，卖里面的板子好了。"

"好吧，朋友。这事这么难吗？"

"或许很难，但最难的还是如何说服弗朗索瓦，以及我们捉襟见肘的财务状况。我只知道一件事，如果这块全新的DM100在市场上没有好的表现，不要说你的双频板子，只怕我的部门真的要被卖掉了。这块板子的销售还要靠你了，拜托了，弗朗索瓦。"

小色娃苦笑，他是来寻求帮助和信心的，谁知道，奥利文却把一份责任放到了他的肩上。

想起大色娃的固执和威严，他心情沉重起来。

他决定先解决张邕的入职问题，然后再逐渐推进OEM的事。总要先抓住一样，不要最后都落空。

张邕正式上班的第一天，Mag办公室无论是装修还是氛围都让他很享受。

方舒本来计划重新调整一下代表处的空间格局，给他一间独立办公室，他拒绝了。他选了一个比较宽敞的房间，然后拉技术支持杨波一起过来，二人一起办公。

方舒在会议室里召开了一个简单的见面会，向大家介绍了张邕，然后让他讲几句话。

"大家好，我叫张邕，一直在卫星导航行业，算是老兵了，很荣幸能和大家一起工作，谢谢。方总，我没什么可说的。"

方舒笑道："有人说你是行业里的传奇人物，这个介绍不但过于简单，而且缺少个性，一点都不张邕，不觉得你的同事们会失望吗？"

"当然不会失望，"发言的是杨波，"方总，我能说几句吗？"

方舒笑着点头道："小杨平时话不多呀，今天这么难得，请。"

"张邕，我们在北方公司培训的时候见过，记得吗？"

张邕笑着回应："我记得，我们还被分到同一个房间，算是同居过。"大家都笑了。

"我在北方听过你的培训，你讲的和所有人都不一样，别人就是讲产品，讲操作，一步一步，1234，ABCD。只有你，讲的是作业，是解决问题，是如何实现目标。那时候我就觉得，你与众不同。后来，我们逐渐被北方公司踢出局，我就再没见过你。但我听过太多你的事了。各位，你们可能不知道，张邕可不像他介绍得那么简单，他在整个行业里大名鼎鼎。这次还没入门，就帮我们拿下了国家林业局的大合同，还和那个怀孕的老女人一路官司打到财政部。"

方舒见杨波说得太过粗俗，赶紧制止道："杨波，注意你的措辞，差不多好了，你的意思我们都听懂了。"

办公室里响起了笑声，杨波也不好意思地笑道："有机会和牛人学习，有点激动了。我代表大家欢迎张邕。"

这个发言远比张邕的精彩，办公室里响起了掌声。

张邕微微有些不好意思，他发现当众被人表扬的滋味其实有点尴尬，但另一个感觉是，他在Skydon和Eka那么久，人人敬畏他，但似乎从来没有被人当众承认过，所以心里还不太能适应。

细心的方舒则注意到了江晓苏微笑中流露的一丝勉强。

于是她转向后者说道："晓苏，之前Mag的业务主要是你在负责，你有什么要说的吗？"

"我，我没什么可说的，杨波已经讲了，张邕是圈子里的传奇人物，我会好好学习的。"

哪怕再没有职场经验的人，也能听出他语气中的不情愿，和杨波说到学习时的语气大相径庭。

方舒没有多说话，心中多少有点不悦。她觉得张邕来得很好，不然她还真看不到江晓苏的这一面。

"好了，张邕，我们就这几个人，你都认识了吗？"

张邕点头，他记忆力一向很好。

"那就这样吧，今天你入职第一天，以后大家慢慢互相了解，互相支持。没有问题的话散会吧。对了，张邕，摘星大会的事，我们什么时候碰一下。"

"我有计划，待会和您说。"

"好，散会。"

散会后的张邕没有回到自己房间，而是跟着方舒来到首代办公室。

"怎么，还有事，坐下说。"方舒招呼他坐下。

"是的。摘星大会的事，我不想江晓苏参加。"

"哦，为什么？"方舒显然有点意外，而且心中有些不好的感觉，刚才江晓苏那样不情愿地欢迎，而张邕则直接拒绝了江晓苏参会，这可是她最反感的办公室气氛。张邕要急于在办公室立威吗？她的直觉告诉自己，张邕不是这样的人。

"是不是江晓苏刚才的态度让你不太高兴了？你好像不是这样小气的人。"方舒面带笑意，但话说得很直接。

"刚才？"张邕愣了下才反应过来，他笑了，"他不太欢迎我，其实也正常，这没有问题。和这没关系……摘星大会其实有两部分，会上我们要求各家提供答卷。判卷则是回来之后，您、我、晓苏三个人一起进行的，所以我并不会把他排除在外。但他的参与将只在Mag代表处内部，与代理商面对面交流的时候，我不要他出现。"

"为什么？"

"因为他会给代理商一些不太健康的信息，会影响代理商的态度。而且他本来就有不同的想法。我们如果有不同意见，可以在公司内部讨论甚至争论，但不能把这种内部的不同意见带到外人面前。刚才您看到了，江晓苏其实是个很简单没有城府的人，他很难掩饰自己心中的情绪，这会让代理商看到我们内部的不统一，从而影响我们整个会议的效果。"

方舒很认真地听着："他是不是还做了一些其他事情？"

张邕没有否认："是的，但都是小事，我能处理。他不在会场就可以了。"

方舒又问道:"你有没有想过,我们没有实际理由就不让他参会。他有负面的想法和情绪怎么办?特别是你刚来,他肯定知道这是你的主意,只怕以后和你的相处会有问题。"

"我知道他一定会有,但是这种负面情绪可以转化,是转化成向上,还是向下的力量,就看他自己了。您是个难得的好老板,把下属保护得很好,我很享受这样的办公室氛围,因为之前我一直没有过这样的环境。但适当的挫折感对员工也是必要的,特别是Mag这个很少经历风雨的环境。这其实是个提醒,告诉他,他做了一些不该做的事。我们不用提,也不用处罚,这是告诉他,这一切我们都清楚。"

方舒点头道:"好,就按你说的,我会和他讲,他有什么情绪,到时候再说。"她很满意,也很放心,终究没有看错张邑。

"张邑,你等一下,既然说到了江晓苏,有件事和你商量。"

"您说。"

"还是以前我们说过的话题。我肯定是要离开北京的,不出意外,这间办公室未来就是你的。我看其他人都没问题,如果我离开了,你怎么对待晓苏?"

"今天是我第一天上班,要考虑这么遥远的问题吗?我的入职手续可还没下来,我现在是黑工,没有保障的。"

方舒笑道:"也许这个过程比你想象得快很多,你很快就会面对。"

"我不想现在就考虑。如果真有这么一天,方总,您的意见呢?"

"好,谢谢你问我的意见,那我就说说。外面都说你从不看老板脸色,独断专行,看来也不尽然。"

"可能是因为,我之前老板的脸色都不太好看吧。"

一向保持微笑的方舒被这句话逗得大笑:"张邑,你很会说话。"

"直接说吧,"方舒整理了一下笑容,"我在北京这几年,晓苏帮了我很多忙,我们这里的人都很简单,他算是最有想法的一个。工作也非常努力,没有他,我在这里这几年会非常困难。将来你在这里负责,人事也都是你做主，我不会干预。我只是建议，如果可以，尽量把他留下吧。我不想Mag赶他出门，他能力可能不如你，但做个帮手，我觉得是可以的。"

张邕点点头道："如果从管理的角度，到那一天，我可能会第一时间让他离开。但您这样说，我一定会留下他。我其实可以和任何人相处，外面的传言并不可信，我甚至不知道是怎么传出来的。"

"好的，谢谢，张邕。你知道你的问题吗？"

"我不知道，我问题应该很多吧。"

方舒道："不多，只有一点。你答应的每一句话都像口是心非、巧言善辩的那种人所说。但你偏偏每句话都是真心的，这让别人很难适应，也很难相信。这是你的天赋，你改不了，但我相信，你和弗朗索瓦能相处愉快的。"

"方总，我还有一个问题。"

"你说。"

"我们的中文网站，域名不是Mag的，还是收购之前的，所以和厂里的网站不一致，怎么回事？"

"哦，历史遗留问题。当我们再次命名为Mag的时候，发现Mag的中文域名被人注册了。我们一般的习惯是在Mag域名后面加.cn，作为中文网站域名。但如今Mag的.com.cn属于一个中国公司，不仅如此，我们发现钛科的域名也被中国公司注册了。但钛科域名是我们上海的一家代理商注册的，经过协商，他们免费给我们使用。但Mag的域名，这家北京公司却一直借口说在走内部流程，拖了两年多了。但这次，因为你的摘星大会，估计能解决了。"

张邕皱眉道："哪家公司？是行业内部的，不是圈外人？还要参加我们的摘星大会？"

"是的，圈内人，他们报名参加摘星大会了。"

"想做我们生意，还不给我们域名，谁这么拽？"

"叫星三维科技，很有实力的一家公司。在晓苏的方案上，他们的区域是最大的。他们目前的回应是，如果他们成为代理，我们就是一家人。域名免费供我们使用，但他们保留拥有权。"

"星三维？"张邕当然记得这个名字，除了李建提起过，江晓苏的方案上看到过，这家公司的郝总还给他打过电话。

"那他们有没有说，如果没有签下代理，就拒绝把域名让给我们。"

"当然没有这样说，但是就是这个意思。"

张邕嘴角现出一丝冷笑："他们用错了方式。方总，您是优雅女士，这种讨价还价的粗活，要交给手下的一个坏人来处理。之前您这缺一个坏人，还好，现在我来了。"

方舒很是兴奋地说道："你要怎么处理？"

"Mag现在需要立威，不服者斩。Mag直接加.cn的域名应该可以使用的，您安排行政查一查，赶紧申请下来。至于.com.cn，这是个很好的立威工具，我会很珍惜的。"

第119章　摘星大会（四）

中关村高科技园区，杰创公司老板邵文杰正看着电脑屏幕出神。

一则简单的启事，但最上方"摘星大会"四个字，格外吸引眼球。

"摘星？这么有意境的名字，应该不是圈里人想到的，是个文科生吧。"他摇摇头，有几分不屑，"专业领域，搞这些噱头有什么意思。"

文科生与理科生自来就互相鄙视，这种矛盾可能永远无法调和。邵文杰是北航高才生，与众合老板高平是本科和硕士的同学。如今他经营的这家杰创科技，主要为一些政府机要部门提供GNSS OEM导航板卡。

与很多类似的公司一样，他们有着与米河和天石这类公司完全不一样的经营理念，他们不绑定品牌，也没签下任何一家的产品。他们只对用户负责，用户要什么，他们就经营什么。可以是进口，可以是国产，可以自主研发、改造、集成，一切都以用户需求为准。

在几分钟前，邵文杰刚与远在美国的田晓卫吵了一架。

"卫老板，"他是圈里人唯一这样称呼田晓卫的人，"是不是有点过分了？SS24可是十几年前的旧产品，早就该淘汰了。和现在的新一代板子比，没有任何优势。这板子估计扔大街上都没有人捡了，我来帮你销售，你居然还涨价？有人见过10年的电子产品涨价的吗？"

田晓卫还是一样的强势和犀利："邵老板，要不你在北京的街头先转转，如果你捡到了咱们就不用谈了。要是你确认捡不到SS24板子，咱们再谈价格。"

邵文杰强压怒火："你知道，全世界现在可能只有我们在卖这款板子，如果我们不再销售，你可能一块也卖不出去。"

"这个很难说，"田晓卫说话依然不紧不慢，"你卖这款板子，是因为世界上至少还有一个用户需要这款板子，如果你不卖，他们一定会全世界寻找。很难说他们会不会找到美国，找到我。也许我就直接销售了。"

"做人别太过分。用户需要这款板子，是因为我们十几年前做了大量的工作，如今用户产品已经定型，除非这个型号的设备不再服役，否则肯定会继续订购SS24。这一切都是我们做出来的，你只是一个倒买倒卖的买办而已，不要太高估自己。"

"谢谢，邵老板。我本来就是买办，我感谢你做了那么多工作，让SS24定型成功。但这么多年，你也挣了不少钱。我只是做生意，没想难为你，有人买货，我就卖货。价格呢，根据市场调整，现在奇货可居，我就卖得贵一些。你觉得我哪里做错了？至于你说的这块板子都该停产了，的确如此，但就是因为如此，库存才珍贵。如今厂里的生产线大多数都关闭了，最多留一条来服务老用户，或者说在全球范围内只服务你一家公司，这个价格不算过分。"

"卫老板，说得这么合理，给我看看你的进价，我不信Mag会涨价给你。"

"商业机密,不能透露。"田晓卫甚至微微笑了一下。

"我甚至不知道,你是中国人,还是美国人,如今就能代表Mag讲话吗?我记得Mag可是欧洲公司。"

"我帮Mag拿下了全球最大的基站网络合同,我是他们全球最大的合作伙伴。他们在中国的板卡生意都是我负责。我不想代表Mag说话,可这块板子,只怕你只能找我。"

邵文杰咬牙道:"看在多年朋友的面上,让一点。"

"看在多年朋友的面上,别难为我,不让。我知道你做的价格非常高,奇货可居的不只是我,你一样也可以给用户涨价。"

"你的进价是商业机密,我的销售价也是。我卖多少钱与你无关。"

"嗯,只要你按我们之间的价格付款就行了,我祝你生意兴隆。"

"好,田晓卫,你狠,不知道你还能这样得意多久,也许是最后一次。"

"邵总,祝你生意兴隆,希望我们的合作长长久久。"

如今,邵文杰看着摘星大会的启事,想做一些和之前不太一样的事情。他拿起电话:"小谭,你进来一下。"

办公室门开了,一个年轻女孩走了进来。

女孩穿一身不算太职业的职业装,所谓不太职业,是这套衣服更多偏向于时装,而不是职业套装。如果公司有着装要求的话,这套衣服刚好压在边缘线,勉强不算违规。

但这套衣服与主人非常适配,她有一张充满青春活力的面孔,并不太像一个白领丽人。女孩很清秀,但是肤色稍稍偏黑,这使得她看起来有些不同,明明是一副华人面孔,却多了几分异域风情。这和她在海外,特别是在非洲工作的经历有很大关系。

"你报名去参加这个会吧。"

小谭看了看邵文杰展示的资料说道:"邵总,这与我们业务无关。要增加新业务吗?"

"不是。你去看看他们都有什么业务，什么产品。最关键的，业务负责人是谁？我想认识一下这个人。如果你能直接帮我约到他，那最好不过。"

"好像已经过了报名时间。"

"你的事，你去搞定吧。"

"好，您没有其他事我出去了。"女孩不再多言，转身离开。

"你好，这里是Mag北京代表处……"

"抱歉，女士。摘星大会的报名截止时间已经过了，而且我们是限定100家单位，一周之前就满员了，我们无法安排您参会……"

"抱歉，女士。我们无法给您转接负责人，也不能告知他的电话。他有过吩咐，一切关于会议的电话，都不接听。所有事情，都只能等到摘星大会再说……"

"是的，我们知道您无法参加摘星大会，但我们也没办法，很抱歉。"

邵文杰走出自己的办公室的时候，发现小谭人不在。

"小谭呢？"

"邵总，她出门了，.好像说要搞定摘星大会的事。"

小谭在Mag代表处的门口被拦住了，因为她既没有预约，也说不出要找谁。当她说出要拜访摘星大会的负责人，前台态度更加坚决。

"对不起，女士。摘星大会不接受现场报名，负责人现在很忙，他也没时间见您。"

"那我坐在这边可以吗？如果他出来，你们告诉我一声。"

"女士，会客区随便坐，但是您的来访不被接受，一直坐在这里恐怕也不合适。"

"那这样吧，"小谭点点头，"我站在你们门口外等，应该没问题吧？"

前台无奈道："您在门外，我们管不着。可是这样没意义。"

"没事，我等一会。希望他出入的时候，你们能告诉我一声。"

Mag代表处布置得本来就极具艺术感，如今门口又多了一道风景。一个漂亮女孩斜靠在门口的墙壁，毫不在意来往人员的眼光。只是如果有人从Mag代表处门口出入，她就会有礼貌地问一句："您好，请问您认识摘星大会的负责人吗？"

第一个被问到的是江晓苏。

江晓苏的心情非常低落，他刚刚被方舒通知，摘星大会，他不用去现场了。

他本能地想问为什么，却看到女老板一双漂亮的眼睛似笑非笑地看着他，似乎别有深意。他并不是一个有足够心机和城府的人，于是很快低下了头。整个身体语言都像在认错，方舒立刻知道，张邕没有冤枉他。

江晓苏轻声道："好的，我不参加了。"

方舒并没有说出什么责怪的话来："你在办公室辅助张邕安排会议吧，会议之后的部分，你还是要参与的。"

江晓苏心里稍稍好受了一点，他点头表示接受。

此时的他，在自家门口被一个漂亮女孩搭讪，有点意外，也有点惊喜。

"你好，你是？"

"您好，我姓谭。请问，您知道你们摘星大会的负责人是哪一位吗？"

又是摘星大会，江晓苏刚刚开始平静的心情，仿佛被人又加了一把火。他转身大步离去，一个字也没有说。

小谭无奈地耸耸肩，看来自己问错了对象。

张邕很快就知道了这件事，前台忍不住跑去他办公室告知了一切。张邕心有不忍，准备让她进来。好心的前台对小谭印象不错，为了帮忙说了一句："是个非常漂亮的妹子。"

"那犹豫什么呀，请进来吧。"坐在对面的杨波来了兴趣。

张邕则立刻打消了之前的想法，如果每个公司派个美女出马，就能得逞,那摘星大会时候,会不会变成一场选美呀。

他摆手道:"有耐心有体力就继续等吧,不管她。"

门外的小谭并没有表面上那么轻松,她不但觉得无奈且无聊,而且站久了,两条腿越来越沉重。她给自己一个底线,再坚持一刻钟,就出去找地方歇会喝杯饮料,然后再回来。邵总安排的事,从来都不太好做,而且这个老板不太讲道理。但她能一直在杰创坚持下来,且得到邵文杰的信任,与她的韧性有很大关系。

就在她准备暂时放弃的一瞬间,她看到了一个很美的女人。

女人第一时间也看到了她,二人眼神一对上,立刻对彼此生出了欣赏之意。都说漂亮女人天生就是天敌,其实也不然,有些类型也是能够互相欣赏的。

彼此心里都有些赞叹。

"写字楼里怎么有这么得体优雅的女人,这一身搭配太有品位了。"

"好有活力的女孩,青春洋溢,我在这个年纪,好像比她保守了些。"

小谭还是一样地先打招呼:"您好。"

方舒停住脚步回道:"你好,你是?"

"我姓谭,想找……您是Mag代表处的方总吧?"

方舒没直接回答,也没否认:"你找谁,怎么待在门口?"

"我找你们摘星大会的负责人,但被拒了,所以只能在门口站一站,看看有没有机会碰到。"

方舒看着小谭,越看越像看着年轻时候的自己,于是她道:"好,你跟我进来吧。"

"张邕,你去会议室见一见客人吧。如果不接受她的来访,就直接拒绝她,别让她这样一直等。"

方舒到张邕办公室嘱咐了一句,没给张邕拒绝的机会,就转身回了自己的办公室。

杨波则主动道:"要不要我陪你一起去?"

张邕瞪了他一眼道:"老实坐着,继续干你的活。"

面对小谭,张邕有几分理解为什么方舒会带她进来,眼前这张脸,好像无论男人还是女人都不会太反感。

"他们说你在门口站了很久,但我看你脸色不错,没什么问题,应该还可以再站久一些。"

小谭喝了一口前台端上来的咖啡说道:"外企真好,接待还有咖啡喝。您好,我是站了很久,但是用腿站的,不是用脸。"

"我叫张邕,你最好3分钟内说明来意,否则你就白在外面站那么久了。"

"我的名片,您可以叫我小谭。我来自杰创科技,我们想参加摘星大会,但我们不做手持GPS,我们想了解Mag的其他业务,我们老板想和业务负责人进行沟通。"

一口气说完,小谭看了看表说道:"15秒,我说完了。"

张邕的表情认真了一些,当对方表示对手持GPS没有兴趣,他的兴趣反而大了一些。

他打开了电脑,检索杰创科技。

"这是你们公司主页?"

"是的。"

张邕认真地看着,说道:"主业居然是GNSS OEM板,你们产品很杂,有佳瓦,有捷科,有思域的芯片,Mag……"

张邕忽然顿住,然后一字一顿道:"还有Mag的SS24板?这款板子还在卖吗?"

"全世界可能只有我们一家在卖。"

"你们老板要找我谈什么?"

"我不知道,他只是让我进入到摘星大会,看看你们在做什么。还有,能不能约到你们,不,应该是能不能约到您。"

"你们的SS24的进货渠道?"

"美国一个叫晓卫的,我没见过。"

小谭看到,当她说到"晓卫"的时候,张邕似乎眼睛亮了一下。

张邕站起身道:"你稍等我一下。"

等他回来的时候,手里拿了两台Mag200系列GPS手持机。

"欢迎你前来,刚才等那么久,辛苦了。这是我的一点补偿,这两台机器,一台送给你,一台送给你老板。我随时欢迎他过来交流,我过去拜访也可以。至于摘星大会……我无法给你任何注册手续,所以你自己进不了门。但你可以等在门口,只要我到了,我会带你一起入场。我会提前半小时左右到,但如果你迟到了,我就帮不了你了。"

一切反转得太快,小谭几乎无法相信这一切是真的。

"这么好?还有礼物。张邕,我可是空手来的。"

"没事,你的执着为你和你老板赢得了礼物。如果有一天我站在杰创门口一小时,你可以考虑送我一块板子。"

"这个可以,我老板虽然毛病不少,但还是挺大方的。放心吧,摘星大会,我肯定会在您之前赶到。"

"会场见!"

送走小谭,张邕坐在会议室里沉思:"国内居然有Mag的OEM经销商,我居然不知道。Mr.田,哪都有你。晓卫,好久不见呀。"

他起身,决定去谢谢方舒,并表达敬意。自己的刚愎自用,几乎错失了一个也许很难得的好机会。

第120章 摘星大会(五)

张邕的聘书,被送到大色娃面前,等待老板的最后签字。

"邕哥来自Skydon和Eka,这么好的背景,为什么选择我们?"

大色娃并没有直接签字,而是先向小色娃问了一个问题。

"Eka有Eka的问题,Mag有Mag的优势,他选择我们并不奇怪。关键是,他是否适合我们。我和赛琳娜都认为他是最佳人选。而赛琳娜显然已经把他当成了自己的接班人,我猜她除了向你汇报,应该也和集团那边讲过了。

"赛琳娜说,我们手持导航仪的事都是他一个人完成的。弗朗索瓦,对此,我不敢相信。是不是女人说话都太过夸张。可能邕哥参与在了其中,但一定是一个团队共同努力的结果。我在法国这边就有百余人,负责导航的美国部分也有几十人吧。难道他一个人比我们几十人都能干吗?"

"我可以负责地说,就是他一个人做的。他未必能有我们几十人的团队能干,但是中国人的做事效率远比我们高,这可是一个事实。而他也的确是非常专业,又在国内有非常好的资源。"

大色娃沉吟着,然后在文件上签上了自己的名字。

"我还是无法相信,一个人可以做这么多事。这份聘书给赛琳娜,尽快安排他入职。然后让他来法国,我要亲眼看一看他。"

"好呀,"小色娃露出兴奋之色,他一边拿起聘书,一边道,"我也想安排他来法国一次,把他介绍给你和相关负责人。还有一件事,我想向你汇报。我这次中国之行,看到了中国的很多变化,特别是中国自主的GNSS接收机制造,崛起得非常迅猛。这里蕴藏的巨大商机,我想我们是不是也采取一些行动?"

"GNSS中国制造?商机,弗朗索瓦,你在说OEM?"大色娃的声音有些不悦。

小色娃内心挣扎了一下,终于还是鼓起勇气说道:"是的。"

大色娃没有继续深究:"既然是中国市场的事,那就等邕哥来了,我们一起谈吧,先这样。"

"好的。"小色娃松了口气,至少老板没完全拒绝。

他心道:"邕哥,这次要看你的了。"

北京中青旅大厦,一层的Centi-Regma Coffee,摘星大会在这里正式拉开了帷幕。

漂亮的老板娘Tutu,帮张邕精心布置了场地。空间很紧致,座位很舒适,又不至于让人舒适得只想躺倒,从而影响开会。

张邕如同自己所说的,提前半个小时来到了会场。

他站在门口,很满意眼前的布置,特别是那块带着星星以及人造卫星背景的摘星大会标识牌,表明了主人Tutu真的很用心。

但他不满意一件事,小谭并没有在门口等他。

他有些失望,虽然他故作姿态,其实他心里比杰创更想彼此沟通。他故意稍稍停留了一分钟,希望能看到那小姑娘气喘吁吁地跑过来,他还可以借机批评她几句。

可惜这一分钟白白浪费了,他有点生气,但不准备再等,不能破坏自己的原则。

他走进咖啡厅,已经有部分参会人员到达,包括李建也早早到了。熟悉的人立刻和他打招呼,一些不熟悉的人立刻上前,掏出名片介绍自己。

他只好摆一摆手道:"抱歉,人太多,来不及一一招呼,大家先坐。会议之后我们再交换名片。"

他摆脱了众人,准备检查一下音响屏幕之类的,却听到一对男女在热烈地交谈,两个声音他都很熟悉。

他顺着声音望过去,果然,小谭和一个怒发冲冠的男人坐在一起,正聊得不亦乐乎。

他走过去,先和狂人打招呼:"师兄早。"然后转向小谭道,"你怎么进来的?"

小女孩笑嘻嘻道:"我在你们办公室站了那么久,和你们前台早成朋友了。你还没到,我说,张邕让我来的,他们就放我进来了。"脸上淡淡的得意之色。

"你的本事不小呀,你们两个认识?"张邕脸上有点悻悻之色,自己早该知道,小姑娘拿着Mag手持机离开办公室,前台一定会以为他们谈妥了,这丫头挺会钻空子。

怒发狂人道:"对呀,很熟,已经认识10分钟了。"

679

小谭依然扬起脸笑道："我和这位，对了，您贵姓呀？我和这位先生一见如故，非常投机。"

张邕看了看一本正经、学者风度十足的怒发狂人，内心忍不住狂笑，你一个未来科学家和一个小姑娘一见如故，该夸你还是该鄙视你。

他觉得有必要捉弄一下怒发狂人，于是很认真地问道："新娘子可好？"

"新娘子？你，刚……"小谭笑得捂住了嘴。

怒发狂人却毫不尴尬地说道："新娘子很好，但是被人在蜜月期拉走了新郎，心情很不爽。说下次见到这个人，就打折他的腿。"

"师兄，你们坐下继续聊，我先招呼客人。"张邕溜了。

等方舒到达会场的时候，人基本到齐了。

到场的人真正见过方舒的，也就易目等少数几个人。当她一身职业装站在台上微笑着向大家致欢迎词的时候，多数人眼睛一亮，心道这次参会来值了，这样漂亮的女老板并不多见。

小谭最喜欢也最感谢方舒。她看着台上的方舒，忍不住对旁边的怒发狂人道："你说，一个人，怎么穿职业装，还能这么美。"

怒发狂人在这一点上显然与小谭并不合拍，他有点困惑地回道："职业装不是本来就很美吗？"小谭翻了翻白眼，两个人的一见如故微微地出现了点裂痕。

但很快，小谭的认知就又一次被刷新。

"……我们确实缺席了很多大型活动，也错失了和业内同行交流的机会。是我们的错，向大家表示歉意。但这次的摘星大会，将是我们一个新的开始，也是Mag和各位业界同人一个新的合作的开始。我代表Mag中国全体同人，再一次欢迎大家。希望各位在这个温馨的咖啡屋过得愉快，希望我们的伙伴在这次摘星大会上摘星成功，谢谢大家！"

方舒在众人热烈的掌声中微微颔首致意，然后带着无数追随的目光优雅地下台。

张邕上台，将极其热烈的词汇给了下一位报告嘉宾——知名学者、武大博士、某某大奖获得者、国际某组织特邀顾问,然后在掌声中邀请怒发狂人上台。

小谭听着张邕的介绍,毫不掩饰心中的仰慕,她忍不住四处张望,想看看这位牛人何等模样,同时想是不是能交换一下联系方式,将他介绍给老板。

然后她看到自己身边发型高耸入云的"一见如故",微笑着起身,向大家招手,然后上台。她的嘴张成了一个漂亮的O形。

怒发狂人的报告,并没有什么特别的内容。因为北斗系统还没有真正提供服务,所以大家平时的关注度并不高,但有个机会能详细了解自己的卫星导航系统,大家的兴趣还是很足。而且怒发狂人妙语连珠,讲课非常生动,全场听得无比认真。

小谭悄悄给邵文杰发了短信:"老板,Mag很厉害,会场还请了一位北斗专家,水平非常高。"

坐在台下的方舒逐渐理解了张邕的用心,她之前并不特别赞同Mag的会上请个外人来做报告。但既然会议是张邕安排,她不想过多地发表意见。毕竟,没有张邕,就没有这次会议。

此时她忽然理解了,会议有了北斗专家,就不再是一次普通的商家会议,整个会议的档次都提升了。大家会把对专家的尊敬,或多或少转移到Mag身上。想到这场会议居然一分钱没花,连这位专家都是免费来的,她心中升起无限感触。果然,人才是最大的财富。谢谢Eka,你们没有好好对待张邕。

情绪高涨的怒发狂人不自觉地拿出了课堂上老师的尊严,报告结束之后,他目光严厉地扫向听众:"大家谁有问题,可以提问。"

全场鸦雀无声,读书时代在课堂被老师提问的心理阴影重新回到每一个的心里。

怒发狂人忽然换了一副可爱的笑容说道:"既然没有问题,就到这里,谢谢大家。"

感觉全场人都长长舒了一口气,于是把更热烈的掌声给了老师。怒发狂人鞠躬，得意地下台，发现自己的"一见如故"此时满脸的尊敬。

杨波的产品介绍就轻松了很多，这里有半数的人并不是来摘星的，而是想看看这个摘星大会的主办方何许人也，杨波的这部分反而是他们最关注的部分。小谭更是直接拿出了笔记本，开始记录。

"Mag有这么多产品吗？"

"还有水上产品？"

"移动参考站是什么技术？这么特别，从没听过。"

"还有分米级设备？做GIS的？"

"天哪，Mag居然有OEM？"

很多人开始重新审视这个公司，丰富的产品线，特别的技术，众人争抢的手持GPS导航仪，与北斗专家的良好关系，当然，还有一个漂亮的女老板。这个公司之前似乎过于低调了，但随即想到，如今的高调发声应该和这个新来的家伙有关。

张邕，果然到哪儿都有不凡的出手。

杨波下台之后，气氛开始变得有些紧张，大家都知道，正戏开始了。

"下面启动各位的摘星之旅，希望各位都做好了准备。"张邕一脸轻松地站到了台上。

有人在台下接腔："我不确定是否准备好了，因为从来没有人告诉我们应该准备什么。"语气似乎中带着不满。

张邕顺着声音望去，看到一张中年人踌躇满志的脸。

他笑了一下，问道："您是星三维的郝总？"

"你认得我？"郝总稍有几分得意。

"不认识，我猜的。"张邕面带微笑，淡淡回了一句。

"其实业务的划分，主要看各家的能力。而这个能力中，包含了对产品的理解，对市场的评估，对自己财务和销售能力的掌握。一个成功的企业，想做一件事，这几点是最最基本的要素。我想每个企业家都成竹在胸，根本不需要特别的准备。我们不比PPT，不比口才，也不需要故事和理由，我们只用数字说话吧。如果这些还需要准备的话，这样的企业只怕并不适合参加摘星之旅。"张邕说着，故意向郝总看了一眼。

郝总脸上泛起一丝绯红，他有点恼怒，却又无话可说。

众人隐隐感到，这个最重要的环节，气氛明显不太一样，似乎有了隐隐的火药味。

屏幕上出现了一份表格，张邕示意前台女孩将打印好的表格也发给每一个前来申请区域的公司。

"摘星之旅，其实很简单，我只需要大家在这个表格上填几个数字而已。如果大家看得不是很明白，我解释一下。我们按中国的行政区划，把业务也分成七个大区。现在前来寻求合作的公司，先将自己想要合作的区域勾选上。我们不排斥一家公司拿多个区域，如果你想要总代理，那就勾上所有的区域。但我劝大家小心，手持机的现金流压力可能超出你们想象。有了区域，下面填上自己在相对应区域的销售目标。有了销售目标，我需要你们的四个季度订单分配。然后，我需要知道你们的首订单，一次性付款额度。这个很重要，是对你们销售目标的一个保证，公司实力的一个认证，我们不相信没有依据的数字。补充一点，关于各区域销售目标，我们有一个预估数字，这个数字是我个人做出来的。当各位的表格提交后，我会把我的数字发给大家。如果大家的数字与我的数字差距过大，可能会导致失去资格。所以，我们也接受大家书面的释疑文件，解释为什么差距这样大。如果有可靠的数字和论据，你们甚至可以推翻我的预测。今天会后，如果你们觉得有问题，那么释疑文件现在就要开始准备，我给各位3天时间，3天内提交。好了，如果没有问题，我给大家半小时的时间填表格。"

"我有问题。"张邕看去，依然是郝总。

"我发现华北区北京被拿出来了，为什么？"

"大家都知道吧，去年底，华天科技中了国家局的标，史上最大的手持导航仪的标。所以华天科技会继续拥有整个北京部委的销售权，这一点不予讨论。"

咖啡厅内开始沉寂，很多人拿着表格，眉头紧锁，陷入沉思。

张邕走过去，坐到了方舒的旁边。

"这是你的方案，让他们自己挑呀？"

"是的，晓苏的方案太复杂，根本没必要。直接几个大区分给他们，谁的数字合适谁拿走，我们要第一个订单作为保证。只有收到付款，我们才签代理协议。到时不下订单的，依然出局。这是他们自己签字画押的数字，甚至未来他们都不能说这个结果不合理。"

方舒依然有一点不放心，她从来没有这样放开区域，让别人自己填空。

"有没有一种可能，有些实力不错的公司，因为数字计算失误，错失了代理资格。"

方舒没想到的是，张邕居然点头道："有的，一定会有，可能还不少。但是最合理的方案也有不公平的一面。晓苏的方案，就是太在乎这些事了。手持GPS只是一个民用产品，对代理商素质要求并不高，优秀者与平庸者的区别并不大。就算我们选的公司并不是最好的，只要他们能履行这个表格上的数字，对我们就够了。Mag难得有资格在市场上拥有选择权，我们要充分利用自己手里的权力，一切话语权都在我们手中。对某个公司是否公平不是我们考虑的，只要对Mag的利益有保证，就足够了。"

方舒明白了，又露出了常见的微笑，说道："你说得太对了，我一直没有想通。我本能地觉得晓苏的方案有问题，但就是想不出问题在哪。现在我明白了，我们过于考虑别人的利益了，忽略了我们最该保护的，其实是我们自己。干得好，张邕。"

第121章　摘星大会（六）

半个小时很快过去，各家公司开始交卷。

当所有的表格都拿到了张邕手中,这场会议也就该收尾了,摘星的结果,将要等待Mag代表处众人的评估。

有人开始打起了哈欠,都开始准备退场。

但张邕显然并不想就此结束,他把手中的一沓表格递给了杨波:"杨波,挑一下,把星三维郝总的表格拿出来给我。"

所有人一愣,还有节目?什么意思?郝总更是一脸不解。

张邕终于把一张表格拿在了自己手里,说道:"郝总,我有个问题要和您沟通。"

郝总疑惑地看着台上的张邕说道:"什么事?"

"郝总,关于Mag域名的事,我需要您的一个确认,现在您可以转让给我们吗?"

郝总皱眉道:"这件事我和方总谈过了,我们可以考虑。但一切都要等到这次摘星大会之后再决定。"

张邕目光转向方舒说道:"方总把这件事授权给我了,我来处理。"

方舒台下点头道:"是的,这事你全权处理。郝总,您和张邕交流就可以。"

"谢谢方总,"张邕微微点头表示感谢,"郝总,我的感觉,您把这事放在摘星大会之后来说,很像一场交易,用域名来换代理权。"

"交易多难听,"郝总笑道,"代理意味着我们是一家人,当然可以互通有无,这个很正常。"

"看来,我们想拿回域名,就要必须先接受您是一家人。对吗?"

"我没说,这是你的理解。"郝总故作高深地回了一句,露出一种你怎么想与我无关的表情。

"郝总,能现在给我答复吗?我和您的想法不一致,我觉得现在说清楚,大家都好做决定。"

"摘星大会不是很快就有结果了吗?我们不用急在这几天吧。"郝总似乎云淡风轻但寸步不让。

685

"我懂了，谢谢郝总。杨波，把星三维的表格还给郝总。我宣布，因为星三维在域名使用上与Mag无法达成一致，所以我们不接受星三维的代理资格申请，星三维是摘星大会第一个出局的企业。"全场顿时安静，众人面面相觑，这就出局了吗？画风变得有点快。

易目的嘴角露出一丝不易觉察的微笑，如今的张邕，成长速度惊人，不可同日而语了。

郝总勃然作色："张邕，你凭什么？方总，你任由他胡来吗？"

方舒心里有一种说不出的痛快，来北京这么久了，总有一种淡淡的压抑情绪，无论是天气还是业务，就算她布置得很温馨的办公室，也总觉得缺了点什么。

如今她明白了，她在生活和工作中都缺乏一点激情与精气神，办公室里很需要一个这样杀伐果断的人，作为一名女性，她很难如此，江晓苏他们也不是这样的人。

此时，她正努力不让自己显得太过开心。

听到郝总的质问，她微微侧身，报之以微笑："郝总，我刚说了。这件事张邕全权负责。"

郝总被方舒的温柔一刀驳回，情绪稍有失控，怒道："张邕，你敢胡来，我，我去告你。"

"告我？"张邕笑了，"您不是刚和我老板说过话吗？您继续向我老板告状就可以了，这事不用和我说，我只负责业务。"

郝总站了起来，他意识到了自己的情绪问题，很快冷静了下来。

"张邕，不要以为没有人知道你的真正目的，你让星三维出局，不过是排除异己，想让自己的势力进入Mag。所谓摘星大会，说得冠冕堂皇，其实背后依然不过是地下交易而已。Mag这样做，将彻底失去公信力，坏了自己的名誉。方总，这个您也不在乎，全权交给张邕处理吗？"

张邕不动声色地说道："郝总，您说的已经不是我职责范围的事，觉得我有私下交易，您就收集好证据，向方总投诉好了，这不影响我现在的决定。好,现在我公布我对各区域的预测数据,大家看一下,不用现在告诉我结果,3天内书面向Mag提供释疑。没有问题,今天的摘星大会到此结束,感谢大家的参与。最后我们用掌声感谢一下我们的场地提供方,Centi-Regma Coffee漂亮的老板娘Tutu。"

掌声响起,Tutu上前对大家致意:"谢谢大家,欢迎大家常来。"

张邕说这番话的时候,再没看过郝总一眼,仿佛他的事已经成为过去。

被人无视的羞辱感笼罩着郝总,脸色发青,看着已经准备退场的众人,提高了自己的声调。

"张邕,你以为就这么过去了?大家先不要走,我告诉大家为什么我说Mag有私下交易。"

人流止步,未必是相信郝总的话,只是爱看热闹本就是人的天性。

张邕微笑道:"摘星大会已经结束,下面是私人时间,愿意听郝总故事的,都可以留下。"

"张邕,你别装了。天正合的李建呢?李总,你别急着走呀。张邕,天正合这种没人没钱的公司,怎么会出现在此地?他们入围,星三维出局。这样的结果,只怕在任何一个地方,大家都会问一句为什么?你不需要给一个解释吗?"

"天正合入围了吗?大家的表格,我们还没看,更没有评估,怎么郝总现在就确认结果了?李建,郝总在祝福你入围,你该谢谢郝总。"

李建立刻高声道:"谢谢郝总,让我们入围。"

周边响起无数笑声。

方舒尽量将身体坐直,让别人无法看到她内心的笑意,她在这里职位最高,代表着Mag。她觉得自己总笑场,会显得Mag这个公司太不严肃了。

小谭可不管那么多,杰创和星三维本来也有过节,为了表示她对张邕的支持,她的哈哈声响亮而且夸张,一旁的怒发狂人则是被小谭的笑声逗笑了。

郝总脸上有些挂不住，他尽力保持着冷静，说道："张邕，你很会说话。但你敢保证你没私下和李建有过沟通。"

"郝总好厉害，连我和谁私下沟通过都知道，佩服。不过，和谁沟通，似乎我有必要告诉大家，这是我的通话记录，"张邕打开自己的手机，"我接到的电话不多，但我印象比较深的，郝总的电话是其中一个。郝总请告诉我，我的电话您是从哪里知道的？当时我可还没入职。"

方舒明白了一件事，张邕不让江晓苏参会，其实不全是惩罚。如果此时晓苏在，可能会很尴尬，自己人有问题，张邕也很难保持这种强势。

"你敢说天正合不会入围？"郝总并不笨，他岔开了话题，继续盯住这一点。

"我当然不能保证天正合入围或者不入围，一切都等我们评估之后再决定。谁入围，已经与其他公司无关。还是那句话，结果出来了，如果您觉得不公，可以继续向方总投诉。"

"是的，郝总。您可以联系我。"方舒站起身，走到了张邕身边。她觉得自己不能总在一边笑了，该表示一下对张邕的支持。

郝总看到和张邕站在一起的方舒，感觉到自己的投诉可能很难奏效了，之前和江晓苏做的一些准备似乎都无法发挥作用。

他感到一丝无力，说道："张邕，能不能把这份表格先收回去。域名的事我们再商量下。"

他内心听到了周边人的心里的嘘声，虽然并没有人真的出声，但他很明确地感觉到大家的态度。怎么，这就服软了？此时他已经顾不得，他发现张邕很不好对付。而且，方舒对张邕的态度显然和江晓苏之前说的并不一致。

"抱歉，郝总。我刚才给了您最后一次机会，您没有接受。Mag的.cn域名我们已经申请了，同时我们会在网站上发消息。.com.cn域名被其他公司注册，不属于Mag所有，所发一切内容，与Mag无关。请认准

Mag唯一官方网站。您可以在有效期内一直保留您的域名，希望它对您有用。"

这场规模并不大的摘星大会，在业内掀起了不小的风浪，本来一直默默无闻、快被人遗忘的Mag，忽然以强者的姿态出现在世人面前，让人意外多于震惊。

无论意外还是震惊，Mag网站的访问量突增，代理商也收到了更多的业务垂询。手持机的业务更是猛涨，乐坏了早已不用为代理权担心的李辉和华天科技。

这一场会议对士气的影响远高于业务，无论是代理商还是员工都对Mag品牌生出了更多的信心。

会议结束后，方舒笑吟吟站在张邕对面，难掩心中的喜悦。

"张邕，我想我可以放心地回法国了，我会和弗朗索瓦汇报此事的。我有事先走，办公室见吧。"

怒发狂人则上上下下认真地打量着张邕，看得后者心中发毛。

"大哥，你这是找什么地方能下嘴吗？"

张邕不出意外地挨了怒发狂人一脚。

"小子，看不出，现在本事不小呀。心机城府刚勇都有了，怎么在Eka没见到你这么大本事？"

张邕一阵苦笑道："夸我，就好好夸。能不能别老说我不爱听的事，Eka大环境不同，有些本事是没有用武之地的。"

"行，不错。我也先回家了，新娘子该想我了。赵爷OEM的事，你有进展吗？"

张邕摇头道："但我相信很快能有消息，到时可能我们要一起碰一下。"

"好，等你消息，再见。"

而目睹了一切的小谭则在老板邵文杰面前，把Mag和方舒以及张邕甚至包括怒发狂人都夸得"体无完肤"。

邵文杰看着小谭夸张的表情，心中不无惊讶。

小女孩说话夸张是正常的，但小谭做事一向让人放心，活泼的外表下有一颗严谨的心，而且她是个见过世面的姑娘，很少会这样赞扬一群人。特别是，从女人的角度，居然夸奖另一个女人有多美，这简直是违反了大自然的基本法则。

他对Mag产生了兴趣，之前他所有的兴趣都只在SS24板子上，所以没看过Mag的任何其他产品。这次如果不是田晓卫价格离谱，他可能依然不会与Mag产生更多交集。

"张邕什么时候有空？我去拜访他。"

"老板，他这一周都在整理摘星大会的结果，要在下周宣布代理资格。他说这事一完，会第一时间联系我们。我有种感觉，他似乎比您还盼望这次见面。"

"哦，那是为什么呢？"邵文杰眉头一紧，他有什么事要找我呢？

摘星大会的结果很快就整理出来了，简单的数字问题，并不需要花费太多心思。方舒听取了张邕的意见，没再去纠结背后的合理性，就是按表面数字呈现出来的结果，来做自己的决定。

释疑函收到了一批，张邕一般只是扫了几眼，就扔在了一边。

"论据不足，不理会。"方舒和江晓苏对此都没异议，张邕这种人，他要是做出这种结论，那一定不会错。

如果没有星三维在摘星大会上最后的一幕戏，整个过程将不会出现任何问题。

只是如今，最终的七个大区的代理商名单上，天正合的名字显得格外地突兀。方舒无法不想起郝总的话："天正合既没有人，也没有钱，凭什么入围？"没想到，天正合真的入围了，而且得分还非常之高。

方舒相信张邕，但与是否相信无关。既然被郝总说中，她无法将这一切忽视。而以方舒的性格，她觉得还是一切说清楚最好，不要把疑问放在心底。

星三维基本放弃了对代理权的竞争，所以对后面的结果也不在意了。当初提出此事只是为了证明张邕的不公，从而推翻他所做的一切。

但如今一切无可挽回，天正合是否入围他们根本不在意。

同样心态的还有江晓苏。他听说了摘星大会发生的事，心情复杂，不好说自己在场是好事还是坏事。

他当然也注意到了天正合的事，这其实本是他的手笔之一。天正合出现，他也就有理由对张邕进行质疑。但最近发生的事，他对自己的决定以及信心产生了动摇。想到自己的小动作其实已经被方舒看穿，他不再想采取任何举动。

所以，当方舒问他："晓苏，你对这份名单有什么意见？"

晓苏居然摇头道："没什么问题，我觉得都很合理。"

方舒不易察觉地叹了口气，她发现，江晓苏被张邕拿捏住了。随后她有了一个想法，如果这张邕是个大奸大恶之徒，还真不好对付。随后她觉得自己的想法有点可笑，一个大奸大恶之人，可能很难想出摘星大会这样的活动。

"张邕，说说天正合的事吧。我对此没太大异议，但那天郝总的话很多人都听到了，所以还是有个解释比较好。"

张邕点头，这种有话说在明处的老板，比较对他的胃口。

"我们对外不必解释，对与错都是Mag的事，不用解释给他们听。对内呢，我可以把事说清楚。天正合与我联系过，我也给他们出过主意。当然给我打过电话的不止他们一家，晓苏可能知道一点儿。"

张邕说得轻描淡写，江晓苏却听得心里一颤。

"我保证两件事，第一，在天正合的人给我打电话之前，我完全不认识此人。第二，给我打通电话之后，我没有任何违规的行为，这一份表格上的数字，都是他们自己写上来的，与我没有任何关系。所以我想不出我们有什么理由，拿下这家公司，不让他们入围。"

方舒道："张邕，我们可没怀疑你有什么问题，我是在想郝总的话，如果天正合真的没有钱没有人，仅凭数字入围，是不是会有问题？"

"首订单要真金白银砸下来，这个靠数字解决不了。以后每个季度

691

我们也都有监管机制，想钻我们的空子，并不容易……还有，"张邕内心纠结了一下，最终坚定地抬头说道，"郝总对其他的公司了解并不像他以为的那么深入。我比他们更多了解天正合一点，他们已经解决了财务问题，在手持导航仪业务上，我相信他们不会有问题。"

方舒盯着张邕的眼睛，认真道："你要是背后给天正合投资，这事在Mag可是违规的。"

张邕大笑道："方总，您太高估我了。我就是一个打工的，在Eka也不过是多争取了几个月的赔偿金而已。您给我的这份薪水，我很满意。但要是拿我手里这点钱做投资，好像有点少得可怜。"

方舒也笑道："好吧，相信你。我没事了，晓苏你还有问题吗？既然都没有，就正式发布消息，并通知入围者吧。"

天正合办公室里，李建接待了带着浓重南方口音的柯老板。

"李总呀，不用那么认真。张邕是个好兄弟。上次Eka的投资没成，我其实挺高兴的，反正也不是投给张邕。这次他说两三年内这是个好生意，而你是可靠的小兄弟，那我就投你。3年后退出，赚不赚钱都无所谓，我真的想看看张邕的眼光。"

"放心，柯老板，我们一定会努力。合作愉快。"

张邕回到自己的办公室，和杨波打了个招呼，然后坐下。

他轻轻地叹了口气，李建的事，他没有违反大原则，但也并不是真的完全问心无愧。幸好，方舒只是问他有没有给天正合投资，而没有问他有没有给天正合找投资。

这种事他以前一定不会做的，但现在他明白，世间没有什么决定是完美的，问心无愧只是一种理想状态。人既然是感情动物，就不可能不欠人情债。

那位司机大哥当初帮他的时候，并没有想要什么好处。对于这样的人，张邕觉得，这个世界应该给他们一些温暖的回报。

他准备约邵文杰见面，却听到方舒叫他："张邕，过来一下。"

"这是你的入职文件，现在可以处理你的合同了。但这个不急，急的是这个。"她递过一页文件给张邕。

"这是你的邀请函，尽快去申请你的法国签证，马上去一趟厂里，CEO弗朗索瓦要亲自见你。"

第122章　法国第一餐

张邕在电话里向邵文杰表达了歉意，说明了自己马上要去法国开会，只能回来之后再去拜访。

邵文杰道："谢谢你还专门打电话过来，那就回来再聚吧。我其实很好奇，你我其实都清楚，Mag在国内的生意和影响力都算不上顶级。摘星大会之前，我只认识晓卫，甚至不知道Mag还有代表处在北京。可是小谭回来，给了你们，注意，是你们所有人，非常高的评价。所以我特别想和你见一面沟通一下，我想问，你们之前这些年是在蛰伏过冬吗？"

张邕笑道："邵总，奢侈品的定义就是低调的奢华。"

邵文杰大笑道："偷换概念的家伙，但是很佩服你的应变。小谭说你也有事找我谈，是什么？"

"等我回来当面谈吧。我觉得以杰创的实力，只聚焦一款要停产的SS24，未免可惜，或许我们可以做更多的事。"

"哦，"邵文杰道，"这件事你回来再说吧，我都觉得杰创这么多年应该可以做更多的事，但十几年了，眼前的事还是做不完。好啦，祝你法国之行一切顺利。"

张邕拿到邀请函的时候，觉得有一点奇怪。

"方总，为什么邀请函是TS的，而不是Mag的。"

方舒轻轻一笑："你很快就会知道原因的。"

张邕的确很快就知道了原因，他亲身领会到了TS的影响力。

21世纪初，签证处还没怎么兴起，法签要直接去使馆面签。

忙碌的张邕没意识到自己落了一份文件在公司的复印机里。

当操着流利中文的法国签证官,问他的时候,他才想起此事,心中无比沮丧,这半天的排队,可是白白浪费了。

签证官并没有追问,而是熟练地整理着手里的文件,最后递给他一张收据,让他去缴费。

随后,签证官举起了一张纸,隔着玻璃让他看清楚:"就是这份文件,你下午来取签证的时候,带过来就可以了。"

连忙道谢的张邕,心中无比惊讶,他办过太多签证,从来没有缺了文件还过签的时候。

看来法国使馆对法国企业的员工格外宽容。等张邕登上了法航的航班才意识到,可能不是法国公司的原因,而是TS的原因。

他刚刚在经济舱落座不久,一位阳光开朗的法国大妈空乘,就热情奔放地走了过来。

"您好,您是不是 Mr. Zang?"

张邕很想纠正一下她的发音,自己姓张,不是脏。

但看大妈笑容亲切,也就既往不咎了。

"是的,我是脏。"

"脏先生,非常荣幸您搭乘我们的航班,我是×××,"她说了一个张邕不太熟悉的法国名字,"我随时为您竭诚服务,您在航班上有任何要求可以随时找我。"

张邕没有享受太多如此的礼遇,他礼貌地回应:"谢谢,我会的。"

"好,祝您旅途愉快。"热情的大妈转身走了。

身旁一名中国旅客羡慕地开口道:"可以呀,哥们,你是个名人呀,做哪行的?"

张邕摇头道:"我不是名人,可能只是长得稍稍帅了点。"他当然知道这一切的原因,他的机票也是通过TS系统预订的。

10个小时的飞行,在巴黎短暂的停留,张邕继续起航。

天光已亮,窗外法国田园风光美如油画。张邕依稀明白,为什么方舒那么想回来。

奔腾的卢瓦尔河在此分了两支,然后又很快再次合拢。沿着北岸,建起了一座古典又现代的城市。现代建筑中,又有着中世纪城堡和各种哥特式教堂点缀其中。这就是Mag总部所在地,法国西部的最大城市南特。

张邕打车来到预订的酒店,发现酒店就在火车站的对面。他本来的计划是先在巴黎停一晚,可以看看浪漫之都的夜景,然后坐火车过来。到达南特后他可以直接去Mag办公室,晚上下班再去酒店,这样不会太辛苦,而且也不会浪费时间,耽误任何事情。

可是该死的法航打乱了他的计划,他发现国际航班到巴黎后,从巴黎飞往法国其他城市这一段国内航线,法航是免费的。

虽然花的并不是自己的钱,但节俭成了习惯的张邕还是忍痛放弃了巴黎的夜景,直接登上了免费国内航班。心中却咒骂,万恶的资本主义。

小色娃并没有出现和张邕共进晚餐,来接待张邕的是一个略显消瘦的法国大帅哥。

"邕哥,你好。认识你很高兴。我叫奥利文,是OEM部门的负责人,弗朗索瓦陪着弗朗索瓦和一群美国客人共进晚餐。明天一早他来酒店接你去办公室。"

张邕想了一秒才明白他说的弗朗索瓦陪着弗朗索瓦是两个人,而不是奥利文口吃。

"幸会,奥利文。其实不用这么麻烦,我自己可以照顾自己,明天我也可以自己打车过去。"

"你第一次来法国?我不能让一位中国朋友觉得我们法国人不好客。饿了吧,走,我带你去吃晚餐。有没有想吃的东西?"

"客随主便,除了牛排、鹅肝和蜗牛,我都不知道法餐还有什么。"

"法餐名气大,但选择可是远不如中餐丰富。我猜在北京,你说的这几样东西都能见到,虽然可能不是特别正宗。要不要尝试一些中国不常见的。"

"太好了,我喜欢这个主意。"

奥利文带着张邕来到了一家店面很小但装修很精致的餐馆。小而精,这让张邕很自然联想起了Mag代表处。看来,这就是法国风格,张邕想到,这一路几乎就没看到大型私家车,全是紧凑可爱极具法国特色迷你小车。

这顿法餐的确在国内不常见,但张邕忍不住笑了,他觉得不常见的原因,一定是这种食品在北京天津太过常见。奥利文带张邕来吃的是法式煎饼。

摊煎饼的工具和流程几乎完全一样,材质略有不同,法式煎饼里有更多的荞麦,所以呈现出一种焦色。

但煎饼不是卷着吃的,平摊在盘子里,将客人选定的食材均匀地铺在上面,然后用刀叉进食。

张邕选的是海鲜煎饼,白汁烹调的海鲜,散发出极其诱人的味道,张邕食指大动,吃的时候却遇到了困难。

他用刀叉的水平还不错,无论在欧洲还是美国都没遇到过进食困难的情况,但对着这张煎饼,他实在不知道该如何下刀。当然还有另外一个心理因素,他三十几年的人生经历告诉他,这东西是卷起来拿在手上吃的。

礼貌的法国人不会嘲笑别人刀叉的生疏,奥利文善意地问:"怎么?有困难吗?"

"不难,就是一个问题,我可以用手卷起来吃吗?"

"这个,"奥利文有一点为难,"在餐馆里用手进餐的话,会被认为这是一种非常粗鲁的行为。这个在街头也是用手吃的,但不是这个样子,只是在煎饼上撒一层白砂糖。"

"没问题,我能应对。"

奥利文笑了笑:"你和很多中国人不太一样,你不拘谨,很放松。"

"哪有，我现在对着这张煎饼就很紧张。"

"哈哈，我是负责OEM的。你对OEM业务有多少经验？"

"经验是空白。但10年前我对GNSS业务的理解也是空白，经验从来都不是我的问题。"

"我们最新的OEM产品看到了吗？"

张邕正艰难地吃下一块煎饼，又端起杯喝了一口红酒。

"DM100，我看到了。指标很不错，而且GIS市场正在中国兴起，除了航天航空以及军方的应用外，这个可以有更大的市场，只是我有一个问题。"

"我喜欢有问题的人，你说。"

"这块板子体积并不大，甚至可以说很小。但和市场上主流的板子相比，形状相差很大，为什么这样设计？"

奥利文有些困惑地看着张邕："你刚说你的经验为零，这个问题可不是零经验的人能提出来的。"

"所以并不是所有事都一定要有经验。"

"我开始相信你的话了。我先问你一下，Mag新一代的测量型接收机，没上市的谍照看到了吗？"

"看到了。"

"什么感觉？"

"一切都很好，除了不太像一款测量设备。"

"哈哈，"奥利文笑出了声，"我们都是这样想的，但是你在公司里要慎言，因为没有人敢说。这是高层请了法国著名的设计师专门设计的，花了重金。这种事，除了恭维之外，没人会说反对的话。"

"为什么请外行来设计我们的设备？"

"因为你所在的是一家法国公司，这里的人浪漫优雅，而且常追求一种与众不同。而TS是一家国际知名企业，他们更喜欢用知名品牌和权威人士。测绘圈的设计师，影响力往往不太够。"

张邕端起酒杯,喝了一大口,他实在不知道该怎么评价这样的一种作风。

"顺便说一下,弗朗索瓦对你应该非常满意,你现在喝的这杯红酒,差不多100欧一瓶,这是他特别申请的,不是所有人都有这个待遇。"

"这么贵?"张邕差点被这口酒噎住,他觉得自己喝得太过草率了,很浪费。

"但板子应该是你负责的,为什么做出这样一块板子来?你应该知道,尺寸的不同,意味着集成的兼容性差,这样除非用户做新的产品,重新设计模具,绝对不会在现有产品上使用这样的板卡。这产品的市场规模一下子缩水三分之二,推广周期则可能变成了几年。"

奥利文也喝了一口酒,他轻轻地晃动着酒杯,显得比张邕优雅很多。

"你真的很不像中国人,甚至比美国人还直接一些。你这是在质问一个产品经理,你的产品为什么不够好。"

"我冒犯到你吗?那我太抱歉了。只是我觉得你这样帅的法国人,应该心胸很宽广。"

奥利文笑道:"好吧,看在这一句的分上,我原谅你。"接着他正色道,"我当然知道这样设计的问题。但是弗朗索瓦给我的经费并不充足,这块板子的形状和我们自己接收机里使用的,形状是一致的。二者技术和算法本就同源,我用同样的尺寸来做一块板子,技术上容易很多。如果我们重新设计一块不同形状的板子,那花费的精力和时间都会多很多,这一些都是和资金相关的。我很惊讶,你能一眼就看到问题。事实上,我一直都知道这个问题,但是我无能为力。而公司内部,直接告诉我这板子形状有问题的,你是第一个。甚至连弗朗索瓦都没说什么。我现在知道,弗朗索瓦为什么这么欣赏你了。但我有点替你担心。"

张邕很不礼貌地,在对话时候,没有直视对方,而是俯下了身体。

他实在无法把那一块诱人的海鲜煎饼送入口中,所以只能低下身,让嘴巴尽量靠近盘子,然后快速搞定。

奥利文被逗笑了:"Well done(干得漂亮),伙计。"

张邕也不好意思地笑了。然后他问:"担心什么?"

"你知道弗朗索瓦今天接待的美国客人是谁吗?"

张邕摇头。

"一家美国公司提出要收购我们的OEM部门,今天弗朗索瓦就是和对方的代表在沟通此事。我知道你和弗朗索瓦一直想推进中国市场的OEM业务。现在只怕你要面临极大的困难,你和CEO弗朗索瓦的对话只怕非常艰难。其实弗朗索瓦是个很不错的领导,但是你要先说服他,他才能用同样的方式说服董事会。我们这顿饭是你在法国的第一餐吧?应该也是你最轻松的一餐。想想你这几天要面对的事,来,我祝你好运。"奥利文端起了酒杯。

"谢谢,"张邕端起了酒杯,却不自觉地皱起了眉头,"这是你的部门,你不担心?"

"我没什么可担心的,我们这几年做的事情并不多,OEM部门这样下去,早晚都要关停,被卖掉反而是最好的结局。"

"难道你不觉得Mag的技术,加上TS集团的背景,OEM业务会重新兴起吗?"

"多年前,我一直是这样想的,每一年都想。但直到现在,我们也没发生什么实质的改变,我已经不再想了。和我一样想法的人,在Mag内部有一批。我支持你这样想,因为你是新人。希望你不会失望。来,干杯。"

奥利文送张邕回酒店的路上,张邕很沉默。这一顿饭在刀叉使用上虽然有些问题,但并不影响其美味,何况还有一瓶一百欧的红酒,他还是很满意的。但后面的谈话让他的好心情彻底被颠覆了。

他没想到Mag的OEM部门居然有这么多问题,他有一点被弗朗索瓦欺骗了的感觉。

当然最打击他的，还是OEM部门居然有可能被收购的消息。Mag这样的大企业，这么多行业精英，他一个新人凭什么能说服CEO呢？而奥利文的话语中，似乎小色娃把所有的信心都放在了他的身上。他无奈地摇摇头，被人太过重视的感觉，也并不好。

"我的第一次法国之行，难道要以一个悲催的结局告终吗？"

"要是真的如此，我在Mag的职业生涯还有意义吗？"

"我刚刚办了一场摘星大会，如今Mag的星星就要被别人摘走了。"

开车的奥利文显然意识到了张邑的情绪："抱歉，朋友。我说得太多了，刚踏上法国的土地，就给了你这么多压力。"

"不，谢谢你告诉了我这些事情，这些总要面对的。早一点知道会更好。"

"我现在完全同意弗朗索瓦对你的评价，我知道现在的处境对你是个考验，但我希望你好运。"

"谢谢，奥利文！"

南特的清晨，新的一天开始了，张邑走进餐厅开始享用早餐。

他昨晚睡得并不好，一肚子的心事加上时差，让他黑眼圈越发明显。

但人却已经完全地平静下来，那种坚毅的表情重新回到他脸上。既然无法改变，那就面对吧。至少，不能在一切都没结果之前就彻底放弃。

至于未来如何，未来再做决定吧。至少，Mag的人都很棒，这并不是一个令他急于离去的地方。

在他早餐就要结束的时候，一个法国男人端着一杯咖啡笑嘻嘻地坐到了他的对面。

他的老板，小色娃来了。

第123章　Mag老板

"邕哥，怎么样？一路顺利吗？"

"我很好，多谢。没想到这么快就又见面了。"

"我看你脸色没那么好，没睡好？是不是昨天晚餐奥利文惹你生气了？"小色娃看起来心情居然不错，还有心思开玩笑。

小色娃的车载着张邕，驶离了城市，前往Mag总部所在的小镇。

一路上，小色娃兴致勃勃地向张邕介绍了今天要见的人，然后和张邕聊起很多中国的话题。

张邕忍不住问道："你情绪不错，是不是昨天的谈判结果不错？"

他本想说，是不是谈判很成功。但又觉得成功一词并不合适，成功，是不是意味着，出售OEM部门的事很成功？

"不，并非如此。"谁知小色娃居然摇头，"你知道，是否出售OEM部门，决定权并不在我们，而在TS。当然弗朗索瓦有投票权，而且他作为公司CEO，他的意见还是很重要的。这次的形势有点严峻，我看TS基本决定了要卖掉OEM，和弗朗索瓦的见面，只是让他做最后的确认。除非弗朗索瓦提出足够的理由，并态度坚决地反对，否则这件事只怕很难改变。"

张邕有些失望："老板，我看你心情不错，以为你们已经赶走了美国人，守住了自己的OEM。难道你也愿意卖掉OEM部门吗？"

小色娃哈哈了两声："我当然不愿意。我不但希望保留这部分，同时希望，我们能将它做得更好。不过法国人遇到一些无奈的事情，一般会说，没办法，这就是生活，然后继续保持乐观情绪。OEM被收购也不是世界末日，生活还要继续。放松些，我的中国朋友。今早的阳光多么明媚，我们可以把不开心的事留到办公室再说。"

"好吧，但我确信法国人也不是任何时候都乐观。比如齐达内在世界杯上用头撞马特拉齐的时候。"

"wow，邕哥，要小心。我不是狂热的球迷，但在街头，一个外国人这样说话，可能会挨揍。"

"没办法，这就是生活。"张邕学着小色娃的样子，还耸了耸肩，小色娃大笑。

张邕第一次走进了Mag总部，小色娃带着他一个部门一个部门进行了拜访。

产品经理，市场，人事，财务，订单管理和物流……，张邕一一进行了座谈。包括奥利文，他也重新打了招呼。

这里的氛围明显比Skydon和Eka都轻松很多，每个人似乎都很开心。如果仅从精神状态上来看，外人可能以为这才是生意最好的公司，远胜于Skydon和Eka。张邕心里暗道了一句，快乐的法国人。

其实Mag内部并不都是法国人，也有相当部分的其他欧洲国家的人。张邕粗略统计了一下，他今天见的人里面，有德国人，有比利时人，还有波兰人。但国籍和人种似乎都没那么大区别，一旦进入了法国企业，性格里就也有了明显的法国色彩。

最让他意外的是一个叫因加的女孩，因加很明显还是个德国名字，然后女孩却操着一口流利的中文和他打招呼："张邕，你好，你是今天才到的吗？"不仅仅是中文的问题，女孩分明是一口地道的北京口音。

因加曾在中国待过3年，其中有两年多是在北京。金发碧眼的她是个狂热的中国文化爱好者。

小色娃在一旁笑道："下次开会，邕哥可以讲中文，由因加给你担任翻译。"

一圈走访结束，小色娃看了看手表说道："走吧，带你去见老板。"

大色娃有一头白色的头发，既不是少白头，也不是因为上了年纪，而是天然就是白发。据说白发的人都具有北欧血统，但大色娃本身却是地道的法国人。

白发让大色娃看起来稳重而且慈祥，但小色娃他们知道老板那些暗藏的锋芒。

"邕哥，认识你很高兴，请坐。"

"认识您很高兴，总裁先生。"

"叫我弗朗索瓦。"

简单的客套之后，大色娃的问题单刀直入。

"赛琳娜和弗朗索瓦给了你非常高的评价。我相信他们，但并不完全相信他们的话。他们说，你一个人就完成了Mag手持导航仪的所有本地化工作，对此我无法相信。其他问题我都忽略，我只问一个问题，你是如何完成手持机的汉化的？你知道，Mag在资源整合上做得并不好，手持机的工厂在美国，我们彼此的沟通不能算是畅通。他们的开发工具包，到现在我们都没拿到。我很怀疑，你之前和美国工厂有过某些联系，然后得到了他们正式或者私下的支持。邕哥，请理解。这些都是合理的，我不觉得有什么问题。而且，即使你拿到了开发工具，也依然不影响对你的评价，你依然做了很了不起的事。只是，我觉得这样解释更合理。不然的话，我只能把你当作了超人。"

大色娃说完，微笑着看着张邕。他觉得他所说的一切都是合理的，张邕不可能否认他的观点。也正如他所说，这并不影响对张邕的评价。但可以给他一个教训，Mag的人并不容易被欺骗，而且哪怕整个公司都被忽悠了，也瞒不过他这个优秀的CEO。

谁知，张邕摇头。

大色娃心中开始不悦，他觉得这个年轻人或许很能干，但为了维护自己的面子，他不够诚实。

"弗朗索瓦，我试图联系过美国工厂。但即使是您都没有拿到工具，我一个中国人就更不可能了。我可以给您看一些我电脑里的资料，最后无奈，我们用了一些反汇编的手段。"

"反汇编？"大色娃显然对编程没那么熟练，他探询的眼光看向小色娃。

然后二人用法语交谈了几句，最后，以大色娃摇头表示不相信结束了法语对话。

"我了解你的意思，你要一段一段解读和破译二进制文件吗？邕哥，我相信程序高手可以在理论上做得到，但是你不可能这么快可以完成，你可能需要一个非常专业的团队，耗上大半年的时间才可以。我记得你没有收取一分钱的费用，难道你要这个团队免费为你服务吗？"

张邕道："您说得对，我不可能有这样一支团队，更不可能让这样一支团队为我免费服务。但我寻求了一些其他帮助，走了捷径。"

"哦，说说你的捷径。"

"其实多年之前，Mag手持机是在中国销售过的，就是因为有之前的市场基础，才能做到短时间内快速崛起。那么前几代的手持机，是谁做的汉化？谁提供的工具？我首先想到的是这个问题。于是我做了一些调查。"

"说下去。"大色娃多了一些兴趣。

"可能我的运气比较好，我最后找到了这支队伍。上海同济大学的一名教授，帮助Mag完成这次汉化。于是我找人引荐，"他没告诉大色娃，这个引荐人是他一位怒发冲冠的师兄，"借着去上海出差的机会，我去拜访了这位教授。他告诉了我当初汉化的过程。整个工具都是封闭的，电脑是从美国直接发过来，所有的事都只能在这台封闭的电脑上进行。工作结束之后，电脑就发回美国，所以他手里既没有工具，甚至也没有资料。"

"哦，"大色娃道，"这听起来对你没什么帮助。"

"是的。但最后他说，因为他们手里有两台测试用的手持机，所以在美方的许可下，他们导出了两个语言包，包括中英文包，进行终端测试。最后，他找出了自己的备份硬盘，在当年的电脑文件夹里，找到了这两个语言包，并给了我。更幸运的是，新款手持机在字段定义上的区别并不大，有了这两个语言包的帮助，我们很快就搞定了。我找了我的一个大学同学帮忙，代价是请他吃了一顿自助餐，将近300元人民币吧，差不多40欧左右。仅此而已。"

"仅此而已？"大色娃露出一丝欣赏之色，"以我的经验看来，你所说的事其实并不容易，应该比你描述得要困难很多。而且这是件很值得炫耀的事，怎么从来没听你说过？因为你忽略这些细节，在我听来，你就是一个说谎者，很抱歉我这样误会你。"

"我没觉得这事值得炫耀，我们关注的是结果，而不是过程。我只知道，如果当时我不解决这个问题，而是通过Mag去与美国工厂沟通，这件事可能要滞后6~12个月，市场始终是变化的，这点时间，也许我们就失去了最好的机会。"他没说出另外一个理由，我朋友的公司陷入困境，他也根本等不了。

大色娃耸耸肩，转向小色娃道："你赢了。他一个人打败了我们一支团队。"小色娃得意地笑了。

"好了，邕哥。你给我准备了什么资料吗？让我们看看中国市场的情况。"

"我准备了一份PPT，根据您的时间，我可以5分钟或者40分钟结束，您要听哪一种？"

大色娃开心地笑了，还没有人汇报之前问过他的时间。但作为CEO，他最珍贵的就是时间，这分明是个对他很重要的问题。他开始理解小色娃为什么对张邕评价这么高，或许，张邕比他们评价得还要好一些。

"我很难得听到关于中国的详细报告，赛琳娜很不错，但你知道，她并不是专业人士。今天上午我的时间都给你，你可以按40分钟来汇报。"

两个色娃一起认真地听取了张邕的报告，小色娃上次在北京的时候，张邕还没有入职，这也是他第一次听取关于中国业务的报告。

张邕还讲了一下自己的摘星大会，大色娃听到Star-Picking的时候，毫不掩饰地露出一丝笑意。这么浪漫的情怀，不是我们法国人的特色吗？

"非常好，邕哥，令人印象非常深刻，谢谢你的专业，我学到了很多。弗朗索瓦和我提到了中国日益兴起的GNSS接收机制造，但你这些数字还是令我非常震惊。按你的数字计算，中国一年能够销售近2万台GNSS测量型接收机，这在欧洲几乎是不能想象的。捷科真的获得了巨大的成功，我理解了弗朗索瓦对这一块业务的重视。"

张邕对老板这句话没有特别的感觉，小色娃却心中一动，捷科一词居然主动从老板口中说了出来，看来这多年的禁忌该彻底打破了。

"但是，邕哥，这件事情对我们有相当大的困难。我们需要时间和投入来完成一款全新的OEM产品。虽然我们的技术储备足够，但完成此事还是有相当困难。最主要的是，我们需要让董事会对这件事有足够的信心，来支持我们继续。你的报告里只是证明了这市场的巨大潜力，这很吸引人，但是还远远不够，即使5年内这个数字上升到10万，但是会有多少是属于我们的呢？我们靠什么从捷科手里抢回来一部分市场？还有其他相关的风险，目前，我们只看到捷科，把捷科当作唯一的竞争对手。一旦我们真的投入这个市场，也许像我们这样投入的并不只有我们一家，到时除了捷科，我们还会遇到其他竞争对手。光靠市场潜力我们无法说服TS那些老顽固……"

他又把目光转向小色娃，然后二人开始用法语交流。

大色娃重新把目光转回到张邕身上："弗朗索瓦说，你已经知道了美国公司的事。这些事在公司内部都还是保密的，请你不要对外说。但你知道了也好，目前的局势就是这样，董事会要卖掉OEM的论调占了上风，我很难改变。在这种情况下，还要申请继续投入做一款OEM板，可能性基本为零。抱歉，邕哥，我其实相信你的一切评估。把你的PPT给我，我会把相关的数字向董事会提交。但是，我自己并没有太多的信心。我们这些年在OEM上没有任何作为，股东们认为这个本来就在关闭边缘的部门，可以出售换回一大笔现金，是求之不得的机会。"

张邕的表情开始凝重，他发现，以他的身份和资格，对大色娃说的问题，他不但没有解决方案，甚至无法发表意见，这一切已经与技术和市场无关。

小色娃在一旁补充道："我们也不是毫无作为，这款DM100可是我们的新产品。"

大色娃叹息道："股东中就是有人在说这块板子的事。"

"DM100有什么问题？"

"产品本身没有问题。但有股东说，Mag总说OEM部门没有盈利是因为我们投入不够，但我们这次给了这笔费用，他们也做了一款产品。但我们没看到任何利润进账，这样的部门，为什么还要保留？"

小色娃和张邕同时皱眉。张邕道："OEM获得市场是需要时间的，一旦获得市场认可，就能长久地维持业务，就像我们的SS24，10年了，现在还有生意。但一款新的板子，怎么可能当年就挣钱，何况，我们的尺寸还和别人的都不一样。"

听到张邕说起尺寸，大小色娃都愣了一下，但都没有说话。

看到他们的表情，张邕忽然明白了一件事，这个公司的文化与Eka的政治斗争完全不一样的风格，都带有自己的民族性格。

这块板子的尺寸问题，并不像奥利文说的，只有他知道有问题。而是几乎所有人都知道，但所有人都以为别人并没有注意到此事，而自己不便开头捅破此事。

这个企业的人其实都还不错，但是他们太需要一个能够讲真话的人了。他咬了咬牙，如果这个不讨喜的角色需要有人来承当，那就我来吧。我是中国人，不是法国人。

"你说得很对，邕哥。但资本什么时候是讲道理的呢？他们甚至不知道OEM是什么，只会对着数字开会和做决定。"

"对不起，老板。我想问一个超出我职责范围的问题，不知道是否可以？"

"没问题。你有权提问，我们有权拒绝回答。你说吧。"

"现在这家美国公司的态度到底怎么样？他们看中了我们什么？"

北京，Skydon代表处。

李可飞接到了赵爷的电话，他悄悄步入阳台，并关上了阳台的门，然后接起了电话。

"赵总,如果您是想过来沟通,我劝您放弃。老板说了,您亲口承认天石和您没任何关系,那么您和Skydon之间就也没有任何关系,约翰不会见您的。您打给我也帮不了您。"

"哈哈,"赵爷笑了一下,"Skydon将我当作洪水猛兽吗?我不见约翰,找你也不是谈Skydon的事。张邕让我找你,有些事请你帮忙。"

"张邕?我的天,已经多年不见了。"

第124章 三三归一

与美国人会谈之后,大色娃向董事会提交了一份报告。这次的报告有更充分的论据,他在其中引用了大量张邕提供的数据。

正如大色娃自己所说,他相信张邕的这些数字,但是并没有任何信心。让决策者改变主意是一件很难的事。而他自己的态度,与张邕的立场一致但又有区别。

他一直都认为,如果保留OEM部门,他就要更多的投资。如果没有新的投资进来,保留一个部门,还有工厂的生产线,却没有真正的业务,那还不如卖掉的好。

他心中对张邕稍有一点抱歉,这个年轻人真的还不错,可惜了,他想做的事在Mag机会渺茫。

法国巴黎,TS集团总部的一个高层会议。

大色娃的报告,打印出来放在了每一个人的面前。

"其实这份报告并没有什么特别。相比之前,只是多了很多中国的数据,我不懂,一个国家的数据,能带来多少改变?"一名高层对此表达了不解。

副总裁戈贝尔答道:"TS在中国的业务发展非常迅猛,总裁对于中国问题一向重视。这是我们今天开会的原因。"

那名高层道："我们先不管弗朗索瓦这份报告的观点。我很想知道，关于中国的数字我们如何证实？如果这只是弗朗索瓦的猜想，或者某些非权威渠道的数字，我们怎么能根据这些数据做决定？"

另一名高层的发言则显得很不耐烦："各位，Mag公司在TS处于什么位置，大家都知道吧？Mag下面一个部门的事情，根本不值得我们花这么多时间讨论。既然这份报告的大量内容关于中国，既然总裁重视一切中国问题，那么我们就把这份报告拿到中国区，让他们来查实好了。等有了结论，我们再来开会。"

戈贝尔点了点头道："好吧，将报告发给泰利，让中国区来确认。还有，我们的咨询公司呢，让他们出一份独立的中国OEM市场报告，我们两个渠道进行验证，就可以了。"

"好吧，这个议题到此结束，一切有了具体结论，我们再讨论下一步的。下一议题……"

大色娃没有想到，他在报告里并不自信的观点并没有被TS集团直接驳回，而是待定状态。虽然这不算好消息，但总比坏消息要好。

美国的买主也没有得到想要的结果，他们先回了美国，一切都成了静止状态。

张邕结束了一周的会议，这一周他和所有部门进行了深入的沟通，收获很多。当然，他自己也得到了更多认可。

告别当晚，晚餐回来，小色娃问他是不是直接飞回中国。

张邕回答："我想去趟巴黎。我第一次来，想在巴黎过一个周末再回去。"

"邕哥，这是个好主意。巴黎必须去一下的，除了香榭丽舍、卢浮宫，老佛爷商场也是中国人的最爱。祝你在浪漫的巴黎度过一个快乐的周末。"

大色娃的报告被发给了TS集团北京分部、中国区总裁泰利手中。

泰利皱着眉看了半天，对助理道："TS的几大事业部里，如今根本不包括Mag集团。Mag和我们也只是名义上的一家人，除了每次TS在中国的重要聚会，我会邀请赛琳娜来参加，因为她本来就是TS的人嘛。卫星导航部的事情，我们几乎什么都不管，这让我们怎么评估？我们既没有资源，也没有时间。戈贝尔在想什么？"

助理道："这应该是总裁的意思，否则不会直接发给您，我觉得我们还是有一个答复比较好。"

"好呀，那简单。"泰利手一挥，"把这份报告发给赛琳娜，让她写个评估给我。"

于是这份报告回到了方舒手中，方舒看着报告的数字，笑了。她百分百确认，这些数字不是大色娃自己想出来的，她看了一下法国时间，然后拿起了电话，打给了张邕。

美国硅谷，霍顿商务咨询公司。

公司门口的标识下面，有一句醒目的口号："中国事务专家致力解决一切有关中国的商务问题。"

霍顿在办公室里正在阅读手下人刚刚提交的一份咨询报告。

上海会议之后，霍顿商务在卫星导航和相关行业声名鹊起，业务高速发展，这是霍顿自己都万万没有想到的。

虽然就如史蒂夫所说，3个月后，Skydon就在网站上撤下了霍顿的名字，也终止了和霍顿商务的一切合作。但是上海会议却不能在Skydon的历史上抹去，因为那的确是一次无比成功的盛会。这次活动甚至和Skydon赞助中国测量队珠峰测量相提并论，被认为业内最成功的市场案例之一。

所以，Skydon可以不提霍顿，但无法阻止霍顿自己把这次活动包装之后，放在自己的网站之上。同时把这次会议的所有功劳，以及会议之后Skydon在中国的业务增长，包括参考站业务的成功，全部算在了自己头上。

所有的资料有理有据，而引用的数字几乎都是真实有效的。与当初忽悠卡尔不同，后面的很多数字都是李可飞提供给他的。这几乎是一本教科书一般的成功案例，不由得别人不信服。

此后霍顿很快接到了无数的业务,以中国人的聪明以及他对中国的熟悉程度,这些业务其实手到擒来、毫无难度,他当初只是没有这样的机会而已,所以只能做一些不入流的事情。如今霍顿商务已经是一家非常正规的咨询公司,给无数用户提供真实可靠的咨询服务。

"一个来自中国的长途电话,您要接听吗?"前台问。

"好的,接进来吧。"他刚刚读完那份报告,有了一点宽裕时间。而来自中国的电话,他多半都是接听的。

"喂,老霍,干吗呢,今晚哪儿吃去?"

电话里传来一个极不正经的中文声音,伴随着肆无忌惮的大笑。

"李可飞?"霍顿眼睛亮了一下,"你稍等。"

他走到门口,将自己的门确认关严,拉上百叶窗。然后走到会客区,躺倒在沙发上。因为他觉得不以这样舒服的姿态,根本对不起李可飞的电话费。

"李可飞,你大爷,你这混蛋,我都到美国了,你还想着吃我的。"他开始和李可飞一样肆无忌惮。

"哈哈,老霍,我把你这句话录下来了,回头发到你网站上,你的Slogan(口号)不是什么中国骂人专家吗?"

"怕你?就你这样的,一顿饭也就搞定了。说吧,找我干吗?现在霍顿商务的咨询费用是,一小时500美金,现在开始计时。"

"还真有事,请你帮忙。等咱俩说完,再开始计时。"

"几年不见,你觉得咱们有这么深的交情吗?上来就帮忙。霍顿商务是正规公司,只做生意。不帮忙。"霍顿语气中透着鄙夷。

"的确,好几年没见,交情都浅了。你什么时候回来?我最近胃口还行,多吃你几顿,把交情吃回来。对了,我下个月去Skydon开会,咱们先在美国吃吧。"李可飞则有着无限的热情。

"真的?你下个月就来?妈的,一定来找我,吃什么都行。"霍顿听到李可飞要来,心情好了很多,连互怼都忘了。

"你找我干吗?你们Skydon的事我可不管,忘恩负义的企业,我给他们立了这么大功劳，他们居然把我名字从网站上全删了。"

"要脸吗？老霍，上海的事谁做的，心里没有×数吗？"

霍顿一本正经道："当然我做的，我手里有合同，还有Skydon的付款证明。Skydon不认吗？咱们走法律程序吧。"

"唉，还是吃你吃得太少了，等着吧。这次有件正经事，我有一份报告，想通过你的通天手段，交给法国TS集团。"

霍顿坐了起来，表情开始严肃。如今的霍顿商务可不是为了钱什么都肯做的公司。

"兄弟，说归说，闹归闹。你来了我招待你，什么规格都可以。但是违反商业规则和职业道德的事，我是不做的。不要说现在，就是以前我也不做这样的事。我可以忽悠卡尔说我能帮他和市长对话。但我绝对不敢提供一份假报告给他。"

李可飞也开始严肃地说道："听着，老霍。咱俩之间没啥可说的，谁欠谁几顿饭，都是开玩笑的。但你的确欠了某人一些情，没有你，他不会从Skydon辞职，辞职后也一直过得不开心。这人是谁你应该知道，不用我提醒你吧。"

"张……邕？怎么会是他？你们还有联系？"霍顿想起了一个已经快要淡忘的名字。

"为什么不能是他？我们平时不联系，但他有事需要帮助，找到我，我就帮他。我老李比你老霍讲交情多了。"

"听着，兄弟。我喜欢张邕这个人，但是我不觉得我欠他什么，他离职其实与我无关，是他自己的选择。帮忙可以，但我不会拿我的商业信誉开玩笑，出格的事我不做。"

"好，老霍你偶尔的正直很让我佩服。报告我发给你，你看一下再说。我实话告诉你，这份报告本来就是张邕写的，以你对他的了解，你觉得他的报告会作假吗？但我需要你补充一点内容，就是美国一家叫星球的公司，他们想收购张邕所在公司的一个部门。这部分你来调查，不用作假，直接提供真实结论就可以。"

"就这些，没有其他要求了？"

"没有，就这些。你只是咨询公司，不需要你为结果负责，只要把报告提供过去，就可以了。但是有件事咱们必须事先说好。"

"什么事？"

"我没钱，张邕和我一样，也是个穷小子。找你帮忙，不是要你作假，而是免费做事。对你这个美国人而言，是不是比较难？"

"纠正你一点，老子只是美国籍，我是中国人。先不提钱，我想和你确认一点，这份报告是不是TS集团需要的？"

"我不知道。张邕说是的。但他也承认，只是猜测。因为TS这样的大企业，做决定都有流程和手续，他认为一定会如此，但是并不确认。"

"如果这样，我们做个交易吧。"

"什么交易？"

"下次见面，无论是在中国，还是在美国，无论吃什么，贵还是便宜，都由你买单。你同意，咱们就成交。"

"奸商呀，居然要吃我一顿饭。看似简单，其实打破了你我之间的惯例，颠覆了谁请谁的规则，用心险恶呀。好吧，为了中美人民的友谊，我答应了。"

"哈哈哈哈，"霍顿得意地大笑，"李可飞，你也有今天呀，你终于落在我手里了。这次你可亏大了。"

李可飞感觉到自己被算计了，但并没有明白自己哪里吃了亏："不就是一顿饭吗？还有什么黑幕？"

"我们和TS集团的咨询公司本来就有些往来，想介入并不难。如果这份报告是他们想要的，你以为我会免费给他们吗？我真免费，对方反而会怀疑这份报告的真实性。我不但卖给他们，还要卖高价。这件事最好的一点是，即使最后没有赚钱，也没关系。TS的规模可是甩Skydon八条大街，能为TS这样的企业提供咨询服务，我在霍顿商务的履历上又可以写下傲人的一笔，此事对我百利而无一害。但这些，都不如赚你一顿饭让我开心。小子，争取早点见面吧，不要躲着我。否则我直接向TS告发你们。"

门外的助理，即使通过紧闭的门，也能隐约听到霍顿的得意的笑声。"我的天，老板这是做了多大的生意呀，居然高兴成这样。"

李可飞一脸生无可恋："江湖险恶呀，老霍，有你的。挂了，我现在开始攒钱，等着请你吃饭。"

三份殊途同归的报告，只是格式不同，数字稍有区别，同时摆上了TS集团的高层会议。

这并不是张邕可以操纵的结果，但是偏偏就这样发生了。这个结果使得这些做决定的大佬已经无法忽略掉大色娃的报告，且必须为他的观点作出答复。

但来自TS咨询公司的报告中，除了这些非常雷同的数字之外，还有一些其他的内容。这些内容彻底改变了高层的态度。

高层并不知道，这部分内容来自霍顿公司。当然就是知道了，也没人在意。

"星球公司，并不是一个真正的卫星导航专业公司，而是打着卫星导航的旗号，做一些拆分公司买卖的业务。"

"他们主动来收购一个并不算成功的部门，这几乎可以肯定不是他们的本意，而是有买家的委托。我们不排除真正买家是Skydon一类的知名企业。同时他们对Mag OEM应该有一个远高于目前报价的评估。"

"根据我们对美国多个类似企业相关业务的评估，具体数据见附件2-5-7AB。我们认为Mag OEM部门的实际价值远超当前的报价。"

张邕享受了一个轻松的巴黎周末。

他根据Madam的购物单，买齐了警花需要的化妆品，然后按小色娃指引，到了La durée给儿子买了一大包马卡龙。

购物任务完成，一身轻松的他逛完卢浮宫之后，沿着塞纳河步行，惬意地享受着巴黎的阳光。

周日，他睡了个懒觉，错过了酒店的早餐。周日巴黎的餐厅超市多数都不开门,他出门找食物,只在酒店旁边找到一个阿拉伯人开的超市依然在营业。他进去想买点吃的,结果那个阿拉伯老板紧紧跟着他,亦步亦趋。看那眼神,分明是怕他偷东西。他又好笑又可气,决定即使饿着肚子,也不在这店里消费,他大步转身离开。

后来他想了一下,干脆坐地铁去知名的巴黎北站。这里周末的客流更甚平时,车站里有好吃的法式三明治和饮料卖。

靠在车站的柱子上解决了肚子问题,他又突发奇想,既然城里商铺都不开门,干脆出城走走。据说奥特莱斯是不关门的,过去逛逛吧。反正人已经在车站了,别浪费机会。

他买了火车票,乘车出城一直往东,40分钟后,到了巴黎的河谷购物村。

张邕放松地走进购物小镇,很快发现了一个很严重的问题。Madam不在身边,他根本不知道该买什么,对眼前的各种品牌也一无所知。

他看了看时间,Madam应该还没起床。他无奈地叹了口气,来这种地方没有Madam在,简直太浪费了。于是他又想,要不要干脆再多坐一站,去迪士尼乐园好了。但随即放弃了这个想法,去迪士尼不仅要Madam在,还要带儿子一起才合适。

他忽然觉得巴黎的一切索然无味,还是早点回家吧。

这个想法刚刚出现,他的手机震动了起来,居然是一个法国号码。

"Bonjour,邕哥,你还在巴黎吗?"来电的是小色娃。

张邕心中一动,如果让一个法国人周末给他打电话,那一定不会是小事。

"周末好,老板。是的,我还在巴黎,有什么事吗?"

"很好,你延后一下机票。就待在巴黎,先不要回北京。下周等我消息,弗朗索瓦可能会找你。"

第125章　干杯老板

"巴黎这么吸引人吗？还是浪漫之都有艳遇？好像去德国瑞士那么多次，也没有延期回来的时候。老实交代，是不是邂逅法国美女了？红发蓝脸的那种。"Madam在电话里对张邕进行了审讯。

"我说大姐，咱有点常识好吗？金发碧眼才是美女，红发蓝脸那不是妖怪吗？"

Madam哧哧地笑出了声："果然，自己承认了吧，是金发碧眼的。"

"警官大人，幸好你不是干预审的，否则不知道要冤枉多少无辜的人呀。"

"你再不回来，儿子都该忘记你了。来，儿子，过来叫爸爸。"

话筒里传来一阵牙牙学语，儿子嘴里哇啦哇啦不知道在叫什么。张邕心都要化了："乖，宝贝，爸爸听到了。乖，爸爸马上就回去。"

Madam笑道："唉，还是儿子比老婆好使呀，这就要回来了呀。你要多待几天？也要一周吗？"

"应该不会，"张邕道，"该谈的事都已经谈完了，这次应该只有一件事，半天时间应该足够了。但我不确定这半天什么时候可以开始。小色娃让我待在巴黎等消息，我说先回南特，他说不用，大色娃可能会在巴黎。会议结束，我就直接去机场，第二天一早就到北京了。"

"好吧，时间确定了，提前说一下航班号，有时间我带儿子去机场接你。来，宝贝，和爸爸说再见。"

话筒里又是一阵咿咿呀呀，然后在张邕幸福的笑容中，Madam挂了电话。

事情并不像张邕想得那么快，他在巴黎等了3天，没得到任何消息。当他快要失去耐心的时候，小色娃的电话终于来了。

"邕哥，你在巴黎过得愉快吗？"

"不算很好，为什么我会觉得巴黎是世界上最乏味的城市之一，我快闷死了。"

小色娃笑道："我非常理解你的心情，但不能用你的情绪来评价一座城市。弗朗索瓦今天在TS开会，他邀请你共进晚餐。餐厅地址我会发到你的手机上，希望你进餐愉快。"

"我在巴黎待了5天了，希望能听到一些好消息。"

"是不是好消息，你问弗朗索瓦吧。现在Mag，很难有更坏的消息了。"

张邕按约定的时间来到餐厅，一进门就顺利地捕捉到了一头白发。他对上前招呼的服务生指了一下："我朋友在那。"

"嘿，邕哥，你好吗？"

"还不错，就是有点无聊。"

"抱歉，让你一个人在巴黎待了这么久。看看你要吃些什么？"

啤酒先端上来了，二人就着一碟橄榄，一边喝酒一边开始聊天。

"邕哥，我先确认一件事。你在巴黎待了一个周末，是不是你做了什么，或者听到了什么，所以才没急着赶回北京？"大色娃的问题总是不经意地突然而至。

张邕脑子里飞快地盘算了一下，他不想说谎，但也不想说出全部，他决定保留霍顿的部分。

"我接到了赛琳娜的电话，您的报告转手几次后，竟然回到了她的手中。于是她把这份报告重新给了我。我自己给自己的数字写了一份评估报告。就是这样。"

"哦，这样。"大色娃笑了笑，"会不会觉得TS这样的大企业，做事其实也很滑稽。"

"我觉得一个企业重视流程高于目的，可能就是这样吧。我没管理过公司，所以不好评价。"

"OK，说正事吧。我把你留在巴黎，是因为事情有变化，但我并不确认是什么变化。但如今的变化是好还是坏，其实很难评价。好消息是，美国公司的收购被拒绝了，所以我们暂时保住了OEM部门。但好消息到此为止。"

"到此为止？"

"董事会并没有打消出售OEM部门的想法，只是确认了星球并不是一个好的买家。未来6~12个月内，很有可能，TS会主动兜售OEM部门。这个不算好消息，也不算坏消息，毕竟这一切都是合理的。但关于OEM发展的问题，TS内部争论得很厉害。现在他们都确认了中国的巨大商机，但就和我之前担心的一样，他们不相信我们的竞争力，不愿意投钱。反而认为，因为这种商机存在，可能OEM部门可以卖个更好的价格。"

张邕的心有些抽紧，觉得这鲜酿的白啤不像之前那么好喝，好像有一点苦。

大色娃看着他的表情："抱歉，邕哥。但这件事也不是完全没有机会，只是希望相当渺茫。"

"机会在哪？"张邕听出了一丝玄机，他抬头问。

"哈哈，邕哥，我喜欢你现在这样的眼神。大家的争论总是重复又重复，又回到了之前的话题。关于他们最近对OEM的投资，以及DM100的市场表现。最终的结论是，如果DM100在市场上能够取得成功，他们才有可能接受我们的提议，开启高精度OEM的业务。所以现在解决问题的关键，又回到了销售这边，回到了你和弗朗索瓦身上。我们需要很快的，不是1年、2年、3年，而是1个月、2个月、3个月，让股东看到DM100的实际业绩，否则的话……"大色娃顿了一下，然后继续，"很坦白地说，如果DM100无法取得好的结果。我也会和董事会多数成员一样，支持卖掉OEM部门，并主动寻求买主。"

张邕有些沮丧道："您知道，我们无法在3个月内取得一款OEM产品的成功。即便用户开始试用，也只是10片、20片的量。"

"是的，我都理解。甚至我也知道，你提过的尺寸问题。这些话题在Mag内部没人提起，但并不代表我们真的不知道。这一切都很难，也并不合理。但你知道，这就是生活。"张邕又一次听到了这句熟悉的话语。

"我要的也并不多,邕哥,如果3个月内DM100在中国能有1000片的销量。我想,我可以说服董事会继续对OEM部门进行投入。如果完全没有业绩,我很抱歉,我什么也做不了。"

张邕拿起啤酒杯回道:"老板,我猜一下,你会的中文除了'你好'之外,是不是还有一句,干杯!"

"你说对了,哈哈,你要干吗?"

"干杯,有时候代表着成交的意思。干杯,老板。DM100,我来卖。"

大色娃微笑着举杯,却发现张邕仰起头将大半杯啤酒一饮而尽。

"老板,我还得来一杯。"

邵文杰等张邕的见面,等得有些着急。

他又一次叫过了小谭:"张邕不是从法国回来了吗?要不你约他一下。"

小谭叫苦道:"老板,您沉住气好嘛,他刚回来,肯定要倒倒时差吧。哪怕下周再约他也好呀,别让他觉得您比他急呀。"

邵文杰点头道:"你说得倒是对。就是不知道这个张邕会不会像很多人一样,嘴上客套客套,动辄说下次请你吃饭,然后从来没请过一样。"

"不会的,老板。我觉得他比您靠谱。"

邵文杰气得一瞪眼:"Out!"小谭求之不得,笑嘻嘻离开了邵文杰的办公室。

张邕其实回国后的第一件事,就是想去拜访邵文杰,只不过,他必须要处理好眼前的事。

邵文杰想约他的时候,他正在办公室和方舒做交接。

方舒将一沓签字的文件推给张邕,然后微笑道:"虽然我还是Mag中国区名义上的最高长官,但大家都知道,我可能不会再回到这里了。如今,这就是你的办公室了。你要负起所有责任了。而首席代表转到你名下也只是时间问题,弗朗索瓦他们对你都非常满意,不能现在就任命你,只是因为我的合同还没到期。甚至更换法人的文件,我也提前签好了，都放在一起了。因为我不敢保证，到时还有时间，返回北京来签字。张邕，真的谢谢你。没有你，恐怕我现在还不能回去和家人团聚。虽然找一个替代者并不难，我本来也算不上专业人士。但既然接了这个职位，我一定要给Mag留下一些财富，我的继任者一定要比我做得更好。很幸运，你来了，我可以放心地离开。"

"方总，其实是我该感谢您，感谢Mag。我的经历被人美化了，其实我的职场生涯并不顺利。到Mag的时间虽然短，但这里有我喜欢的氛围，我喜欢这里被人信任的感觉。摘星大会这样的活动其实不算什么，但没有您的信任和无条件的支持，我什么也做不到。我真的希望，您有时间常回来看看，只要我在这，这就永远是您的办公室。"

方舒笑道："谢谢你的好意，不过我更喜欢待在巴黎。下次再到法国，来巴黎看我，我请你吃饭。"

张邕回复："谢谢您，但我对巴黎有点心理阴影。"二人都笑了。

"不管北京，还是巴黎，有机会见吧。对了我还有件事要和你说。"

"您说。"

"我上次和你说过江晓苏的事。但我想过之后，觉得自己的做法并不合适。晓苏的确帮过我不少忙，但他并没有帮过你。我让你来照顾他的职业生涯，对你其实是不公平的。你如今是中国区主管，所有的一切都按你的想法处理吧。我收回我的建议，你也不用再考虑我的意见。"

张邕很认真地说："其实他能否留下，不在于您或者我的关照，而是在他自己。我觉得他可能不会待太久，他会自己离开的。"

"我觉得你越来越像晓卫，他信誓旦旦地说，你一定会离开Eka，来这里上班，他说对了。你这样说江晓苏的原因又是什么？"

"晓卫大概真的是可以洞察一切的聪明人吧。我不行，只是靠自己看到的和感觉到的，去推测后面的事。晓苏是我不太喜欢的一类人，很抱歉我这么说。这个无关能力，也无关人品，而是与性格有关。"

"性格？"方舒有一点不解，"晓苏的性格可是很好，他很温和。我看你的性格倒是让人感觉不好相处。"

"他其实远比我难相处，只是这个办公室的人都很好相处，所以不明显。他这样的人，看起来随和，也不孤僻。但事实上，他不和任何人交心，他的内心是封闭的。我们也根本没有办法和他交流。比如我们看到他有什么问题，想和他谈谈，第一时间，他的反应就是，你们说得对，我是有问题，以后我注意。第一时间的认错并不是态度好，而是他拒绝和你交流。但你无法继续，因为他已经认错了，而以后他不会改的。职场我最怕这样的人，他们永远没有反对意见，有了成绩第一个恭喜，有了问题第一个自责。他们就像一台不出错的机器，没有自己的喜怒哀乐。这就是我说的性格问题。"

方舒认真地想了想江晓苏这几年的表现，似乎真的如此。

"那你打算怎么办？让他离开吗？"

"暂时不会，直到他这种性格影响工作的时候。以前您在，他的问题不会太大。我在这里，我想我也能找到合适的方法对待他。但如果我们再招一个业务经理过来，他们间的相处可能就很成问题。"

"我早说了，你比我更适合管理这里。现在我很庆幸，这些麻烦都是你的了。张邕，祝你一切顺利。"

和方舒的交接，并不是张邕急于要处理的问题，之所以这么急，是因为方舒想尽快和家人团聚。

但有一件事，张邕必须要在和邵文杰见面之前处理完毕。这件事稍稍有一点头疼，因为事关田晓卫。

田晓卫正在和易目通电话。

"Mag美国这边，把我的SS24订单取消了。你那边呢？"

易目道："如果美国的订单都被取消，那么我在中国下的订单可能根本不会被接受。天工从来没有和Mag签过OEM代理协议，以前只是没人管而已。"

"现在有人管了吗？"

"当然。现在我们的老朋友在这里。"

聪明的田晓卫立刻嘿嘿地笑道："张邕呀，难怪。本事不小呀，中国的事就算了，美国的订单也给我停了。我说呢，这边的负责人居然说，让我联系中国区。"

"我以为，你会不高兴。他刚一上任，就断了你的订货。"

"怎么说呢，张邕长势喜人，本事越来越大，该替他高兴吧。你我都知道，我在圈子里名声不怎么样，你大概是我唯一的朋友，而张邕呢，可以算半个。这样吧，你去找他。你对他最好，他应该承你的情。你和他讲，这是我订的最后一笔SS24板子，让他给我放行，以后我也不再订购了。"

"晓卫，很少见你让步，也很少见你让我去求人。"

"我当他是半个朋友，求自己人而已。"

"晓卫，我不去。"

田晓卫皱眉，易目还没有这样直接对他说不。

"易目，你什么意思？"

"我的意思是，张邕现在的处境其实很艰难，既然我们算是朋友，为什么是他让步帮我们，而不是我们让一步帮帮他？"

"易目，"田晓卫的声音开始严厉，"你最清楚我的性格，可能我会失去Skydon，丢掉很多项目，但在直接的交易上，我从来没有吃过亏，也没容让过任何人。这次我说这是最后一单，已经是对张邕最大让步了，我不可能再让一步。你对张邕一直很好，我觉得没问题。但还不至于拿自己到手的利益交换吧。你不要善良得过了头。"

易目依然是一副平心静气的态度："你教过我，一个人是否真的让步，要看他的能力能做到什么。张邕已经不是之前天工的技术支持，他现在可以做到很多事。SS24的事，并不是我们在让步，而是他可以完全停掉我们所有的生意。但他没有这样做，反而来和我们沟通，希望我们能答应他，因为他一直把我和你当朋友。你当他是半个朋友，他却当你是一个完整的朋友。而且他一直很佩服你，哪怕周边的人都在骂你是个混蛋。"

田晓卫听着易目的话，眉头越发皱了起来，然后他提高了声音：

"易目，要是你身边有个人的话，你还是让他直接和我说吧。"

易目哈哈地笑出了声："我就知道一定瞒不过你，不等你的电话过来，他就在我这里等你了。"

另一个声音从听筒里传了出来："晓卫，你好。很久不见。"

"张邕，连我都敢耍了吗？"

"易总说了，我们是朋友，半个朋友耍了一个朋友，都不算吃亏。"

田晓卫忽然觉得有点无奈，他发现他无法对张邕拉下脸来，哪怕事关自己的利益。这在他的人生中，只怕是第一次，毕竟他连田教授也不怎么买账的。

"张邕，你和易目是不是都谈好了？难道一点机会都没有。"

"是的，我知道一件事。只要易总答应了，以晓卫你的高傲根本不会求人放行。一个连Skydon都可以放弃的人，怎么会在乎几块板子。"

"张邕，这些谈话技巧都是我教你的吧，你现在用这种话来捆绑我。"

"你教我的不止这么多，你和易总永远都是我的老师。这次我不是来捆绑你，因为这件事对我非常重要，我想求你来帮我。"

田晓卫的脸上掠过一丝温情，如果易目看到他的表情一定会大吃一惊，这非常地不像田晓卫。

"你要真当我是老师，那就验证了一句古话。"

"什么话？教会徒弟，饿死师傅。"

张邕大笑道："晓卫，世界上能够饿死你的人，只怕现在还没出世。我真的需要你帮我，多谢了。"

田晓卫在电话里提高了声调："易目，你怎么不说话了？我当你是兄弟，你联合徒弟，来算计我。"

易目远远地应了一句："你们的谈话与我无关，晓卫，你可以直接拒绝或者答应张邕，不关我的事。"

"张邕，你听着，这次就这样算了，下不为例。"

"等一下，晓卫，还不够。我们升个级吧。"

"升什么级？"

"把半个朋友升级成一个。"

"怎么升级？"

"把杰创的预付款还给他们。"

"张邕，不要太过分！"

易目道："晓卫，你做生意很强势，但都是靠大势逼迫别人做选择，似乎从来没有吞过别人货款。"

不知道是不是张邕的错觉，他感觉田晓卫似乎笑了一下："人是会变的，张邕可以来拿走我的订单，我也可以黑一下别人的货款。算了，张邕。我留15%手续费，其他退还他。"

"谢谢，晓卫。15%太少了，我觉得你可以留下30%，其他的不用管了，我去和杰创交涉。"

"听起来，我要谢谢你才对。"

"不是的，晓卫，我谢谢你，真的。"

"我最习惯听的一句话是'晓卫，你这个混蛋'，而不是谢谢。今天我很不开心，挂了。张邕，有时间来美国当面给我道歉。"

"好的，我到美国一定会去看你。"

田晓卫挂断电话后，易目微笑着对张邕道："你是唯一一个让晓卫为你让步的人。但我不惊讶，晓卫从来不是一个不讲道理的人，只是他只讲自己的道理，对其他的一切规则都不在意。但你这样的就是他的道理。"

"易总，其实晓卫和你对我都很好，有时候我觉得是我对不住天工。"

易目摆摆手道："你要没事就走吧，天工很忙，我们没时间瞎扯。"

张邕笑道："易总，请我喝杯茶吧。我其实又渴又累，刚才就想着怎么和晓卫交涉，连水也没喝。"

第126章　易目的故事

二人重新坐下。易目忽然问:"有没有关注工程中心二期的事?"

张邕的表情忽然僵了一下,有些事似乎已经成为过去,但其实一直都在他心里。

他可以忘记Eka的办公室政治,可以不计较那些对他的不公,甚至原谅所有用恶意待他的人。但他曾经的付出,曾经全身心的投入,怎么可以真的全部忘掉?

他进入Eka的第一天,就知道在总局的势力无法与Skydon抗衡,所以用了"农村包围城市"的战略。他一次次带着各个地方局的领导奔赴香港,参观Eka的参考站网络。他申请了一堆临时许可证,在地方局签下一份又一份合作协议,安装一个又一个临时的网络基站。他拿下了山东局的合同,让Eka第一次进入这个行业。

如果不是彼得的愚蠢,将珠峰测绘的事拱手让给Skydon,他的布局几乎完美无缺。

即使如此,他依然相信自己有极大的机会在工程中心拿下一城。

但最终他还是离开了,他没有等到结果。离开后,他就再没关注工程中心的事,他接到过李工的电话,他笑着对李工说:"Eka的事我不管了。您要是有关于钛科的问题,反而可以找我。"

"张邕,我每次电话打给你,你就换一个身份。本事真大呀,我们一辈子也换不了一次工作,向你学习。"

张邕笑道:"您夸奖了。"挂了电话,他难过了很久。

易目微笑着看着张邕脸色的变化:"放不下就放不下,男人也总有些事是放不下的。工程二期已经正式开始了,估计3个月内就会正式开标。你早晚要知道,不如先和你说说结果。知道了就当过去了。不然,你就真的不想了吗?"

"Mag钛科还有机会吗?我对我们自己的新一代测量型接收机有些失

望,这个项目我并不看好。"张邕在其位谋其政地谈起了Mag。

"方舒回法国了,现在你来做这个决定,要不要参与投标?你说参与,天工就参与,你说不用,我就放弃。机会呢,不能说没有,毕竟我们第一期的设备并没有发生特别严重的问题,我们的服务也勉强跟得上。特别Mag代表处成立之后,杨波几乎每年都到工程中心各地的基站去两三次。我预测我们有一成的机会。你看晓卫就知道,机会如果超过五成,你今天就不用在电话里和他谈话了,他会待在北京。"

张邕摇摇头道:"算了,那就不要参与了。Mag的背景很特别,我们未来的机会可能不在测量型接收机上,一成的机会就和中国男足出战世界杯预选赛一样,出线仅存在理论上的可能。谁的机会大?Eka还是Skydon?"

张邕发现,他问出这个问题的时候,居然紧张得有些微微颤抖。

易目指了指他面前的茶杯说道:"不是要我请你喝杯茶吗?这可是上好的金骏眉。先喝口水,这事已经与你无关了,你愿意,又有时间的话,我把这些当故事给你讲讲,你也当故事听吧。听完就回去吧。天工这边平时不用过来,有事给我打个电话就行。"

"谢谢易总给我讲故事。"

"现在说结果可能还早,但大局基本已定。可能和你想的很不一样,但无论什么结果,也只是个与你无关的故事……这次的项目规模太大,工程中心不敢将这么大的项目都给一家,所以会分两个包。如果你在Eka的话,你可能会和Skydon打个平手,一家一半。"

"如果我在Eka?"张邕抬起头,"我该做的事都做了,我即使离开,应该不会有太大变化呀?我看王幼斌是个很负责的老板,也不会胡来。"

"我们都不在Eka,所以不评价他们。王幼斌出身名校,他们这样的人都有一个毛病,看不起其他学校的人才。你之前手下是不是有一个叫马小青的?"

"对。我就是在想这件事,如果小青在,Eka不至于有什么问题。和

Skydon竞争很难，但如果两家入围，Eka一定会在其中。"

"王幼斌觉得马小青的出身和学识是无法胜任GNSS主管的，所以他没提拔马小青，而是重新招了一个海归硕士。但马小青与这位新任主管的相处并不愉快。"

张邕点了点头道："小青有一段时间是想接替我的，如果新人当他老板，他一定不服。"

"这位海归也的确有问题，眼高于顶，除了王幼斌谁都不服，这和你很像，但是也没人服他，这就和你不一样了。我知道你布的局，但是你走后，好几家的软件许可证到期，Eka都没有及时给用户升级，最后用户们，特别是你寄予厚望的四川局，都彻底放弃了Eka软件。最致命的是一周前，工程中心买了6台接收机，要两个品牌各买3台。可能是因为你不在吧，他们不知道联系谁，就发传真和邮件到了Eka中国。你知道发生了什么？"

"摘星大会的那一段时间吧，我不知道。"

"没人知道Eka发生了什么，但是没有任何人回应工程中心。工程中心当然不会更主动地联系卖方，他们一气之下，买了3台Skydon和3台日本康目。"

"康目？"张邕瞪大了眼睛"怎么可能？"

"听起来不可能，但就是这样发生了。这次采购被认为是二期项目的预演和热身，Eka主动放弃了。所以不出意外的话，这次中标的将是Skydon和康目。Skydon本就是意料之中，合情合理，因为Eka的出局，Skydon可能会拿到更多的份额，预计在三分之二吧，这将是一个天文数字一般的合同。但最大的赢家却是康目，他们几乎白捡了一个这么大项目，拿下三分之一的份额。当然，也不能说白捡，机会是留给有准备的人，康目在明知无望的情况下，依然努力工作，最终获得了回报。"

"张邕，你喜欢这个故事吗？Eka出局，你是有一种报复般的快感，还是有一种心血白白付出的失落感？"易目依然微笑着问张邕。

"都有吧，我都不知道如何取舍。Eka所做的一切都是自食其果，并不值得惋惜。我也已经与此事无关，但还是忍不住难受。我自觉自己的战略战术都很成功，那是我人生最接近巅峰的一次成功，就这样被荒废了。在别人面前，我还可以装作没事。但面对您，我不回避，自己其实非常难过。"

"好了，小张邕，别在我的办公室玩什么多愁善感。还有，不要以为自己当了爹，就是大人了，还什么人生最接近巅峰，你的人生还早呢，谁都不知道你的巅峰在哪里。故事听完了，你是不是该告辞了。"

"Eka那边事后有什么变化吗？"

"好问题，有，马小青被开除了。"

"马小青？"张邕觉得有些不可思议，"这事不该由他担责吧？主管不负责吗？"

易目笑道："你还不了解Eka吗？主管是王幼斌亲自招聘的，马小青只是你留下来的一名前朝员工，如果有一个人必须担责的话，那么肯定要牺牲掉马小青。"

"不错，这才是Eka，这是一个好故事，我想我现在可以放下一切，专心做自己的事了。"

"之前一直没放下？"

"我以为放下了，其实一直没有。"

"现在感觉如何？"

"我离开Eka的时候，对一些老朋友始终有一份歉意。而王幼斌亲自给我打电话，邀请我回去，我有些感动。拒绝他，也有一份歉意。但现在，我完全释然了，其实Eka还是那个Eka，有些东西还是永远不会变的。"

易目看着张邕，他能感觉到，张邕又抛下了一些负担，眼神更加坚定，人似乎也越发高大起来。

他满意地点点头道："马小青是不是你招进Eka的，现在Mag这边需要用人，你看中的人应该能力都不错，要不要招他来Mag。"

张邕摇摇头道："我以后不会再和他一起工作了，我可以无条件地信任一个人，但让我失望一次，就永远失去了我的信任。"

"好吧，随你。"

张邕站起身，忽然向易目鞠了一躬："易总，多谢，谢谢你的故事。"

"你没事吧，我活得好好的，鞠什么躬？"

张邕换了一副笑脸："易总，这是表示感谢，我只鞠一个，不是三个。再见，我走了。"

张邕不知道一件事，此时的马小青正在拿着自己的电话挣扎。

他翻开通讯录，找到张邕的名字，拨打电话，但没通之前又立刻挂掉，如此反复了几次。

最终他长叹一声还是放弃了，他很后悔自己做的一些决定，但是自己无法确定，如果一切重来，他是否会做不同的决定。

煎熬了一段，他翻出了众合的电话号码，打了过去。

也是同一时间，江晓苏在人才网站上看到了Eka的招聘启事。他抬起头，远远地看了看空着的方舒的办公室，也是纠结了很久，然后写了一份简历，按照招聘启事的内容，发给了Eka中国的人事部门。

小谭电话打给了杨波："张邕还没准备接见我老板吗？"

"我猜应该很快了，就这两天吧，我会盯紧他的。"

"你盯紧他是什么意思？"

"我要和他一起过去，不能让他甩开我。"

"你来干吗？我老板可没说要见你。"

"嗯，我觉得可以过去看看你……你老板还有你们公司。我的意思是，万一张邕需要技术支持呢，我在总是好些。"

小谭哧哧地笑道："说得好像张邕不懂技术一样，我看他比你还懂。"

杨波没有反驳："你要是夸张邕，我不和你抬杠。这样直说吧，他过去看你老板，我级别不够，只能看你。"

"哦，你要是过来看我，需要一点运气。"

"什么运气?"

"我的心情,我心情好就欢迎你,心情不好,可能直接把你赶出去。"

小谭和杨波聊过之后,心情变得非常好。

她蹦蹦跳跳敲开了邵文杰办公室的门:"邵总,张邕应该处理完手里的事了。他的手下人说,他可能就在这一两天内过来拜访您。"

邵文杰点头道:"不用你说,我已经知道了。"

小谭愣了一下道:"他给您打电话了?"

"不,他还没有联系我,但是他的礼物我已经收到了。"

"什么礼物?"

"SS24,晓卫已经取消了订单,然后返还了我们70%的预付款。"

小谭一脸不解道:"这算什么礼物呀?我们订单没了,还损失了30%的预付款。"

"这份订单,以及以后的SS24订单,我们不需要通过晓卫了,直接找张邕在北京代表处下订单就可以。看似我们损失了30%的预付款,但晓卫给我们的是天价,这些年累计下来,快挣了我们100万美金了。我相信,张邕的价格会非常友好,这样即使加上这30%的预付款,我们的成本还是会降低很多。而且,这是Mag的官方渠道,我们不用担心会有什么问题。"

"wow,"小姑娘欢呼般跳了起来,"这么好!老板,怎么没看出你开心?"

邵文杰摇头道:"现在开心还太早。这一切的消息都是晓卫和Mag美国那边过来的。张邕并没有给我任何信息,所以,我的猜测是,这样一份礼物绝对不会凭空而至。张邕这次来,一定有条件要和我谈。"

"您觉得会是什么事?"

"就是猜不到,所以才疑惑。我很希望,是他私人有一些要求,这样的话最简单,我们用钱就可以解决问题。"

小谭想着张邕的样子说道:"老板,我敢打赌,你百分之百会很失望。我虽然不确定他有什么条件，但一定不会是自己的好处。"

第127章　20 vs 1000

赵爷每次来到广州，都有一种深入虎穴的感觉。

这里不仅是东方公司的总部，"神一样的存在"的庞德办公所在，同时也是另外一家GNSS国产巨头尚达的所在地。

赵爷来到广州是要见一个很重要的人，但既然来了，他想顺道拜会一下两位老大。

尚达老总仲海军没有出面，副总陈锋则是直接拒绝了赵爷。同时他们对赵爷来访的目的嗤之以鼻，觉得他怎么会有这样幼稚的想法。

庞德倒是给足了面子，他没安排什么严肃的会议，而在自己的办公室接待了赵爷。

"赵总，我猜仲海军根本没见你，是吗？"

"庞总料事如神。"

"因为尚达根本看不起你的计划，估计他们在背后笑你幼稚。"

赵爷一脸忠厚道："听您的意思，似乎没有看不起我的计划。"

庞德笑了一下道："你说得对，我不会这样想的。你从来不是一个幼稚的人，所以你的计划我根本完全不相信，我是想了解一下你真正的想法，你到底想要做什么。"

赵爷苦笑了一下道："庞总，高估我了，我本来就是这么幼稚。我的想法很简单，如今市场上，东方可以挣3块钱，尚达可以挣2块钱，而华泰可以挣1块钱，如果保持这个状态，您依然是老大，而我们也可以活得很好。我只是不理解，为什么东方非要只挣1块钱，让我们无路可走。你可是损失了2块钱的利润呀。"

庞德没有直接回答赵爷的问题，而是反问道："你对天工的晓卫怎么评价？"

"晓卫？"赵爷不知道庞德怎么会提起这个人，"这是业内公认的聪明人，似乎不用我评价。"

"聪明？"庞德毫不掩饰自己的轻蔑，"聪明怎么会快把企业做没了？我从不怀疑清华毕业生的智商，他挣钱的本事也不错，但从企业经营的角度，晓卫就是个彻头彻尾的白痴。"

赵爷没有出声，庞德说得或许有道理，但他并不赞同。田晓卫不是白痴，只是他从来都不是企业家，也从来没有把经营企业当作自己的目标。在田晓卫眼中，庞德又会是什么人呢？他觉得这两人活在不同的世界，根本不能相互了解。

"所以挣高利润，是晓卫这种人做的事。钱挣得快，企业倒得也快。东方从成立的那天起，就没挣过暴利。而且我们的目标就是国产化，国产化就是要给行业用户带来益处，低利润让东方的设备在行业尽快地普及，就是东方的目标。我们也代理过一些进口品牌设备，但合作很快就停止了。因为这些厂家发现，东方接手的设备，就再也没有别的公司能够销售了。我们不只是低价，有时甚至是平进平出，只是配了一些国产的配件而已。我们可以把进口设备卖到只挣国产配件的利润，你觉得我们会在乎利润是2块还是3块吗？"

"所以，你想错问题了，赵总。东方从来没有想让你们活不下去，从来不是为了杀死你们宁可自己损失利润。而是有没有你们，我们都会坚持这样的经营策略。尚达其实是更想杀死对手的，他们杀不了东方，就会全力对付你。但我不是，东方只是在做自己而已。"

"所以你该明白了，仲海军不可能同意你的计划，三家企业联盟？问题比现在更多。谁当老大？就算你们都同意让我来掌舵，但是我依然会保持这样的低利润，你们会开心吗？将来呢，要不要上市？大家股份怎么分？上市之后呢？而且你在三家里势力最小，仲海军认为有把握能打死你。他怎么可能会联盟。"

"那庞总您呢，您觉得东方要打死尚达和华泰吗？"

"我刚说了，我们从来不是为了打谁。如果你们谁倒下了，一定是自己不够强大，而不是东方的原因。至于华泰嘛……赵总，我从来不会恭维任何人，但我相信，你可能会比尚达活得更长久。"

赵爷露出了憨厚的笑容："谢谢庞总这样评价我们。"但心中他有一丝警觉，他并不愿意别人过分看重他，有时被人轻视甚至忽视，其实才是最有利的位置。

"我很少看错人，你的眼界不同，听说你现在正在攻读EMBA，你看得或许比我更远。我不认为东方能打垮华泰，也无意与你兵戎相见。但我们按自己策略发展，如果在这过程中给你老赵制造些麻烦，让华泰发展得更慢些，坦白地说，我很愿意。但你找我谈这个没有用，因为我们不是有意为敌。"庞德微笑着说出"不是有意为敌"几个字。

"借庞总吉言。看来三家联盟的事是不可能实现了，定价的事我也只能自求多福。无论怎样，谢谢庞总接待我。"

一壶寿眉，几样精致的广式点心。广州的生活气息远胜北京和上海，赵爷很享受这样的气息，终于不用在咖啡厅见面了，这次他们约了广州的下午茶。

来人相貌平平，衣着中规中矩，有一副镜片很厚的眼镜，一双熬夜而布满血丝但依然闪亮的眼睛。这是一个从衣着形象到气质都是非常典型的研发人员。

"赵总，很感谢你亲自来广州找我。我看到了你草拟的那一份协议，条件我很满意，我也绝对相信你的诚意。但我的顾虑你应该也很清楚，我不得不考虑华泰北斗的前途。我知道你来了广州之后，想去尚达拜访。但陈锋说了，他们根本没有必要见你，也没什么合作可以谈，他们可以很快打死你。所以，就算你给我再多的股份，如果企业没有前途，一切都是空谈。"

"哦，"赵爷保持了一贯的笑容，看起来非常真诚，"我不只去了尚达，同时还去了东方，庞德见了我，还给了我一句评价，你知道是什么？"

"庞总的想法，我在东方的时候就猜不透。"

"他说，他觉得华泰可能会比尚达活得更长久。"

"真的吗？你确定？"来人瞪大了眼睛。他在东方和庞德相处得并不好，因为庞德就是一个独裁者。但对庞德的能力和眼光，他从不怀疑。

"我不会无聊到编一句庞德的谎话来骗你。"

来人的目光穿过厚厚的镜片，认真打量着赵爷的表情。

"赵总，从东方到尚达，我本以为自己做了正确选择，谁知如今的问题反而更多。我不想真等我到华泰后才发现更多的问题，所以还是把话说清楚比较好。我很想知道，如今华泰体量小，成本就高。你是如何生存并和这两家竞争的。"

"好问题，鹏总。你是一个难得的研发人员，有人背后称你为国产GNSS之父。但是你的技术思维太纯粹，所以看不到技术之外的一些东西。一个企业的成本包含很多方面。产品的成本，无论是硬件还是研发，都只是一部分。我们还有其他的，特别是人员和流程的管理和成本控制。我不敢说自己比东方和尚达做得好，但是，有些事我一直在做，已经走在了这两家的前面。"

"哦，都有哪些呢？赵总你说说。"

"第一，华泰是一个各司其职的股份公司，我一直在推行股改，如今公司股份并不是只集中在几个人手里，而是一大批高管。所以我们内部也不是我一个人说了算。我只是拥有否决权，我不能决定该做什么，只是决定不能做什么。这和庞总以及仲总的一言堂区别很大。公司更有活力，也更有执行力，因为这是大家的公司……"

鹏总微微点头，对此他深有体会。

"第二，一个企业越大，流程的内耗越严重。我们虽然只是一个不值一提的小企业，但我们这一直在推行国际化的规范管理。和你说几点吧，比如研发管理，我们学习的是IBM的IPD（集成产品开发）体系；生产制造，我们学习了丰田的ISC（集成供应链）体系；营销我们学习了埃森哲体系；人事管理，学习了Hay公司的体系……这样的体系在华泰还有很多，这些体系的本地化并不容易，耗费了我们大量的精力，使用初期也让我们付出了足够多的代价。最初的效率没有提高，反而在降低。但经过了这一段痛苦的历程，如今企业已经走上了正轨。这也是为什么我有底气到广州来请你加盟的原因。没有谁的未来是确定的，我们也走在路上。我们走得很慢，但是我们的基础很牢靠，我不好保证将来有多大的发展。但是尚达说要打死我们……"忠厚的赵爷终于露出了他内心最霸道的一面，"我想，他们绝对做不到。"

鹏总认真听着赵爷的话，他听到了很多全新的内容，这些他在东方和尚达都没有听到过，这一切让他逐渐心动。

"谢谢，赵总，受益匪浅。管理这一套东西，我不是很擅长，我只能看到一些最实际的问题。我还有一个问题，GNSS OEM板的事，你有更好的办法吗？如果OEM的事不解决，就算你管理得再好，尚达可能打不死你，但你的发展始终受限。"

"我们正在解决OEM的事，力求在捷科之外有更多的途径。我有一个朋友，叫张邕，你听过这个名字吗？"

张邕和邵文杰的会面终于到来了，张邕和杨波一起到了杰创的办公室。

看着有些激动的杨波，张邕暗暗叹了口气道："邵总，能让小谭带我们杨波去参观一下公司吗？杨波，你也抽空给小谭再介绍下我们的产品吧。"

邵文杰道："带杨波参观下公司，然后和技术部门做个简单交流，小谭，你安排吧。"

二人出了门，邵文杰道："年轻人去做年轻人的事吧，剩下我们两个老家伙单独沟通。当然，你并不老，甚至比我想象得还要年轻。"

"邵总也不老呀，正是做事的最佳年纪。"

"不如我们把互相恭维的时间谈一点有用的事。我让小谭与你沟通的目的主要是SS24的事，现在的结果我已经看到了。你找我有什么目的呢？我想绝对不会是SS24的事这么简单。或者，我可以换一种说法，SS24的结果我已经看到了，那么你的条件是什么？我用什么才能交换你在SS24上给我们的便利？"

张邕摇头道："邵总，我的确有事想和你沟通。但和SS24是两件事，中间不存在因果关系，不需要条件，也不用交换。如果你觉得有问题，我们可以先把SS24的事说完，再谈我的事。"

"哦，你认真的吗？"邵文杰有一点意外，"我接到了晓卫70%的退款，他让我找Mag中国订货。所以，我现在可以下订单吗？"

张邕打开了电脑，他打开一份报价，在后面加了一个折扣，自动计算后，将屏幕转向邵文杰。

"邵总，这是给你的报价，如果觉得没有问题，你随时可以下单付款。我已经和厂里沟通过了，今后全世界任何一个办公室接到SS24订单，都会反馈到中国办公室。我会第一时间和杰创确认，总之，杰创在SS24板子上拥有全球的优先权。"

邵文杰看过报价，依然保持着平静说："坦白地说，张邕。你这份价格比我想象得还要好。何况，还有了今后的订货保证。这样一份厚礼，如果你说没有条件，那这让我无法相信。"

张邕不自信地说道："怎么说呢？也不算完全没有条件……"

邵文杰舒了一口气，露出一副"我就知道"的表情。

"帮杰创解决SS24板子订货，是符合Mag利益的，这件事本来就是我的职责，所以你不用感谢我。但让晓卫退回70%的预付款，这并不容易。而且你付款给晓卫，与我，与Mag都无关，我希望在这件事上，你能领我一点情。这样我们后面谈的事可能会容易些。但这不是什么交换条件，你不用拿任何东西来换。"

邵文杰点点头道："我喜欢你这样交流的态度。我当然知道从晓卫手里拿钱有多难，我不知道你是怎么做到的，但我很感激。特别是，刚刚你说不用交换的时候。现在，说你的事吧。"

"好的。我不用邵总拿感激之情来和我们做交易，但希望邵总因为我这点人情而能考虑一下我的条件。"

"快说吧，张邕。我有点担心我们漂亮的小谭，我们这里耗时间太久，就增加了她被人拐走的风险。"

张邕大笑。

"很简单。Mag新出了一款双星OEM版，算是SS24第三代的替代产品。资料和产品你可以慢慢看。"

张邕再次翻转电脑，调出DM100的资料，推给邵文杰，然后从包中小心翼翼地拿出一个盒子，打开盖子，里面有一块精致的电路板。他把板子也推给邵文杰。

"我想要杰创做的，是订购1000片DM100，SS24的事我没条件。但是DM100的事，邵总，我想听你的条件，你提什么都可以。"

正在把板子拿在手中端详的邵文杰，听了张邕的话，身体一下僵住，如同被什么毒物咬了一口。

几秒后，他身体才恢复行动能力。他看着张邕，用一种怪异的笑容看着张邕，缓缓道："我终于知道，你为什么不和我谈条件了。因为你的条件太离谱，没有人会答应。20片板子换1000片？这真是一笔天大的好生意。张邕，是你觉得自己太过聪明？还是觉得我是个傻瓜？"

第128章　推介会

"邵总，我刚说了。SS24不是条件，但这1000片DM100，我希望听到您的条件。我知道这不合理，但我们可以尽量往合理的方向思考，比如，在什么条件下，您可以考虑订购1000片板子。"

"张邕，在任何条件下。我都不会一次性订购1000片全新的、未经市场验证的板子。谢谢你在SS24上的帮助，DM100，我是不会订购的。如果你觉得亏了，可以取消我的SS24订单。好了，今天的会议到此结束吧。可惜了，我们可能打扰了小谭和你们那个小伙子的时光。"

张邕叹了口气道:"是我冒昧了,邵总。我说的话都算数,SS24的事与此事无关。你正常下订单就可以了,其他我来处理。这款DM100样片,您留下测试。无论您是否订购,我都希望您给出一个专业的评价。我们给年轻人多一点时间,我去看看小谭和杨波他们,我想和技术部门的交流不会像咱们这场谈话一样这么快结束。"

邵文杰认真地看着张邕,他没感觉到这个年轻人是在惺惺作态,但能感觉到他内心的失望。

"等一下,张邕。我们可以换一些其他条件。你让我在SS24上多赚了很多钱,我可以给你一部分返点。而且不是一次性的,每次我订购SS24,都会返给你一笔。我出手一向很大方,会让你满意的。DM100做得再好,也是Mag的事,这笔钱却是你自己的,算是我的感激之情。如何?"

"谢谢邵总好意,这钱我不要。以后有机会再拜访吧。"

邵文杰皱了皱眉,他并不习惯欠别人的人情,但更不习惯有人拒收他的好处。

"一个不要钱的人,往往都是有更大的图谋。张邕,你和我说实话,为什么要1000片DM100,正常的商业规则下,你的老板也不会这样要求你。是不是你的业绩缺口很大,急需补漏洞?我知道你有个漂亮的女老板,小谭把她夸成了天仙,可惜,我还没见过。我听说她要回法国。是不是你需要证明自己的能力,来得到中国区老大这个位置?如果是这样,我们可以商量一下,我看能不能找到其他办法帮你。但DM100是生意,你知道,我宁可被晓卫高价宰我一刀,也不会拿生意开玩笑。这是我们做企业的人的底线。"

"我们今年的业绩其实还不错,我并不需要1000片DM100来冲我的业绩。小谭应该告诉你了,我们的手持导航仪其实卖得非常火爆。邵总,我不想违背你的本意,用各种理由来说服你,我觉得无聊,也觉得你这样的人,一定不喜欢说客。但如果你想再多给小谭他们一点时间,我们可以多聊几句,我告诉你这1000片DM100背后的事。"

"唉，我都不知道我是不是又上了你的圈套，但无论如何，你在SS24一事上帮了我是事实。你请坐吧，把你要说的都说出来。"

张邕的故事并不长，邵文杰却听得目瞪口呆。

他用一种不可置信的目光看着张邕说道："我来总结一下你的故事。你是为了OEM业务加盟Mag的，如今却必须先拯救这个部门。你要卖掉1000片板子，然后OEM部门可以被保留。保留之后，你的老板可以去申请，做一款高精度测量型板子。获得批准之后，Mag OEM部门去启动双频高精度板卡项目。等这块板子做好之后，你会拿着这块板子支持华泰赵总的国产化，打破众家同'芯'的局面。是这样吗？"

"好像就是如此。"

"张邕，我很庆幸你不是在做自己的公司，否则你将万劫不复。你要做的事，包括了几个环节，每个环节都很难，每个环节都有极大的不确定性。相比起来，让我订购1000片板子反而不是最困难的。你根本不能确定，后续OEM部分是否可以拿到投资，更不敢保证他们能做出一块可以和捷科抗衡的OEM板，更不要提欧洲人做一个产品的周期，也许他们做出来的时候，连GNSS接收机都过时了。而这款板子真的面世，在中国市场的竞争性还有待证明。你根本就是稀里糊涂赶夜路，什么都看不明白。除了目标明确之外，一切都是不确定的。我真不敢相信，GNSS行业还有你这样自以为是的家伙。当初我看到你把会议命名为'摘星大会'，我觉得这样做的人一定是一个文科生。现在我知道自己错了，文科生或许感性，但绝对不会这样天真。"

张邕笑了笑道："我收到这样的评价并不是第一次，但说得这么透彻的，邵总你是第一个。能够这样精确评价我的，会不会是个文科生？"

邵文杰也笑道："不可救药的愚蠢理工男。"

张邕稍稍恢复了一点严肃："你刚才说对了一点，你说'除了目标明确之外'，我觉得目标明确是最重要的。有了目标，过程再曲折，也总有到达的那一天。"

邵文杰道："对这种鸡汤类的观点，我既不同意也不反对。我刚才想了一下，其实1000片板子可以有很多不同的表达方式，批次，周期，各种机型，其实未必一定是一个不可接受的数字。但任何人，如果一上来就面对1000这样一个数字，恐怕都不会接受。我觉得你连基本的谈判技巧都没有。"

"对于各种谈判技巧，我既不同意也不反对。谈判在于诚意和条件。如果因为谈话的技巧而接受某件事。事后他后悔的概率其实很大。"

邵文杰点点头道："说得对。我说过了，不会拿生意开玩笑。这样吧，这块样片放在我这里两周，我们做详细的测试和评估。然后我会召开一个行业用户会，我没有你的浪漫情怀和文采，办不了摘星大会。我的会议就叫作DM100推介会。我需要你派一个技术专家来配合我们，杨波太年轻，最好派一个法国专家过来，这样效果会更好。我们是否要这款板子，一切的决定，得等到这次会议结束。"

张邑毫不掩饰地露出了喜色。

"你不要高兴得太早，你所说的条件，我现在还没考虑。但如果会议之后，我有意订购你1000片板子。那时候，你的灾难才会真的开始。没有足够多的代价，你是无法拿到这1000片订单的。所以，你考虑一下，我们是否真的继续。"

张邑无比坚定地看着邵文杰的眼睛说道："我不用考虑，只要可以继续，我什么条件都接受。"

小谭和杨波也结束了自己的交流，二人一起回到了邵文杰办公室，各自看到自己的老大在极其认真地讨论着什么。

"你们那边结束了？杨波，我和邵总的交流也告一段落了。邵总想留我们吃饭，但我还有事，只能失陪了。你有没有兴趣留下来，和小谭一起吃饭。"张邑笑着问。

"我……"杨波说了一个字就卡壳了，他望向小谭，两人都红了脸。

奥利文受邀来到了中国，他兴致勃勃地和张邕一起走在北京的街头。

"在法国，你请我吃了法式煎饼。在北京你想吃什么？"

"除了北京烤鸭，我对北京美食一无所知。我是客人，你安排吧。"

"周末带你去长城，回程路上有家不错的烤鸭店。今天嘛，你不是要买景泰蓝吗？先带你尝试下景泰蓝火锅的北京涮肉。"

"wow，景泰蓝的火锅！真的吗？还是只是餐厅的名字？"奥利文一脸的兴奋。

"货真价实的景泰蓝锅，看了你就知道了。"

"迫不及待，这感觉就像在卢浮宫里过夜一样奇妙。"

精致的景泰蓝小火锅，大片的羊肉随着水的翻腾而翻滚，火锅上方蒸腾着热气。盘子里红白相间的羊肉肥牛摆成一朵朵漂亮的红花。这一切，在冬日里让人觉得温暖，同时胃口大开。

桌上的一切深深打动了奥利文的心，他赞不绝口。特别是眼前小碗的麻酱小料，上面居然用腐乳和韭菜花勾勒出一幅火锅的图案。他不肯动筷，舍不得破坏这个图案。

张邕忍不住笑道："这和你们的咖啡拉花也没什么区别，不用这样激动吧。"

"不，不，"奥利文摇头，"咖啡拉花其实很简单，是一个一气呵成的动作。这个则不同，这是一幅完整的图案，需要更多的技巧。很多西方人诟病中餐，说味道还可以，但餐具和摆盘都非常粗糙，让人提不起胃口。他们一定从没见过这样的摆盘和拉花。"

"好了，我的朋友。赶紧吃吧，舍不得的话，临走给你打包一碗，你带回法国去。"

"哈哈，中国人不但会吃，而且很幽默。"

二人边吃边聊，很是开心，逐渐聚焦到即将到来的DM100推介会。

"邕哥，你确定这个杰创能解决我们的问题吗？为什么这么久，我从来没听中国办公室的人提起这家公司。"

"是家很不错的公司。至于是否能解决我们的问题，要看你在推介会上的表现了。杰创负责把用户找来，能否打动他们，可在于我们，主要是你。"

"邕哥，我不是销售，但你不要骗我。我要有这么大本事，OEM部还用被卖掉？一个产品报告，解决不了太大的问题。这里主要还是要看你的运作。但说实话，你的做法我不太懂，把所有希望都寄托在一个公司上，你不觉得风险比较大吗？"

"你应该知道吧，弗朗索瓦给了我一个1000片的任务吧。这个任务本就是非常规的，所以常规方法也根本做不到。"

"是的。弗朗索瓦和我说了。我很佩服你敢接下这个任务，虽然几乎没有人，包括弗朗索瓦和我，认为你能完成。但OEM部门被卖掉几乎已成定局，还有什么是我们不能试的呢？不要以为，弗朗索瓦真的那么信任你，他已经在为出售我们做准备了。有时候，我替Mag也包括我自己感到惭愧。整个公司里，没人太在乎这个部门是否该继续存在。唯一关心此事且积极拿出行动的，却是一个刚刚入职的中国员工。邕哥，我佩服你。我做不了太多的事，但是我会尽量做好自己的事。比如推介会的技术支持，但我依然不信，你能改变什么。"

"干杯，谢谢你的支持。我回答你刚才的问题，为什么我只认准杰创，而不找更多家。第一，我没有时间再去找更多的合适的伙伴，弗朗索瓦给我的时间不允许。第二，即使我找到10家，也没希望做到每家订100片板子。一个新产品，没有市场基础，找很多代理商来压货，他们会怀疑我们的合作诚意，认为我们只是一次性出货而已，最终可能一家代理商都得不到。第三，杰创一直做OEM生意，已经十几年了，未来也不会改变方向。这样的伙伴最适合长期合作，没有长期合作的基础，谁也不会首订单拿下1000片。因为只和一家谈，那么我可以给出很好的条件，无论是总代理，还是合作协议的延续性，我什么都可以答应。1000

片是一个不小的数字,只要有一点点的风险或是不满意,他们可能就会退出。所以只找一家是最合理的方案。我不确定杰创是不是最好的,但是这个时间里我们可以找到的最好的伙伴。我相信他们行。最终是否可以达成合作,除了尽人力之外,我们还需要一点运气。"

"说得不错,邕哥,干杯,好运。"

"有人说我有一点自以为是。也许,比如现在,我就相信杰创最终会和我们合作的。我反而关心的是你这边。如果我们启动高精度双频板卡项目,你需要多久时间能出样片?"

奥利文对着景泰蓝火锅忽然觉得有点下不去筷子了。

"邕哥,你太疯狂了。这1000片DM100,我们都不相信你可以做到。你居然已经在想下一步了。怎么回答你呢,这比DM100要难得多,而且有共性。如果我们做一块和现有测量产品里面尺寸一样的板子,会容易很多。"

"不行,"张邕坚决地摇头,"DM100的尺寸问题,还可以想办法克服。如果是测量型板子,我们绝对不能自己定义形状。"

"我说了,邕哥,一切都很难。所以我基本不认为我们可以保住OEM部门,但我祝你好运,真的。"

奥利文看着脸色越来越凝重的张邕,心中说了句抱歉,但奥利文觉得最好还是告诉他实情。

但3秒钟之后,他惊讶地看到,张邕紧皱的眉头解开了,脸色也恢复了正常。

他夹了一筷子肥牛放进锅里,然后对奥利文道:"既然下一步比这一步还要难得多,那我们到时候再考虑吧,先把眼前的事做好。吃完饭,我们过一遍你的PPT吧。"

奥利文摇头道:"不可思议的家伙。中国人都是这样的吗?"

杰创的推介会正式开幕。

与张邕选择咖啡厅不同,邵文杰做的一切事都是中规中矩的。会议地点选在了理工大学的一间学术报告厅,来宾们看到会议地点就感到浓浓的学术气氛。

没有花里胡哨的会场布置，白纸黑字的道路指示牌放在显眼位置，大型会议桌上清清楚楚摆着每个来宾的姓名牌和两瓶矿泉水。

会议桌后方的陈列席，摆着杰创一系列的GNSS板卡产品，捷科的板子也在其中。但中间最显眼的位置，摆着DM100。

每个来宾签到时除了资料，都有一份相当贵重的礼品。正如邵文杰所说，他的出手一向很大方。

张邕带着奥利文到来的时候，小谭立刻迎了上来，她在国外待过很久，不仅英文好，还能讲一点法语。奥利文几乎很快就成了小谭的另一个"一见如故"。

张邕开始并没明白，为什么小谭坚持让他和奥利文签到。但拿过资料袋立刻懂了，除了礼品，还有一个信封，装着专家费。这并不是专门给张邕预备的，每个人都有。

张邕心中感叹，邵总的出手真的不凡，相比之下，自己的摘星大会太过儿戏了。他不知道的是，邵文杰对张邕的摘星大会评价也很高。他们对彼此都有些钦佩，却又知道，自己学不了对方。

当张邕带着奥利文和已经到达的来宾打招呼互相介绍的时候，外面来了一个陌生的客人。

"先生，请签到。"

"签到就不必了，资料和礼品我也不用。我就是进去旁听一下。"

"谭姐，这位先生不肯签到。"小女孩赶紧叫来小谭。

"先生，您是哪个单位的？谁邀请您的，您是怎么知道我们这场会议的？"小谭有些奇怪，第一反应是把对方当成了蹭吃蹭喝的会虫子，但是不要礼品似乎不是这些人的风格。

来人向上推了推自己的镜片，然后对小谭道："我找张邕。"

张邕被叫到了门外，他稍有疑惑地看着这个戴着眼镜的陌生人，他并不认识。

"你好，张邕。"来人伸出了手。

张邕和对方握手，口中问道："您是？"

对方俯身靠近他，这个姿态在外人看来，像是两个老朋友想要拥抱一样。其实对方只是靠近了张邕，在他耳边轻轻道："赵总让我来的。"

张邕平静下来，他说了声"欢迎"，然后向小谭摆摆手，表示交给我吧。

他带来人走进会议室，那人道："谢谢，不用管我了。我想看看你的板子，然后和那个老外交流一下。"

"他叫奥利文，你需要翻译吗？"

"不用。"

"好，那您自便。"

第129章　100 vs 1000

推介会正式开始了。

没太多的仪式烘托气氛，邵文杰先问了大家好，然后直接开始了DM100的介绍。

"众所周知，全世界第一款GPS+Glonass的双星板，就是Mag公司的SS24，如今十几年过去了，这款板子依然在全球广泛应用。虽然如今的双星技术已经普及，但Mag在板卡技术上依然有着其独到之处。现在Mag推出了他们新一代的板子双星or双频板卡DM100，我们经过测试，性能非常优异，稍后我们的工程师会做介绍。所以今天办了这场推介会，将这个产品介绍给大家，也期待大家的积极反馈。这次呢，我们有幸得到了Mag公司的大力支持，请到了Mag北京代表处的中国区销售总监张邕先生，还有Mag OEM部门负责人奥利文先生。今天的日程，我们先请奥利文先生上台做DM100的介绍。之后我们的工程师会将这一段时间的测试报告汇报给各位专家，然后是我们关于这块板卡的技术交流，由Mag的两位专家，和我们的工程师一起来解答各位的问题。好，大家给一点掌声，有请奥利文，也感谢杨波来为我们翻译。"

掌声之后，奥利文上台，开始了他的介绍。介绍很精彩，全场听得都很认真。

张邕则悄悄离席，来到了那个陌生来客的身边。

"感觉如何？"

"很特别。我看了这块板卡，有几个芯片我们买不到，当然也包括烧录在芯片里的程序。但基本上我们是可以做出这块板子硬件部分的。Mag的技术很特别，这块板子是同一硬件，双星或者双频二选一，虽然不是双星双频的板子，但已经可以说明，Mag是具有很成熟的技术的。不考虑其他因素，搞出一块成功的双星双频板只是时间问题。这点我毫不怀疑。但接下来就看你的了。"

"您和赵总谈得如何了？"

陌生人忽然转向张邕，看着他的眼睛说道："你知道我是谁？猜到的，还是老赵告诉你的。"

张邕道："要是有人告诉我，我会提前安排，就不会发生门口被人挡驾的事了。如果我的问题太过超前，我可以不问，但留个电话给我吧。我想后续很多事需要您帮忙。"

"好，我们交换一下电话号码。赵总说一定瞒不过你，我这样前来不想张扬，但没有想瞒你，因为你一问赵总就知道了。但你几乎第一时间就猜到了，我还是觉得有点意外。"

张邕微微点头道："赵总一直说我的一句话是，我比自己以为的要聪明。我逐渐开始相信这句话，但有个问题，如果我信了这句话，那么这句话本身就不对了。"

"嗯。"对方对对张邕这样的逻辑分析并无兴趣，他嗯了一声然后专心地听奥利文的报告，不再有谈话意向。

张邕也不意外，这样的技术天才他见过很多，这种作风并不陌生。反倒是怒发狂人才是一个最不像学者的优秀学者。

杰创的工程师向来宾介绍了两周来测试的各种结果，也包括了和SS24以及其他品牌的一些对比。

到了交流环节，板子尺寸的问题果然被提了出来。

"邵总呀，法国人的设计都是这样特立独行，坚决不走别人的路吗？这块几乎是正方形的板子，我们根本用不了呀。难道要我们因为一块板子，而改变所有的系统集成？"

这个声音立刻得到了绝大多数人的支持。

邵文杰对此早有准备："王总，谢谢您的好问题。SS24卖了10年以上，我毫不怀疑，这块新板子也会有更长的寿命。今天请大家来，不是要大家替换自己现有的设备，而是未来在新设备上可以集成这款板子。"

"邵总，那今天的推介会意义何在呢？我们这一群人里面，正在研发集成新设备的可能只有一小部分。等我做新设备的时候，我不确定这款板子还够不够先进，更不能确定邵总你还卖不卖这款板子，哈哈。"他笑了一下。

连锁反应一般，会议室很多人都笑了，邵文杰自己也露出了笑容。彼此打交道太久，都非常了解杰创从来没有绑定某一个品牌。

"王总，今天我把Mag的几位同事请到我们发布会来，您说我的目的是什么。我一直以来都想要一个主线产品，如今Mag的这款板子对杰创还是个机会，我们可能会长久地经营下去。当然，这个还要靠在座各位的支持，还有Mag的支持。"

坐在后排的张邕赶紧开口道："是的。杰创经营Mag的板卡已经10年以上了，Mag对此非常感谢，我在这里正式表态，我们会继续全力支持杰创科技。至于合作期，只要邵总愿意合作，我们可以一直合作下去。"

邵文杰感谢地点了点头，高声道："谢谢张总。王总，各位，还有什么不放心的吗？"

坐在张邕身边的陌生来客忽然开口："关于大家提到的板子尺寸问题，其实不难解决。"

这句话立刻吸引了所有的目光，他们顺着声音看向此人，都以为这一定是杰创的工程师。邵文杰心里却问了句："这是谁？"

"各位从事的都是一些国家重点项目，我不知道具体用在哪里。但我的预估，各位的产品给GNSS板留的空间足够，可以容纳不同尺寸的板卡。所谓尺寸问题，不是空间问题，而是主板与GNSS板硬件兼容的问题。我们能做的，是可以设计和各位所用主板尺寸接口完全一致，但兼容DM100的主板。随DM100一起销售，设计费直接算在DM100价格里，不单独收费。"

这个提议引发来宾的众多议论："好像是不错的主意""嗯嗯，不错，可以接受"……

王总却并不买账："这位……工程师。在座的都是GNSS专家，难道我们不会设计主板？只是没人愿意做这项工作而已。如果我们想用新板子，自然可以自己设计。"

"是的。大家当然可以自己做。但如今国家任务这么紧，大家都有很多工作要做。没人愿意花精力去改造旧设备，所以一块板子用了几十年，新产品都更替三代了，大家依然用旧板子。所以我们帮大家做这种没有技术含量的事，只要想采用DM100，我们就连主板一起提供。这样可以节省大家的时间。当然我们不是所有的事都能做，但只要具体要求不涉密可以给我们的，我们就来设计。大家想换DM100的时候，可以直接连主板一起使用。"

王总点点头道："不错，有道理。邵总，想得周到呀。"

邵文杰笑道："哪里，哪里，为大家服务嘛。"

推介会顺利结束，杰创安排了晚宴。宴会开始前的短暂空余时间，奥利文第一时间向老板大色娃进行了汇报，他对活动的评价极高，大色娃非常满意地让奥利文转达对邵文杰的感谢。

陌生来客却拉着张邕来到了餐厅外。

"DM100我们可以用，我现在可以订100～150片，具体数量和板卡的配置，要和赵总具体商量。"

意外之喜呀，张邑心中一阵兴奋，没想到这里的订单居然比杰创的来得还早。

"这是块导航板，你们用来干吗？"

"一块可以做双频RTK的板子，哪里还是什么导航板？"

"用来做什么呢？"

"你觉得在高精度测量设备和手持导航仪之间，从产品的角度来看，是不是缺了点什么？"

张邑恍然大悟道："你要做一款高精度的地理信息采集设备，这个概念太好了。"

来人显然没有张邑的热情高，说道："好？当然好，这是Skydon的概念，我们做国产的不过是跟在后面学罢了。没什么好说的。"

张邑忽然发觉，他很久没关注Skydon的新技术了，好像宫少侠去Skydon不就是负责这方面的产品嘛。

"你要和赵总商量，那么你和他之间的合作是不是已经达成协议了？"

"你能猜到，就不瞒你了。本来还没有达成一致，但应该快了。你是他让我见的最后一个人，你也没让我失望。这对华泰是个加分项。"

张邑觉得有几分滑稽："你不是来看Mag的板子吗？这和我没有直接关系。"

"板子要看，人也要看。没有你张邑在这，就没有这块板子，也没有后续。我走了，你替我向邵总道个歉，我还不方便介绍自己，但估计很快就可以见光了。"

吃饭的时候，邵文杰先是招呼了一圈来宾，然后坐在了张邑身边。

"你还带了神秘人来，交代，那人是谁？"

"他让我向你道歉，名字还不好公布。但我透露一点，做国产GNSS接收机第一人。"

邵文杰睁大了眼睛说道："是他？"

"嗯，"张邑没有继续说下去，"他是谁并不重要。对你来说，他只是一个要订购100~150片DM100的用户。邵总,你已经开张了,我帮你卖了100片板子。"

邵文杰奇怪地看了张邕一眼道:"他和我没什么交情,而且他要买的是Mag的板子。你直接卖给他不就好了,没必要通过杰创。我只挣我该挣的钱,没必要欠你这个情。"

"大哥,你说的,我拿20片板子要换你1000片订单,不知道是我以为自己太聪明,还是认为你太傻。现在我的条件在涨,用150片板子换你1000片订单会不会好一点。"

"你这家伙。"邵文杰笑了一下,"如果从交换的角度,20片换1000片,和150片换1000片,区别并不大,还是差得很远。"

"我认真的,"张邕正色道,"我不清楚你会提什么样的条件,但我能猜到,你真要订货,价格上,一定会要一个非同一般的折扣。那么你可以按我的正常折扣卖给他,这样他并没有损失,而你能有利润。我这样做并不是卖你人情,而是希望你能有足够的信心,认为1000片是可以接受的。同时这150片现成的订单,可以减轻你的订货压力。不仅仅是订货的问题,这是我表达自己诚意的一种方式。如今各家都拒绝总代理的做法,但我想反其道行之,这1000片板子的订单下来,杰创将成为这款产品中国区唯一代理。中国区所有的出货都通过你。这150片板子的用途,对你来说,就是一个全新的应用,不在你之前的用户里。这种应用未来还有很多,我都会放在杰创这边。"

邵文杰点点头道:"你做事很讲道理,对我胃口。但你是不是很自信,认为这1000片订单你已经拿到了。"

"与自信无关,邵总,这1000片订单我必须拿到,而且要在3个月内拿到。为了这个目标,我会全力以赴。"张邕脸上出现了熟悉的坚毅表情。

"唉,可能我不答应你才是对的。要是你这种天真的家伙真的从我这里拿到1000片订单,你会永远天真下去。我应该给你一个教训,告诉你现实世界是什么样子的。不是你以为的那样,不是只要你真的努力付出了，就可以得到想要的结果。"

张邕脸上刚刚出现一点点失望的表情，邵文杰接着道："可惜了，这次可能你又如愿了。我想了一下，可能也不是坏事。这世界聪明人太多了，偶尔多个天真的家伙也是不错的安排。恭喜你，张邕，你拿到你想要的订单了。不过就像我说的，这也未必是好事，我们还有很多事情可以谈。"

"不重要，谈什么我都可以接受。"

小谭正在给他的异国"一见如故"介绍中国菜，却突然被张邕打断了。

张邕以一种近乎癫狂的语气，大声呼唤奥利文："奥利文，给弗朗索瓦打电话，他要的订单我做到了。我会很快再去法国，找他面谈。"

第130章　Mag vs 捷科

王幼斌对前来面试的江晓苏非常满意，他满足王幼斌对人才的绝大多数要求。欧洲名校毕业，讲一口流利的英语和法语，谈吐文雅，知识很渊博，而且有着Mag这样的专业GNSS背景。

唯一有一点遗憾的是，江晓苏的简历上并没有太多拿得出手的成功案例。

"你职业生涯中，最成功的经历、取得过最主要的成就是什么？"

"王总，我是一个团队型的成员，并不善于单打独斗。但Mag所有的成绩都有我的一份努力，比如去年的国家林业局手持导航仪投标。我并不想把这一切都算在我的头上，但这里面有我很多的贡献。"

"你和张邕相处一段时间了吧？你对他怎么评价？"

张邕？在Eka办公室又一次听到这个名字，江晓苏有一种无力感。

"怎么说呢？他很能干，经验也很丰富。但是他身上有一种压迫感，会让和他一起工作的人感觉压力很大。这不是他的问题，但并不是所有人都能适应这种压力。"

王幼斌听了暗暗点头。人的心理很微妙，当他尽最大的诚意和努力想留住张邕却没有成功的时候，除了遗憾，他内心的一些机制自动启动。劝说他自己，或许张邕并不值得他这样做，他不留下是对的。这个时候，他其实想听到一些消息证明自己的观点。

所以他欣然接受了江晓苏的观点，同时觉得，张邕在Eka闹出那么多事，看来也有他自身的原因，并不都是Eka的问题。彭妮就是个很不错的员工，可是和张邕相处得并不好。

"张邕在Mag还在继续跟踪工程中心二期的项目吗？"

江晓苏摇头道："没有。不过即使有，他也不和我们沟通，所以我不知道。"

"所以你也没有介入这个项目？你对工程中心熟悉吗？"

"毕竟第一期是Mag钛科中的标，我这几年里陆陆续续去过几次，认识一些人。您需要我做什么？"

"二期项目，马上就要招标了。我们的处境不算有利，你能做点什么改变这种局面吗？"

江晓苏脸色发苦，这么大的事，他能做什么呢？他甚至有点后悔，不如直接承认自己几乎没去过工程中心。

"王总，如果日常做一些工作，我还可以。但是到了临门一脚，可能张邕这样的人更合适，只有他们这种不按常理出牌的人才能在这时候找到办法。"他决定用张邕挡在自己的面前。

果然，王幼斌有一些不快，但并不是完全针对江晓苏的，说道："世界上并不是只有一个张邕可以做事，Eka中国也有同样的论调，一旦事情做不好，就说张邕如果在就好了。我非常不喜欢这样的论调和态度。"

"有些人就是很引人注目，所以大家会无意中夸大他的作用。其实Eka中国需要在您的领导下成为一个整体，按部就班各司其职地进行团队合作。我也希望有着这样的工作氛围，所以我想离开Mag，虽然张邕很能干,但未必是个好同事,好的team leader。"

王幼斌点点头道:"好的,晓苏。你的职业履历和个人素质都非常不错,我们内部稍稍沟通一下,人事部门会和你再次沟通。谢谢你前来。"

王幼斌显然忽略了一些事,他想找到一些赢取二期项目的方法,最终却是以批评张邕而结束了这次谈话。

对江晓苏的离职,张邕并不太惊讶。摘星大会他没让江晓苏参加,会有两种不同的结果,而现在这种结果出现的概率本就更大些。

"方总离开前,特别嘱咐过我一件事,就是要留下你。所以,如果你要留下的话,我想我们可以找到相处之道。但你坚持要走的话,我祝你顺利。"

"谢谢,也谢谢方总。你来了,方总走了,这个办公室的风格就变了。我不是对你有意见,而是不适应新的氛围,所以我还是离开吧。"

"好的。没有问题,我会向弗朗索瓦他们说明情况。能问一句你要去哪吗?"

"我还没入职,不能说。不过你很快就会知道,那是个你很熟悉的地方。"

张邕嘴角泛起一丝苦笑,他很想告诉江晓苏,以你这样的个性,在Eka只怕比这里痛苦几倍,寸步难行。但最终他什么都没说,说了又如何?江晓苏会信吗?

"好的,祝你好运,有机会再见。"

相比于江晓苏波澜不惊的离职,另一个人的跳槽则在业内引发了不小的震动。

号称中国GNSS接收机第一人的关鹤鹏,抛弃了尚达公司的所有股份,加盟了赵野的华泰北斗。

这个消息,比当初关鹤鹏离开东方加盟尚达更令人震惊。东方因为结构的庞大和股权的复杂,虽然占据国内第一的宝座,但想上市并不容易。所以尚达被公认是未来有希望第一个上市的北斗测绘装备企业。这个时候，关鹤鹏放弃尚达的股份，可以说是匪夷所思。

于是大家的关注便逐渐来到了华泰这一边，赵爷到底用了什么手段，能吸引关鹤鹏？华泰北斗这家被东方和尚达压制得死死的公司，到底有什么特别之处，能吸引人放弃即将上市公司的股份前来。

这个消息确认后不久，华泰便开了发布会，赵爷亲自宣布，已经在市场上维持了几年的机型将迎来更新。华泰新一代GNSS接收机正式发布，同时华泰还将发布高精度手持型RTK，对标Skydon的高精度GIS设备。

这两大利好，使得华泰北斗的声誉快速上升，隐隐地与尚达分庭抗礼。

声誉的提高，也逐渐地反映在业务上。赵爷看着财务报表，舒了一口气。在关鹤鹏一事上，他付出的代价巨大，但如今看，这个代价是值得的。

可惜并不是每个方面都带来利好的，比如现在与北斗星副总鲍光电话里的谈判。

"赵总，恭喜呀，好事不断。我和范总沟通过了，这个季度，您的捷科板子的订货量虽然增加了不少，但基本上还是处在同一量级的，所以华泰北斗依然维持之前的折扣不变。"

"鲍兄，你也说了华泰的订单一直在增加，量变是有个过程的。我们要求也不高，哪怕多给我们一两个点也是好的。"

鲍光没有直接回答，而是问起另外一件事："赵总，你们不是刚发布了手持高精度GNSS吗？我能问一下用的是谁家板卡吗？我想赵总不会不知道，捷科也有相关的板卡呀，要不要换成捷科的？"

赵爷回答得非常谦卑："我们想用捷科呀，但价格太高，我们用不起呀。"

"赵总你总是这样谦虚，你的低调圈里人都知道。我想这样，如果你把手持测量仪的板子也换成捷科的，我们和测量型板子的数量放在一起计算，来给华泰折扣，您觉得如何？"

赵爷认真地回答："这个还是算了，我们手持测量仪刚刚起步，加起来也没生产几台设备，还不值得和鲍总谈一次价格。看来我们还需要继续努力，把总数量做上去，再来找鲍总砍价。"

"赵总要是这样说，只能是下次再谈了。"

赵爷很想给张邕打个电话，但想了想，还是放弃了。他知道他的电话其实没有意义，张邕一定在做自己该做的事，只是他很着急，希望能尽快看到一些结果。

选择DM100做手持测量仪，是关鹤鹏的主意，他坚决地表示了支持。但华泰内部并不是人人都同意这个决定，好几个高管提出来为什么不用捷科的同类板子。这样可以和北斗星保持更好的合作，也利于申请更好的折扣。

不久前他和关鹤鹏讲过，华泰北斗是大家的公司，绝对不会是一言堂的独裁管理。但遇到某些情况，一言堂的好处显而易见。这样一块板子的选择，在东方和尚达内部绝对不会引起这么多讨论。

基本一致的意见是，新加盟的关鹤鹏为了证明自己的与众不同，于是选了捷科之外的一款板子。而赵爷对此事的支持，完全是为了表达对关鹤鹏的信任与支持。做企业最不该考虑的就是情面，特别是为了情面而损失了公司的利益，这是众多高管不满的原因。

赵爷罕见地有些发怒，他现在不能讲张邕和Mag板子的事，但也绝不允许这样的情绪在公司蔓延。

"通知鹏总和所有高管，会议室开会。"

"今天会议内容很简单，就是关于Mag DM100板子的订购。我先声明一个决定，捷科的同类板子我绝对不会使用，在这件事上我行使自己的一票否决权。至于原因，我会给大家一个说明。现在，我们先听鹏总解释一下选择DM100的技术原因。"

"大家好。我理解大家的质疑。但是你们知道谁是第一家做手持RTK，用于GIS采集的设备吗？"

"不是Skydon吗？"有人回答。

"当然不是，Skydon因为自己的强势，每一款产品都吸引了全世界的目光。其实大家如果去查一下资料就知道，几年前Mag就已经发布过相关的产品，按我的评价，这款产品即使拿到今天，也可以和Skydon媲美的。Mag的问题不在技术，他们这块产品的失败在于太过超前，超出了人们的认知。Mag的手持导航仪现在在国内销售很好吧，这对我们来说，似乎是一个技术上微不足道的产品，但我们却无法做这么好，为什么？因为手持设备和测量设备是不同的，我们太习惯于自己的测量思维了。Mag在手持设备上，无论是经验还是技术，都是最好的。至于DM100本身，你们自己可以去问测试人员，它的单频双星技术，完全碾压捷科的同类产品。尤其是这个大家最诟病的尺寸问题，我觉得很有趣。手持RTK是一款全新的产品，我用得着考虑板子的尺寸是否兼容吗？你们有没有想过，这样形状的板子是不是更适合手持设备。我亲手拆解过Mag的设备，他们自己用的板子就是这个形状的。我说得够清楚了吗？"

"好的，谢谢鹏总，现在我说两句……"赵爷接过话头，却被关鹤鹏阻止了。

"等一下，赵总，我老关还有几句话要说。"

赵爷看着关鹤鹏的表情，犹豫了一下，但还是接受了，"好的，你继续。"

关鹤鹏已经没有了刚才的严肃，一丝戏谑的微笑出现在他脸上，说道："我知道我有一个外号，有人背后称我是'国产GNSS第一人'，在座的各位听过吧？是不是不太喜欢听？"

赵爷稍稍皱眉，这显然不是高管会上该说的内容，但他并没有阻止关鹤鹏，而是认真地听着，如果内容太过出格，他会及时制止。

"对于这个称号，我不反对，但也不喜欢。做一个产品是团队的成果，我不会把一切都算在我个人头上。只是我想说一点，既然第一人的外号都可以加给我，那么老子还需要用一块板子来证明自己的存在吗？"这一句，他陡然提高了声调，"赵总说，华泰是一个大家庭，但是这个家对彼此的信任似乎不够呀。"

整个会议室变得鸦雀无声,只有赵总笑了,一脸忠厚的憨笑。

"鹏总言重了,大家还是从工作角度出发,来考虑当前决策的,只是有些事大家想得不够明白而已。"

"好,下面我说两句。技术层面,鹏总已经说得很清楚了。订购DM100是鹏总的选择,但不选择捷科板子,则是我的决定。支持选择捷科的,理由不过是和北斗星有更多的合作,可以给我们更大的折扣。可是供应商只依靠一家,才是一个企业的大忌。我刚刚还在给北斗星鲍总打电话,卑躬屈膝,希望多拿一点折扣。世界上有我们这样卑微的用户吗?就算我们所有产品都选用捷科产品,我们的折扣能比东方公司更好吗?我们一次次在捷科面前妥协,反而使我们越来越依赖捷科,这是不是一种饮鸩止渴?"

"你们不是想和捷科讲价吗?好呀,商战除了买方卖方的实力对比,同样也是斗智斗勇的心理战。北斗星因为我们不采用他们的差分级板子就不给我们特别好的折扣,来卡我们。我们该怎么做?是听他们的,乖乖就范,还是我们有更多选择,用其他家板子把产品做起来,让北斗星来求我们,用他们板子。哪一种方式更好呢?"

"至于我们能不能走到让北斗星来求我们那一步,不在于我,也不在于鹏总,而是在于在座的各位。我们是继续浪费时间,讨论该选择哪一家的板子,还是我们自己强大起来,让所有的板卡供应商,反过来求我们?你们怎么选?"

有人拍桌而起道:"当然是让全世界都来求我们。我明白了,鹏总,我向你道歉,是我们考虑不周。赵总,放心吧,GNSS销售,我们真没怕过谁。"

"没错,早晚让捷科和北斗星来求我们……"

群雄意志高昂,会议室瞬间变成了誓师大会。

关鹤鹏有些意外,又不禁暗暗点头,他相信自己的选择没有错。无论是DM100,还是华泰北斗。

赵爷舒了一口气,问题并不难解决,他的企业永远是敢于拼命的一群人，他对此深感欣慰，也为之骄傲。

"现在，"赵爷在心里对自己说，"张邕，现在看你的了。"

第131章　食言的CEO

此时的张邕，正在会议室里和邵文杰争吵得一脸黑线。

"你的办公室像个艺术馆，这应该是你的法国前任，小谭念念不忘的方舒，她的风格吧？你不想改变一下吗？"邵文杰一进Mag代表处，就对办公室的装修提出了自己的意见。

"邵总，注意你的措辞，怎么前任都出来了。方总目前依然是Mag代表处的老大，我的老板，她是现任首席代表。还有，这个风格我很喜欢，不需要改变呀。"张邕纠正邵文杰的话。

"哦，既然方总是老板，那我要不要等她回来，我和她谈呢？我也一直都好奇，什么样的女人能让小谭这样称赞。"

"邵总，您请坐。方总什么人，岂是你这粗野莽夫想见就见，您只能配得上我来接待。咖啡还是茶？"

"粗野莽夫喝不惯咖啡，还是茶吧。"

二人说说笑笑，气氛似乎十分融洽。前台小燕端了茶进去，觉得这应该是一场顺利的谈判。可惜她想错了，没过不久，会议室里就传出了两个人激烈的争吵。

"张邕，不要老想着你的1000片板子。我们首先是要合作，所以要考虑双方的合作条件。Mag生产20块SS24板子，要我等待3个月。就这样的产能，你能保证1000片的供货吗？我现在的订货计划是非常合理的。这已经是我最大的诚意了。"

"邵总，你也不要总拿1000片板子来说事。这1000片已经是我们的共识，我们现在谈的就是合作。你要了这么高的折扣，首订却只有300片，300片还有150片是我卖出去的。这个，我无法接受。"

"是的，这150片是你卖出去的，不然的话，我首订最高也就200片。你要是觉得自己很厉害，就试着将剩余的850片也一起卖出去。"

听着会议室里声音越来越大，杨波不禁有些担心。他不知道张邕哪来的底气，敢这么硬气地和邵文杰争吵，他大概听说了张邕给大色娃的承诺，现在杰创几乎是张邕唯一的机会。他觉得最正确的办法就是接受邵文杰的一切条件。如果超出张邕职权范围的，就尽快向小色娃申请。可他居然和唯一的金主吵了起来。

他在电脑QQ上点击了黑色辣妹的头像："Eva，你老板和我老板吵起来了，怎么办？"

Eva自然就是貌美如花的小谭，头像闪动，小谭回了一句："放心吧，吵是一定会吵的，但最终一定能达成协议。你这么笨，就不要瞎操心了。"

杨波笑了，他相信这女孩的话，于是不再纠结，发了些更有趣的信息给小谭。

会议室的争吵依然在继续。

"邵总，我们稍稍让一步，比如按你最初的计划，首订加上50片，如何？"

"50是一个可以考虑的数字。"

"谢谢邵总，你刚说没有我们的150片，你首订也就200片，200加上50，再加上我的150片，那就是400片。我没算错吧？"

"张邕，你这种身份的人，不该玩这种数字游戏。50片转手变成100了，你觉得这样有意思吗？"

"我有身份吗？邵总？我刚说了，这里的老板还是方总，我只是个小职员，只会算这些小账。"张邕一脸认真和无辜。

"无赖呀，你不怕我放弃所有订单。"

"邵总是有身份的人，自然不会这样做。还有，我会说服老板，送你20片最高配的板子，同时给你双星和双频两个选项，20Hz选项，RTK选项，所有配置都给你，免费送给你做样片。"

"嗯，这种手笔才对得上你张邕的身份。"

"20片不好算批次，邵总你再配上一部分，凑个整，首订500片，如何？"

"张邕，别太过分。格林童话读过吗？一个农民牵着一头牛，换来换去，最后变成了一只鸡蛋，这是个合理的故事。但你拿着一只蛋，最后要在我这里牵走一头牛，就过分了。"

"我是有些过分了，这样吧，你加30片，凑个50的半百数，首订450片。以后每个月110片，5个月完成。如果首订500片，那么后面每个月100片，你选哪个？"

邵文杰看着张邕一副市侩的嘴脸，被气乐了。

"我怎么看你，也不像那个能想出'摘星大会'这名字的浪漫主义者，你的谈判既没有技巧也没有说服力，就是一路的胡搅蛮缠，各种不入流的算计，你觉得这样很有意思吗？"

"邵总，我是从你和赵总身上都学会了很多东西，高大上只是做样子给别人看的，生活本来就是鸡毛蒜皮。这样做很没意思，但是必须承认，它很有效。"

"好吧，"邵文杰叹了口气，"你居然说，这是我教你的，不知道我该高兴还是难过。这样吧，你再送我30片板子，总共送我50片，我首订500片。如果你拒绝，那么我首订只有400片。即使这样，也高于我之前的计划，你已经得逞了，奸商先生。"

"成交，绅士老总，我送你50片。"

会议室里的争吵逐渐平静下来，这让办公室里每一个竖起耳朵悄悄听着声音的人都松了一口气。方舒在的时候，办公室里从来没发生过这种事，就连嚣张的田晓卫也没这样大声讲过话。不过看到两人又说说笑笑走出会议室的时候，所有人都愣了一下，这画面有点出戏，和想象的不一样。

"走吧，既然来了法国公司，我请你吃法餐。这里有家餐馆的牛排相当不错。"

"本来我想直接回公司。但被你这样算计，不吃你一顿，难解我心头之恨。走吧，前面带路。"

"对了，邵总。订单谈好了，我还有件小事要和你说一下。"

邵文杰警觉地睁大了眼睛："小事？"

"你的首订500片，是不能一次发货的。你都说了，Mag的产能哪有这么高，我们会在6个月内分批发给你，7个月内完成这1000片。"

"谈订单的时候，你可没这样说。你们产能不行，为什么要我500片首订。"

"500片，是为了证明邵总的诚意和实力，分批发货代表着现实。反正您是准备做长线，也许一年两年的消化时间，根本不在意一个月两个月，对吧，邵总。"

邵文杰一脸无奈道："我要是把你这副嘴脸告诉小谭，不知道她会不会失望。她一直把你称赞得像个圣人。"

"无妨，果真失望的话，我会让杨波出面替我解释，她会接受的。"

"无耻的家伙。"

奥利文收获满满地回到了法国。

周末的时候，张邕和小谭一起，陪奥利文去了八达岭长城，中国的古文明让他叹为观止。

回程在昌平品尝了北京烤鸭，这里是张邕经常接待外宾的一家餐厅。多数人接待老外总是选规格高的馆子，张邕觉得太浪费了。老外根本不懂中国的消费，花再多的钱他们也没概念。就北京烤鸭而言，老外哪懂得什么全聚德、大董、便宜坊，就像很多老外把中国白酒统称为茅台一样，只知道Peking duck，带他们去一家不错的家常菜馆，足以惊艳到没有见识的西方人。

张邕教他卷饼，不忘调侃道："看到吗？朋友，我们的Pancake（煎饼）可是用手拿着吃的，这才高雅。拿着刀叉吃烤鸭才是非常粗鲁的行为。"

奥利文大笑道："你说得对，手本就是上帝赐给人们最灵巧的工具。"

饭后，他们又带法国人去了十三陵。晚上回来，去了秀水街购物。奥利文对于秀水的评价是，名字叫作丝绸市场（Silk Market），但没有丝绸，却可以买到其他一切。小谭高超的砍价技巧，吓坏了没见过世面的奥利文，300多的商品，最后不到50就拿下，这个国度太神奇了。

机场道别的时候，奥利文握住张邕的手说道："邕哥，感谢为我安排的这些行程，中国这个国家真的太特别了，我爱上北京了。也祝贺你，居然完成了弗朗索瓦自己都没有信心完成的任务。我回去后会尽快推动这项计划。结果如何，我想弗朗索瓦会通知你的。你做了非常了不起的事，再次谢谢你，你保住了我的部门。希望在法国可以尽快见到你。"

张邕道："都是我该做的，我等你的好消息。"

登上飞机的奥利文收起了笑容，在得到张邕的确认后，他第一时间就给大色娃打了电话，但老板的态度似乎有一些奇怪。

他没有和张邕多说，希望回去之后给邕哥一个好消息。对于这1000片板子的订单是否可以拿到，甚至OEM部门是否保留，他之前都没有太在意。但现在，他不自觉地和张邕站在了同一立场，不想让这个做了很多事的中国朋友太过失望。

法国南特，Mag总部。

结束与大色娃的汇报之后，奥利文第一时间找到了小色娃。

"弗朗索瓦，你的麻烦来了。我不知道你该如何向你的中国属下解释。"

小色娃皱起了眉头道："弗朗索瓦说了什么？"

"他很满意张邕的表现，这1000片DM100的订单本就是Mission Impossible[①]，但没有想到邕哥居然真的做了汤姆·克鲁斯。"

"我需要向邕哥解释的，肯定不是这个。"

---

① 不可完成的任务，电影《碟中谍》英文片名。

"是的。弗朗索瓦说,他并没有欺骗邕哥,他告诉了邕哥,董事会并没有要放弃出售OEM部门的事,而股东质疑DM100的事,要我们先在DM100上取得成功,然后才可以沟通后面的事,这些都是事实。"

"那么问题在哪里?"

"问题在于,如何才算成功,以及成功之后,董事会对OEM部门如何投入,以及是否正式启动测量型高精度GNSS板项目,都没有真正的定论,更没有量化的标准。这1000片板子的数量是弗朗索瓦自己提出来的,不是董事会。他认为邕哥肯定无法做到,也许他能创造一些奇迹,比如3个月卖掉200片到300片板子,这就是个不错的成绩。所以还远做不到赢利,但至少可以向董事会证明,我们是有赢利能力的,DM100是成功的。这是弗朗索瓦的说法。而我觉得还有一个他不好公开说的理由,那就是有了这两三百片的业绩,无论OEM部门被卖掉还是保留,都无法掩盖他是一个优秀的领导。他管理下的每一个部门,都是充满活力的。"

小色娃皱眉道:"Mag未来难定,弗朗索瓦重视个人的声誉,我可以理解。但是如今邕哥已经做到了他要求的事。难道他就不能多做一些事吗?"

"我的猜测,他会向董事会提申请的。但是和之前一样,他并没有信心,因为董事会从没答应他任何事。如今除褒奖张邕做得不错之外,一切都要重新开始。或许他能得到批准,启动测量型GNSS OEM板项目,但只是可能而已。而且最重要的是,即使上面这些大佬同意,他们也很难有更多的投入。所以,邕哥那里完成了1000片的订单,对弗朗索瓦,对TS都算好消息,却不一定能解决什么问题。而邕哥,为这笔订单应该付出了很多。如果没有后续,我猜他会很伤心。我想弗朗索瓦可能不会见他了,这一切,应该由你向他解释。所以,我说你的麻烦来了。"

小色娃狠狠地爆了一句粗口:"××他随便开一张空头支票,认真的邕哥却拿它买来了一大堆东西,如今他要我来兑现吗?"

"要不我们等一等,也许他和董事会沟通得很顺利,也许我们一觉醒来，得到了一大笔投资。我们可以继续研发我们的新板卡，邑哥可以开心地得到他努力的回报，整个世界依然是美好的。"奥利文表情夸张地自我安慰了一番。

"我上次在北京的时候，邑哥教了我一句中国的箴言，叫画饼充饥。但都是别人画饼，我看现在你是在给自己画饼。"

"那我们又能怎样？这就是生活。"法国人的经典对白果然如约而至。

"我去找老板。"

"祝你好运，朋友。"

小色娃走进大色娃的办公室，看到老板一脸的平静，忽然有种感觉，可能大色娃就是在等他。

"请坐，弗朗索瓦。我知道你为什么而来，我没猜错吧？"

"我猜，你没有猜错。"二人都笑了一下。

"我知道你要说什么，弗朗索瓦，可惜，我现在没什么能和你谈的。我正在给董事会准备报告，但以我们法国绅士的效率，你要知道，无论成与不成，大概都是几个月后的事情。现在我们只能拖一下，不给邑哥任何答复。"

"以你的估计，OEM部门能拿到投资的机会有多大？"

"从目前的情况看，几乎没有可能。"

小色娃忍住内心隐隐的愤怒道："你在和邑哥说起1000片业绩的时候，想到的就是他一定完不成，从没有真的想过，这事如何继续，是吗？"

大色娃看着小色娃的脸色，忽然笑了。

"当然不是，我并不是一个不负责任的老板。我估计你还是听了奥利文的话，他只是一个产品负责人，对很多事并不是像他以为的那样了解。"

小色娃脸色缓和了一下："你的意思是，你还有其他计划。"

"是的。你安排邑哥再来一次法国吧，我猜他正迫不及待地想见我。"

"你刚刚说，我们要拖一段时间。"

"是的，我刚说过。但是我看到我的一位下属非常不满，似乎要和我战斗，所以我改变了想法。既然这个能干的中国人总能创造奇迹，那么我们就把选择权交给他。"

"抱歉，弗朗索瓦，我没明白你的意思，你要做什么？你要张邕做什么？"

"等他过来我们再谈吧。我只是想起了一件事，你还记得上次他来的时候，我问他如何搞定Mag手持机的汉化工作的，他是怎么回答的？"

"他说他用了一些反汇编等方法。但这是硬件研发，和汇编完全没有关系。"

"是吗？抱歉，弗朗索瓦，我对技术没那么精通，我觉得很有关系。"

第132章　二期落地

确定了法国之行的张邕，有一点心绪不宁。

邵文杰很守信用，虽然二人争得面红耳赤，但一旦确认了数字，很快就下了一个分批发货的1000片订单，付款在每一次发货之前。第一批450片的全款很快付到了Mag的账号。

这一切本该是良好的开端，但除了一句"干得好，邕哥"的夸奖之外，他没得到其他的信息。

奥利文回了法国就隐身了，没有再和他联系，完全不像他离开时承诺的那样会尽快推进此事。

但这件事又不像停滞了，小色娃通知他尽快去法国与大色娃面谈。但小色娃除了通知他之外，没有任何其他信息。如果此事真有进展，奥利文和小色娃都不该是这样的态度，但如果没有进展，何必让他再去法国。

张邑不愿意把工作上的烦恼带到家中，但城府还没修炼到一切都不喜形于色的地步。他坐在沙发上有点发呆，直到儿子米其林爬到他膝盖上时，才露出了慈父的模样，将儿子一把抱起。

米其林这个名字，来自米其林轮胎人必比登。小家伙满月之后，体重飞增，长成了一个圆滚滚的瓷娃娃，两条胳膊也是肉鼓鼓的，只有臂弯处陷进去一条缝，像极了必比登。必比登这名字在中文里并不好听，于是给儿子直接起了个乳名，米其林。

看到抱着儿子的张邑心情好了些，Madam坐了过来："怎么啦？又有心事了。"

不想多谈公事的张邑摇摇头道："没事了，工程中心二期招标了，和我们其实没什么关系，但心里有点不太爽。"

Madam靠过来，将头靠在他肩上，一边逗米其林玩，一边问道："Eka的事还没放下呀，是忘不了那只盘子，还是那双大长腿。"

张邑笑了，但是很认真地回答："我放不下的只是我曾经的心血。其实也放下了，就是赵总约我过去看看，所以不得不重新面对一次。"

工程中心二期的招标，终于到了揭幕的那一刻。

站在招标公司大厅内等待的公司，所有人都有些紧张。虽然谁都知道，大局已定，易目对张邑说的结果基本就是开标结果。但这么大的项目，人在现场，依然难免紧张。

招标是一件容不得犯错的事，没人在乎你标书做得有多好，因为每一家都尽量做到最好。但是一个小小的错误，就绝对可以致命。

赵爷出现在这里，张邑本就有些意外，而赵爷约他过来见面就更意外。

"怎么，赵总。对自己这么有信心，都可以角逐工程中心的标了。"

"唉，中国制造现在完全没机会，但我想试试，让这些大的部委也看到国产品的进步。这次投标有个现场测试环节，我确实想看看，我们和Skydon这些大牌差距到底有多大。你过来碰个面吧。"

"不去，我事情很多，还要准备去法国的工作汇报。有机会再聚吧。"

"和你说件事。"

"你说。"

"华泰北斗已经做了决定，我们会离开北京，搬到上海去，上海有一个北斗科技园区，环境和政策都很好。而且鹏总他们几个都是南方人，更喜欢上海一些，我个人也很喜欢上海。所以以后见面虽然也不难，但毕竟不像都在北京这么方便了。"

"这就走了？"张邕有点意外，"那你等我，我过去。"

张邕进入招标公司的大厅，一扫之下，发现了无数熟悉的面孔。没等他找到赵爷，先被人看到了。

"哎哟，这不Mag张总吗？怎么亲自来了。"

大厅里每个人说话都小心翼翼，轻声轻语。这个人却毫不顾忌，似乎生怕别人听不到，于是所有人的目光齐刷刷地射了过来，张邕有些尴尬，而笑嘻嘻从来不会尴尬的人，一定是宫少侠。

"你怎么来了？这应该是封耘的差事吧？"

"他出国了，我替他来看看。这个项目就是Skydon的，谁来都一样。"宫少侠的嚣张令所有人都很不爽，但听到Skydon的名字，只好把怒气往下压一压，人家的实力就允许这么狂，心里不爽也只能藏在心里。

"哥们，你不会轻点说话呀。人家惹不起Skydon，别连累我这Mag的人，回头你嘚瑟我挨顿打，不冤枉吗？"

宫少侠嘻嘻笑道："很想看到战无不胜的张总挨揍，画面一定很有喜感。"

"你再叫我张总，我翻脸了。"

"你呀，早晚得习惯别人这样叫，要不叫邕总？一样的。"

"求您了，叫我名字吧。"张邕拉着宫少侠往角落走，他实在不想被众人目光包围。

到了角落,他却发现一张熟悉的文质彬彬的面孔。

"张邕,你好。"

"江晓苏,你也来了呀。"

张邕先给宫少侠和江晓苏相互做了介绍,然后问江晓苏:"你们都谁来了,就你自己?"

"不是,有亚旭的厉总,还有我们主管。"江晓苏说着,向身边一指,张邕顺着手指方向看去,一个头发梳得整整齐齐穿着合体西装的男子有礼貌地向他点头。

"这是我的领导,Eka中国GNSS主管……"

主管矜持而又礼貌地伸出手道:"你是张邕?幸会,叫我汤姆。"

江晓苏还想将宫少侠介绍给汤姆的时候,汤姆忽然像遇到了杰瑞一样,后退了一步,摆摆手道:"你们先聊,我还有事。"有礼貌地点头示意,然后转身仰首挺胸地走了。

"靠,Eka的人怎么都这×性呀,也就你在那几年稍好些。"宫少侠爆了粗口,既不在乎还没走远的汤姆是否听见,也不忌讳站在面前的江晓苏也是Eka的人。

江晓苏脸有点红,他叹了口气道:"张邕如今是Eka的洪水猛兽,大家都不愿意沾你的边,所以他不想和你们多聊。"

宫少侠不爱听了:"张邕在Eka的时候,可是Eka最好的时候。他要一直在,估计约翰连觉都睡不踏实。二期项目我们就没如今这种局面了,Eka也不至于什么都没有。他怎么还成了洪水猛兽了。"

江晓苏张了张嘴,说不出话来。如果他在张邕面前都觉得有压迫感,那遇到肆无忌惮的宫少侠,则是从灵魂到肉体都被全面压制。张邕还会理解一下江晓苏的心情,宫少侠根本不在意别人想什么。

于是张邕替江晓苏接过话题:"我知道发生什么了。二期项目Eka基本无望,但我在的时候,每月的汇报都有详细计划,乔尔他们知道我们每一天都在进步,所以如今自然会诟病后继者的无能。所以如今Eka中国最需要做的,不是想办法去中标,而是找到各种证据来证明我所说的一切都是言过其实,其实我根本没取得实际进展,甚至就是我在的时候没把工作做好,所以才会导致这次项目失守。晓苏,我说得对吗?"

脸色越发涨红的晓苏,轻轻点了点头道:"基本就是你说的情况。如今不只是马小青走了,估计你的GNSS团队几乎一窝端,一个都不会留。HR在招聘,帮我找新同事。"

"这什么傻缺公司?张邕,走,咱俩找他们算账去。"

张邕笑着拉住宫少侠:"大哥,你找谁算账呀,都是新来的,我都不认识。这事过去了,我都不计较了,谢谢您为我出头,改日我请你喝酒。"

他转头看着江晓苏,心里叹了口气,他知道在Eka江晓苏一定不开心,但不知道该说什么。

"这样,晓苏,GNSS部门的人,如果离开,你帮我讲一下,可以过来找我聊聊。还有,你要是不开心……"他犹豫了一下,"可以找找宫少,看看Skydon有没有机会吧,代表处没位置,也可以去代理商那边。"

宫少侠立刻做出一副义薄云天的样子:"没问题,兄弟。张邕替你开口了,有什么想法你就和我说。Eka这种××地方,有个毛线意思。"

江晓苏脸色由红转白,他偷偷瞄了瞄不远处的汤姆,说道:"行,有事我联系你。你们聊,我先过去。"然后赶紧转头离开了。

"靠,不像个男的。"宫少侠给了句评价。

和宫少侠聊了一会,张邕看到了不远的赵爷。

"好,宫少,下次再聊,我过去找赵总有点事。"

"对呀,Mag好像没参加投标吧,你一定是来找人的。去吧去吧,随时联系。"

赵爷正和一个看起来很威严的中年人聊天,见张邕过来,招呼之后,向张邕介绍。

"张邕,介绍一下。这位可不是凡人,导航圈鼎鼎大名的人物,众合公司老总高平。"

769

高平伸出了手道:"你就是张邕?我知道你,老赵在国家林业局把我们打得落花流水,他刚刚说了,是你在背后操盘。今天咱们应该是仇人相见分外眼红呀。"

"我怎么敢,高总,言重了。"

"开玩笑的,认识你很高兴。有个叫马小青的,你熟悉吗?"

张邕一怔:"不止我熟,赵总也很熟呀。怎么,去众合了吗?"

"还没有,他过来求职了,申请的职位还不低,所以我问问你们,此人如何?"

张邕看向赵爷,赵爷道:"他离开天石比较久了,张邕更熟悉一些吧,你来评价。"他不清楚张邕现在和马小青的关系如何,所以把话语权给了张邕。

"我在Eka的时候,他跟着我,帮了我很多忙。能力还不错,是否能任高职,我不知道,因为我只需要他的执行力,没关注过其他。"

"哦,人品呢?"高平追问。

张邕犹豫了一下,他不想说些不负责任的话,但也不想真的给马小青的职业生涯带来什么负面影响。

"在我的管理之下,人品还可以。"最后他给出了这样一句评价,赵爷偷偷笑了一下。

"结果会今天公布吗?"张邕看着大厅里局促不安的人群,忽然觉得自己是一个局外人。

"不知道,按招标公告,现场宣布,或者事后书面通知大家都是合规的。这个项目太大,当众宣布结果的概率并不是很高。但只要有一点可能,大家就都不会走。"

"你约我来,就是去上海前做一个告别吗?还有没有其他事?"

"我哪有那么多事。这个项目本来是你的,想让你看到结果,然后彻底放下。"

"多此一举,我早就放下了。难道你不想问问板子的事?"张邕笑着问道。

赵爷平静且忠厚的脸上忽然有一丝动容，但很快恢复了平静，说道："我每一刻都想问你，但我知道，你要是有了什么新消息，一定会对我说的。本来我的期望值还没那么高，但是鹏总对DM100的评价非常高，他说这个板子甚至可以做一些低成本的RTK设备，而不仅仅是手持GIS采集设备。同时，他说，从这块板子可以看出Mag在OEM上面的实力，你们做出一块好的高精度板子，技术上应该不存在任何问题，只是时间问题。所以我的胃口反而被鹏总吊高了。我每一天都在想你这块板子。今天的确是离京前的一次告别，我也不是来找你要板子，只是想听听你的进展到底如何了。"

"我拿到了杰创的1000片板子，老板弗朗索瓦约我去法国面谈，但目前没有任何相关的消息，这是我能告诉你的全部。但我希望，我能带着好消息从法国回来。"

"保持沟通吧，在法国那边有问题，你也可以随时打给我。需要的话，我飞过去一趟，亲口告诉他们，只要板子出来，我的订单将远超杰创现在的规模。"

"我会的……"

张邕的话被一阵嘈杂声打断，他们回头望去，评标会议室的门开了，一个工作人员推出一块白板。

"今天各家的评标得分都写在白板上，大家自己看吧，前两名为中标者。这个只是今日现场评分结果，正式结果将发布在政府采购网站，同时会书面通知中标者。谢谢大家的配合，大家可以离开了。"

人群立刻蜂拥而至，围住了白板。张邕还没过去，就听到了宫少侠得意而放肆的笑声。

正如之前猜想，Skydon高居第一，而康目紧随其后，但分数还是低了很多。

最令人意外的是，Eka居然没有进前三，被众合挤了下来。而国产三巨头东方、尚达、华泰则全部出局，处在倒数一、二、三的位置。

张邕不解道："国产这几家怎么评分的？难道众合的设备比你们三

家的都要好。"

赵爷摇头道："不可能。我的理解，专家组根本没有认真看国产厂家的标书，我们本就不在考虑之列，只是随便给打分排了个序。Eka掉到众合后面，应该是得罪了工程中心，专家们根本不想用他们的设备，所以打分低了。不过看Eka这些人，他们在标书上犯了什么错误也有可能。"

赵爷一脸的不甘道："妈的，我其实没想过要中标，只是想看看国产设备的测评结果，但这个评分，太儿戏了。"

"您好，"赵爷忽然高声叫住了正要转身回会议室的工作人员，"您这个只是总分，我想问一下，能把每家各项的得分，特别是产品测评的分数，公布出来吗？"

工作人员皱眉道："你是哪一家公司的？"

"华泰北斗。"

"哦，你们没有中标吧？标书里没有规定，我们要公布各项得分，所以我们不会公布。还有什么问题，待结果正式发布之后，你们书面质疑吧。谢谢。"

"好的，谢谢您。"赵爷很礼貌。

待工作人员进了会议室，赵爷轻声骂道："妈的，我们可是提供了四台设备，做了一周的测评，没想到，连个结果都没有。张邕，你看到了，中国制造任重道远。一起努力吧。祝你法国之行一切顺利。"

第133章　法国之行

Skydon最终拿下2000多台大地型GNSS接收机的合同，成为工程中心二期项目的最大赢家，与珠峰测绘的宣传意义不同，这是实实在在的巨大胜利。这个合同之大，足以让全球厂家瞩目。

史蒂夫亲自对约翰和米河公司进行了嘉奖，但随着嘉奖而来的，还有约翰的一纸调令。这是Skydon的一贯做法，中国的生意太过成功了，约翰反而需要换一个地方，一个成功的地方长官，很容易做出一些出格的事情，比如之前的Tiger。对比欧洲公司，美国公司一样会犯错误，但美国人改正错误的速度和决断远胜保守的欧洲人。

康目拿下了1000台GNSS接收机的合同，这个胜利对康目自己来说，甚至比Skydon的成功还要意义重大。日本因为是火山喷发和地震最频繁的岛国，所以对地震监测网络要求极高。日本GNSS监测站的密度，几乎达到了十几公里就有一站，但整个日本的监测网络都是Skydon的。如今康目在中国市场取得如此大的成功，势必会影响到日本本土的业务。康目中国区的陈总，心情已经不能仅仅用兴奋或者开心来形容了。康目人不屈不挠永不放弃的努力，终于得到了最大的回报。

最大的输家当然是Eka，这是几乎写着Eka名字的项目，就这样丢掉了。伍德总裁和乔尔的震怒，是完全可以预见的。就算Eka中国把一切责任都尽量地推到张邕身上，也无法自圆其说。但张邕的确成了Eka人再也不愿提起的名字。不止中国，厂里也是一样。曾费尽心力为张邕拿回一份顾问合同的乔尔，非常难过。直到退休，乔尔几乎再没与张邕联系过。

至于几个国产品牌，没人太在意，投标之前就知道自己只是陪跑。真正到现场的老总，也只有赵爷和高平。

唯一对此耿耿于怀的，大概只有认真的赵爷。他对整个招标中专家组对国产设备表现出来的轻蔑和歧视，非常不满。他想借机看到国产设备与进口设备的差距，却没得到任何结论。他亲自进去参与了产品的答疑，却发现专家们几乎没什么问题要问他。

"最后一次。"张邕与赵爷告别时，说了这样一句。

"什么？"

"这种大型政府采购，进口设备中标应该是最后一次了。"

"你是在安慰我，还是真的这样有信心？"

张邕坚定地摇头道："赵总你不需要安慰。国产GNSS的确还需要提高，但已经成了气候。未来几年，一定可以和进口品牌形成竞争。如果再有这种大型采购，国家政策可能会有所倾斜，同时，西方靠技术垄断获取高利润的时代逐渐会过去的。晓卫代表的一个暴利时代，已经结束了。如今西方厂商以为的正常利润时代，其实对我们依然是不公平的。这个时代也会逐渐过去。未来的GNSS接收机市场，Skydon很难再得到这样的机会了。我和怒发师兄打赌没赢过，但赵总你要和我赌这个，我敢和你赌。"

赵爷摇摇头道："不赌了。一个希望自己输的赌局，太没意思。我信你的话，keep going吧。"

张邕的法国之行，从一开始就不太顺利，似乎预示着一个不会太好的结果。

他先是因为处理一些事，差点赶不上登机时间。担心出租车速度太慢，Madam亲自开车送他到了机场。

谁知一进机场大厅，就传来飞机延误的消息，他无聊地在机场等待了3个小时，才登上了法航航班。

飞机飞行了一半距离，张邕看完了两部电影，正准备睡一会儿的时候，广播里忽然传来机长的声音，本次航班因为引擎故障，将在1小时后降落在圣彼得堡机场。

"引擎故障？"万米的高空，这句话太过吓人。与空难电影里描述的旅客惊慌失措的景象不同，机舱里非常安静，安静到几乎没有一点声音。没有人讲话，每个人脸色都很凝重。

张邕的心也提了起来，上帝呀，我可是刚刚做了父亲，不要把我留在万米高空。

飞机一切如常，感觉不到任何不同，想不明白这引擎故障是怎样一种故障，但是没有人问，也没有人走动，空姐们也安静地坐在自己的位置上。

机场的灯光很快出现在窗外，飞机开始盘旋然后下落，一切都很顺利。直到起落架的轮胎咣当一声伴随着轻微颠簸稳稳落地的时候，不知道哪个旅客发起的，机舱里忽然响起了掌声，并由零零散散很快地在机舱里响成一片，大家鼓掌，微笑着彼此致意。由此可以想象，落地之前大家是何等紧张。

张邑也长舒了一口气，但接下来的安排并不美好，一行人下飞机，并没有获准在机场里自由活动，而是挤进了一间并不宽敞的候机室，里面人满为患，座位远远不够，多数人席地而坐。

张邑不想坐，也无处可坐，只好挤在一个角落靠墙站着。他听说过，圣彼得堡很美，但除了下机时看到的鹅毛大雪，其他什么也没见到。

没人告知后面的行程，也没有人分发食物，大家就是挤在房间里等待。

张邑先是打电话给小色娃，告诉了他现在的处境，说自己可能无法参加第二天的会了，一切都要往后延误。小色娃关心地问了下，有没有安全问题，他回答一切都还好，就是不知道什么时候才能飞。

接着，他又给南特的酒店打了一个电话，说自己的预订要推后一天，因为飞机故障，他迫降在俄罗斯，今晚无法到达酒店。酒店接线员说了声抱歉，然后给他修改了预订。

大概在这小空间里挤了三四个小时之后，地勤人员终于开始招呼大家登机，新航班已经准备就绪。

张邑到达巴黎的时候，已经是法国时间凌晨三点。当然，后续飞南特的航班早就已经起飞并已经到达目的地多时了。

机场给他改签了早晨七点多的航班，还有四小时的空闲。柜台工作人员给了他一家酒店的地址，安排他去住宿。张邑想了一下，到酒店要坐四站地铁，来回怎么也要40分钟。这几个小时在酒店一定也睡不安稳，还极有可能误了航班。于是选择就在机场过夜。服务人员耸了耸肩："您随意。"

于是张邑在机场的椅子上，度过了4个小时，直到天刚亮起，航班开始登机。

到达南特酒店的时候，已经是第二天的中午。

他疲惫不堪，也顾不上午饭，想直接睡去。就在此时，他接到了小色娃电话。

"嘿，邕哥，很高兴你最后还是到达了南特，希望你没有太疲倦。我很抱歉地通知你，因为弗朗索瓦明天一早就要出差去美国。今天上午的会议推迟，他只有今天下午能安排。所以我一点半过去接你，你只能在和他谈话之后才能真正休息了。再说一遍，我很抱歉，但是没有办法。"还好，小色娃没有把"这就是生活"这句经典台词讲出来。

张邕回答："好的，我没事，一点半见。"

小色娃到达酒店的时候，洗漱完毕换了衣服的张邕，正坐在酒店大堂的沙发上打瞌睡。小色娃很不忍心但依然叫醒了他。

"弗朗索瓦，你好，多谢你来接我。"

"我很好，邕哥，我看你似乎不太好。"

"我没事，就是太困了，我们走吧。"

一路上，张邕和小色娃聊了几句就开始继续打瞌睡，小色娃摇了摇头，他很担心，这样的状态和老板交流，恐怕不是最佳时机，但已经没有其他办法了。邕哥，希望你好运。

张邕走进了会议室，大色娃笑着站起来表示欢迎，然后张邕却先给了老板一个大大的哈欠，幅度之大，大到可以取代胃镜。

两个色娃放声大笑，张邕尴尬之后，也笑了。

"抱歉，老板。"

"不不，应该是我很抱歉，我知道你刚经历了一次极其糟糕的旅程，顺便问一下，是中国国际航空吗？"

"不是，是AirFrance（法航）。"小色娃耸耸肩，促狭地笑了。

"哦，那我就再次替法国向你表示歉意。"大色娃优雅地鞠了一个躬，张邕赶紧还礼。

"好了，邕哥，我知道你很困倦。我们就快点结束这次会议吧。首先，恭喜你，杰创的事做得非常好，谢谢你。"

"我应该做的。第一笔款应该收到了吧？"

"是的，财务已经收到付款了。奥利文他们正在和工厂协调，加速生产，保证发货的时间。现在，回到我们之前谈的事上来。你一直想启动高精度测量板的生产。我还有一个具体的问题：未来面对捷科，我们如何竞争？我看到你报告上的巨大利润空间，但这个空间是建立在捷科垄断的基础上的，我们一旦介入，捷科的价格很快就会下来。如果又到了你和捷科比拼价格的阶段，我们一定拼不过他们。你要知道，他们的基数还是远大于我们的，所以投资测量板卡，看似潜力巨大，但实际的风险也是非常大的。"

困倦的张邕听到大色娃这一番话，立刻清醒了很多。

"弗朗索瓦，这个问题并不难回答。只是我想问一下，当初你不是说我拿下1000片DM100，这个项目就可以启动。那么这些问题不应该当初就已经有答案了吗？为什么现在才开始讨论？难道……"

小色娃沉默地看着老板，看大色娃如何向张邕解释。

"邕哥，我是说。如果DM100有了很好的表现，我就会向董事会申请，我们启动双频板项目。但是即使现在启动，我们也要有正式的申请，让董事会拨款下来，所以我依然需要说服他们。你回答我的问题就好，相信我，每一个问题的答案，对这件事都是有帮助的。"

张邕脑子有点乱，他觉得这和当初谈的很多内容不一样。但极度困乏的他，脑子有点跟不上，想不出该如何应答，只好先回答老板的问题。

"中国品牌，目前是和中国品牌竞争。所以他们想要的，不是绝对的低价，而是自己的价格要比竞争对手低。这就是我们的机会，我们前期不会惊动所有厂家，而是和一家厂商悄悄沟通，在捷科和他们的竞争对手还不知道的情况下，进入中国市场，并拿下一定的份额。等到捷科和所有厂家都知道Mag板子的存在时，我们已经在中国市场拥有了一定的份额，站稳了脚跟。到时，捷科打不死我们，就不会全力用低价来冲击。中国厂商多了一个选择，他们会两边互相压价。作为后来者，我们

777

只要有一定份额就可以,所以无论如何都不会输。最终我想会形成一个份额和价格经过几轮磨合后相对稳定和合理的局面。"

大色娃点点头,问小色娃:"你觉得呢?同意邕哥说的吗?"

"是的,我非常同意。而且我相信,邕哥已经和某一家私下达成了协议,对方只等着我们的板子下线,就一定会订购。邕哥,是不是这样。"

张邕稍稍有些惊讶,他并没有向小色娃汇报赵爷的事,看来这个老板比埃里克、彼得那些草包可强得多。

"是的,我取得了一些进展。"

"很好。"大色娃点点头,"有了你在这里,看来以后中国市场我和弗朗索瓦都不用操心了。"

"只是,我还有一个问题。"大色娃夸奖了一句张邕之后,又抛出一句。

"邕哥,我相信你了解欧洲人的办事效率,我们大概很难与中国速度相比。如果,我是说如果,董事会同意了我们的高精度测量板开发项目,但是投资却迟迟没有到位,或者投资少得可怜,远远不能支持我们的OEM板开发,那么你有什么办法?或者,你有什么想法?"

张邕眼神迷茫,脑子更乱,他不确定自己是不是睡着了在做梦,或者他精神恍惚,没听明白老板的问题。

"弗朗索瓦,这个应该是您和奥利文商量的问题。我只是中国办公室的一名员工,既不负责研发,也不负责生产。"

"但是这件事是由你这个中国员工提出来的,也是主要针对中国市场。如果你不够关心这件事,奥利文他们其实是没有热情的。"

"老板,我能做的,就是把这块板子在中国市场卖出去,而且卖很多,完成甚至超额完成我们的业绩,您问的事情,我是没有能力解决的。"

"邕哥。在你来法国之前,我问了弗朗索瓦一个问题,你是如何解决Mag手持机汉化的。这个问题我问过你,你应该知道自己的答案。我现在的问题是,你既然可以在没有厂家的任何工具软件的前提下完成手持机的汉化,那么你可不可以在OEM板上做同样的事?"

"No way,"旁边的小色娃先惊叫起来,"弗朗索瓦,这是不可能的。手持机汉化,毕竟只是一套软件的工作,而OEM却是复杂得多得多的硬件设备。其中还涉及很多的限制,包括元器件供应商的供货限制和TS集团的保密条例等等一系列问题。中国人再能干,邕哥再能干,他也只是一个地区负责人而已,你不能让他来做这样的事情。何况,你的出发点不是本地化,而是没有投资。你让北京办公室拿着办公经费来做这件事吗?"

"别激动,弗朗索瓦。让我们听听邕哥的答案,好吗?"

张邕的脑子乱成一团,突如其来的消息,以及无比渴望睡眠的身体,让他无法集中精力思考。

"老板,您的信息太过突兀。我一时无法思考,不知道该怎么回答您。能不能让我休息一下,晚一些时候,我给您答案。"

"邕哥,你知道的。我明天一早就要飞美国,我们能面谈的时间不多,我很想给你时间,但我更想在我临走前能听到你的答案。"

"不,弗朗索瓦,"小色娃又紧张地插嘴,"你这样对邕哥不公平。"

"董事会对Mag,对OEM部门,对我,对你,本来就都不公平。平静些,朋友。如果邕哥觉得有问题,我会停下来的。"

张邕努力集中着心力,让头脑尽量地清醒:"老板,我能得到什么支持?哪些资源?"

"第一,我们没有钱给你。第二,OEM的IP属于我们的保密资料,最后需要拿回厂里处理主芯片。这是我们不能给你的,其他的要求,你尽管提,我想,我们会尽量满足你。"

张邕深吸了一口气,熟悉的表情又一次回到他的脸上。

"老板,我知道我现在状态很不好,根本不是一个做决定的好时机。我甚至想不清楚,我该提哪些条件。但如果就是现在,我必须做一个决定的话。那我的决定是Yes，至于具体问题，我需要和奥利文仔细协商。"

大色娃露出了欣慰的笑容："谢谢，邕哥，我就知道，你一定会答应下来的。我会尽快安排奥利文，当然还有弗朗索瓦，和你详细对接。你还有问题吗？弗朗索瓦？"他笑着转向了小色娃。

小色娃脸色很难看，他沉吟了一下："邕哥，你能去我的办公室等我吗？我有几句话要和弗朗索瓦商量。"

张邕离开后，小色娃严肃地对大色娃道："就像他刚才自己承认的，他现在的状态非常糟糕，他根本没有太明白发生了什么，也没理解这项决定意味着什么。这件事你不能这样处理，把我们一群研发人员都搞不定的事扔给一个销售办公室，这不合理。如果他做不到，你让他来负这个责任吗？"

大色娃毫不在意地笑道："没有人会负责，做不到也只是他自己的事。我们没有花股东一分钱，当然不用负责。"

"可也许邕哥要投入很多。"

"没人逼他，都是他自己的选择。"

"我说了，他现在状态不对。"

大色娃正色道："我并不是一个不讲道理的老板，我知道他状态不对。所以待会你尽可以去说服他放弃，我给他反悔的机会。但是……"大色娃顿了一下，然后看着小色娃的眼睛，"你觉得他会放弃吗？"

第134章　无人喝彩（一）

小色娃离开了大色娃的办公室，他的心情很复杂。

他有很多不满情绪，却不得不承认，大色娃是一个了不起的CEO。Mag的处境如今并不乐观，大色娃却依然用自己的办法，保持着公司运转的一切顺畅。至于OEM的事，他无法同意老板把这样的重任推给一个地方办公室。但从大色娃的角度，他的决定无可挑剔。没有动用股东们一分钱，所以无须请示。而张邕拥有自己的选择权，他可以不接受，但接受了就只能自己负责。

这件事机会渺茫，但做不成，Mag没有任何损失。一旦成功，则是Mag以及大色娃的巨大成功。到时在董事会，大色娃就将拥有更多的话语权。其实TS集团本就是大企业，投资从来不是问题，回报才是大家关心的，OEM的成功将会给Mag带来巨大的利益。

他最佩服同时也最鄙视的，是大色娃对人心的把握。这件事放在全球任何一个员工身上都不会有人答应，除了张邕这个愿意做事的中国人。即使张邕不答应，也不是问题，这是他自己的选择。他选择了拒绝，就不能再要求高精度板卡的事。

无论如何，Mag已经收下了杰创的1000片板子，即使现在一切都停下来，Mag也只能是赢家。

他叹了口气，想起大色娃的那一句反问："你觉得他会放弃吗？"

大色娃和张邕的接触时间并不长，但完全了解了这个中国人。以小色娃自己对张邕的了解，他知道，他很难说服张邕放弃了。

而且他为什么要说服张邕呢？张邕做这件事，他也是受益者之一。或许他只是对这个中国属下有好感，觉得这件事对他不公。但如果张邕自己都接受，他又能说什么呢？

他满怀心事走回自己的办公室，发现张邕伏在他的办公桌上睡着了。

他很无语，他知道张邕很困，但刚刚做了一个这样重要的决定还能酣然入睡，说明这件事给他的心理压力并没有那么大。

他敲敲桌子，看着张邕睡眼迷离地起身。

"走吧，我送你回酒店睡吧。有什么事，明天再聊。今晚也不陪你吃饭了，你自己饿了就随便找点吃的吧。"

驾车回酒店的路上，小色娃还是忍不住道："你已经下定决心了吗？这件事不好做，可能很多细节你还不了解。还有，弗朗索瓦绝对不会因为你做这件事就降低对中国业绩的要求。这是你职责之外的一件事，做好了有功，做不好无过。但若影响了你的业绩，无论你做好做坏，那都是有过的，你必须为中国的业绩负责。"

"我不会耽误中国的业绩的，江晓苏走了，我需要再招一个销售经理过来。我需要一个合适的帮手帮我管理中国办公室。"张邑很淡定。

"你这样说，是不是意味着你已经决定要把OEM的事在中国做下去？"

"我刚才在你办公室里想过了，虽然我很疲倦，但是不影响我的思考。谢谢你的关心，但弗朗索瓦的挑战，我可能只能接下。你知道中国人说的'阴阳'吧？"

"我知道，我在马来西亚待过很多年，还算了解华人的一些文化。"

"我们把阴谋说成是'阴'的谋略，但我们还有一说法，叫阳谋，意思是公开的阴谋。弗朗索瓦就是给了我一道阳谋，这事根本就不公平，完全把Mag厂里该做的事，该奥利文和他做的事，全部推给了我。但是他没隐瞒任何事，而且也没有强迫我，用一种非常开诚布公的态度告诉了我一切。我知道这是个对他百利无一害的圈套，但我必须接招。否则我就无法达到我的目的。在他办公室，我答应他的时候的确有些草率，但现在我想明白了。即使我状态很好，又有足够时间思考的话，我也依然会答应他。至于我能不能做到，我可能要回国后找一些合作伙伴协商一下。但我觉得，我们最终的结论不会变的。"张邑疲倦的脸上有一种特别的自信。

小色娃不再多说："好吧。关于招聘，你找到合适的人，简历发给我，我会批准的。同样，我也无法放弃中国区的业绩。其他的事，祝你好运。"

"谢谢，老板。我明天不想过来了，我会在酒店休息一下，处理一些国内事情。后天，我想约奥利文，做一个详细的交流。现在可以安排吗？"

"我想可以吧，你明天在酒店办公吧。我会和奥利文沟通一下，让他安排时间。时间确定我会通知你。后天早晨八点，我到酒店接你去公司。"

"好的，多谢。"

新的一天是个阳光明媚的日子，张邑一直睡到了十一点才起床。他冲了一个酣畅淋漓的热水澡，彻底洗去一身疲劳。等他换好衣服，觉得自己精神抖擞，活力又重新回到了身上，只是腹中饥饿难耐。

他出门，先在街角的一家Kabab（土耳其烤肉），吃了一个巨大的烤肉三明治，喝了一听可乐。解决了肚子的问题后，他开始在城里闲逛。他上一次来的时候，就发现了几个精致的小店，可以给Madam和米其林买一些饰品和玩具。但法国的店下午五点就关门，而且周末根本不开门。所以他根本没有时间进去购物。这让他无法理解，这些店家平时的主顾都是什么人？他想消费却完全没有机会。

今天，张邑借着这次飞行事故，向小色娃申请了一天的假期，终于如愿可以逛一逛。

他几乎逛遍了整个市中心，还游览了城市内的古城堡。这是他无数次国外出差中最惬意的一天。

但张邑的心中并不像表面上看起来那么轻松，他始终思考着OEM的事以及明天和奥利文的会议。

看看时间，他给国内打了几个电话，先向Madam报了平安，然后打给了赵爷。

他简单地把情况和赵爷说了一下。想做这件事，靠他自己的资源是远远不够的，他最大依仗就是赵爷的华泰北斗。以他对赵爷的了解，他觉得赵爷一定会做一个和他一样的决定。

赵爷在电话里听得很认真，但并没有急于表态。隔着时空，他无法看到赵爷脸上的凝重。

"这样，张邑。你能改一下机票，直接飞上海吗？如果不行，你就回京后安排来一趟上海。我先和鹏总商量一下这事。你明天不是要和法国人开会吗？等你带着所有资料回来，鹏总和咱们再好好商量一下。你看如何？"

"好的。我先看一下能不能改机票，然后再和你确认。上海见。"

挂了电话的张邑，正坐在古城堡的城墙上，俯视着大半个城市。他有一丝隐隐的不安，赵爷的态度有一点奇怪。按以往他做事的热情，他应该电话里就痛快地答应下来，然后回国商量细节。

回去当面协商是一个更合理的建议，但这很不像赵爷。

张邑低估了他这个电话对赵爷的影响。

关鹤鹏自从加盟华泰以来，除了因为使用DM100被质疑过一次，之后很快就得到了所有高层和员工的信任与尊敬。他和赵爷的合作也是非常默契。虽然赵爷从未说过公司搬到上海，是为了照顾关鹤鹏他们几个南方人。但是很明显的，关鹤鹏喜欢上海多于北京。所以关鹤鹏虽然什么也没说，但对赵爷也是有一份感谢之情的。

但接到张邑电话的当晚，赵爷和关鹤鹏之间爆发了第一次争吵。赵爷第一时间就关上了所有的门窗，所以这次争吵并没有被其他人得知。但就是这种无人知晓的情况下，二人已经开始有了分歧，而且似乎很难修复。

张邑静坐了一会，看看时间，国内应该还没到睡觉的时候，况且他要通话的这位狂人师兄本就是个爱熬夜的夜猫子。

"你好，哪位？"

"师兄，是我。"

"哦，拿着境外号码的小张邑。可好？"

"经历了一次紧急迫降，在圣彼得堡停留了几个小时，其他都还好。"

"天哪，这么刺激。给我讲讲，让我高兴一下。"

"就是中途从圣彼得堡下了飞机，等了几个小时，换了一个航班。其他没觉出特别，也没感觉飞机飞行时候哪不一样。我怀疑是法航机长自己搞错了，他小儿麻痹复发，误以为是飞机故障。"

"哈哈，"怒发狂人笑了一下，"怎么越来越贫，说，找我干吗？"

"我记得你说朱院士也在搞一些硬件的研究，我现在有一个OEM的事情，你看能否一起搞。"

张邕又将自己面对的情况讲了一遍，怒发狂人居然和赵爷一样沉默了一会。

"这样吧，这事太大了，我做不了主。我可以先和朱院士提一下，他要是表现出兴趣，你回来后，抽空来一次江城。亲自向朱院士汇报吧。你想听听我个人的看法吗？"

"师兄指教。"

"如果朱院士不支持，我劝你放弃。这个项目可不是你搞参考站那样容易。对硬件我们都不熟，这不是你有几分聪明就能搞定的。至于朱院士那边呢，把你的话带到，是我唯一能帮你做的事。但我基本确定，朱院士不会对你的项目有兴趣。"

"为什么？他老人家对OEM板没兴趣吗？"

"对OEM当然有兴趣，但对你的项目没兴趣，因为你的项目执行下来，做的还是Mag的板子，根本不是M大的。他怎么会感兴趣？如果只是当作研究，或者你的委托课题，当然可以，但是你没钱呀。你让朱院士自筹经费，或者自己申请课题费来完成一款Mag的板子吗？我不敢百分百确定他会不会接受，但如果我是他，肯定一脚将你踢出去，绝对不会做这样的事。"

"可是，这件事做成，明明会有很好的前景。"

"你太不了解学者了。如今国家鼓励科学家们创业，但院士可不是一般学者，不是有钱就挣的。这件事情跟他的学术研究没有关系，也没有直接帮助，他们不会考虑的。这件事是企业该做的，你为什么不找赵……"怒发狂人刚说出这个姓氏，忽然就顿住了，"我猜，你一定已经找过了。结果如何？"

"师兄英明。赵爷态度不明朗，约我回去再谈。"

"嗯，我大概能猜到他的想法，但你还是直接和他谈比较合适。你做的每一件事，我基本是支持的。虽然你入行才十几年，已经换了若干东家，但我相信，每一次你的选择都是有道理的。我也一直看好你，觉得你能有更好的发展。但这件事，我劝你不要继续了。你觉得你真的比TS集团那些大腹便便的老板们还要高明？他们不肯做，你一个中国员工却要做？这正常吗？所以，我的意见是，放弃吧。好好卖你的手持机，这个还是可以卖很多年的。"

"好吧。师兄，但你有些话说错了。"

"我哪里错了。"

"法国人很注重身材管理，老板们并不是大腹便便的。"

"你这家伙，"怒发狂人明显被噎了一下，"脑子有问题吗？这是重点吗？"

"如果这不是重点，其他你说得都对，我好好考虑下。"

"拜拜吧，祝你顺利归来，挂了。"

挂了电话的张邕这次面色真的沉重起来，这事似乎难度不小。想起明天和奥利文的会议，还要继续吗？

和奥利文的会议整整持续了一天，中午的时候，小色娃打断了他们，带他们一起出去吃饭，午饭后回来，一杯咖啡之后，二人继续。

"好了，邕哥。应该就是这么多了，你好像也没太多问题了吧。你要的资料都准备好了，没有的话现在我把资料拿给你。只是想再和你最后确认一下，你真的要继续吗？"

"奥利文，全世界的人都在劝我不要继续了，如今是全世界再加上奥利文。"

"哈哈，很幽默。但你没回答我的问题。"

"我犯了一个错误。本来我可以很坚定地告诉你，yes，I do，但我昨天太寂寞了，打了几个电话。而所有电话的结果都是让我不要继续。现在我还是想说Yes，但如果昨天我没有和人通话，我会表现得更自信。"

"听取别人意见是一种美德，我并不觉得你做错了。不如你先回北京，确定之后，再联系我。"

"不，"张邕坚定地摇摇头，"我一直以来的经验，做一件事之前，不要想得太多。越想越觉得没有把握。这件事我现在就做决定，我做下去。奥利文，我还有一个问题。这个艾梅尔的芯片，你发给我会如何？你确定在中国一定买不到这个芯片吗？"

"我不确定，世界太大了，我只确定你买到一定很难。即使你买到了也没用，IP不在你手里，你根本无法烧录程序。我甚至不确定，你能在中国找到这个芯片的烧录器，它的烧录器是专用的，市场上的万能烧录器对它不起作用。你如果再打这个芯片的主意，我劝你放弃。"

"我不是打主意，只是觉得如果这道工序必须在法国进行，那么整体的效率将会下降很多。有没有一种可能，你们把烧录后的芯片直接发到中国？"

"我会和弗朗索瓦申请你的建议，但这不符合Mag的一贯流程，我猜你能获得批准的机会最多为1%。"

"谢谢，奥利文，你没直接告诉我是零。好了，我现在真的没有问题了。"

上海，浦东机场。张邕的航班经过仁川的转机，然后降落在这里。

华泰派来接机的司机，高举写着"张邕"的牌子，在人群中格外地明显。

坐在车上，张邕自然地和司机开始攀谈："赵总怎么安排的？他今晚见我吗？还是明天去办公室。"

天色已晚，一般来说，剩下的时间也就安排吃吃饭喝喝酒，一切工作等到第二天再谈。但赵爷是一个不完成工作不肯休息的人，所以张邕有此一问。

"今天您好好休息一下，赵总安排我陪您吃饭。明天他也不在，他有急事出差了。鹏总会接待您。"

赵爷出差了？张邕心中一紧，什么情况？

第135章　无人喝彩（二）

第二天清晨，司机准时到了酒店接张邕前往公司。

"第一次来，带你参观一下。"关鹤鹏带张邕在整个公司转了一圈，然后回到了一间会议室。

他扔给张邕一瓶矿泉水："我们没有你们外企那么小资，就喝这个吧，坐。"

"鹏总，赵总有什么急事吗？这件事他一直在催我，应该优先级别很高才对。"

关鹤鹏沉默了一下，似乎在组织语言。

"这件事上，我和赵总有分歧。我们争执了很久，最终他说他会使用一票否决权。所以……这件事上，华泰可能不会参与，抱歉，张邕。你想做板子的事，我们无法参与。我个人愿意给你一些支持，但是华泰的资源投入会非常有限。"

张邕心中一凉："为什么会这样？"

"虽然我和赵总意见不同，但我理解他的决定。他从整个企业的角度考虑问题，应该比我想得更周到吧。赵总的考虑是，他要做的是国产接收机，而不是GNSS板卡。他想要一款更经济更好用的板子做国产GNSS接收机，而不是自己去做这样一块板子。如今华泰的竞争压力很大，赵总完全是靠着科学的管理和运营来弥补成本上的劣势。公司并没有额外的精力和资金去研发一款板卡。从我的角度，我对生产一款板卡很感兴趣。但赵总说，不能用个人的研发兴趣去考虑企业的问题。还有最重要的一点，你的板子做出来还是Mag的板子，并不是华泰的。虽然这是我一个难得的学习机会，但只是学习而已，除了经验积累，从研发板子的角度，实际的收益也没多大。这是最大的障碍，所以我也不能在和赵总的争执中始终坚持，最终不得不退让，因为赵总的考虑的确更客观。个人角度，我想做GNSS板卡和芯片，但不是现在。或许未来华泰的生意更好，赵总会改变想法吧。再说一遍，这事我很抱歉。好了，如果可以的话，能给我看看你带来的东西吗？"

张邕点点头，有些无奈道："我理解了，赵总考虑得有道理。但是如果华泰北斗不支持我，我似乎没了继续的动力。好，给你看看我带回来的东西。"

张邕拿出一块与DM100板型接近但大了一圈的板子。

"这是Mag接收机自用的板子，但这不是一块独立的OEM板，必须和Mag的主板一起使用。"说着，他又拿出另外一块板子。

"我要做的事很复杂，但说起来也很简单。将主板的对应功能拿回来，与这块GNSS板融为一体，成为一块可以独立工作的板卡。但这还不够，还要重新设计电路板，换一个板型，做成标准尺寸，和捷科一样的尺寸。"

关鹤鹏认真地看着这两块板子然后说道："这事一点也不简单，非常复杂。你手里的资料我能看一下吗？"

"抱歉，鹏总。既然赵总没有兴趣做这件事，我们也就不用签什么保密协议了，所以资料我也无法提供。但我若真的启动这件事，可能会有很多问题要向您请教。到时候，我会提供相对应的资料。"

关鹤鹏点头道："你很有原则，我喜欢和有原则的人合作，希望以后有机会吧。"

"技术路线上，您能给我一些指点吗？"

"看不到资料，我不确定你手里有什么，所以很难有什么建议。"

"那这个呢？"张邕指向板子上的艾梅尔芯片，"老外说，我们很难在国内找到对应的烧录器。"

关鹤鹏嘴角浮现出一丝不屑的微笑："老外总以为他们做的东西天下无双。若真的如此，国内也不会出现那么多山寨手机了。我不确定这个IC烧录，但我不信中国人做不到。你抽空去深圳华强北看看吧，那里的水之深，超乎你的想象。"

张邕中午在华泰的食堂简单吃了一顿工作餐，然后婉言谢绝了关鹤鹏的挽留，订了下午回京的机票。要做的事太多了，既然华泰的态度已经明了，他不想再浪费时间。

"师兄，有消息了吗？"

"抱歉，兄弟，让你失望了。和我想象的一样，如果Mag真的放开合作，双方共同研制一款OEM板，朱院士是有兴趣的。但大家牺牲那么多资源，却是为Mag做一款板子。他觉得你们CEO分明是空手套白狼，甚至涉嫌对中国人的歧视，拿我们当白痴。你感恩吧，因为朱院士之前对你的印象还算不错，所以才没直接说出来，张邕这个白痴。"

张邕笑着点点头道："院士没说错，能答应这件事的本来就是白痴。"

"你放弃吗？看来赵爷那边也有问题吧？我可以理解，华泰如今可以正常运转，但让他额外投资，估计很难做到。要不要去和另外两家，特别是那个'神一样的存在'去谈谈？"

"我不会去找他们的，师兄，这事朱院士既然不同意，也就不要再提了。你说的这几家都是我潜在的目标用户，我只能选其一接触。如果我现在上门沟通，谈不成的话，Mag板子的事就彻底曝光了。如果捷科知道了我的计划，我就不会有任何机会了。"

"好，了解。但你没回答我？为什么不放弃。"

"其实赵爷不准备跟进的时候，我就准备放弃了。毕竟，这块板子的第一目标，就是他的企业。但现在，我的想法有一点改变。"

"哦，说来听听吧。"

"为什么这件事一定要给赵爷做？我可不可以做成我自己的事。Mag的确是没有钱给我，但我可以兑换一些其他的资源。我在Skydon和Eka的经历，对外人讲的不多，但是发生了什么，你应该都清楚吧？"

"我当然清楚，我根本不想听，有人喝了酒就在我耳边嘚吧嘚吧一直讲个不停。我想不知道都难，我见过Tiger，也见过约翰，但什么埃里克、彼得，不是你和我讲，我哪有兴趣知道他们呀。"

张邕嘿嘿笑了一下："辛苦师兄了。你知道他们的问题是什么吗?"

"谋私利?处事不公?"

"一语中的。就是如此,他们一旦做了中国区的地方长官,就把中国的生意看成自家的,想办法去谋取自己的利益。我现在虽然还没有被任命,但基本上就是中国区的准首代,你说我会不会做这样的事?"

"不知道。而且我的立场也很分裂,我希望你能为自己做一点事,多谋求一点自己的利益,不要像在Eka那样傻傻地为德国人拼命。但你要真的这样做了,我可能会有一点失望,你是我眼看着一步步成长到今天的,我希望你一直都是少年张邕,不要变成唯利是图的张总。"

张邕停顿了一秒,他心中有一点温暖的感觉。

"师兄,现在我有一个机会。可以不让你分裂,可以光明正大地做一些自己的事。"

怒发狂人眼睛一亮:"这块板子?"

"是的,都觉得很难,没人愿意投资。但我相信,我可以做成这件事。Mag的确不会给我一分钱,但已经给了我很多资源。我还可以进一步谈一些条件,包括这块板子的销售。那么我将得到官方授权做自己的事,这样你是不是感觉好些?"

电话另一端的怒发狂人没有和张邕一样兴奋,回道:"没有人愿意做这件事,就是因为其中蕴含的巨大风险。从朋友的角度,我劝你不要冒太大风险。这和你之前做的所有项目都不一样,这个是要靠你自己投资或者融资的。你所设想的一切都没问题,但这个世界是动态的,不是一成不变的。今天正确的事,明天可能就是错误的。我希望你做自己的事,但不是要你一开始就玩这么大,我现在就开始担心了。有些事上我可以帮你,无论是解决技术问题,还是对接一些学术资源,甚至帮你找一些用户,我都做得到。但我只是一个穷学者,很穷很穷,我无法解决经济问题,我不想看到你出这样的问题。"

"我知道你说的这些问题,但是,师兄,晚了,已经来不及了。"

怒发狂人一阵紧张:"怎么啦?你已经砸钱进来做这事了吗?"

"哈哈,谢谢师兄如此关心我。我还没有呢。"

怒风狂人怒火上头:"你有病呀,吓我一跳。为什么说晚了?"

"你还不了解我吗?当初你是怎么说服我去Skydon的?"

怒发狂人沉吟:"只是让你看了看伪基站的资料,我知道你会喜欢的。"

"是的。我从厂里拿了很多OEM的资料,包括板子的电路图,BOM(物料清单),还有制板的Gerber文件,还有很多。我现在脑子已经被这些东西充满了,所以我说,晚了。"

怒发狂人良久无语,最后道:"那我祝你成功吧。需要帮助,觉得我能帮得上忙的,随时联系我。有些我不想看到的事情真的发生,你还是要去找赵爷。虽然如今已经不是他要你做这件事,但这事终究因他而起,他不能不管你。算了,算了,我这些话说得太不吉利,好像生怕你遇不到问题似的。我还是祝你大吉大利,一切顺利吧。"

张邑说服了怒发狂人,但自己的心情却无法放松。

他还需要很多事要做,资料他研究了很久,知道应该做哪些事,也知道应该去找哪些人。但是找人投钱似乎才是他最该优先解决的问题。

他给李建打了电话:"柯老板常来你们公司吗?"

"不多。之前每个月都还要看财务报表,如今好像我们彻底赢得了他的信任,连电话都没有了。"

"他最近会来北京吗?"

"唉,我说师兄。让他来,还不是你一个电话的事,他每天在海边还不是吃喝玩乐,没什么正经事。但他对你是又信任又佩服,要是你有事找他,他肯定马上过来。"

"这次是我求他,应该是我去找他才对。但我真的走不开,你帮我约他吧,他到北京后,就约在你们公司见面,我过去。你做东请我们吃顿饭吧。"

"师兄见外了,请吃饭还用你开口,来我这肯定我安排。"

张邑又一次来到了杰创,邵文杰不抽烟不喝酒,但张邑还是给他带了一盒雪茄。

"知道你不抽烟，但我相信你的客户会喜欢。"他居然准确地猜对了邵文杰的心思，邵文杰看着精美的包装，异常喜欢。

"有几个老总就喜欢这种东西，可惜，一盒太少了。"

"我还有几盒，回头一起发给你。"

张邑还给小谭带了几支口红，小姑娘自然是高兴得不得了。但邵文杰却警觉起来："张邑，要是咱们签合同之前，你为了拿订单给我送点礼品，这还合理。可你一直都是空着手来的。如今单子也下了，钱也付了，你忽然这样献殷勤，很可疑呀。"

小谭道："老板，这说明张邑光明磊落，就是在事情落地后才表达善意。我看你年纪大了，疑心病越来越重，你要是不要这雪茄，我拿回去给我老爸抽。"

邵文杰气得一瞪眼："你，先出去。"

看小谭出门，邵文杰对张邑道："你以后少来我们公司，你看看我的下属都变成什么样了。我每月给她工资奖金，还抵不上你几支口红。"

张邑笑道："别忘了，不是她堵在我们办公室门口不走，哪有我们见面的机会。"

"说的也是。但是我还是不信你无故送礼的诚意。说吧，有什么事要我帮忙？你的双频板卡有什么进展？"

"邵总，我想找你合作这件事。"

"你是个不错的合作伙伴，但你要谈的事未必是一个好的合作项目。像你这样聪明且自视甚高的人，拿着雪茄烟找我，我不得不小心谨慎。来，说说你的合作大计。"

大色娃从美国归来后，没有赶回南特，先是去了巴黎的TS总部开了半天的会。会后他又特意和方舒见了一面，谈了谈中国的事情。他并没有向董事们完全汇报张邑的事，只是说Mag正在利用现有资源研制新的OEM板，TS高层当然都很满意，他们对此不会有任何意见。

但和方舒，他详细地讲了和张邕交流的内容。方舒立刻变了脸色，法式的优雅微笑变成了一副冰冷的表情，虽然依然不失美丽，但却令人心生敬畏。

"弗朗索瓦，我很佩服你的手段。但我目前还是中国区的最高长官，我会打电话给张邕，让他不要接下你这个项目。"

大色娃极有风度地笑道："赛琳娜，我刚刚知道，你生气的时候也这么漂亮。但你应该比我更了解张邕，如果他自己想做这个项目，你制止他，他才会不高兴。一切的选择权都在他，我没有强加给中国办公室任何东西。不是吗？你要想帮他的话，我觉得不是制止，而是换一种其他方式。"

方舒恨恨地看着大色娃的笑脸，却不得不同意他的观点。

"我会和张邕通话沟通此事，如果他不愿放弃，我会建议他争取一些最大利益。如果这些条件你不能做主的话，我会直接去找总裁沟通。"

"好的，赛琳娜，"大色娃恢复了严肃的神态，"不要以为我真的只是一个阴谋家，我只是尽量地利用手中仅有的资源维持Mag的运转。邕哥既然是一个可以创造奇迹的人，我就给他创造条件让他去成功。我并不是算计他，我真心希望他一切顺利。"

方舒看着一脸坦诚的大色娃，冷冷道："我只知道，他要是做成了，你得到的好处远比他要多，但他如果失败了，你没有任何风险。"

第136章　无人喝彩（三）

邵文杰认真地听完了张邕的话，很坚定地摇了摇头。

"张邕，我之前一直说你幼稚，但其实不算贬义，只是觉得你这样的稀有品种，在这个行业里很难得。但现在我说你幼稚，就真的是一种贬义，甚至是一种鄙视。你凭什么相信，自己可以做到这件事？杰创一直在做OEM板生意，我们也的确有一定的技术实力。但我们的技术支持也只是测试板子，做简单的边缘开发，从来没想过自己做一款板子。所以无论你的合作方式是什么，我的答案都是，No！甚至我都不用向你解释理由，我想我不是第一个拒绝你的，在我之前的人，用的什么理由，我的理由也是一样的。"

张邕叹道："虽然你不是第一个拒绝我的，但这么直接和斩钉截铁的，你邵总是第一个。本来我以为我们至少可以谈谈，毕竟前面我们谈得很不错。"

"少来套交情。我们毕竟是生意人，高科技也一样是生意。咱们一码归一码，你帮我拿SS24是一回事，我订购1000片板子是一回事。如今这件事和之前没有关系，是另外一件事。我会考虑我们之间的关系以及之前合作的顺畅程度，但更多的是考虑这件事本身。得啦，您这雪茄拿回去，我不要了。小谭的口红值多少？我付给你。"

张邕笑了笑说道："这样不好。这些我是作为公司礼品用办公经费买的，你若退给我，相当于我谋了自己的私利。不符合我一贯廉洁刚正的正直形象。"

邵文杰又被气乐了："亏你还有心思开玩笑。我虽然不知道内情，但我猜测Mag人对你的态度应该不错。又因为你的自以为是，利用了你一下。你现在回头是岸，向Mag高层承认错误，说高估了自己。我觉得高层是会原谅你的，也不太会影响你在Mag的前途。"

"邵总，我不谈合作了，因为你已经明确拒绝了。现在作为朋友，我想请教一下，如果我依然想继续，你能帮我做点什么？"

邵文杰惊讶地瞪大眼睛："我说的所有话你都没有听进去，你还是要继续是吗？"

张邕不置可否："也未必，但是咱们先探讨一下，随便聊聊，我觉得总不会有什么损失吧。"

"导航圈怎么会有你这一号人，能改变世界的果然不是疯子就是天才。我很确定，你不是天才，是个看起来老实巴交的疯子。"

"杰创的能力我毫不怀疑，我就是想知道，如果你们做这件事，哪一部分你觉得是最没有问题，有很大把握可以搞定。"张邕不再闲扯，而是继续聚焦在自己要做的事上。

邵文杰不想回答这个问题，很想赶张邕出去。但看着那张认真到带着点傻气的脸，最终只是叹了口气，然后开始思考张邕的问题。

"你说这块GNSS板必须和这块主板一起工作，我觉得通常这种设置，GNSS板是具备一切功能的，只是没有输入输出功能，或者是加密的通信格式，必须通过主板用户才能得到可用的信息。所以，如果你的资料齐全，包括两块板子的电路图，以及这块主板的BOM。我想，我们可以把这块GNSS板的电路部分补充完整。我说的是电路图，而不是实际的电路板。但会包括这条扩展电路的元器件的BOM。"

"需要多久？"

"不好说，还没看到你的板子和资料，我预估2个人2个月时间。"

"行，帮我做吧。"

邵文杰眼睛一瞪道："我没赶你出去，只是因为你说的，只是闲聊。我什么时候答应帮你做啦？"

"既然你有实力处理这件事，那就帮我做吧。中国人2个人2个月的工作量，我猜法国人要一个团队6个月以上的时间，还不一定能做到。"

"你说的事我没兴趣，所以我不会投钱来做。而帮你做事，是需要费用的。我的人每小时500元的费用，两个人每小时1000元，2个月，40万元。我可以给你打一点折，你能出多少？"

"价钱很合理。我不准备砍价，邵总，先帮我做起来吧，我会付钱的。"

邵文杰又一次坚定地摇头道："对你的信誉，我毫不怀疑。如果你是做其他事，我给你100万的信用值，百万以内我都不要你付款。但这事不行，我不是不信你，是不信你做的事。所以，没有付款，我是不会动的。同时我告诉你，这个补充完整的电路图有多大价值，我根本不确定。因为你要制板的话，整个板子的电路可能都要重新设计，那个工作量可不是一个量级的。更不要说涉及的元器件采购等一系列问题，一个电容电阻的调整都会带来设计上的改变。我可以做完我这部分，但我很担心，你根本无法拿着我的成果继续，如果拿不到钱，我就只能赔钱了。所以，我不做。无论我们什么交情，我都不会继续。"

张邕点了点头道："好的，邵总，很合理。那我先告辞，但请你先帮我安排人手，等着我的付款过来，然后我们再启动。"

看着张邕平静地起身告辞，邵文杰喃喃道："这是要玩真的呀。"

"喂，你等一下。别那么势利，听到付钱转身就走，你不是说要先聊聊吗？"

"是呀，邵总，难道我们没聊完吗？"

"妈的，"邵文杰有点咬牙切齿，"也不知道谁求谁。你听着，张邕。上次你帮我搞定了SS24板子，年底我还有十几片的订单。相比之前，我的利润高了很多，一直想感谢你，但你一直不接受。现在这样吧……我会算一个数额出来，作为我感谢你的一点心意。不用急着推辞，我知道你不要，我会把这笔费用作为你的预付款，帮你把电路图的事先做起来。但你不要觉得这就没事了，你这点费用根本不够。我的人不会白干活，如果你的付款迟迟不到，而我觉得你的预付款已经用光了，那么我的人就会立刻停下来。到那时候，你我之间的人情也就清了，我们只谈钱，不再闲扯。"

张邕掩饰不住地惊喜，他转身看着邵文杰的眼睛："不是的，邵总。无论这件事是否能做完，我都欠你一个人情。不过导航圈就这么大，难免你欠我，我欠你，我没准备一定要还。但是，谢谢邵总。"邵文杰看到一张带着感激之情的真诚面孔。

"柯老板，可好。"

"我好得很，尤其看到李建这边能挣钱，我就越发地好。哈哈。"柯老板对着张邕大笑。

"张邕呀，听说又有好生意。你说怎么合作吧？"

张邑看着热情的柯老板,稍稍有些不知所措。他可以想办法说服邵文杰,因为后者在OEM上面远比他更专业。

但他不知道如何向柯老板解释这件事,这事显然并不是柯老板所想象的那样是个好生意。

基于柯老板对他的信任,这几乎是个不需要去说服的人。但同时又是一个彻底的外行,很难给他解释清楚其中的利弊。

他一直以为自己可以轻易地从柯老板这里拿到一笔投资,但真的面对柯老板才发现,他的顾虑远比面对其他合作伙伴更多。

"不急,柯老板,先喝茶。"

"欸,"吃喝玩乐样样精通的柯老板对李建办公室的茶叶显然不太看得上,"喝茶,还得来我们南方。李建他们去个茶叶店买几斤茶叶就以为自己会喝茶了,这茶不行。你先说事吧。"

张邑迟疑着,不知道如何开口。

"我没您那么懂茶,我渴了,先喝口。您别介意,北京人小时候都是喝3分钱一碗的大碗茶,没见过世面,比较土。"

"别人见没见过世面我不知道,你张邑的见识可是第一流的,怎么,有难处不好说?"阅人无数的柯老板立刻觉察了张邑的异常。

"兄弟呀,你呢,要么就不要找我,既然你约我来北京的,而且我已经来了,你最好有话直说。如果你不是投资,只是想找我借钱,也可以开口。我是生意人,借不借你,我会自己把握。你这样子,你们北京话怎么说的,太不爷们儿了。"

柯老板说了句生硬的儿化音,张邑和李建都忍不住笑了。

李建道:"柯老板,您这北京话,那是杠杠的。站天安门广场,都敢说自己东城长大的。师兄,柯老板说得对。本来都是自己人,你怎么还吞吞吐吐的,这可不像你摘星大会那时候的豪迈。"

"好,"张邑点了点头,"柯老板,是我不够痛快,我给您道歉。事情很简单,我想做的还是卫星导航生意,但不是整机,是这些设备里面的板子,别人买了这个板子,就可以集成自己的接收机。您听明白了吗？"

"这有什么不明白的，无论电脑电器，里面都有板子，我懂，你继续。"

"我之所以犹豫，是因为这件事的风险很大。我把您介绍给李建，是因为我知道，李建只是缺钱，其他都没问题。但现在要做的这件事，风险很大。我根本无法保证回报。"

"就这点事？那我问你，回报呢？"

"如果做成，至少一两年内会有非常不错的收入，而且根本不需要为市场发愁。而且只是前期投入大，后期几乎不需要投入。但是，这件事只有成和不成两个结果，没有中间状态。要么挣钱，要么全赔。"

柯老板一旦思考，就变得非常严肃，没有半点玩笑之色。

"既然风险这么大，你为什么想做？你觉得自己可以做成吗？多大机会？"

熟悉的坚毅表情浮现在张邑脸上："我相信我可以做成。但是现在，"张邑忽然有一点沮丧，"全世界只有我一个人相信，所有人都认为我做不成。我找您之所以犹豫，有一个原因是，我忽然想到，我从来没想用自己的钱做这件事，当然，也因为我没有钱。所以我的自信可能建立在不是自己掏钱的基础上，所以，我很犹豫。没见到您之前，我还没有这种感觉。但如今，我很纠结，不知道和您谈这件事，是对是错。"

看柯老板没有开口，张邑又补充道："另外一个原因是，我个人很喜欢这件事，哪怕当作兴趣，也想做下去。但这样让您投资，恐怕不公平。这样吧，柯老板，不好意思，让您跑了一趟北京。我们好好吃顿饭，这件事都再考虑考虑吧。"

柯老板点点头道："张邑，谢谢你把这件事解释得这么清楚，你知道我对你的信任，你其实只要在我面前说几句大话，我的投资可能已经到位了。但是，感谢归感谢，投资的确要谨慎，这件事我再好好考虑一下。你做个计划吧，需要的额度以及盈利的周期和目标。我不会怀疑你的数字,只是基于我的实际情况进行考虑。还有,我会拿着你的计划和李建商量一下。"

"我?"李建愣了一下。

"李建这里既然有我的股份,也是我的公司。反正这里的投资也是你介绍的,我干脆放在一起考虑。张邕你很坦诚,我也很直接,所以你也原谅我的谨慎。我们南方人不喜欢说大话,相比于北方人,更务实一些。我不会随便承诺你,但我若答应了,一定不会食言。"

"谢谢柯老板,您这样,我才放心。"

大色娃与方舒碰面之后,回到了Mag总部,第一时间把奥利文和小色娃招到了自己的办公室。

"邕哥有消息吗?你们觉得他会继续吗?"

奥利文道:"他拿走了我3套板卡和保密资料之外的全部相关的资料。我觉得他一定会继续的,但是有一点奇怪,他回去后,再没有任何消息。"

"哦。"大色娃将目光转向小色娃。

小色娃道:"我想他一定会继续的,我们沟通过一次,就在昨天。"

"你们谈了什么?"奥利文和大色娃都很关注。

"他说,他知道了我们的代工厂在苏州,希望能给他授权,过去参观。"

大色娃皱起眉头道:"邕哥怎么什么都知道?工厂的事你们谁告诉他的?"

两个下属同时摇头。

"工厂不归我们管,我们的人从来没去过。我们沟通的是他们台湾的总部,没人去过工厂。这并不好协调。而且,他是销售人员,接触生产线是违反TS的制度的。"

小色娃笑了一下:"弗朗索瓦,一个可以做板子的人,你还把他当销售人员看吗?你把一款我们都没搞定的产品扔给了一个所谓销售人员吗?"

大色娃耸耸肩："好吧，我协调一下，和台湾T-key集团沟通一下，但未必能够如愿。就这样吗？还有什么？"

"是的，他提了条件。"

"有条件是好事，你为什么没写在周报里。"

"因为他的条件，我不能写在周报里，也不能写在我们的任何一个文档中。"小色娃语气很严峻，大色娃一怔，这个邕哥提出了什么样的条件，会让小色娃如此慎重？

第137章　自己喝彩

李建来到了Mag代表处，他带来了一张银行卡。

"师兄，这是柯老板走的时候留给你的。"

"哦，他决定了？怎么没和我说？"

李健摇摇头道："柯老板走的时候，一再说，谢谢你的坦诚，未来还是希望能和你合作。这次呢，这张卡里有20万，他说你先用。如果你的事情做成了，不算他投资，所以也不用回报，把本金还给他就可以。如果你赔了，那就算了，当他送给你的，也不用还他了。"

张邕拿起这张卡，笑道："柯老板还是挺讲义气的。这钱我本不该要，但现在我只能先留下。无论这事是否做成，我都一定还给他。"

李建笑道："柯老板觉得你不会收，所以直接走了，但嘱咐让我务必让你收下。看来他还是多虑了，师兄你的气节被高估了。"

张邕也笑道："失节事大，饿死事更大。要活着才能保持气节。"

李建带了几分认真问道："要是真的失节和饿死，只能二选一，你怎么选。"

张邕认真地想了想，他摇了摇头道："我不知道，我尊敬有气节的人，但不敢确定自己是这样的人。所以，我会尽力远离这种选择。"

"我舅舅打电话给我了，我说了下你的事，你猜他怎样？"

每次一想到好心的司机大哥，张邕心里就有一丝暖意。

"不用告诉我，我猜他骂你了，说你没良心，不讲义气，没有主动帮我。"

"哈哈，师兄，你怎么猜到的？"

"他好吗？还挺想他的。他若不是这样的人，我们怎么能成为朋友！"

"所以，这次我过来，不只是帮柯老板送钱。我们小公司实力一般，但你需要多少钱，尽管来公司拿，只要我们能付得起的，都给你。"

张邕拍了拍李建的肩膀，他并不善于表达这样的亲近，尤其是他总把李建当个晚辈。

"我不能拿你的钱，你一个小公司周转不易，随便调走一笔钱，后面的生意可能就有麻烦。还有最重要的一件事，我为什么找柯老板，而没有和你谈？你公司的钱不都是你的，也有柯老板的，如果他不同意进行这个项目，我不能和你商量此事。"

"嗯，"李建点头，"我之前没想通，现在明白了。所以我和柯老板谈过了，他同意。"

张邕皱眉道："同意是什么意思？"

"柯老板说，只要不影响公司的正常运转，我可以借钱给你。但不做投资，他说他相信你的人，即使赔了，也能想到办法还钱。但投资的风险太大，他觉得不适合跟进。其实……"李建顿了一下，"你如果稍稍讲得委婉一些，不致如此。柯老板对我们公司很满意，所以对你的信任度非常高。他本就是带着投资的心态来的北京，却因为你的诚实扔下一张卡就走了。你既然坚持做这件事，那么一定是有信心的，何必这样对柯老板讲。师兄，恕我直言，我觉得你这样做似乎只是在维护自己所谓正直诚实的人设，我觉得并不可取。"

张邕意外地看着李建说道："一直把你当小孩，怎么居然有这样的高度。怎么，你和你舅舅这样讲过吗？"

"和他呀，还是算了吧。我是怕他骂我骂得不够狠吗？"

"你说得对，做大事不该太拘小节。但我自己没有拿钱，却要求别人真金白银投进来，这个本身就不公平。所以不是我要维护自己的人设，是我没说服自己。如果我自己也投入的话，这件事我是有信心的，我会力劝柯老板拿钱的。"

"那不就简单了吗？"李建脱口而出一句话，张邕反倒愣了。

"怎么会简单？"

"你就投钱进来呀。师兄，你在职场时间也不短了，而且又这么成功，肯定挣了不少钱吧，你先自己掏一部分，再找柯老板他们这样地投钱，不就没问题了吗？如今你绕来绕去，岂不还是端着自己的人设，说总是过不了自己心里这关，那你倒是过呀。还等什么？"

张邕完全愣住，李建这段话听得他醍醐灌顶，虽然算不上大彻大悟，但的确直指人心。年轻人就是这样直接，刚毕业的自己是不是也是这样子的？

自己从没想过投钱，所以要求别人拿钱不公，那就自己先拿钱进来呀。这事根本不复杂，就像1+1一样简单，但他偏偏就卡在这里。或许只有李建这样的年轻人，没有太多阅历和职场的种种磨难，反而理所当然地找到了答案。

李建看着脸色阴晴不定的师兄，心中有点惴惴不安。凭着一腔热情喷薄而出一番话，年轻人此时开始后悔。

"师兄，我要说错了，你别生气。我其实什么都不懂，就是乱说的。"

张邕跳了起来，忽然一拳狠狠打在李建的肩膀上，李建龇牙咧嘴："大哥，我说错了，也不至于动手吧。"

"不是。这拳奖励你的，你说得太对了。走，今天午餐我请。"

"吓死我了，"李建揉着肩膀，"这种奖励您还是少给我点吧。我什么就说得太对了？"

"我其实没什么钱，职场生涯并不算长，但故事不少，被人夸大成了传奇。我只是一个打工者，能有多少钱。如今我还要还房贷车贷，还要养娃。但是你的道理是对的，我连自己都不能说服，当然也没有信心去说服别人。我一直都是在各家的平台上做事，以为自己善于利用各种资源，久了就成了固定的思维模式，从没想过自己投钱做事，是你一句话提醒了我。所以奖励你一拳，外加一顿饭，走吧。"

李建却只记住了张邕这段话中的"房贷车贷，还要养娃"，他忽然有些后悔，觉得自己这段话太过冲动，没有好好思考。

"师兄，我刚才没想好。其实你既然有平台也有手段，不用自己的钱做事才是最高明的。你这样做挺好的，不用听我瞎说。我太年轻了，很多事没有你想得周全。"

"英雄不问出处，李建不问岁数，小兄弟不用过谦，走吧，中午想吃什么你定。"

看着意气风发的张邕，李建忽然有一种闯了祸的感觉。

听完小色娃的汇报，奥利文一脸凝重，大色娃却面带微笑。

他笑着问小色娃："你觉得邕哥哪里有问题？"

小色娃看着老板的笑容，无比困惑。

"邕哥想要定价权和中国的销售渠道，这可是公司的大忌，会严重违规的。"

"违规？"大色娃笑了，"怎么会违规呢？好，我来问你，定价权是什么？难道他可以不通过我们，随意把板子卖到100美金吗？"

"当然不会，他会根据成本评估，然后申请一个价格。"

"价格需要你和我批准吗？"

"当然需要。"小色娃回答完毕，也发现了其中问题，他若有所思。

"所以他只是想申请一个适合中国的价格，定价权在我们，根本不在中国。一个中国区主管，申请中国价格，这不是最正常不过的事情吗？"

"好吧，弗朗索瓦。定价不是问题，但他要中国的销售渠道，这个甚至会有法律问题。"

"中国区主管，管理和掌握中国区的渠道，这不是他该做的吗？"大色娃认真地反问，似乎真的对这个问题不明白。

"邕哥的意思，不仅是渠道管理的问题，他的想法应该是……"

"弗朗索瓦，"大色娃忽然严厉地打断了小色娃，"对于没有说出来的想法，没有成为事实的行为，我们不要去猜测。你说得对，作为企业，我们最忌讳的就是法律问题。所以你该做的是，严格管理中国的办公室，确保邕哥一切的行为都是符合法律以及Mag的规则的。既然说到法律，那么我就要用事实说话。除非我亲眼看到邕哥在Mag之外有属于自己的公司，官方机构能查到他的名字，他全名叫什么？张，邕？如果在某个公司的股东名单里看到他，我们可以直接发律师函给他。如果没有这些行为，或者没有证据证明这些行为。你所说的定价权和渠道权，我不明白问题在哪里？"

小色娃有些费力地点头道："OK，我大概懂了。"作为一个保守的欧洲人，他还是无法完全想明白眼前的事。大色娃的意思他听懂了，但总觉得哪里不对。

奥利文在一旁则是目瞪口呆，不知道就不算违规？销售是要这样做的吗？

大色娃看着自己的两个属下，心里很清楚他们在想什么，但并不想解释太多。西方的很多价值观深入人心，有一些听起来很令人感动的谎言，却有一批人深信不疑。他的思维方式不同于一般的欧洲人，但他自信，自己比他们更知道如何做一名CEO，特别还是Mag这种处于困境中的公司的CEO。

在他的眼中，何止张邕，就连眼前的这两个属下都是天真的家伙。他自己有时很羡慕这种天真，但他自己只会做最合理的决定。

"好了，"他缓和了一下语气，对二人说道，"你们都知道，我们给了邕哥一个不可能完成的任务。但他既然自己有信心，我们就需要拿出我们最大的支持。如今我们这里的投入为零，怎么才能帮他做到最好,常规的手段是行不通的。奥利文,如果我们需要500万到800万欧元和两年的时间完成一款新的OEM板,而有人能用半年的时间,只花100万欧元就完成,你介意多给他100万欧元作为奖励吗?"

"100万欧元只怕太少了,真有这样的人,我们至少该给他300万欧元。但是……"奥利文脑子转不过来,"邕哥的事似乎不太一样,他,他……"

"没什么不一样。如果非说区别,就是他拿得更少,而且他拿的也是自己挣出来的。无论他做了什么,Mag都没有一分钱的损失,绅士们,不是这样吗?"

奥利文和小色娃对视一眼,终于点点头。

大色娃满意地说道:"很高兴,我们取得了一致。弗朗索瓦,你要和邕哥沟通一下,我不希望看到任何违法违规的行为发生在他身上。如果发生了,无论他为Mag做了多少事,我们只能让他离开。但是……"他忽然加重了语气,"现在,我并没有看到,也没有听到邕哥有任何违规的行为。所以今天的会议之后,我们再也不要提起这个话题。明白了吗?弗朗索瓦,谢谢你,没有把不合适的信息写在你的月报上,那就永远不要出现这样的内容吧。现在,我一起期待邕哥好运!"

"好的,老板。我明白了。"

Madam轻声地哼着摇篮曲,直到米其林完全睡去。她把儿子的睡姿调整到一个最舒服的位置,然后轻轻离开了卧室。

片刻,她拿着房本,走到了张邕面前:"给,在这。"

接过房本的张邕手微微颤抖,说道:"你真的放心把我们房子这样抵押出去了?我其实现在很紧张,我有点怕了。"

Madam靠着张邕坐下,然后说:"其实,不是放心不放心的问题。我的同事们都觉得我在家里一定是个说一不二的女暴君……"

张邕打断道:"难道不是?"然后毫无意外地挨了一拳。

"家里的财权都是我的,你的工资卡都在我身上。家里的一切都是我安排的,房本上写的都是我的名字,似乎一切都是我在掌控。"

"不对，"张邕摇摇头，"电话是注册在我名下的，因为需要我付电话费。"

二人哈哈笑了几声，然后Madam继续说道："其实，只是看起来都是我在掌控而已。而我也不愿意你太过操心。我还知道，你也不喜欢管这些七零八碎的事情。但既然你想抵押，想做事，那就去做。你说的大事我不懂，无论是作为女人，作为妻子，还是作为警官，我都没有必要懂你说的那些事。我只需要跟着你，支持你就好了。所以对我，没有放心与否的问题，我们是一体的。"

张邕一只手揽住Madam的肩膀说道："难道没想过，如果真的出问题了怎么办？"

"小子，我只说你是家里的天，可没说家里只有天，还有我，还有儿子。有什么问题，我们一起面对。"

赵爷终究还是给张邕打来了电话。

"抱歉，上海没接待你。其实我并不是一定要出差不可，那只是借口。只是，我的想法鹏总应该转达了吧，我一时间没想好该如何面对你。给你道个歉，你知道吧，我也一样有不好面对的事情。"

"哈哈，赵总，你不敢面对我吗？我太荣幸了。"

"我给你道歉，是觉得我自己太小气了。无论做与不做，我都该当面和你说的。希望你别介意。"

"没事，你知道我不会介意的。我更关心结果，你是否出面都一样。"

赵爷笑了一下说道："我知道，你就是这样的。那么现在进展如何了？我不见你还有一个原因，是想让你因为沮丧而彻底打消这个念头，推掉这件事。告诉我，我是不是做到了。"

"抱歉，大哥，让你失望了，我还在继续。杰创在帮我做独立的电路图。而我离你只有一两个小时的车程。我在苏州，准备去Mag的代工厂T-key参观。"

赵爷电话里完全沉默了。

"喂，喂，大哥，你出什么问题了？要不要我驾车到上海救你。"

"张邕，你太疯狂了，居然这样都不退缩。还有，你现在得到了官方的授权吗？Mag怎么会允许你去代工厂？"

"我没有得到任何授权，只是用我自己的办法，找到了正确的人。"

第138章　6月为限

银行的抵押放款并没有那么快，张邕则是毫不耽搁地将柯老板的20万扔给了邵文杰。

"邵总，剩下的20万，我会尽快付款。"

邵文杰用一种惋惜的目光看着张邕，就像看着一个被别人骗走了糖葫芦的小弟弟。

"做自己的事，也不砍价吗？我说40万，你就给40万？"

"我是有点不够聪明，但还算不上傻。我在市场上调研了一下，在国内，40万也许是个偏高的价格，但实际上这种活没多少人能做，也没多少人愿意做。大公司不屑做，小公司做不了。同时还要考虑资料保密，合作伙伴是否可靠等许多问题。如果我从市场上千挑万选一家合适的公司，只怕要几个月的时间。如今我们一天都没浪费，这40万对我来说是个很好的价格。邵总，你看着强硬，其实我知道，40万不过是卖几块板子的利润。所以如果不是当我是朋友，你根本没必要费力帮我做这件事，这40万并不多，其实我赚了。"

邵文杰听得有点发呆："服了你，我觉得地球人已经无法评估你是聪明还是蠢。钱我收下了，但后面不用再付了，够了。我说过因为SS24，给你表达一下谢意。加上这笔钱，再加上我给你一点折扣，这个价格可以了。"

"那我谢谢邵总了，谈钱伤感情，以后我们慢慢算。"

"是我先谈钱的，看来伤感情的也是我。"

张邕笑道："这话可不是我说的。对了，进展怎么样？我能和你的工程师聊聊吗？"

"想都别想，"邵文杰坚定地摇头，"你如今要做这件事，我知道你一定求贤若渴。一个总是往Mag跑的小谭，已经够让我伤心了，就不要再打其他人的主意了。我只能告诉你一件事，一切都在正常进行，我们只会提前完成任务，不会延后。"

"太感谢了，邵总。我的目标是6个月搞定这件事，你这第一步至关重要。"

邵文杰已经习惯被张邕震惊到，他道："就算我现在就把电路图给你，我都不信你能6个月搞定这件事。你知道你的板子有几层吗？这部分电路出来后，相当于你的板子又多了一层。而这一层如果加上，每一层的电路几乎都要改变，否则难免造成冲突。关键是就算这一层加上了也没意义。因为你还要改板型，所有的一切都要重新设计。所有的这一切还都只是设计阶段而已。你没做过硬件，你根本不知道制板的SMT的难度。"

"我做的时候就会知道了。提前知道没什么好处，会影响我的信心。"

"自大的家伙。能问一下，为什么一定是6个月？难道6个月后，这个板子就不能卖了？中国市场就饱和了？"

"当然不是。从生意的角度，6个月的确会有很多变量，每一秒钟都很重要。但我定这个时间线倒不是这个原因。我组建了一支队伍，软硬件的人才都有，虽然我们只在一间民房里办公，但各种费用依然很高，我还要考虑后面制板的钱。所以我手里的钱，或者说，银行借给我的钱，只能维持6个月。6个月成功，我还要在接下来的6个月赢利。否则，这件事黄了，我的房子也黄了。"张邕说得很轻松，但眼神中无比坚定。

邵文杰终于长叹了一声道："真是疯子。不过我不再说这事有多困难了。我觉得你会有机会的，所以祝你好运吧。还有一点，你这样做事似乎不合外企的规矩。小心，不要出问题。"

"谢谢，放心吧。老外虽然严谨，但并不呆板，很多事他们比我们算计得更精明，我们达成了相关协议。"

在与小色娃最近一次的通话中，张邕很快明白了大色娃的态度和底线。

不能有任何直接证据证明他参与了Mag之外的工作，或者在Mag之外任职。这是完全不能触碰的底线。特别是在销售端，如果有任何证据表明，张邕在销售中有个人行为，无论Mag还是TS，都是零容忍。

小色娃是个头脑过人的家伙，他在开始的时候对张邕的做法不能接受，但一旦他自己得到了大色娃的引导和肯定，他立刻向张邕给出了合理的建议。

"邕哥，如果是一个独立于Mag的第三方研究机构，帮我们做一些研究。那么我不介意你和他们签一份顾问协议，甚至可以从北京办公室付一笔顾问费过去。但这笔钱我们没有预算，只能从你的市场费用里出。你的经费也并不宽裕，你自己来决定这件事。不增加预算的顾问协议，你发给我，我会批准。关于销售，我建议最好与这家顾问公司分开，否则也会有说不清的地方。如果你觉得可以，甚至我们依然可以用杰创来做所有OEM生意，包括未来可能的测量型板子。他们和顾问公司之间的合作与咨询服务，是与Mag无关的。总之，无论是Mag，还是弗朗索瓦和我，都愿意在合法的环境中尽量支持你。弗朗索瓦比我对你更有信心，他始终相信你能创造奇迹。而我，我希望他是对的。Bonne chance！邕哥。"

张邕听不懂法语，但他知道，那一定是"祝你好运"的意思。

正如江晓苏所说的，张邕在Eka组建的GNSS团队几乎被王幼斌和新的GNSS主管全部清洗。张邕接收了刘岩、萧晗两人，将他们安排在Mag办公室内，整个过程和他到来时有点像。二人已经上班，张邕才把资料发给了小色娃，他相信老板会批准的。

认真的小色娃还是简单安排了电话面试，最后确认OK，二人一边工作，一边慢慢办手续。

张邕则认真地开了一个业务会议，明确了每个人的职责和分工。刘岩依然负责他擅长的GNSS高精度业务，只是张邕的要求远比Eka要高。

"刘岩，Mag是个小办公室，你看到了，就我们几个人，规模远远不能和Eka相比。当然，这里的氛围很好，大家相处也远远比Eka容易。所以你的职责已经不仅仅是销售工程师而已，你要做我在Eka做的事，所有的GNSS测量业务以及代理商都归你管。我要你能够独立地工作，有问题随时和我以及杨波他们沟通，有问题吗？"

"老大，那我这次跳槽算是升职了吗？"刘岩重回张邕手下，异常兴奋。

"是否升职，我也不知道。但是对外呢，你如果名片上印一个中国区销售总监，我肯定不介意。"

刘岩得意地笑道："好呀，那就这么做了。齐姐，我的名片就这样写吧。"

行政齐欣笑道："好的，没问题。"

"那该我了吧？"另一名Eka援军萧晗赶紧表态，"我就跟在岩哥后面来一个副总监吧。"

大家都笑了。张邕道："看来Eka没得到升职机会，委屈你们这些官迷了。好，我同意。你刚好辅助刘岩管理GNSS业务，同时Mag手持机的业务交给你来管。这个业务现在对我们很重要，但是也很简单。规则我定好了，你只需要好好维护秩序就可以。你不管不会出事，但你要管得太多，可能会有副作用。"

"我知道了。当初你和众合决战国家林业局的江湖传说，我钦佩不已。有您在这，我不会乱来的。"

"非常好，工作就这么多。萧晗，还有一点办公室规则要提醒你。Mag代表处禁止对上级恭维，违规者的惩罚是请全公司吃饭。念你初犯，今天放你一马，以后小心。"

"老大，我是真心一片呀。请吃饭也要说。"

811

"你们刚来，这顿饭公司请。齐欣安排了吧？中午聚餐。"

齐欣提醒道："张邑，你好像没提到OEM业务。"

"OEM目前我们只有杰创一家代理商，而且已经下了1000片的订单，基本没什么需要管理的。有事找杨波就是了。"

齐欣本想说杨波只是技术支持，却发现杨波并没有推辞，而是点了点头，就是脸有点红。

Mag的生意并不复杂，有了张邑摘星大会的手笔，再有杰创的铺垫，一切都已经基本捋顺。如今这新来的"正副"总监都是经验丰富，一切都稳定下来，进入了正轨。

而张邑自己，也可以用更多的时间和精力，来搞定这块板子的事。

小色娃给张邑唯一不好的消息是，T-Key拒绝了张邑前往工厂参观的请求。

Mag的供应链主管克里斯托夫，尽力和T-key进行了沟通。但T-Key的管理者听到张邑只是中国地区的负责人，便一口回绝了，同时质疑："为什么让销售的人参与到生产中来？我们之间的合作双方其实是中国台湾地区和法国，中国办公室没有任何权力过问工厂的事，我们很怀疑中国办公室的动机。"

T-key的拒绝和怀疑其实是有理由的。最近几年，随着外资在中国的代工厂越来越多，很多人将目光盯在了保税区的工厂上面，他们想尽办法，用尽人脉，把本该直接发往国外的产品，从工厂想办法搞出来。

只要生产就会有损耗，厂家在元器件供应的管控并不能完全杜绝这样的事。而台企在大陆办厂，对大陆的法律和执法始终心怀芥蒂。一旦发现这种偷挖墙脚的事，除非事情太过严重，一般不会选择报警，而是内部处理。无外乎开除、要求赔偿等手段。

在克里斯托夫向T-key提出这个请求之前，T-key刚刚处理了一批内部主管。此事余波还没过去，T-key对此类事情格外敏感，所以拒绝Mag完全在情理之中。

张邑却不想放弃相关人才，无论是PCB板设计人才，还是元器件采购的熟手，在市场上他都可以找到。

但是这些人对Mag的产品都不熟悉，他需要一个懂Mag产品，但并不太懂市场的人才。他没想好怎样和这样的人合作，但他的做法一直都是到了那一步再想。目前他需要的是先见到这样一个人。

另外，他自己也需要对产品的加工和制造有一个直观的认识。在奥利文给他的资料里，BOM里的元器件有多个不同的来源，也许只有从工厂这种直接参与产品生产的机构，他们的供应链和采购，才能了解所有的渠道。

"我一定要去一趟T-key的工厂。"张邕暗暗咬牙，一种熟悉的坚毅表情浮现在脸上。

他打开了手机通讯录，给所有在苏州以及周边的联系人一一打了电话。

"嘿，张邕，你好，很久不见。T-Key？是什么？不知道。"

"T-key，好像听过，但不熟，也不知道干什么的，甚至不知道在哪里。你找他们干吗？"

"T-Key，台玥电子呀，我知道，工厂就在我们旁边，不远。关系？没有，我们不是一个行业的，不打交道。抱歉，帮不了你。"

"台玥在苏州，我帮你问问亲戚朋友，有没有认识的。但我估计很难，这都是大企业，就算找到认识的人，也未必是你要找的部门，我试试吧，别抱太大希望。"

一天下来，张邕的嗓子都哑了，但收获几乎为零。

怎么办？当一件事的难度越来越大的时候，张邕的斗志就很容易被激发。他没有觉得沮丧，而是觉得自己太过草率了，哪有那么容易，需要好好计划一下。

每当他遇到卫星导航圈的行业问题，他最先求助的就是怒发狂人和赵爷。但这一次，赵爷显然无法帮忙，但狂人师兄？他要是想找个台湾学者，或许不太难，但找一个工厂的生产线负责人，估计比他写博士论文都难。

没关系，既然世界上存在这么一个怒发冲冠的家伙，自然有他的道理，问一下总不会有坏处。

"就当打枣了。"张邕默念道。这个概念来自小时候，爸爸带他去农村亲戚家用竹竿打枣。亲戚告诉他，枣树必须打，有枣三竿子，没枣三棍子。

"师兄，希望你这棵冲天树能结出大红枣。"

"小张邕，你找我干吗？"怒发狂人依然是一副不正经的腔调。

"我想找一个工厂里的人，但问遍所有人，都没有认识的。如果是你，你怎么办？"

"我？Linkedin知道吗？你能找到全世界所有的人脉。"

张邕立刻如醍醐灌顶："社交网络？我怎么没想到。师兄，国内有没有像Linkedin一样的实名社交网络？"

"当然有，互联网这一块，中国人学得最快，不止模仿而且超越。国外有什么，国内马上就有什么。"

"快告诉我一个网站。"

"自己去查吧，这点事还用我告诉，不觉得丢人吗？还有事吗？我还有课，挂了，拜拜。对了你那个板子的事……算了，没事，拜。"怒发狂人挂了电话。

第139章　我要赢

张邕很快找到了一个实名认证的社交网络，他注册了账号，登录进去，然后在搜索栏输入了"T-Key"，想了想，又加上了"苏州"，然后回车。

他的眼睛亮了。又是苏州，他想起了当初在苏州因为GPS中心仪器升级而上网的事，想起了Skydon给他的一级账号，当他登录上去，看到了所有的升级软件。

如今，他的电脑屏幕上出现了一大串头像和人名，虽然各不相同，但在后面，都有一组同样的字母——T-key。

张邕感觉一道闪电划破了黑暗，照亮了整个大地。

但很快，他发现，这的确如一道闪电，稍纵即逝，一闪之后，又恢复了一片黑暗。

实名注册的T-key员工很多，但绝大多数已经很多年没有登录过，还有一部分人只是注册时登录过一次。

几个月内登录过的，张邕一一筛选，明显不合适的就排除出去。

剩下一些看起来有希望的，张邕或者发了站内信，或者加了MSN。说自己初入这行业，想认识一下行业的伙伴，多学习。一周过去，没收到任何回复。

一切又回到了原点，而他的OEM工作室这边，在元器件采购上遇到了很大问题。

工作室负责人汤力维是邵文杰推荐给张邕的专业人士，虽然对电路板的生产流程并不算熟悉，但在电路设计上有很深的造诣。

"张邕，这样做没意义。两份BOM上，几千个料，靠我们自己是找不全的。"

"为什么？不是有很多电子元器件的在线采购平台吗？我们分工一个个去找不就可以了。"

汤力维对张邕还算尊敬，没有直接把外行一词说出来。

"我们不可能一个一个去找的，没人有这么多时间。一般就是我们选定几家熟悉的供应商，把目录发给他们，让他们整体供应。通常来说，一份BOM上百分之七八十都是通用料，并不难找到。但剩下的不到20%，才是最难的部分。如果这些供应商都找不到的话，靠我们自己，就更找不到了。这块板子是国外设计的，有些料国内并不常用。这事你最好找法国人帮忙，不然……"汤力维指了指房间内，两个对着电脑电话不停查找询问的手下，"你逼死他们，也做不到。"

其中一个小伙子听到汤力维的话，在远处接话道："这些不常见的料，这些公司会去国外帮我们寻找，估计一半左右都能找到。但没人敢保证，哪个料一定有，他们也是等国外供应商确定了才能给我们确认。"

汤力维点头道："辛苦了，继续吧。"

转身对张邕道："还有一个问题，这些供应商只有一小部分发过来了样品。相当一部分供应商对我们这个完全陌生的'庸人'工作室表示了不信任。说如果要元器件的话，就要下单，而且不零售，一次就要一整卷，成千上万不等。恕我直言，张邕，这些料我会通过各个渠道继续寻找，但我们的次序错了。我们应该先确定制板和贴片的生产伙伴，然后由他们去购买元器件，他们会有更好的渠道，会事半功倍。然后买不到的，再一一想办法。而一个工厂出面，显然比我们这种工作室更令人信任，他们拿到样料是没问题的。这样，虽然料的问题依然存在，但至少我们保证该拿到的先拿到，再一个个去找那些难找的，这样至少不会乱。现在你看，我们寻料，寻了又寻，电话打了又打，太多重复工作了，这样做事没有意义。"

张邕点点头，他示意汤力维和他单独交流。工作室本来就在民居办公，二人穿过客厅和卧室，来到了卧室的阳台，并关上了门。

"你说得都对，但现在我们能做什么？"

"我们都在学习资料，然后等邵总那边的电路图。"

"邵总的图不出来，是不是你们也做不了什么？"

"是的。"

"而我们连板卡的电路图都没有，是不是也无法和工厂交流？就算找到合适的工厂，他们也不会因为一份残缺的电路图就接下我们的项目吧，当然也不会这样就帮我们进行料件采购，除非我们先付钱给他们。但一切都没确定，我们自然也不可能先付钱。是不是这样？"

汤力维点点头，他发现，张邕或许是个外行，但他对流程的管理有着一种先天的直觉，可以说是一种天赋，他很快就捋清了一切，并在脑子里就能形成流程图。

"但这件事我很急,我们几天的时间就组建了这个工作室。我承认,有时候我是个很能调动大家情绪的人,现在我们的人热情都很高。但如果我们一个月都没有正经事做,同时每个人都可以给自己一个借口,说因为前面的事还没搞定,所以我们只能等待。那么这个工作室的氛围会变得怎么样?"

汤力维感觉到了问题,但还是摇摇头道:"我还真没想这么多,就是觉得我们不该做没有意义的事。"

"如果一个月没有正经事做,员工就懈怠了,如今的精气神就没有了。到了该做事的时候,他们只怕无法拿出最好的状态了。"

"那该怎么办?就做这些没有意义的事?"

张邕正色道:"怎么会没有意义?只是效率比较低而已,可能是重复工作而已。但再低的效率,也比什么都不做要高。既然没有其他事要做,何必在乎效率高不高。注意,要他们忙碌起来,保持必要的工作状态。他们做的事到底有多大意义,那是你这个领导定性的,你说有意义,它就有意义。如果你先带头说没有意义,那么他们内心就会开始抵制了,明白了吗?这几个人都是很不错的选择,如果他们觉得无聊离职了,一个月后,我们到哪里再去找这样一支队伍?"

汤力维的眼神中露出一丝佩服:"我真没想到这些,我懂了。张邕,你真是太有经验了。"

张邕不置可否,接着问道:"你肯定也没安排他们开始设计电路,对吧?因为没意义,等邵总的电路图出来,一切都还要重新做。我说对了吗?"

汤力维苦笑了一下说道:"没错,你猜得丝毫不差。但我现在懂了,我安排他们做电路图。"

"而且这怎么会没有意义,做过了,自然熟悉,有了变化,再改动,效率也会提高很多。专业人士对专业的东西都有先天的兴趣,他们一旦进入状态,根本不需要你来催促。"

"我懂,我自己也是这样。"

"这就好。还有一点,就是因为没太多事做,更不要安排他们做无聊的事,不要随便整顿考勤呀,纪律呀,还有搞什么KPI。这些让人反感,觉得你没事找事。一定要用专业的东西吸引他们。专业,就是熟能生巧,从来都不是无聊的事。明白了吗?"

"我向你检讨,你说得太对了,其实你从法国拿过来的资料很多,我们需要很多时间来学习的。我们都觉得现在不是很有用才放下了。这些事不用你操心了,我会安排的。我还会根据你的资料安排一些研讨会,大家多多沟通,这样更有益于将来的协作。"

"非常好。有你在,我就放心了。我要亲自跑一趟苏州,把你关心的问题都解决。"

"能都解决吗?你联系到了T-key的人吗?苏州如今可是中国制造的旗舰店,如果能在那边找到一处加工企业是最好的。北京这边的工厂我还算熟悉,加工一些军工的大型电路板还可以,但要做这么精细的板子,我看还是广东和长三角那边更好些。"

"我还没找到,但我这次准备出长差。我会住在苏州,不搞定这件事我就不回来。风萧萧兮易水寒……不对,这句不祥,我换一句。高丰文带队冲出亚洲时,吟了两句诗,你还记得吗?"

"莫道中华无奇男,不破楼兰终不还!"

张邕在R的实名社交网络锁定了一个目标,确定这个人做的事是与他相关的。但T-key里面多个部门车间生产线,能遇到负责Mag产品负责人的概率并不高。

这个人叫沐云天,名字听起来有股大侠的豪迈,张邕选定了此人,和这名字或多或少有些关系。

沐云天已经3年没有登录,张邕只能默默希望,他的工作并没有变动。他在沐云天的资料里查到了一个hotmail的邮件,因为用户名不带数字,应该是注册得比较早。他相信,沐云天一定舍不得放弃这个邮箱。

他将这个邮箱在搜索引擎里二次搜索,没有让他失望,他发现了几个用这个邮箱注册的网络平台。

他——在这些网站收集资料,最后找到了沐云天的天涯社区账号。

张邕在黑暗中看到了远方的一丝天光,老天终于给了他一份不错的礼物,沐云天最多登录的居然是天涯社区NBA论坛,这家伙和他一样,居然是个狂热的NBA球迷。

张邕认真地在论坛里搜索着沐云天的足迹,果然,这不仅是个看球的球迷,也是个喜欢打篮球的野球手。张邕这次真的露出了会心的笑容。

沐云天比张邕年轻几岁,对于喜欢运动的人,特别是篮球这种集体项目的人来说,稍有尴尬。

每周一次的篮球运动,渐渐地,身边的球友越来越少。大家成家,生娃,升职,事情越来越多,有人开始缺席,有人一次缺席后就再也没出现。直到每次都根本凑不齐一组人,只能独自来球场,现场组队。

而他这样的年纪,虽然经验更好,但速度弹跳都已经下滑厉害,无法和年轻人相比。和年轻人一起组队打球,他发现后辈们更习惯一个人不停运球突破干拔,更习惯自己一个人去一打四,不配合,也不需要配合。每当这时候他就无比怀念自己的球友,如果几个人都在,互相传传球,打打挡拆,他觉得就算这年纪赢这些孩子也并不难。如今只能看着球一入手就再也不会传出来的人单打独斗。

甚至到了这个岁数,想聊聊篮球都是件难事,身边的人看球的比打球的更少,大家似乎更喜欢吃饭喝酒聊股票。

沐云天登录了NBA论坛,照例发了一帖,周六下午三点,吴江La篮球公园,欢迎30岁以上的篮球爱好者组队打球。

不久后,他看到下面有一个叫"Yonger"的人回复,我是北京人,周末到吴江出差,很想体会苏州吴江的篮球氛围,不知道能否参加。

他回道:"你多大了,什么水平?"

"我70后,不到四十,大学时打过校队。"

沐云天来到了球场,不同于那些一到球场就迫不及待地下球场运球投篮的年轻人,他先在场地外做着各种拉伸,然后慢跑着让自己身体热起来。

球场的常客们纷纷和他打招呼:"沐哥,还热身呢?行不行呀?"

"诶,沐哥,这么认真。怎么?上周输了不服,这周要赢回来吗?那你得加把劲了。"

沐云天专心热身,不理这些孩子的调侃。他在NBA论坛给Yonger留了自己的电话,但没抱太大希望这个人能出现。网络并不是一个很靠谱的地方。

有人远远地招呼:"沐哥,这边差一人,来加一个吧。"他摆摆手,继续热身,等着自己的同伴。

终于两个伙伴姗姗来迟,三人一起热身。

"老沐,都是四打四。差一人,只能加个孩子进来了。"

"等下吧,我在网上约了一个外地出差的,说一定过来。"

"网上约的,你还真信呀?人呢?"

沐云天的手机忽然响了起来,他还没接,电话就自己挂断了。一个身高臂长的男人,听到了电话铃声,就挂了电话,顺着声音走了过来。

"云天?"

"是的,Yonger?"

"是我。"

沐云天笑道:"哥们真守信用,真来了呀。我其实姓沐,沐云天。"

"我叫张邑。"

四人终于站上了球场。

"沐哥,怎么?上周输了不服,这是请了外援了吗?"

"沐哥眼光没的说,这大哥一看就是专业的,是不是CBA下来的?"

"我看大哥这岁数,是CBA教练退下来的吧,哈哈哈。"

张邑有点火了,他一向也不是有城府的人,在篮球场更是有着绝对的好胜心,对方未必恶意的玩笑激起了他多年前在学校球场时的斗志。

沐云天似乎看出了张邑的情绪:"一群小屁孩,嘴欠,别理他们,好好打。"

说着，将球发给了张邕。张邕接球的一瞬，身子往前一冲，脚下一个大跨步，等拿到球落地时，已经完全贴到了防守人的面前。防守人还沉浸在刚才的调笑中，没料到张邕忽然这么快，还来不及反应，张邕一个晃动，左脚跨过防守人的身体，右手运球，又是一个大步将防守人完全甩开。

沐云天几人同时叫了一声："好球！"

张邕摆脱防守，作势要突篮下，却突然一个急停跳投。

忽然挨了重重一击，原来那防守失位的孩子，虽然被张邕一步就过掉了，但反应和速度都很快。他立刻后退转身，跳起，几个动作一气呵成。张邕以为自己的进攻完美无瑕的时候，却被这孩子从背后不可能的地方追了上来，结结实实给了他一记大帽，将球扇出了界外。可惜！

张邕知道，自己慢了，他心里的判断还停留在身体巅峰的时刻，他以为这球十拿九稳，但身体跟不上自己心里的想法。

他咬了咬牙，默默地跑去捡球，脸上却一脸的刚硬。

沐云天几人眼睛一亮，虽然张邕的进攻并未奏效，但行家一伸手就知有没有。张邕这几个动作，绝对是业余球手里的高手。

给了张邕一记大帽的孩子将功补过，但也紧张起来，他拍手大叫："防守，防守，盯人。这几个不好打，不要大意。"

张邕发球，沐云天接球。

张邕发球后，慢慢步入场地，然后忽然一个反跑，又一次将自己的防守球员甩在身后，这些孩子喜欢单挑，对无球人的防守，很显然经验不足。即使张邕已经甩开他，防守的也并不积极，他自恃速度快，只要张邕接球，他是可以很快挡在张邕身前。

张邕并没有拿球，而是跑到高位，立刻站住。

沐云天没让他失望，立刻贴着张邕的身体边缘运球过来，用张邕的站桩将自己的防守球员挡在了身后，然后快速往篮下带球。

防守的年轻人依然是反应速度极快，他绕开了张邕的阻挡，虽然已经落后，但迅速追上了沐云天，将他顶向底线。

张邕则顺势一个转身，插到了篮下。然后接到了沐云天的传球，在无人防守的情况下，轻轻将球送入篮筐。

"好球！"经典不过的高位挡拆，对付几个喜欢各自为战的年轻人，简直是手到擒来。沐云天脸上泛起了笑容。但不是因为进球，而是这正是他最喜欢的节奏。

进了球的张邕，也欢呼了一声。同时心底暗暗道："我一定不会空着手从苏州回去，今天，我要赢！"

第140章 连赢三局

张邕又一次突入篮下，面对围堵，手一抖，球忽然到了底线的沐云天手中。沐云天抬手作势要投篮，面对高高跃起的防守球员，却一个手递手传球，球又塞回了张邕手中。防守重心再次转回篮下时，张邕一个背传，球给到了另一侧溜底线进来的同伴，同伴轻松上篮得手。

四人打了一会儿，越发默契，各种配合开始层出不穷。几个年轻人面对明明速度和弹跳都远不如自己的老家伙，却疲于奔命，防守端漏洞百出。年轻人渐渐失去耐心，心浮气躁起来，一个个都拿球单干，恨不得每个球都是以一敌四。张邕嘴角露出一丝嘲弄的微笑，这就是他们几个最希望看到的局面。

单打一旦失利，年轻人开始互相埋怨，然后越发痴迷单打。张邕等人则越发从容，除了配合之外，偶尔也利用节奏的变化单打。张邕利用挡拆赢得一个身位，对方以为他又要将球吊篮下的时候，他却轻松一个中投直接得分。

张邕很开心，自从离开校园，他几乎还没这样酣畅淋漓地打过球。从进入Eka开始，他的心情一直压抑，进入Mag，应该是他职场上比较顺利的一段经历，但做OEM板的事给了他很大压力。如今他连自己的房子都堵上了，虽然坚决且义无反顾，但内心依然是焦虑的。

唯有苏州之旅中这短短的一刻，他真正忘记了这些事。他全心地投入了比赛之中，甚至也不再想来这里的初衷。他不停地跑动，运球，突分，投篮，相互掩护挡拆。男人至死是少年，他终于痛快淋漓地发了一次少年狂。

当他又一次用篮下脚步两次晃开防守球员跳起投篮的时候，终于失去耐心的年轻防守者不顾自己已然失位，还是不管不顾地从空中撞了过来。

二人空中相撞，张邕失去平衡，挣扎着倒地，但随即一个保护性的翻滚，没有硬砸在地板上。

"喂，怎么回事？"沐云天立刻推开肇事者，关切地上前扶起张邕。年轻人自知理亏，口中道："对不起，大哥，没事吧？"

张邕慢慢爬起，摆摆手道："没事，没事，打球嘛，难免。刚好，我也累了，换一组吧，我休息一下。"

沐云天也摆摆手道："你们继续吧，我们几个老家伙都休息一下。"

几人坐在场边，沐云天跑去拿了几瓶水过来，大家一边休息一边闲聊。

"好久没这么痛快地打球了，真过瘾。张邕你这基本功可以呀，在北京也经常打球吗？"

"以前还可以，也是每个周末打，自从有了孩子，就很少打了。近一年多，几乎没怎么碰过，今天真的太过瘾了。"

"是呀，太过瘾了，今天的配合真是行云流水呀。你什么时候离开苏州？太可惜，你要是本地的就好了，咱们长期组队。"

"我在苏州可能还得待一段时间，没确定什么时候走。我要在这边找一个加工的合作伙伴，还没找好。"

"哦，什么产品的加工？或许我可以帮忙。我在T-key，你听说过吧。"

"当然，你们是大公司呀。"

"哎，看和谁比。和富士康比起来，我们就是个小作坊。不过即使小作坊，我们接的也都是国际订单，你的事估计我们做不了。但我在这边，和这行业还算熟悉。做我们这行的，离开大企业自己开工厂的不算少数。有合适的合作伙伴，我可以推荐给你。"

"太好了，多谢。你看这个。"

几乎没有任何铺垫和引导，谈话就按张邑想要的方向进行了下去。这和他们刚刚在球场上建立起来的默契和信任度不无关系。

张邑拿出手机，打开一张照片递给沐云天。沐云天看着彩色的大屏手机，先是赞叹了一下："你这手机好高级呀，北京人就是比我们前卫。"

"我主要是办公需要，比如看样品。"

"诶？你这……"沐云天忽然愣住，"你这个怎么像我线上的产品？"

张邑心底犹如一块巨石扔入深潭，立刻激起无数水花。他极力控制自己的情绪，抑制住激烈的心跳，尽量平静地说道："我们做的不是这个，但和这个是同一类产品，我们知道这家是在苏州生产的。如果能找到熟悉这块板子的人或厂家，那对我们会特别有利。"

沐云天皱起了眉头，他看了看张邑，微微闭了一下眼睛，心中将张邑刚才球场的表现过了一遍，这应该真的是一个来打球的人，也许只是碰巧了。

他晃了晃手机说道："这个图怎么放大？"

张邑按沐云天指定的位置，将板子照片放大。但第一代大屏手机的相机分辨率不算高，而且没有微距，照片一旦放大，就是一团模糊，什么也看不清。

沐云天指着照片上模糊的一行白色符号说道："这个位置，还有这个位置，你回去把这里的编号抄下来给我，我就知道到底是不是我们线上的产品。这个号码是产品号，这里是厂家名称。虽然只看照片现在还不能确定，但我基本肯定，这个就是我线上的产品。"

"真的吗？那就太好了，好多问题我可以直接问你了。你们给国外公司加工GNSS产品？"

沐云天摇头道："我们和你们不一样，我们不知道是什么产品。一切产品在我们眼里只是PN号，我们只认号码，不认产品，也不知道你的GNSS是什么。"

"哦，理解，理解。你能带我去你们生产线上参观一下吗？"

沐云天又看了一眼张邕，但最终还是说服自己，这只是一个很会打篮球的出差客，只是碰巧了而已。

"以前很容易，现在呢，也不是不行，但厂里的管理严格很多，要提前预约，而且进门出门都要严格检查。最近我们这里出了些事，不好和你多说。如果你只是想看看，最好以后来的时候再说，现在比较敏感，我不想惹麻烦。"

"好的。这几个号码我回去查一下，然后短信发给你。不管这个是不是你们做的产品，既然你觉得像，应该是差不多，能帮我推荐一个工厂吗？你熟悉的，比较可靠，水平又不错的。"

沐云天想了一下说道："你下周还在吗？"

张邕道："有球打，还能找到合适的伙伴，我就可以在。"

沐云天听到"有球打"，眼睛亮了一下。

"这样，这周来不及了。下周你还在的话，周六过来打球，然后周日我们去一趟昆山，我有个朋友在那边新开了一个厂，规模不大，有三四条线。这个规模够你用吗？如果可以，我们就去一趟。口说无凭，你看看他的厂，当面聊一下。你在这边有车吗？他在一个镇上，没车不方便。"

张邕逐渐面露喜色："你的朋友，就太好了。我们没那么多，一次也就几百片。他们规模最适合我们了。车我有，我们有公司协议，全国都可以租车，很方便。"

"那就没什么问题了，你回去查清号码发给我。下周我们确定周末的时间。累吗？再打一局？"

"好久没动了，其实还是挺累的。但还能打，就是明天只怕起不来床了。"

"那就继续打一场,你不就是来找工厂吗?周末再说,明天你在酒店里好好学习一天。起来吧,再打一场。"

"我还想去你们工厂看看,没可能安排吗?"张邕站起身,一边活动身体准备上场,一边又问了一句。

沐云天的心思则已经放在了球场上,说道:"再打三局,每局十个球。要是三局都赢了,下周我想办法安排你去厂里。你干不干?"

张邕大力和沐云天碰拳说道:"就这么定了,让孩子们看看我们老人家的厉害。"

几人再次走上了球场,心中石头落地的张邕处理球越发得心应手。打得兴起,他忽然独自带球突破底线,在两名防守队员包夹之下,忽然空中一个拉杆,空中勾手将球打进。

"好球!"几人一起喝彩,连年轻的对手也拍起了巴掌。

沐云天道:"大哥,你是不是隐藏了年龄,这动作我至少再年轻5岁才能做出来。"

但这样一个突破,已经耗尽了张邕的全部体力。

"已经第三局了吗?我实在不行了,打不动了,必须休息了。"他走下球场,躺在了椅子上,胸口不住地起伏。

第二天起床的张邕,腰酸背痛,特别两个膝盖,胀痛不已,几乎无法行走。他干脆叫了客房送餐服务,然后继续躺在了床上。

但他心情无比愉快,曾经无比困难的事情,如今似乎跨过一座高山后,眼前忽然一马平川。

而让他愉快的是,这件事是通过他最喜欢的方式,自己最喜欢的篮球比赛来达成的。能用喜欢的方式来达到自己的目的,这太令人愉快了。

他抄下了板子上的编号,发给了沐云天。其实发不发,他都已经确认,沐云天负责的一定就是Mag的产品。

沐云天也很快确认了这一点,同时遵守了自己的诺言,因为周末他们连赢了三局，他将安排张邕来T-key参观。

"张邕，休息好了吗？"沐云天来了电话。

"难呀，浑身疼得走路都困难。最后那个拉杆，更是深深伤害了我的腰腹和膝盖。"

"哈哈，活该。一把年纪还做这种动作。不过谢谢你帮我赢得比赛，昨天真是出了一口气，你知道吗？我们已经连续很多周没有赢过了。"

"看来我需要经常过来。"

"必须的，欢迎你搬来苏州常住。不说这些了，你周三下午有没有时间？可以过来参观，但是我担心你腿脚不利索，走不动。"

"太好了，兄弟。有机会参观，我就是爬也会爬去的。你今晚有没有时间？我想请你吃顿饭，就在我酒店的自助餐厅，我有些事情要和你聊聊。"

张邕又一次感到了沐云天的迟疑，但还是和前面发生的事一样，每当沐云天想到张邕球场上的表现，就接受了他的一切要求。

"好吧，我今天白班，下班就过去，干吗这么客气，你来了苏州，该我请你。"

"不，说好了，这顿一定我请。苏州是我的宝地，能遇见默契的球友，更是难得。那，晚上见。"

张邕约沐云天，没有其他事。当他一切基本目的已经达到的时候，他觉得得向沐云天坦白一切，告诉他，自己就是冲着他来的。

虽然实话可能很伤人，他不确定沐云天的反应。不知道会不会如柯老板一样，因为他的诚实，反而损失了获得投资的机会。

但是他不想欺骗自己的伙伴，尤其沐云天显然因为篮球场上的友谊，把他当作了朋友。所做的一切都没有利益关系，而是纯粹帮忙而已。这样的话，他更不能欺骗一个热心帮忙的朋友。

而且他和沐云天的合作，后面应该还会继续。现在说清楚，其实对未来有很大帮助。他实在不想将来用更多的谎言来掩盖今天的一个小小的欺骗。

酒店的自助是288元一位，这在北京算是一般的价格，但在吴江已经属于很高的消费。餐厅里人并不多，所以安静，而且用餐客人都能拥有足够舒适的空间。

"张邕，你一定不是做自己的公司，或者是在用自己的钱。"沐云天端了一大盘海鲜冷餐，一边放盘子，一边对张邕道。

"哦，为什么？"

"老板我见多了，越有钱越抠门。像你这样住五星酒店，在这里请客的，往往都是大公司的高管，或者国企领导，就连官员都不会这样，因为公务员都有级别和标准，除非有人请他们，他们很少在这里请客。"

"你说得对。我做事是花的自己的钱，但出差和餐饮是公司的费用。今天约你出来，就是说这件事，我其实是Mag的人。"

"Mag？"沐云天虽然没直接听过这个名字，但显然还是有印象的。

"是不是一个法国公司？"

"是的。你怎么知道？"

"我不知道这个公司，但我们的板子上都有一个Mag的码，我做产品的怎么会不知道？这个件有一部分料是业主提供的，由法国发过来。我再不知道，那我不是傻子了吗？至于你？"沐云天皱着眉打量着张邕，"你是Mag，也就是委托方的人。你可以正常进场参观呀，还找我这么麻烦干吗？你有什么私人目的？"他的语气逐渐严厉起来，"张邕，如果你有什么见不得光的目的，你不该约我来这里吃饭的。这里是吴江最高档的酒店，T-key的高层如果招待客人，可能选择在这里。也许会看到你我，也许你最终什么也做不到，而且会连累我。"

"不。你别紧张。我来这里是得到Mag允许的，不是我个人的事。但是T-key和Mag的协议，他们只接受在他们名单上的人前来T-key，其他人，就算是Mag的人，也要向他们申请才可以。我提交过申请，但被拒绝了。所以我只能自己想办法。"

沐云天的脸沉了下来说道："张邑，我不管你什么目的，也不在乎你们Mag和T-key这边的协议。我就问你一句话，你在天涯社区给我留言，是不是已经知道我是谁了？你并不是出差然后约人打球，而就是冲着我来的，是吗？"

看到张邑居然点了点头，沐云天彻底拉下了脸。

"可惜了，张先生。你这么聪明，应该再聪明一点，至少等我带你去过T-key工厂之后，再告诉我真相。现在呢，谢谢你的晚餐，但我已经没有胃口了。再见！"

第141章　故人

苏州吴江，T-Key工厂，大门口。

张邑排队等候在传达室的窗前。他微微有些紧张，这个感觉就像小时候跳进别人的院子，要捡回自己的球。虽然是要拿回属于自己的东西，但依然难免有做贼的感觉。

"你找谁？"

"联系过了吗？"

"登记，然后打电话。让里面的人出来接你。"

他小心翼翼地在表格里写上自己的名字：张庸。单位：庸人工作室。

他并没有觉得自己使用化名有什么问题，虽然这是一次不宜公开的私人拜访，但他实际上是得到Mag的大色娃的口头应许的。没用自己的真名，是担心给Mag以及沐云天带来不好的结果。

那一晚，面对要拂袖而去的沐云天，张邑用最大的诚意留住了对方。

"沐云天，你稍等。我叫张邑，这是我的真实姓名。看，这是我的身份证。我们一起打了一下午的篮球，包括最后的连赢三局，都是我们用实力在球场上拼出来的,你觉得这里哪一点是假的?我哪里欺骗了你?"

每当提起那一场篮球比赛,沐云天的脸色就缓和些。

"张邕,不要和我玩这些语言技巧。当你拿着产品给我看的时候,才是你真正的目的。打球对你只是手段,你还做出一副咨询的样子,现在还敢说,你没有欺骗我。"

"我想找T-key参观,却找不到合适的门路。我走过正规渠道,被拒绝了。所以想找一个T-key的人给我一些帮助。你觉得我有那么大的本事知道这个产品是你负责吗?除了你们T-key的人,谁能告诉我这些?如果我已经认识了这样的人,又何必来找你。我真的只是来找一个能给我一点帮助的人,我只知道你在T-Key负责相关的工作,谁知,你居然就是负责这个产品的。只能说,太巧了,一切早有安排。我的运气实在不错。"

"我想知道你的目的到底是什么?"沐云天的语气有所放缓。

"我的目的,就是在球场上对你说的。我想找一个合适的合作伙伴,帮我加工这套板子。所谓合适,是像你这样有相关经验的人。同时我特别需要一个对Mag产品本身比较熟的人,包括Mag的元器件供应。这是我一定要来苏州,并要在T-key寻找的最大原因。还有,我不会打你现在生产的这组产品的主意,我可以给你看一些资料。你会发现,这套板子的全部资料我都有,如果我想复制这套板子,我根本不需要来T-key,这些东西我手里都有。我不需要资料,我需要经验丰富的人指引。就像你。我要加工的是一个全新的产品,但对现有这块板子有经验的人,加工新产品会得心应手,因为他们的技术是同源的。而这块新板子,也会打上Mag的标识。所以你该明白了,我并不是要偷Mag的东西,恰恰相反,我是替Mag做事。"

沐云天道:"似乎很有道理。但你从天涯社区接触我,又通过篮球,让我信任你。但你却另有目的,这不是欺骗吗?"

"我就是来出差,不是吗?打篮球只是我们认识的过程。现在,你觉得我没有第一时间把目的告诉你。但如果我们不在球场并肩作战，而是要在你热身准备上场的时候，我过来说，能不能带我去T-key参观。你觉得你会怎么对我？会有我们后面的谈话吗？最后和你说清楚三件事。"

"不少呀，你说吧。"沐云天做出不屑状，却在认真地听着。

"第一，我不会损害T-key和Mag的利益，做一些违法的事。如果你觉得我做的事有问题，随时可以停下来。而且我以后再也不敢见你的面。第二，我选择在进厂参观之前把一切都说清楚，就是不想对你隐瞒任何事。如果先进厂参观了，再告诉你真相，我会觉得自己很下作。第三，其实在球场见面之前，我已经把这些事都告诉你了。所以我根本没有骗你，只是，你有多久没有登录R网，多久没有使用自己的hotmail信箱了？"

"真的吗？"沐云天有些意外，"你是通过R网找到我的？然后在天涯约我？"

"你回去登录看一下就知道。我给你发了站内信，也发了邮件。能在天涯找到你，我费了相当大的周折，至于NBA论坛，是我的意外惊喜。或许能和一个志趣相投的朋友合作，是上天的安排。"

"我已经至少3年没登录R网了，因为如今T-key内不允许浏览无关的网页。我在R网上面的资料也很简单，除了T-key，应该没有太多信息。你居然能在网络上找到我。好的，张邕，现在暂且相信你。这里的自助并不是总有机会吃到，我觉得我的胃口又回来了。但等我回去，检查一下，如果没有看到你在R网给我的信件。只怕我们再没有一起打球的机会了。"

"慎重呀，兄弟，我们合作可是一直在赢。"

身边的人一个个进入了工厂，张邕等待得稍稍有些焦躁。

终于，他听到有人叫他的名字，一个年轻人从工厂内部走到了门口。

获得门卫的许可后，张邕开车进了T-key的大门，年轻人坐上了他的副驾，并给他引路。

车子驶进一排厂房间的停车场，二人下车。年轻人指着不远处的台阶道："你从这里上去，沐云天在上面等你。"

张邕顺阶而上，沐云天手拿一套防静电无尘服，笑嘻嘻地看着他。

张邕在车间的外间，换好了衣服，又经过了除尘的处理，这才获准进入了无尘车间。

他脑海中忽然浮现出一个画面，刚到GPS中心的他，在金太郎带领下，推开库房的大门。他还记得怒发狂人的话："到你朝圣的时间了。"

他又有了朝圣的感觉，或者车间里的一切对于业内人士并不新鲜，对他无异于打开了一扇新的大门。他好奇、紧张、贪婪又兴趣十足地看着里面发生的一切，然后将一个又一个的问题抛向沐云天。

沐云天很少见到这个年纪眼睛依然会放光的人。他有些好笑，但没来由地有一些感动，于是很认真地回答张邕的每一个问题。

忽然，车间里的一道门打开，走进了一群人。

张邕注意到，沐云天的脸色有些难看。

"怎么啦？"

"倒霉，怎么偏偏赶上这个时候。领导带客人前来参观。你往后站，尽量不要出声，希望他们不会注意到你是谁。这一群人里最后一个，是我的主管，别人我都不在乎，他却知道，我该不该见客人，见哪些客人。我做的事都要向他汇报，我瞒不过他的。"

张邕也开始紧张。他倒不怕自己被发现，反正已经基本达到了目的，被赶出去也无妨。但是如果连累了沐云天，就太过意不去了。

他低下了头，靠着墙壁，悄然和领导们擦肩而过，走向另一方向。

还好，领导们专心地交流着，并未太注意车间里的人。而且大家都穿着无尘服戴着帽子，样子看起来也都差不多，没人在意多出一名工人。

张邕松了口气，看来可以过关了。他一直没敢抬头，但隐约中听到，客人和领导们似乎是在用法语交流。虽然他听不懂，但毕竟听过很多，基本不会听错。

张邑高兴得有点早，他一直小心地听着法语的对话，却没留意脚下。

靠墙壁有一台等离子空气净化器，出于某些原因，净化器下面垫了一块泡沫的垫子。

垫子的尺寸有一点过大，从净化器下延伸出了一大块。

正在靠着墙壁蹑手蹑脚行走的张邑，与领导们擦肩而过，心中一阵放松，又太过认真地听着对方的法语对话，他躲过了净化器，却没注意脚下的垫子。又在抬步的时候，刚刚好脚尖绊了上去。

他失去了平衡，身体一个趔趄，几乎跌倒。但多年运动养成的条件反射，他在这一瞬间猛地跳了起来。然后在空中调整姿态，双脚落地，之后顺势往前跑了几步，便化解了要摔倒的危机，重新恢复了平衡。

但这几个动作，幅度实在不小，远比跌倒还要吸引人目光。

车间里的人几乎全部看向张邑。刚刚摆脱了危机的张邑，心中一阵发凉，他知道，这下麻烦了。

"你谁呀？哪个组的？在干吗？"一名主管立刻严厉地高声喝问，张邑全身僵住，他不知道该如何回答。

沐云天脸色一片青灰，如果是别人发问，他还可以解释这是自己的手下。但如今发问的正是自己的主管，他吓得不敢开口。

"你转过来，哪个组的？组长是谁？"主管越发严厉。

张邑无奈，只得慢慢转过身。他暗下决心，如果出了什么问题，只能自己尽量把责任都扛下来，保住沐云天，但想着T-key的管理，心中知道，想不连累沐云天，只怕很难。

他转身，缓缓抬头，却忽然眼睛一亮。

然后他抬起胳膊，向领导一行人招了招手。

人群中，有人也向他招了招手，算是回复。沐云天惊讶地看到，回复的人竟是一行人中的那个客人。

领导也愣了："怎么？你认识这个员工。"

"也不是，经常来，就会和你们很多人比较面熟。咱们继续吧，不用管他们的事了。"

领导点点头道："走吧。"那名主管见老板发话，只是悻悻地喊了一句："这是车间，注意点。快去干活吧。"

张邕如得大赦，深鞠一躬，然后转身走远。领导一行人也继续向前。

沐云天刚才紧张的心跳加剧，此时却是无比地困惑。

他找到了张邕问道："怎么回事？你认识那个老外？他居然还帮你圆场。刚才吓死我了，我以为这次铁定要丢饭碗了呢。"

"对不起，是我的错。不过你放心吧，真要是因为我丢了你的饭碗，我一定会给你找个大碗，盛满饭再送给你。今天碰巧了，没想到真的遇到了故人。"

"故人？好吧，你也看得差不多了吧。没事我送你出去吧，这太紧张了。"

"还不够呀。我想看你们芯片的IC烧录。"

"你们这块板子没有烧录，有的话，我们也做不了。至少有2个烧录芯片，是客户烧录好从法国发过来的，我们直接贴片就可以。所以我也一直有个问题，你要做的新产品，是不是也要用这几个芯片？那烧录的事你是搞不定的。"

张邕摇摇头道："如果T-key搞不定这件事，我会想其他办法。好，送我出去吧，今晚我可能要和我的这位故人好好聊聊。"